TONI ROBERTS

HINTER DEM WELTENRAND

Roman

AF280460

1. BAND - MORLAYS TRAUM

Originalausgabe
Copyright © by Robert Schmidt
Druck und Bindung: BoD(tm) Books on Demand GmbH
ISBN 3-8311-1716-0

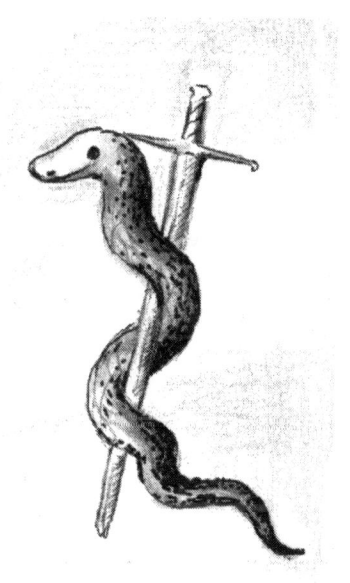

Die Entdeckung Amerikas durch Christoph Kolumbus - sie hat die Welt verändert. Doch es ist mittlerweile bekannt, daß er nicht der Erste war. Der Wikinger Leif Erikson betrat 400 Jahre früher den Kontinent. Seitdem lebte in den Völkern des nördlichen Europas der Mythos von jenem sagenumwobenen waldreichen Land.

Immer wieder versuchten die Grönländer und Isländer in den folgenden Jahrhunderten, dort Fuß zu fassen. Dabei stießen sie auf erbitterten Widerstand der Ureinwohner. Schließlich fuhren ihre Langschiffe nur noch hinüber, um das Holz an den Küsten zu schlagen. Im übrigen Abendland gerieten ihre Entdeckungen in Vergessenheit.

Im 14. Jahrhundert veränderten sich die Kräfteverhältnisse der alten Welt. Der Türkensturm erschwerte zunehmend den Orienthandel. Die Preise für Waren aus Persien und Indien stiegen ins Unermeßliche, so daß sich die christlichen Seefahrernationen ernsthaft mit dem Gedanken trugen, neue See- und Handelswege zu suchen.

Außerdem stieg die Zahl derer, die die schrecklichste Ausgeburt der Kirche - die Inquisition - mit dem Tode bedroht. Ihnen blieb nur der offene Kampf oder die Flucht. Aber selbst in den entlegensten Ländern der Christenheit konnten sie vor ihr nie ganz sicher sein. So auch in Schottland.

Dort wächst um die Mitte des 14. Jahrhunderts der Adlige Henry Sinclair heran. Viele junge Menschen an den Küsten rund um Edinburgh teilen mit ihm den selben Traum - den von der Seefahrt. Erzogen von in Schottland untergetauchten Tempelrittern macht Sinclair deren Ziele zu seinen eigenen. Der Orden sinnt darauf, Land auf der anderen Seite des Weltenmeeres zu finden, um somit dem drohenden Scheiterhaufen zu entgehen. Sinclair, der spätere Earl der Orkneys, ist ihre größte Sicherheit.

Unter seiner Herrschaft erleben die Inseln ihr goldenes Zeitalter. Sinclair versteht es, Männer um sich zu scharen, die aus unterschiedlichsten Motiven das gleiche Ziel haben - das Waldland der Wikinger finden. So endet das, was einst ein Jugendtraum war, nach über dreißig Jahren in den Wäldern Amerikas.

HINTER DEM WELTENRAND

I. MORLAYS TRAUM

1363 - 1368

Die Karte	8
Die Clans von Argyll	26
Das Maienfest	52
Begegnung in den Bergen	72
In einem fernen Land	87
Al-Andalus, die Perle Allahs	109
Auf den Spuren der Vergangenheit	125
Die spanischen Ritter	149
Rückkehr eines Pilgers	166

Zeit und Orte der Handlung :

1363 - 1368
Irland - Schottland - Westsee -
Ozean (frz. Westküste)- Spanien

Es war ein naßkalter Wintertag. So richtig ungemütliches Wetter, bei dem Menschen wie du und ich natürlich zu Hause in der warmen Stube sitzen. Damals war das auch nicht anders.

Irgendwo in dem zu jener Zeit noch bewaldeten Westen Irlands ritten zwei Männer die Küstenstraße entlang. Sie spornten ihre Pferde an, denn sie wollten ihr Ziel noch vor der Dämmerung erreichen. Durch den Nebel schienen sie mit ihrer Umgebung zu verschmelzen. Die Bäume links und rechts neben der Straße hoben sich kaum vom einheitlichen Grau der naßkalten Schwaden ab. Die Luft schmeckte würzig nach dem Salz des nahegelegenen Meeres. Zur Zeit der kalten Winternebel breitete sich hier eine Ruhe aus, die einem den Atem anhalten ließ.

Für einen Moment wurde diese tiefe Stille durch die vorbeiziehenden Männer unterbrochen. Selbst das scharfe Auge eines auf einem großen Feldstein sitzenden Habichts konnte nur auf wenige Schritte Entfernung ihre Umrisse erkennen. Er blieb gelassen, denn es drohte keine Gefahr, und so schnell wie der Spuk auftauchte, war er auch wieder vorbei. Pferd und Reiter lösten sich schier im Nichts auf, aus dem sie gekommen waren. Nur die Hufschläge hörte man noch leise aus der Ferne. Nach der Zeitrechnung der Christenheit zählte man das Jahr 1363.

*

Schon zog die Nacht vom Osten herauf und die Wachen der Stadt machten sich daran, die großen Tore zu schließen. Da näherten sich im Nebel die Silhouetten der beiden Reiter. Die Wachmannschaften hielten inne. Wer sollte zu so später Zeit noch unterwegs sein? Bei solchem Wetter hielt sich ein jeder Ire brav zu Haus oder in der Schenke auf. Der Winter diente der Ruhe von der anstrengenden Arbeit des Jahres. Die einfachen Leute mußten mit ihren im Sommer angelegten Vorräten und Reserven die unwirtliche Zeit des Winters überstehen. Die Männer der Stadtwache strichen sich die feinen Wassertropfen aus dem Gesicht und wandten den Blick in Richtung der späten Besucher.

Die beiden hatten die Brücke vor dem Stadttor erreicht. Der Ältere mochte vielleicht so Mitte vierzig sein. Haar und Bart waren schon leicht ergraut. Ein langer Mantel verdeckte ein dichtgewebtes Wollhemd und ein langes Schwert. Der zweite war weitaus jünger und trug ein wattiertes Lederhemd unter dem Mantel. Seine Bewaffnung bestand außer einem Schwert an seiner Seite, aus einer Armbrust, die am vorderen Sattelknauf befestigt war. Beide Männer waren von ihrer Statur her kräftig. Jedoch wirkten sie von dem langen Ritt müde und erschöpft.

Schon hörte man den lauten Widerklang, den der Hufschlag ihrer Pferde auf den Bohlen der langen Holzbrücke hervorrief. Jedermann mußte über die Brücke, denn die Stadt war durch einen breiten Wassergraben vom Festland getrennt. Schließlich gelangten die Reiter vor das Tor.

Die Wachen stellten keine Fragen. Wozu auch. Im Winter ruhten kriegerische Auseinandersetzungen, sowohl mit den Engländern, als auch der Clans untereinander. Jedenfalls hier in Irland. In Gedanken schlürften die Männer längst ihr wohlverdientes Bier.

Die Reiter passierten auf ihren schnaubenden und dampfenden Rössern die Pforte durch die steinernen und schützenden Mauern. Mit gleichgültigen Mienen schlossen die Wachen hinter den letzen Gästen der Stadt die Tore.

Durch spärlich beleuchtete Gassen ritten die zwei langsam durch die kleinen Häuserzeilen in Richtung Hafenviertel. „Hier ist es", sagte der Ältere und stieg vom Pferd. Das Steinhaus unterschied sich nicht besonders von den anderen. Ein warmes Licht und Stimmengewirr drang von innen heraus. Auf dem Holzschild über der Tür war im flackernden Schein "Zum fröhlichen Hecht" zu lesen. Es war eine der vielen Schenken, deren es wahrscheinlich über hundert in Gaillimh gab.

Die Karte

Gaillimh war eine blühende Stadt, die nicht nur mit Frankreich, sondern auch mit Spanien und Nordafrika, einen regen Handel trieb. Damals war das westliche Irland immer noch dicht besiedelt, obwohl auch hier der schwarze Tod reiche Ernte gehalten hatte. Ihr solltet wissen, daß die Pest in der Mitte des 14. Jahrhundert, wie ein Sturm über das Abendlandes hinweggefegt war und weithin jegliches Leben auslöschte.

Die zwei traten in die Schenke. Nachdem sie dem Wirt ein Zeichen gegeben hatten, die Pferde zu versorgen, nahmen die beiden Männer an einem Tisch im hinteren Teil der Schankstube Platz. Ihnen wurde kaum Beachtung zuteil; es war normal, daß durch den Schiffsverkehr viele Fremde die Stadt bevölkerten. Wer die Iren kennt, weiß, daß sie ein lustiges Völkchen sind, das gerne die Abende in der Schenke oder im Pub, wie sie auf den Inseln sagen, verbringt und sich dazu recht ausgelassen bei Musik und gutem Bier dem Frohsinn hingibt.

Die beiden ließen sich Speckbrot und eine Kanne Bier bringen. Der Wirt war ein beleibter, pausbäckiger und durchaus recht lustiger Geselle. "Das beste ist, ihr werft hier eure Anker erst einmal auf einige Zeit. Dieses Wetter wird das nächste halbe Jahr lang nicht aufhören. Das schwöre ich euch. Wer die Inseln nicht kennt, sollte das nächste Schiff nach Lissabon nehmen", bemerkte er lachend, als er Speis und Trank auf den Tisch stellte und zog sich wieder zurück.

„Früher waren die Winter wenigstens nicht so kalt, aber daran werden wir uns wohl gewöhnen müssen", sagte der Ältere. Er zog seinen klammen Mantel aus und legte ihn neben sich auf die Bank. Dann massierte er mit dem Handballen die steif gewordenen Glieder.

„So ein eisiger Winter hat auch was für sich", entgegnete der andere. „Die Kälte tötet das Ungeziefer." „Und kam die Kälte, ging die Pest. So war's vor vierzehn Jahren", ergänzte der Ältere.

Der junge Mann blickte sich vorsichtig in der Kneipe um, denn schon allein das Wort „Pest" löste immer noch Schrecken und Entsetzen unter den Menschen aus. Im schwachen Feuerschein der Kerze konnte man erkennen, daß er noch keine zwanzig Lenze zählte. Er selbst konnte wohl nur noch Erinnerungen aus der Kindheit mit dem allgegenwärtigen Tod verbinden.

Der Ältere wiegte freundlich den Kopf. „Keine Angst", sagte er. „Die Seuche hat sich weitgehend beruhigt, auch wenn sie mehr Leute gefressen hat, als Englands unseliger Krieg. Seit über dreißig Jahren zerfleischt sich die englische und französische Ritterschaft nun schon auf dem Kontinent." Daraufhin nahm er einen kräftigen Schluck Bier und wischte sich den Schaum aus dem Bart.

Die beiden Männer waren keine Iren, denn sie unterhielten sich Französisch. Dies mußte nicht unbedingt bedeuten, daß sie aus Frankreich stammten. Immerhin war Französisch die gebräuchlichste Sprache unter den Kaufleuten des westlichen Abendlandes.

Allerdings fiel der angelsächsische normannische Dialekt der Männer auf, was vermuten ließ, daß sie zur Oberschicht Englands gehörten. Da jedoch der Ältere den Wirt wegen der Unterkunft in tadellosem Gälisch befragte, konnte er kaum Engländer sein. Außerdem verirrte sich selten ein Engländer in irische Schenken. Die einzigen, die zur damaligen Zeit gleichzeitig mit der alten gälischen und der französisch-normannischen Sprache aufwuchsen, waren die Ritter des südlichen Schottlands. Aber was wollten diese Männer dann in Gaillimh?

Der Jüngere schien ausgehungerter zu sein als der Alte. Er langte bereits nach der zweiten, mit Speck belegten Brotscheibe. Trotzdem schlang er das Essen nicht runter, sondern kaute die Bissen ordentlich durch. Nachdem der erste Durst und Hunger gestillt war, nahmen sie die Unterhaltung wieder auf.

„Ich hätte nie gedacht, daß Gaillimh so groß ist" meinte der Jüngere. „Du müßtest erst den Hafen sehen", entgegnete der Ältere. „Hier liegen Schiffe aus Venedig, Lissabon und La Rochelle vor Anker. Dort hinten zum Beispiel", er wies an einen Tisch auf der anderen Seite der Schankstube. „habe ich bei unserem Eintreten vernommen, wie sich die Schiffsmänner Französisch unterhalten haben." „Haben sie keine Angst, von englische Kaperfahrern auf dem Weg hierher überrascht zu werden?", fragte der andere verdutzt. „Die Waffen ruhen, Harry. Die Engländer müssen wohl eine Pause machen. Wer weiß wie lange der in diesem Jahr ausgehandelte Frieden zwischen den beiden Parteien halten wird."

„Meinst du etwa, die Engländer könnten sich Schottland zuwenden?" fragte entsetzt der Jüngere. „Hoffentlich nicht", versetzte der andere, „aber Gnade uns Gott, wenn Edwards Sohn König von England werden sollte. Der schwarze Prinz ist ein großer Feldherr."

Die beiden Männer wußten um die Gefahr, die von einem Kriegsherrn wie dem schwarzen Prinzen ausging. Seit den Zeiten des Löwenherz hatte es in England keinen solchen Achilles in Waffen mehr gegeben, der seine Kunst auf dem Schlachtfeld wahrlich verstand. Bis jetzt galten seine Aktionen jedoch ausschließlich Frankreich. Immerhin gab ihm sein Vater die Gascogne als Erblehen. Dies hatte eine lange Tradition unter den Plantagenets, den Königen Englands, lagen ihre Wurzeln doch drüben auf dem Festland - in Anjou, der Gascogne und nicht zuletzt in der Normandie.

Was aber, wenn sich daran urplötzlich etwas ändern würde?! Sicher - Edward II. mußte Schottlands Unabhängigkeit anerkennen. Doch die englische Krone hatte ihre Eroberungspläne nie ganz aufgegeben.

Der Ältere seufzte: "Hoffen wir auf Frieden. Der Krieg zwischen dem Norden und den Süden ist älter als das schottische Reich. Ganz abgesehen von den ständigen Zwistigkeiten. Im letzten Jahr gab es wieder zahlreiche Übergriffe englischer Söldnerbanden auf unsere Grenze. Es wird wohl nie Ruhe geben", endete er und lächelte dabei. Dann aß er ein Stück Speckbrot und trank einen Schluck Bier.

Es ist wohl nun an der Zeit, daß ich euch den Namen dieses Mannes nenne. Er hieß David Morlay - ein Ritter aus Balantrodoch. Vom Blute her war er teils französischer, teils schottischer Herkunft. Sein Großvater, hieß es, war einer der entflohenen Templer gewesen, derer der französische König nicht habhaft werden konnte. Er kam im Jahre 1307 mit Teilen der sagenumwobenen Templerflotte nach Schottland, wo Robert the Bruce den Befreiungskrieg gegen die englische Krone, vertreten durch Edward I. und später Edward II., führte.

Die päpstliche Exkommunikation, die den aufgelösten Templerorden und Robert the Bruce betraf, ließ beide ein Bündnis schmieden, das für jede Partei von Vorteil sein sollte. In der Schlacht von Bannockburn im Jahre 1314 schlugen die Schotten die zahlenmäßig weitaus überlegenen Engländer. Damit erkämpften sie ihre Freiheit vom englischen Joch. Es geht die Sage, daß auch Templer dem Bruce zum Sieg verhalfen.

Nach der Unabhängigkeit Schottlands begannen die Templer, sich langsam im Gewirr der schottischen Clans aufzulösen, wobei sie niemals ihre Ziele aus den Augen verloren. Einige traten auch Jahrzehnte später dem Orden des heiligen Johannes vom Hospital zu Jerusalem bei. Ihre Besitzungen gingen nur in eine Art Treuhänderschaft der Johanniter über, denn im Verborgenen lebte der Tempel weiter. Das verdankten sie vor allem ihrer Treue zum schottischen Königshaus.

Als Robert im Jahre 1329 starb, wurde sein Sohn David König von Schottland. Es dauerte nicht lange, bis es wieder zu einer gefährlichen Bedrohung aus dem Süden kam. Der englische König und große Krieger Edward III. begann erneut, dem Norden jegliche Unabhängigkeit abzusprechen. Erst einmal geschah jedoch gar nichts, da der englische Despot in einem Anflug von Größenwahn nach Art eines normannischen Plantagenets auch noch Frankreich angriff, wobei er den berühmten hundertjährigen

Krieg vom Zaune brach. Und er sollte zunächst unerwartet großen Erfolg haben. In der Schlacht von Crecy vernichteten die walisischen Bogenschützen das französische Ritterheer. Mit dem Beginn der sechziger Jahre begann jedoch Englands Stern auf dem Kontinent zu schwinden. Die Franzosen setzten zunehmend auf ähnelnde Kriegstaktiken ihrer Feinde, um diese zurückzudrängen.

Auch im Konflikt mit Schottland hatte Edward zunächst Oberwasser. David Bruce wurde bei einer Schlacht von den Engländern verwundet und gefangengenommen. Als er über zehn Jahre später freikam, waren die Lösegeldforderungen astronomisch. Derweil begann sein Neffe und Enkel Roberts, des Bruce, Robert Steward oder auch Stuart, an seinem Thron zu sägen mit der Absicht, ein neues Königshaus zu begründen, was ihm später auch gelingen sollte. Doch so seltsam es klingen mag, das Verhältnis zum südlichen Nachbarn stabilisierte sich.

Die beiden Ritter kannten die jetzige Lage und wußten, daß Schottland aus allen Krisen der letzten Jahrzehnte immer gestärkt hervorgegangen war. Von Seiten des Hauses Plantagenets bestand angesichts von dessen Problemen in Frankreich kaum noch eine ernst zu nehmende Gefahr. Zur Zeit jedenfalls konnten viele von dem bestehenden Frieden profitieren. Die Bauern, die Stadtbürger, der Edelmann, die Kirche und auch die Orden.

David Morlay war ein solcher Ordensritter. Oft saß er monatelang allein in seiner Kammer im Ordenshaus von Balantrodoch über alten wissenschaftlichen Schriftrollen, Reichtümern geistiger Macht und studierte sie. Er häufte das Wissen regelrecht an und kaum einer der jüngeren Ordensmitglieder verstand, warum er das alles tat. So umgab ihn mit der Zeit ein geheimnisvolles Flair.

Dabei wirkte er überhaupt nicht schrullig oder verschroben, so wie es manchmal für Bücherwürmer zutrifft. Nein, sein Wesen war durch und durch freundlich und er verstand es prächtig, seine Gesprächspartner zu unterhalten. Natürlich lebte er nach den strengen Regeln sowohl des Templer- als auch des Johanniterordens.

Diener zweier Herrn?! Recht sonderbar möchte man meinen. Das lag darin begründet, daß es in der Öffentlichkeit keine Diener des Tempels mehr gab und sie in Schottland unter dem Schutz und Deckmantel der Johanniter oder auch Hospitaliter, wie sie manchmal genannt werden, ungestört weiter wirken und arbeiten konnten. Allerdings war diese Gemeinschaft einzigartig in Europa und wenig ist jemals über sie bekannt geworden.

Doch dem alten Morlay waren solche Dinge eher unwichtig; nach seinem Verständnis diente er allein Gott und widmete sich seinen Forschungen vor allem in der Navigation und der Astronomie. Und gerade bei dem ersteren konnte er innerhalb des Tempels aus einem tiefen Fundus schöpfen.

Der junge Mann entstammte dagegen einer berühmten schottischen Familie, die auf lange Traditionen zurückblicken konnte. Sein Name war Sir Henry Sinclair. In seinen

Adern floß ebenfalls französisches und schottisches, aber vor allem das wilde normannische Blut.

Die Sinclairs waren eine der bedeutendsten Familien in den Lowlands. Ihre Stammburg befand sich in Rosslyn, südlich der großen Stadt Edinburgh am Fluß Esk. Hier, in Lothian, herrschte bereits ein anderer Zeitgeist als in vielen anderen Teilen des Reiches. Man sprach kein reines gälisch, sondern ein Gemisch aus Gälisch, Angelsächsisch und Französisch. Und wenn sich Harry mit dem alten Morlay unterhielt, dann verwendeten sie jene eigenartige Sprache mit einem starken französischen Dialekt, waren sie doch beide Nachfahren von Einwanderern.

Der aufgeklärte Geist, der in einigen Gegenden der südlichen Lowlands herrschte, war durchaus nicht charakteristisch für Schottland. Vielmehr galt es als normal, daß sich die Clans untereinander, oftmals wegen Nichtigkeiten, in ewigen Bluts- und Stammesfehden befanden. Diese Sitten hielten sich besonders hartnäckig in den Highlands, den unwegsamen Bergen und Hochebenen im Nordwesten des Landes.

Daran konnte die Monarchie auch nicht sehr viel ändern. So hatten die wilden Clans der westlichen Inseln und vor allen in den Highlands größtenteils ihre Unabhängigkeit bewahrt. Obwohl sie alle bei Bannockburn den Sieg für ihren König erstritten hatten, war ihr Wesen immer noch von der rauhen Wildheit der Berge geprägt.

Die MacDonalds, die die Herren der Inseln genannt wurden, und ihre Verbündeten, die grausamen Macleans, lösten den Westen Schottlands von der Krone. Von ihrer großen Burg Ardtornish am Sound of Mull aus regierten diese gälischen Clans ein Reich, das die Highlands mit den westlich vorgelagerten Inseln umfaßte. Am Hof der Stuarts in Perth hatte man kaum Kontrolle über sie. Es galt sogar verwegen für einen Lowländer, allein in die Highlands hinaufzureiten. Da war es im Süden, von gelegentlichen Angriffen der Engländer abgesehen, schon ruhiger.

Die Ländereien des Clans der Sinclairs erstreckten sich von den Moorfußbergen im Süden bis zum Firth of Forth, der Meeresbucht von Edinburgh im Norden. Dort in den Wäldern der Moorfuß- und der Pentlandberge und an den Küsten der germanischen See war Henry, oder auch Harry, wie ihn zu Hause jeder rief, aufgewachsen. Über die Verbindungen zum nahegelegenen Ordenshaus in Balantrodoch hatte Henrys Vater William, den Ritter des Hospitals und Tempels David Morlay kennengelernt. So wurde der Tempelritter der Lehrer des jungen Sir Henry.

Oft war er mit dem Alten hinunter durch das steile Tal der Esk und über die dichtbewaldeten Berge von Rosslyn nach Balantrodoch geritten und hatte sich mit ihm über die verschiedensten Dinge zwischen Himmel und Erde unterhalten.

Morlay gehörte zu den wenigen Personen, die sich bei Hofe mit den Plänen zur Gründung einer Universität befaßten. Er besaß große Kenntnisse auf dem Gebiet der Schiffbautechnik und Navigation. Durch seine guten Verbindungen zum Kontinent war er über Erfindungen und technische Neuerungen ständig im Bilde.

Im vergangenen Jahr begann der alte Morlay, seinem Schüler über die Geschichte des Tempels, seiner Exkommunizierung durch den Papst und seinem abenteuerlichen Weg nach Schottland zu erzählen. Die hauptsächlich aus Frankreich stammenden Ordensritter brachten damals viel von ihrem Wissen auf die Inseln mit. Schottland hatte in den Jahren seiner bisherigen Geschichte schon zu früheren Zeiten durch neue Impulse vom Kontinent, so vor allem über Siedler aus Flandern und Holland, profitiert. Früher holten die Könige Bauern und Handwerker aus diesen reichen und blühenden Ländern, damit sie Städte schufen.

Der Templer hatte geschäftlich mit alten Freunden in Luimneach zu tun und wollte auf dem Rückweg in Galway noch eine Sache erledigen, die ihn schon seit einer langen Zeit unter den Nägeln brannte. Nur wegen dieser Angelegenheit entschied er sich, den jungen Sinclair nach Irland mitzunehmen. Allzuviel wußte der Junge bis jetzt allerdings nicht über Morlays Pläne und das Ziel, was er am Ende sah. Für Harry war dies bereits der zweite Aufenthalt in diesem Jahr außerhalb Schottlands.

Sie hatten zwei Tage gebraucht, um von einer kleinen Abtei nahe Luimneach bis nach Gailimh zu gelangen. Vorbei an Bunratty Castle waren sie gestern weiter bis zu den Klippen von Moher geritten. So gewaltige riesige Felsen, die sich da über dem Meer erhoben, hatte Harry noch nie gesehen. Er schätzte ihre Höhe auf siebenhundert Fuß.

Als sie an einem Turm anlangten, der die wohl höchste Stelle markierte, gab ihm der Templer ein Zeichen abzusitzen. Beide schritten, das Roß am Zügel haltend, zum Rand der Klippe. David hatte ganz geheimnisvoll getan. „Was glaubst du, was hinter diesem Meer liegt?" fragte er ihn. Vor Harry lag die endlose Weite des großen abendländischen Ozeans. Von der Höhe wirkte alles nur noch weiter und gewaltiger. Die dicken Wolken, die über das Meer zogen, umhüllten das Bild grau und dunkel. Ja, was lag wohl hinter diesem dunklen Grau? „Wahrscheinlich das Ende der Welt", gab er seinem Lehrer zur Antwort. Morlay hatte nur gelacht. „Warte nur ab, Harry. Ich werde dir das Ende der Welt zeigen."

Danach waren sie wieder auf ihre Pferde gestiegen und weiter geritten. Am Abend hielten sie dann in dem kleinen Fischerort Doolin unterhalb der Klippen an und nahmen in einer der in Irland überall zahlreichen Schenken Quartier. Bis spät in die Nacht hinein tanzten dort die einfachen Leute, wobei zünftig auf allerlei verschiedenen Instrumenten gespielt wurde und natürlich auch ein gutes Bier floß. Diese Atmosphäre der Behaglichkeit zog die beiden Reisenden tief in ihren Bann. Schotten und Iren fühlen sich sehr verwandt, wenn auch die Iren unter dem Richtschwert Englands standen. Doch London war weit und auch die irischen Clans standen dem englischen Recht und Gesetz reserviert oder abweisend gegenüber. Die Engländer kontrollierten nur kleinere Gebiete im Osten Irlands. Die beiden hatten an der irischen Westküste nichts zu befürchten.

Heute waren sie relativ früh aufgebrochen und in nordöstlicher Richtung quer durch den Burren nach Gailimh geritten. Der Burren ist ein karger Landstrich. Schon vor sehr langer Zeit verlor er seine schützenden Wälder durch den Schiffbau. Der Wind pfeift dort kalt und naß über die nackten Steine. Sehr selten wurde diese eintönige, kalte, graue Landschaft durch die Silhouette eines Baumes unterbrochen.

Sie waren froh als sie endlich die Küstenstraße nach Gailimh kreuzten. Nun konnte man auf dem Weg, der von kahlen Bäumen umsäumt war, ab und zu das Rauschen des Meeres hören. Im immer dichter werdenden Nebel und mit hereinbrechender Nacht sie endlich die Stadt.

Das lag nun schon eine geraume Weile zurück. Nachdem die beiden ihr Speckbrot gegessen hatten, stellte sich langsam das gute Gefühl ein, den ersten Heißhunger überwunden zu haben.

Der Wirt kam schon zum Abräumen herangeeilt. "Das habt ihr ja sehr schnell aufgegessen. Wohl großen Hunger gehabt?" Er grinste. „Vielleicht wollen die Lords noch etwas?"

Ein übereinstimmendes Nicken erfolgte. "Wenn ihr noch etwas Warmes hättet, wäre das nicht übel", fügte Harry hinzu. "Wir haben Schaf oder Fisch zur Auswahl. Wenn ich ihnen empfehlen dürfte, wäre heute Schaffleisch genau das richtige. Es schmeckt tadellos und ist gut abgehangen."

„Hmmm." Der alte Morlay traute dem Frieden nicht so recht. „Naja, wenn der Fisch frisch ist, nehmen wir lieber Fisch. Es braucht ja nicht so viel zu sein. "Wie wäre es mit gebratenem frischen Seefisch und dazu ein bißchen Rettich?" bemerkte der Wirt. "Fabelhaft, das ist genau das richtige jetzt." "Aal, Kabeljau, Heilbutt oder wollt ihr vielleicht nur Heringe?" "Heringe reichen uns jetzt", sagte David. „Der Aal ist viel zu fett. Soviel Bier können wir heute nicht mehr trinken", gab der Jüngere schmunzelnd zu verstehen. Der Wirt hatte verstanden. "Geduldet euch noch eine Weile, es wird bald alles fertig sein. Vielleicht hört ihr solange der Musik zu, die gleich aufspielen wird", schloß der Hausherr und ging wieder zu seiner Theke zurück.

Und tatsächlich vorne an dem knisternden Kamin begannen ein paar Männer ihre Instrumente auszupacken. Eine kleine Laute, eine Harfe und ein Dudelsack kamen zum Vorschein. Einige Gäste stellten ihre Stühle daraufhin in Richtung der Musikanten. Langsam verstummten die Gespräche und die Gesichter drehten sich voller Erwartung in die Mitte des Raumes.

Obwohl viele Gäste Seeleute aus allen Gegenden des Abendlandes waren, kannten die meisten von ihnen die irische Gemütlichkeit.

Die Musikanten ließen auch nicht lange auf sich warten und stimmten ihr erstes Lied an. Und es begann sich eine alte Weise zu erheben, die, obwohl sie den meisten bereits vertraut war, immer wieder aufs neue verzauberte.

Fingold und Dward waren zwei Brüder,
sie hausten im nördlichen Wald;
kein Auge sah je einen wieder,
denn ihre Herzen sind kalt.

Vor vielen hunderten Jahren,
da kamen von Wexford her
zwei edle Recken gefahren
mit leuchtenden Schild und Speer.

In ihrem Wappen prangte
der wilde Eber gar,
ein jeder Gegner, der wankte,
wenn er ihre Streitaxt sah.

Es holte der König des Nordens
die beiden Helden ins Land,
um vor den Riesen zu retten
der einzigen Tochter Hand.

Die Burg der Riesen ragte
am Meer, wo die Möwen schreien;
sie töteten jeden, der's wagte,
die holde Maid zu befreien.

In dunkler Nacht erschienen
die Recken Fingold und Dward
und blickten mit finsteren Mienen
zur Burg auf dem Felsengrat.

Da stürzten voll brennender Mordlust
die wilden Riesen hervor.
Und schlugen mit Grimm sich die Brust
mit Schildern, so groß wie ein Tor.

Im kühnen Lauf ihnen entgegen
warf Fingold in voller Kraft
den ehernen Speer verwegen
und faßte sein Schwert am Schaft.

Nach dieser Strophe änderte sich die Musik. Der Klang der Harfe wurde lauter und kraftvoller, um den Höhepunkt des Kampfes einzuleiten. Es sangen jetzt auch einige der vorderen Gäste leise die Mär der wilden Brüder mit.

Der rechte der Riesen stürzte dahin,
sein Helm war geborsten, zersprungen der Schild,
dem andren läuft schaudernd die Angst übers Kinn,
voll Wut erhebt er die Keule wild.

Jedoch Dward springt mit kühnem Satz heran
und haut ihm mit scharfem Schwert
die Hand mit der Keule glatt vom Arm,
so daß der Tod in den Unhold fährt.

Nun eilen die Recken zum drohenden Hort,
zu holen aus tiefstem Verlies,
die Tochter des Königs vom Felsen fort,
der steil in den Himmel stieß.

Doch als sie geöffnet die schwere Tür,
das holde Mädchen erblickt,
Da brannte sich jeden ins Herz ein Geschwür,
denn beide waren von ihr entzückt.

Allein sie sah den Vater nie mehr,
denn mitten im tiefen Wald,
da faßten die Brüder die Entscheidung schwer,
und maßen einander kalt.

So brauchte es dann auch nicht lang,
Dward zückt gegen Fingold den Stahl,
darauf ergreift der sein Eisen nicht bang,
er hat keine andere Wahl.

Ewig, so heißt es, dauert die Schlacht
und so verflossen die Tage,
Die Zeit hat dem Mädchen den Tod gebracht,
den Rest berichtet die Sage.

Fingold und Dward waren zwei Brüder,
sie hausten im nördlichen Wald
kein Auge sah je einen wieder,
denn ihre Herzen sind kalt.

Mit dem Ausklang des Liedes von Fingold und Dward war es still geworden im Raum und erst so nach und nach lockerte sich die Atmosphäre. Nach dieser düsteren Weise spielten die Musikanten jetzt das Lied des fröhlichen Fischers und laut wurde dazu gelacht. Die beiden Männer in der hinteren Ecke bestellten noch eine weitere Kanne Bier. Nach der nächsten Einlage kam denn auch das bestellte Essen und so plauderte man ausgelassen, während die Zeit nach und nach verging.

*

Es war schon ziemlich spät als plötzlich noch eine Person in die Gaststube trat. Die meisten waren schon gegangen und viele Tische bereits unbesetzt. Der Fremde sprach kurz mit dem Wirt und trat danach zielgerichtet an den Tisch, wo David und Harry miteinander in ihre Unterhaltung vertieft waren.

"Gott sei Dank, ihr kommt noch" sprach David und bat ihn mit einer Handbewegung Platz zu nehmen. Erst jetzt im Schein der Kerze konnte man erkennen, daß der Neuankömmling nicht auf den Inseln zu Hause war. Harry drehte den Kopf zu Seite. „Dies ist Sir Francesco Beranelli aus Italien", sagte der Templer zu ihm. Dann stellte er seinen Schüler vor.

Harry schaute in das Gesicht des Fremden. So sah also einer dieser berühmten Kaufleute aus der Lagunenstadt an der Adria aus. Zweifellos war er viel herumgekommen. Allein schon ein gutes Gespür fürs Geschäft verlangte dies heutzutage. Denn Handelswege, die gestern noch als sicher galten, konnten schon morgen durch Seeräuber oder Muselmanen zu einem unpassierbaren Hindernis werden. Nachdem, was David über die Gebrüder Beranelli erzählt hatte, waren sie jedoch relativ erfahrene Seefahrer, mit allen Wassern der fünf Meere gewaschen.

Italienischen Stadtstaaten wie Venedig und Genua eilte der Ruf, die größten Handelsmetropolen des Südens zu sein, weit bis an die schottischen und irischen Küsten voraus. Es waren namhafte Seemächte, Bastionen des Christentums, und ihre Handelsverbindungen reichten in die entferntesten Winkel der bekannten Welt. Schmiedete sein alter Lehrer etwa Pläne für eine größere Seereise? Brauchte er dafür den Venezianer?

Harry blickte zu David hinüber. Was hatte der vor zwei Tagen damit gemeint „*Ich werde dir das Ende der Welt zeigen*"? Der alte Morlay hatte ihm schon viel über das große Meer mit all seinen fernen Küsten erzählt. Am Ende waren es ja auch nur Seefahrermärchen, die man sich in den Schenken der Küstenstädte über die Fahrten der

Nordmänner in das sagenhafte Westland erzählte. Träumte nicht jeder Seemann von Bergen bis Lissabon diesen Traum?! Immer, wenn man auf das große Meer hinausschaute, überkamen einen diese Gedanken, wenn auch nur für kurze Zeit. Die grauen Winterabende waren lang und Bier gab es reichlich, nicht nur in Gailimh. Die Geschichten, die dann die Runde machten, berichteten von Meerungeheuern, Teufelsschiffen und Goldküsten.

"Seid ihr schon lange in der Stadt?" fragte Harry den Venezianer gelangweilt. „Zwei Tage. Wir haben heute neue Fracht aufgenommen. Die Geschäfte haben mich solange in Anspruch genommen." Der junge Ritter hatte Mühe, das Latein zu verstehen. Eine kleine ungewollte Pause trat ein und nur der alte Templer war beherzt genug, sie zu beenden.

"Jedenfalls haben wir uns nun alle zusammengefunden, also laßt uns endlich zur Sache kommen" sprach er würdevoll und machte dabei einen Eindruck, als wolle er unendlich weit ausholen. Er tat es auch. "Geschätzter Sir Francesco Beranelli, wir haben euch nicht nur gewählt, weil ihr ein erfahrener Seemann seid und auch über notwendige Geldmittel verfügt, sondern weil meine und eure Ahnen einer gemeinsamen Sache dienten. Viele Jahre sind seitdem vergangen, jedoch die Erinnerungen an frühere Zeiten sind nie ganz ausgelöscht worden. Kurz und gut, der Tempel baut erneut wieder auf eure Unterstützung."

„Ihr sprecht vom Tempel, Sir?" fiel Francesco ihm recht verwundert ins Wort, als würde er die kümmerlichen Reste einer Existenz dieser ehemals mächtigen Organisation anzweifeln. Doch sein Gegenüber ließ sich dadurch nicht im Geringsten beirren. „Ja, wir dienen dem Tempel, nachdem wir in Schottland eine Herberge gefunden haben. Andere sind in Portugal oder Spanien untergekommen. Hier sind wir sicher vor dem päpstlichen Bann."

„Nachdem sich die Stellung des Tempels, wenn auch im Verborgenen, gefestigt hat, sollen unsere Schiffe wieder auf Fahrt gehen, wenn auch diesmal unter der Flagge Schottlands und mit Hilfe der Hospitaliter. Das sollten wir Robert the Bruce schuldig sein, nachdem, was er für den Orden getan hat. Da jedoch der Weg weit, unbekannt und gefährlich sein wird, die Geldmittel spärlich sind und es uns an erfahrenen Seeleuten fehlt, benötigen wir für diese Expedition eure Hilfe. Ihr wißt sicherlich von den Geschichten, die sich die Seeleute von der Insel Thule bis Portugal erzählen. Zwischen all diesen Seeungeheuern und Meerjungfrauen taucht immer wieder das sagenhafte Land im Westen auf. Denkt nicht, daß ich zu Phantastereien neige.

Schließlich gibt es einige Anhaltspunkte. Sicher wissen wir, daß vor vierhundert Jahren die Nordmänner eine große Insel nordwestlich von Thule, das wir auch Island nennen, besiedelten. Jedoch ist der Kontakt so gut wie abgerissen, wenn die Kolonie nicht schon ganz ausgestorben ist. Von dort aus, so munkelt man, sind die Wikinger damals auf ihren Drachenbooten in Richtung Westen aufgebrochen. Doch was ihre Augen gesehen haben und was dann geschehen ist, kann heute niemand mehr mit Bestimmtheit sagen.

Wenn, dann handelt es sich oft um Seemannsgarn, das die alten Langbärte in den Schenken der hiesigen Küsten spinnen."

Der alte Templer hielt ein Weile lang inne und lies den Blick durch die Stube schweifen, bis er auf die ihn wie gebannt anstarrenden Augen seiner beiden Tischgenossen traf. "Wohl ist's bekannt, meine Freunde, daß jedes Märchen einen Funken Wahrheit enthält."

Francesco schüttelte etwas belustigt den Kopf. „Eure Geschichte ist ja ganz nett. Aber ihr kennt doch sicherlich die Ansicht des Heiligen Vaters zu solchen Dingen. Mag sein, Morlay, daß ihr hier auf dem Boden der keltischen Inselreiche sicher seid. Aber ihr spielt mit dem Feuer."

Der Mann aus Venedig war ziemlich deutlich geworden. Wie schnell war man im Machtbereich der Päpste als Ketzer gebrandmarkt und mußte den Tod auf dem Scheiterhaufen fürchten. Harry beobachtete die beiden. Er hätte nie gedacht, daß die Urahnen der beiden Männer schon miteinander Geschäfte gemacht hatten. Jedenfalls schien dieses Gespräch in einer Sackgasse zu enden. Doch der alte Morlay ließ nicht locker.

„Ich bitte euch", begann er zu seinem Gegenüber. „Ich weiß zwar nicht, wie weit ihr in Geheimnisse des Tempels eingeweiht seid, aber glaubt mir. Es ist hinlänglich bewiesen, daß die Behauptung, unsere gute alte Erde sei eine Scheibe, ein erfundenes Märchen der Kirche ist. Oder was denkt ihr? Etwa, daß die Leute da im Norden einfach von Zeit zu Zeit über den Rand der Welt gestürzt sind?! Vielleicht hört man ja deshalb nichts mehr von den Kolonien nordwestlich von Island. Wir wissen nun nicht gerade, was da drüben liegt und uns erwartet, aber ganz gewiß ist es nicht der Abgrund in die Hölle. Ich habe hier etwas, das euch bestimmt interessieren wird."

David legte einen schmalen Lederköcher auf den Tisch. Mit dem Öffnen des Köchers kam ein sorgsam gerolltes Papier zum Vorschein. Langsam und bedächtig zog er die Banderolen dieses aus einem seltsamen Material bestehenden Blattes auf. Francesco beugte sich vor, so daß sein Gesicht vom rötlich flackernden Schein der Kerze erhellt wurde.

Harry ahnte, daß der alte Morlay heute ein lange gehütetes Geheimnis preisgeben würde. Er wußte, daß David eine alte Schriftrolle besaß, die er ständig bei sich trug. Sicherlich stand es mit jener seltsamen Andeutung im Zusammenhang, die der Templer gestern auf den Klippen von Moher machte. Es steckte also mehr dahinter. Der Templer wollte die Gebrüder Beranelli offensichtlich in seine Pläne einweihen.

David wußte recht gut, was Harry, was aber vor allem der Venezianer jetzt dachte und rollte mit der größten Bedächtigkeit das Papier auseinander. Hatten ihre Großväter nicht nur glänzende Geschäfte miteinander gemacht, so waren sie auch in vielen Dingen und Problemen gleicher Ansicht. Der Kontakt beider Familien war nie vollständig abgerissen. Vor zwölf Jahren hatte David die Söhne von Renaldo Beranelli auf einer Geschäftsreise im Hafen von Lissabon kennengelernt. Sie hatten dort ein Kontor eröffnet und unternahmen von dort ihre Geschäftsreisen im westlichen Meer. Auch nach Gaillimh unterhielten sie eine Handelslinie mit Beteiligung eines portugiesischen Kaufmanns, die jetzt schon seit einigen Jahren in Betrieb war.

„Gütiger Gott. Was ist das?" In dem Gesicht des italienischen Geschäftsmannes war maßloses Erstaunen zu lesen. Der alte Teufel hatte es wirklich geschafft, ihn gewaltig zu überraschen. Das vor ihm liegende Papier zeigte eine Landkarte. Und Landkarten, haben sie doch zu jeder Zeit etwas Magisches, waren in der Welt des Mittelalters etwas ganz Besonderes - ja nahezu Heiliges.

Dem Venezianer gingen die Augen über. Er erkannte ganz klar die Umrisse des christlichen Abendlandes und der arabischen Welt, die Küsten des Mittelmeers und der nördlichen See. Gerade an den ihm bekannten Küstenverläufen des Mittelmeeres bemerkte er die ungewöhnliche Präzision des Zeichners. Eine Genauigkeit, die kein Mönch hinter Klostermauern schaffen konnte, sondern nur ein erfahrener Kapitän. So etwas hatte er bis jetzt nur bei einigen Portolanen gesehen. Doch Portolane, eine Art Seekarten, gab es erst seit Anfang dieses Jahrhunderts und die für Portolane typischen Strahlenbündel und Liniensysteme fehlten hier völlig. Der Venezianer beugte sich nach vorn.

Das Material, aus dem die aufgeschlagene Rolle war, konnte nur so etwas wie Papyrus sein. Francesco hatte solche alten Papyrusrollen schon einmal gesehen. Es handelte sich dabei um ein Blatt aus zusammengepreßten Pflanzenfasern, das im alten Ägypten zum Schreiben verwendet wurde. Diese Methode benutzen die dort lebenden Araber heute noch. Aber vielleicht war dieser Papyrus aus einer früheren Zeit. Dieser Gedanke allein ließ sein Blut schneller pulsieren.

Auch Harry war fasziniert. Der Templer, der in Balantrodoch einen regelrechten Schatz an Landkarten hütete, war in dieser Hinsicht für jede Überraschung gut. Viele dieser Zeichnungen durfte sich Harry schon anschauen. Oft zeigten sie die Küsten der germanischen See, aber auch des Mittelmeeres bis zum heiligen Land.

Doch dieses vor ihm liegende Meisterwerk schien alles Vorhergehende zu übertreffen. Die Karte wirkte wesentlich genauer und detaillierter als die anderen Karten, die David Morlay besaß.

Francesco Beranelli runzelte die Stirn. Bei deutlicherem Hinschauen erkannte er, daß teilweise arabische Schriftzeichen, aber auch sehr viel ältere Zeichen einer ihm unbekannten Bilderschrift aufgetragen waren. Damit war ihm klar, daß diese Karte einen Ursprung in längst vergangenen Zeitaltern haben mußte, über den wahrscheinlich auch der alte Morlay keine Auskunft geben konnte. Aber was noch eigenartiger war, in etlicher Entfernung von Europa und Afrika über die westliche See war, eine ihm bis dahin noch unbekannte Küstenlinie eingezeichnet, hinter der sich eine große Landmasse vermuten ließ. Was die arabische Schrift anbelangte, gab es keinen Zweifel. Die Landkarte mußte während der Kreuzzüge in den Besitz der Templer gelangt sein. Eines Ordens, der längst als ausgelöscht galt. Sicher, seine Ahnen hatten glänzende Geschäfte mit den Templern gemacht. Doch nun galten sie als Ketzer. Worauf ließ er sich da bloß ein?! Wenigstens war Morlay kein Unbekannter für ihn.

David konnte sich schon vorstellen, was jetzt in seinem Gegenüber vorging. Doch er brauchte den Handschlag und damit ein unumstößliches „Ja" dieses Mannes, das wußte er. Sicher saß da ein Abenteurer und erfahrener Kapitän, aber in erster Linie war Francesco Beranelli ein Geschäftsmann, kühl, berechnend und selten ein Risiko eingehend.

Der Templer fing die Sache klug an. „So große Entfernungen haben bis jetzt noch keine Schiffe auf dem offenen Meer zurückgelegt. Wir brauchen euch und eure Erfahrung in der Seefahrt, insbesondere der Navigation. Sonst werden wir vielleicht niemals dem Geheimnis der Karte auf den Grund kommen. Kann ich auf euch rechnen, Senore Beranelli?"

Francesco war als Geschäftsmann natürlich stets weit davon entfernt, die sofortige Begeisterung eines Abenteurers zu zeigen. Sicher - eine solche Unternehmung reizte ihn sehr. Vielleicht waren aus dieser Reise hohe Gewinne zu erwarten?

Er setzte eine sehr gewichtige und nachdenkliche Miene auf. Das war so seine Art. „Bevor ich mich mit ihnen auf den Handel einlasse, meine Lords, möchte ich vorher genau wissen, wie unsere Chancen für dieses Unternehmen stehen. Immerhin müßte ich für eine geraume Zeit meine Geschäfte vernachlässigen. Ich muß wissen, was an eurer Sache dran ist. Außerdem würde mich interessieren, wie begründet die Echtheit dieses Papiers ist. Ihr dürft mich nicht falsch verstehen. Aber mir liegt wenig daran, mein Geld in den Sand zu setzen."

An den leuchtenden Augen Francescos erkannte David jedoch, daß er voll ins Schwarze getroffen hatte. Das, was dieser sagte und das, was er dachte, lief eindeutig auf zwei verschiedenen Bahnen. Hier hatte der alte Morlay genau den Richtigen vor sich. Dieser Mann war keine venezianische Krämerseele. „Vortrefflich, geschätzter Freund, ich habe es nicht anders von euch erwartet. Es ist verständlich, daß wir alle mit offenen Karten spielen sollten. Nun gut!" Um das Gesicht des älteren Mannes ging ein Lächeln, mit dem er die beiden anderen gefangen nahm.

„Bisher habt nicht nur ihr, sondern auch Sir Henry bis zum heutigen Tag nicht gewußt, was es mit dieser Karte auf sich hat. Er hat euch nur eines voraus. Ihr wußtet bis heute nicht mal von der Existenz dieses Blattes Papier. Aber um euch meine Einzelheiten zu erläutern, schlage ich vor, wir sollten es uns erst einmal ein wenig bequemer machen."

In der Schenke war es derweil still geworden. Die letzen Gäste waren gegangen. Hinter seinem Schanktisch stand noch der Wirt und räumte das Geschirr zusammen. Als er sah, daß die drei Fremden in ihrem Gespräch innehielten, gab er David ein Zeichen.

"Ich habe die Haustür bereits abgeschlossen. Die Kammern im oberen Stockwerk sind für euch gerichtet, edle Herren. Ich lasse euch jetzt allein. Bitte löscht dann die restlichen Lichter in der Stube. Sollten die Herren noch etwas Bier wünschen, es steht noch etwas im Krug hinterm Schanktisch. Ich wünsche den Lords eine gute Nacht."

Die drei verließen ihre dunkle Ecke und nahmen direkt auf den mit Fellen belegten Bänken neben dem Kamin Platz. Nachdem man ein paar Scheite nachgelegt hatte, flackerte das fast erloschene Feuer noch einmal kräftig auf. Der Lichtschein warf die Silhouetten der Männer gespenstisch und riesenhaft an die Wände. David schenkte Bier nach und man begann, es sich auf den Fellen rundherum bequem zu machen.

In Harrys Kopf geisterten die Gedanken wild umher. Seine Vermutung war also richtig gewesen. David machte in der letzten Zeit immer wieder Andeutungen, daß er ihn in ein großes Unternehmen einbeziehen wollte. So hatten sie zusammen immer wieder alte Schriftrollen aus den Archiven des Ordenshauses zu Balantrodoch und den Bibliotheken zu Edinburgh und St. Andrew, mit Berichten von alten Seefahrervölkern und ihren Entdeckungen studiert. Doch zu wenig verstand Harry die großen Zusammenhänge. Vielmehr spukten in seinem Kopf die riesengroßen Seeschlangen und Meerungeheuer umher, die es da draußen für ihn unzweifelhaft geben mußte. Was wußte er schon von der großen Welt. Und nun auch noch die große unbekannte Küste am anderen Ende des riesigen Ozeans, wo doch laut der heiligen Mutter Kirche das Ende der Welt liegen sollte.

Bis jetzt war es Harry unwahrscheinlich erschienen, jemals über dieses endlose Meer zu segeln. Warum bezog der Templer ihn nun in seine Pläne mit ein? Vielleicht weil er sich der Zustimmung des Hochadels versichern wollte. Vielleicht auch, weil David damit rechnete, daß er irgendwann sein Erbe als Earl über die Orkneys antreten würde. Der erste Aufenthalt im Ausland hatte Harry in diesem Jahr bereits an den Hof des dänischen Königs Waldemar nach Kopenhagen geführt. Dort stritten er und sein Oheim Thomas als Botschafter Schottlands leidenschaftlich für die Herrschaft auf den Orkneys. Der oberste Lehnsherr über die Orkney- und Shetlandinseln war König Haakon VI. von Norwegen, der in Kopenhagen gerade mit Margarethe, der Tochter Waldemars getraut wurde. Harrys Oheim Thomas wurde nach langem Tauziehen zum Verwalter der Inseln eingesetzt. Allerdings stand den Norwegern der Unmut deutlich ins Gesicht geschrieben, daß ein Schotte Anspruch auf die Orkneys haben sollte. Ob Harry also jemals den Norwegern als Earl den Lehnseid leisten würde, stand zur Zeit noch in den Sternen. Deutlich tauchten nun wieder die Bilder von Seeschlangen und Meerungeheuern in seinen Gedanken auf.

*

Draußen hüllte der Nebel die irische Westküste in eine pechschwarze Finsternis. Eine merkwürdige Melancholie befiel die drei Männer, als sie in das unruhige Flackern des Kaminfeuers starrten. Das Schicksal hatte sie unter verworrenen Umständen zusammengeführt und jeder spürte, daß eine unsichtbare Kraft sie langsam zusammenzuschweißen schien. Da begann eine Stimme: „Der Geheimnisse auf dieser Welt gibt es viele, meine Freunde. Etliche sind im Tempel als solche schon enträtselt worden. Ich bin nur ein einfacher Ritter. Doch was die Karte betrifft, so will ich nicht verschweigen, was ich über sie weiß.

Vor vielen hunderten von Jahren, es muß zu Zeiten des berühmten Harun al Raschid gewesen sein, da blühte das gesamte arabische Reich der Kalifen mit seinen Bauwerken, seiner Kunst und Wissenschaft. Städte wie Bagdad, Damaskus, Kairo und nicht zuletzt Sevilla und Cordoba waren bedeutende Zentren von prächtiger Schönheit und Glanz. Nicht wir, sondern die Araber haben das Erbe einer Zeit angetreten, von der heute nur noch versunkene Geschichten erzählen.

Später dann, mit dem beginnenden Verfall der orientalischen Kalifenreiche, traten die Ritter des Abendlandes in Erscheinung. Damals befreiten wir Jerusalem. Jedoch haben wir nur zweihundert Jahre gebraucht, um durch unseren Egoismus und grenzenlose Habgier alles wieder zu verspielen. Daran ist auch die Spaltung der christlichen Kirche schuld. Somit hat sich das Blatt gewendet. Schaut man im Angesicht des neuen Jahrhunderts nach Osten, bedrohen die Türken bereits Europa. Kluge Köpfe erkannten schon damals, daß es notwendig war, die Beziehungen zum Islam völlig neu zu bewerten. Doch es gibt zu viele Starrköpfe in der Welt, nicht zuletzt auch unter den fanatischen Gotteskriegern des Templerordens. Wenigstens auf einigen Ebenen gelang aber eine Verständigung, so zum Beispiel auch auf dem Gebiet der Schiffahrt und Navigation.

Noch vor nicht langer Zeit, sagen wir vor rund hundert Jahren, bestand zu Zeiten des Stauferkaisers Friedrich ein relativ freundliches Verhältnis einiger Zweige des Tempels zu den islamischen Nachbarn. Letzen Endes waren wir es, die von ihnen lernten. Da aber das Damoklesschwert des Papstes immer bedrohlicher über uns hing, mußte vieles geheim gehalten werden.

Im Jahre 1235 gelangte der damalige Großmeister in den Besitz dieser uns vorliegenden Karte. Arabische Seeleute dienten, wie auch früher schon den Normannen, jetzt auch den Templern als Navigatoren durch die unwegsamen Passagen des Mittelmeeres. Sie müssen wohl im Besitz dieser Karte gewesen sein. Die Araber erklärten, es handelte sich bei der Zeichnung um eine Kopie einer sehr viel älteren Karte aus der Zeit weit vor Christus. Woher sie das wußten, ist nicht überliefert. Vielleicht haben sie diesen Schatz irgendwo in Syrien ausgegraben, denn es ist bekannt, daß die alten Phönizier ihre geheimen Seekarten niemals weitergereicht haben, sondern unter der Erde verschwinden ließen. Wer weiß, was dort alles noch verborgen liegt.

Das Blatt aus ägyptischem Papyrus verschwand dann jedenfalls in den Archiven des Pilgerschloßes von Akkon. Für uns war es ein außergewöhnlicher Glücksumstand. Wer jemals diese Karten im Original gezeichnet hat, muß sehr viel mehr von dieser Erde gewußt haben als wir heute, so viel ist sicher. Viel ist in den Jahrtausenden verlorengegangen und was wissen wir schon von den Kulturen vor den alten Römern.

Für mich steht fest, daß ich mich auf die Suche nach dieser anderen Welt machen werde, so wie es vor mir schon etliche Seefahrer versucht haben. Doch muß diese Sache gut vorbereitet sein. Sicherlich wird es noch Jahre dauern, bis wir endlich zu dieser Mission in See stechen können. Sollte ich mein Ziel nicht mehr erreichen, wirst du, Harry, das angefangene Werk vollenden. Deshalb bist du heute hier." Harry spürte, wie die Augen des alten Morlay bis auf den tiefsten Grund seiner Seele schauten und das trieb ihm die Röte ins Gesicht. Er ahnte, daß er eine wichtige Figur auf Davids Schachbrett war.

Der junge Sinclair hatte als Angehöriger einer der großen schottischen Clans wahrlich ganz andere Möglichkeiten als die beiden älteren Männer. Sicher würden sie im Laufe der Zeit erst zum Tragen kommen, aber man sollte nicht den Einfluß des Hochadels, zu dem er gehörte, auf Krone, Land und Schicksal unterschätzen. Es war jetzt wichtig, in Schottland gute Gefolgsleute zu finden und zusammen mit Hilfe der Venezianer eine hochseetüchtige Schiffsflotte zu bauen. Harry konnte an diesem Abend jedoch noch nicht die gesamte Tragweite des Unternehmens beurteilen. Dafür hatte ihn sein Lehrer einfach überrannt. Es war also ratsam, keine voreiligen Entschlüsse zu fassen. Doch sagt sich so etwas recht einfach dahin.

Der junge Mann blickte für zwei Augenblicke fest in das Gesicht des alten Morlay. Harry wußte, daß der alte Templer große Stücke auf ihn hielt. Vorsichtig gab er Antwort. „Es ehrt mich sehr, daß ihr so großes Vertrauen in mich setzt. Doch ich bin jung und unerfahren und habe noch nicht einmal meine Sporen im Kampf verdient." Nun geriet Harry leicht ins Stocken und machte eine Pause. „Aber wenn ihr es wünscht, werde ich alles versuchen, was sich machen läßt. Der Name meines Clans hat einen guten Ruf in den Wäldern um Edinburgh und zu unseren Farben halten wohl mehr als sieben mal tausend Männer. Doch sind sie an ihre Scholle gebunden und was ein solches Unternehmen angeht, da werde ich kaum zehn gute und absolut verläßliche Leute innerhalb der nächsten zwei Jahre finden.

Ich weiß, ihr rechnet damit, daß ich als späterer Earl der Orkneys die günstigsten Voraussetzungen für ein solches Unternehmen schaffen kann. Aber hängt dies nicht vom Wohlwollen der norwegischen Könige ab? Denkt daran, was ich vom Hof von Kopenhagen erzählt habe. Ob ich dieses Erbe, das ich meiner Mutter verdanke, je antreten kann, ist mehr als fraglich. Zur Zeit bin ich nur der Sohn eines einfachen Clanhäuptlings. Überschätzt mich nicht!"

„Harry, du wirst alle Unterstützung bekommen, die möglich ist. Aber du mußt einfach noch mehr politische Erfahrung sammeln. Denke immer daran, daß das Recht und somit Gott auf deiner Seite ist. Und denke auch daran, daß du dieses Recht verspielst, wenn du mit falschen und unsauberen Mitteln kämpfst." Die ernsten Falten auf Davids Gesicht lösten sich und er mußte lachen. „Hab es nicht so eilig, Harry. Zwei Jahre sind viel zu wenig, wir werden frühestens in zehn Jahren soweit sein, daß wir aufbrechen können. Außerdem bist du jetzt noch viel zu jung für eine solche Expedition."

Nun ärgerten Harry seine Worte, die er vorhin gesagt hatte - zu jung und unerfahren. Zehn Jahre sollte es dauern, wie grauenhaft. Solange wollte er nun auch wieder nicht warten, um etwas von der Welt zu sehen.

Ohne weiter auf ihn einzugehen, drehte sich David zu dem Italiener und sprach. „Um so wichtiger ist momentan eure Unterstützung, ohne die wir wohl kaum eine Chance hätten.

Ihr, Senore Francesco, könntet euch im Bereich eures Handelsimperiums für unsere Sache nützlich machen. Vielleicht ist es euch möglich, durch eure Beziehungen zu den Arabern in Nordafrika und Spanien etwas über einen Gelehrten in Erfahrung zu bringen, der die Bilderschrift dieser Karte enträtselt.

Ach ja, dann noch etwas. Meine Geldmittel sind leider begrenzt. Deswegen muß ich eine wichtige Frage stellen. Was glaubt ihr, wie viele Schiffe wir benötigen? Doch wohl nicht mehr als drei..." Ein Blick ins Gesicht des Venezianers ließ Morlay jäh verstummen.

„Warum auf einmal diese Eile? Spracht ihr nicht eben noch von einem Zeitraum von zehn Jahren. Wir sollten abwarten, wie sich die Dinge entwickeln; denkt ihr nicht auch?! Was die Karte betrifft ,so seid gewiß, ihr hört von mir. Ich bin euer Mann, sowie ich sicher bin, daß auch mein Bruder Rico sich an dem Unternehmen beteiligen wird. Aber bis dahin..." Er stand auf.

Die Euphorie des Templers hatte einen gehörigen Dämpfer erhalten. David begriff, daß an diesem ersten Abend wirklich nicht mehr zu erreichen war und erhob sich ebenfalls. „Damit hätten wir unsere Ziele fürs erste abgesteckt, meine Herren. Ich wünsche allseits gute Nacht." Daraufhin verschwanden die drei Männer, nachdem sie das Feuer im Kamin gelöscht hatten. Zurück blieb der in Dunkelheit versinkende Wirtsraum der Schenke „Zum fröhlichen Hecht."

Als sich die zwei Schotten am nächsten Tag von Francesco Beranelli trennten, ahnten sie noch nicht, daß es Jahre dauern sollte, bis sie sich wiedersehen würden. Der Italiener segelte wieder nach Süden und verschwand auf dem weiten Meer in die Richtung, aus der er gekommen war. Der Weg der beiden Ritter führte dagegen nach Norden, wo sie über Sligeach und Derry Doire nach Baile an Chaisthil gelangten, um von da aus nach Schottland überzusetzen.

Die Clans von Argyll

Die Sonne schien hell über dem Meer, als das Langboot mit drei Männern und zwei Pferden in einer Bucht nördlich der Halbinsel Kintyre landete. Hier breitete sich das westliche Hochland Argyll aus, das von wilden keltischen Clans beherrscht wurde. Die Pferde witterten den Geruch der Erde und waren nur mit Mühe zu bändigen. Die beiden Männer, die nach ihrem äußeren Erscheinungsbild wie Ritter wirkten, führten sie geschickt über den Anlegesteg und machten die Zügel an einem kleinen Steinblock fest. Die dritte Person ging nicht mit an Land. Es war der Fährmann des Langbootes und er fluchte übel und mißgelaunt - besonders über einige Scherze seiner scheidenden Gäste. Ihm war Kintyre nicht geheuer, denn er gab zu verstehen, daß er keine Lust verspürte, länger an dem kleinen Steg zu verweilen. Da es nun auch weit und breit keinen Reisegast in Richtung Irland gab, legte er, ohne ein Wort des Abschieds, mit größter Hast wieder ab und ruderte mit vollen Kräften, geradeso als wäre der Leibhaftige hinter ihm her, aufs offene Meer hinaus.

Der ältere der beiden Männer schaute über die sanft ansteigenden Hügel, die hier und da von einer Felsformation unterbrochen wurden. „Ich glaube, wir müssen an den kleinen Hütten dort vorbei. Wenn mich nicht alles täuscht, ist dies der Weg zum See Awe." „Wie weit ist es bis zum Land der Campbells?" fragte der Jüngere. „Wir befinden uns bereits auf ihrem Boden. Bis Sonnenuntergang müßten wir die Stammburg des Clans, Innis Chonnel Castle, erreichen."

Sie banden die Pferde los und saßen auf. Sie blickten noch einmal auf die Meeresbucht zurück, bevor sie hinter den grauen Hügeln verschwanden.

*

Der Weg war unwegsam und das Land karg und öde. Beim Blick in die Ferne konnte man kleinere Herden der wilden schottischen Hochlandrinder auf den Wiesen erkennen. Das Vieh hatte es im Winter nicht leicht, denn es gab nur altes, verwelktes Gras vom vergangenen Sommer, das hier und da zwischen den grauen Steinen hervorlugte. So lagen die großen Kühe mit ihrem dichten zottigen Fell zumeist auf dem Boden und genossen die im Winter viel zu selten wärmende Sonne.

Um zum See Awe zu gelangen, mußten die beiden Reiter noch etliche Pässe, die durch die Berge führten, überwinden. Der alte Templer blickte nach links und zog ein ungemütliches Gesicht. „Es beginnt schon langsam, sich vom Westen her einzutrüben. Wenn wir wieder Regen bekommen, woran ich nicht im geringsten zweifle, wird der Tag bald schwinden. Wir müssen uns sputen, das Ziel noch vor Anbruch der Nacht zu erreichen."

Sein junger Begleiter wußte nicht genau wie lange sie noch unterwegs sein würden. Zu schnell verschätzte man sich hier in den Bergen. Er verspürte jedoch keine Lust, draußen zu nächtigen, denn recht geheuer schien es hier wirklich nicht zu sein. Jedenfalls machten die Ruinen verfallener Burgen, die zuweilen rechts und links auf den kargen Felsen standen, nicht gerade einen friedlichen Eindruck auf ihn.

David zeigte zu ihnen hinauf. „Sie gehörten einst grausamen und verwegenen Clans, die gemeinsame Sache mit den Engländern machten. Unsere Könige bestraften sie dafür und überantworteten das Land den Campbells. Schon vor hunderten von Jahren erschütterten Fehden und blutige Händel in diesem Landstrich. Weiter unten in Kilmartin sind damals die meisten Schiffe der aus Frankreich kommenden Flotte des Tempels gelandet. In diesen Bergen ist seit je her Geschichte geschrieben worden. Die Erbauer des alten Reiches Dalriada begannen von hier aus ihre Feldzüge gegen die Pikten; die bemalten Menschen im Osten.“

Man sah der trostlosen Landschaft die Geschichten von Krieg und Heldentum nicht im mindesten an. Eher erzählten sie traurige Lieder von Raub und Hinterhalt. Je tiefer sie in das Hochland eindrangen, um so unheimlicher wurde Henry Sinclair zumute. Auf diesen grauen, unwirtlichen Felsen sollte seit je her nur Blut geflossen sein. Diese Gedanken gefielen ihm nicht und er legte die Hand auf den Knauf des Schwertes, als hätte er eine schlimme Vorahnung. Größere Steine lagen nun auch auf dem Weg, so daß sie nur noch langsamer vorwärts kamen.

In nicht mehr allzu großer Entfernung konnten die beiden Reiter den Paß erblicken. Die Felsen ragten schroff links und rechts empor. Die Pferde begannen etwas nervös zu werden und scheuten zurück. „Vorsicht, Harry, wir bekommen bald Gesellschaft. Es ist besser, wir ziehen jetzt unsere Schwerter.“ Der alte Templer hatte ein gutes Gespür, denn auf einmal sprangen hinter den Felsen wilde, verwegene Gestalten hervor. Die Schar war mit kurzen Schwertern, Äxten und Messern ausgerüstet. Ein mittelgroßer stämmiger Mann, wahrscheinlich der Anführer dieser Bande, herrschte sie mit lauter Stimme an. „Wie kommt es, daß ein paar dahergelaufene Iren in unser Land eindringen. Wolltet ihr euch etwa an unserem Vieh vergreifen? Gesteht uns Rede und Antwort!“

David wußte, daß die Möglichkeit, vernünftig aus der Angelegenheit herauszukommen, sehr gering war. Er versuchte es trotzdem. „Ihr seid sehr witzig, mein Lord. Denkt ihr wirklich, wir wollten uns an eurem Vieh vergreifen? Außerdem gehört dieses Land, wenn ich mich recht entsinne, den Campbells und damit den wahren Herren des Argylls.“ Der wahrscheinlich verhaßte Name der Earls vom See Awe ließ den Häuptling nur noch wütender werden. Er schrie den beiden zu. „Noch gibt es die MacGroons und wir werden es nicht zulassen, daß weiteres Land, von welchem Clan auch immer, uns genommen wird. Aber was geht das einen Iren an.“ „Vorsicht mit eurem Urteil, wir sind Angehörige des heiligen Tempels und damit Ritter Gottes. Zufällig kenne ich auch den Earl vom See Awe aus Edinburgh. Ihr solltet noch einmal überdenken, daß Wegraub kein gutes Geschäft für euch ist.“

Die Räuber waren etwas unsicher, denn schließlich kam es nicht alle Tage vor, daß zwei Tempelritter in diese Gegend kamen. Die Männer des Ordens galten als gute und geschickte Krieger, die mit ihrem Schwert umgehen konnten. Außerdem richtete sich ihr

Haß ja nur gegen die Herren vom See Awe und nicht gegen die Ritter Gottes. Die Späher hatten von zwei Reitern gesprochen, die von der See her kämen. Die Campbells hatten schon früher aus Irland gedungene Mörder geholt, um den Clan der MacGroons auszurotten. Keine der Seiten war seither je mit der anderen zimperlich umgesprungen. Und nun kamen ausgerechnet zwei Templer des Wegs. Nach ihrem Akzent zu urteilen, könnten sie aus den schottischen Lowlands stammen. Aus den hier allen verhaßten Lowlands.

Die Räuber blickten auf ihren Häuptling. Sollte er entscheiden. Auf alle Fälle würden sie zu ihm stehen. Achlan, der Anführer, kam schließlich zu der Überzeugung, daß es kein Zurück mehr gab. Die beiden wußten entweder, wer er war oder vermuteten es zumindest, und wenn sie überleben würden, wäre der Name des Clans besudelt. Er hatte ja auch auf ein leichtes Spiel gehofft, da er in den Männern zunächst zwei irische Landlords auf dem Wege nach Innis Chonnel Castle vermutete. Doch nun sah die Situation etwas anders aus. Er kniff die Augenbrauen zusammen.

Der alte Templer blickte regungslos hinüber zu dem unschlüssigen gälischen Rauhbein. Um Gnade würde er diese Leute niemals anflehen. Er begann kühl und nüchtern ihre Lage abzuschätzen. Die Chancen standen gar nicht so schlecht für sie. Doch Highländer kämpfen bekanntlich wie die Teufel.

David Morlay begann mit fester Stimme. „Ich weiß, was ihr denkt, Achlan, Sohn vom Clan der MacGroons. Wenn ihr auf diese Weise versucht, euren Besitz auszudehnen, dann irrt ihr gewaltig. Solltet ihr nicht zur Einsicht gelangen, werden wir euch töten müssen. Zieht ihr freiwillig ab, werde ich euren Namen nicht bei den Campbells erwähnen. Das ist mein letztes Wort. Also, gebt den Weg frei." Der wilde Achlan tat gar nicht dergleichen, sondern schwang wie ein Besessener seine riesige dänische Doppelaxt. Den beiden Rittern, die nur mit ihren Schwertern ausgerüstet waren, blieb jetzt einzig und allein, im Kampf die Waffen sprechen zu lassen.

Die ersten waren bereits geflohen vor dem langen Stahl, der ihnen entgegenblitzte. Während der alte Morlay sich auf den wilden Achlan stürzte, hatte Harry gleich gegen eine ganze Meute zu kämpfen. Der erste wollte mit der Streitaxt sein Pferd erschlagen. Allein er holte zu weit aus, so daß der Reiter die Gelegenheit nutzte, ihm die Schulter zu spalten. Ein weiterer hatte inzwischen ein Messer geworfen, das jedoch durch Harrys Ausfall nach vorn, knapp an dessen Kopf vorbeiflog. Als der junge Ritter dem Dritten letztendlich mit voller Wucht auf den Schädel schlug, packte die übrigen das Grausen und sie verließen den Ort, so schnell sie ihre Füße tragen konnten in Richtung der nördlichen Berge. Harry wendete sein Pferd blitzschnell und kam David zu Hilfe.

Der alte Templer hatte sich noch gegen zwei Schurken zu erwehren. Er konnte sich dabei nur darauf beschränken, die wütenden Axtschläge des wilden Achlan abzufangen. Der hatte, was ein Glück für den alten Templer war, gleich zu Beginn des Kampfes einen Schwerthieb am Unterarm erhalten und litt somit unter starkem Blutverlust. Und da die große Doppelaxt des Clanführers sehr schwer war, erlahmte sie zunehmend in seinen Händen. Voll Ingrimm und jede Gnade verweigernd, kämpfte er weiter. Der andere Gegner war fast noch ein Knabe. Vielleicht vier Jahre jünger als Harry. Zerzaust und strubbelig hingen ihm seine roten Haare wirr ins Gesicht und er kämpfte für seine Jugend wie ein Löwe. Kaum war er dem pfeifenden Geräusch des langen Schwertes ausgewichen, schon stürmte er wieder mit seiner Streitaxt vor, um den Templer zu verwunden. David hatte alle Mühe, beide im Schach zu halten.

Harry sprengte heran und schlug als erstes dem Jungen mit hohen Bogen die Axt aus der Hand. Danach sprang er sofort vom Pferd und griff sich das Bürschchen. Der versuchte natürlich zu entweichen und brüllte aus Leibeskräften. Achlan sah es und es lähmte ihn mit Entsetzten. Er war sich bewußt, daß er nun verspielt hatte. Mit einem lauten Ruf hob er noch einmal die große Doppelaxt und ließ sie auf seinen Gegner sausen. Noch während ihres Fluges machte der alte Morlay einen Ausfall nach rechts und bohrte dem Clanhäuptling das Schwert durch die Brust. Die Axt rauschte dem Templer mit ihrer breiten Seite gegen den Oberschenkel, doch reichte die Wucht nicht mehr, um ihn ernsthaft zu verletzen.

Er ließ sich vom Pferd gleiten und beugte sich zu seinem Feind hinab. Der wilde Achlan schaute ihn etwas verwundert an, so, als könne er es nicht verstehen. Nun mußte er Abschied nehmen von den grünen Hügeln und zu seinen Vorvätern ziehen. Er war der letzte des blutigen Clans der MacGroons gewesen. Er öffnete leise die Lippen und sprach mit brüchiger Stimme. „Diesmal habe ich mich wohl gegen Gott gestellt. Aber es war kein schlechter Kampf. Leider werde ich nun gehen. Wie ist euer Name, Lowländer." „Man nennt mich David de Morlay, Ritter des heiligen Tempels." Der Sterbende begann aus dem Munde zu bluten. Mit seinen letzten Worten sprach er. „Ich habe gefrevelt. Es war Christus selbst, der euch zur Seite stand. Lord Morlay, ich bitte euch noch um eines. Tun Sie dem Jungen nichts. Er ist noch ein Kind. Laßt ihn laufen. Gott ver..." Weiter kam der wilde Achlan vom Stamme der MacGroons nicht mehr. Der letzte große Clanhäuptling war tot.

David ging hinüber zu den beiden anderen. In der kalten Winterluft saß der Bengel zitternd auf dem Boden und starrte ausdruckslos auf den Platz des grausigen Geschehens. Der Körper war überall mit Wunden übersät. Vielleicht war er der letzte Nachkomme seines Stammes. David beugte sich zu ihm hinunter. „Euer Häuptling ist tot. Ich habe ihm versprochen, dich laufen zu lassen. Ich hätte es auch so getan. Wir töten keine Kinder. Wie heißt du eigentlich, mein Junge?" Der rothaarige Wuschelkopf begann sich langsam zu erheben und auf den Alten zu blicken. Mein Gott, dachte David, der ist ja höchstens erst dreizehn. „Bei meinen Leuten nennt man mich einfach nur den roten Niall. Mehr möchte ich euch nicht sagen."

Der alte Templer blickte den Jungen einige Augenblicke lang fest an und sprach dann in langsamen Ton. „Begrabe deinen Häuptling. Er war ein großer Kämpfer." Die beiden Ritter stiegen müde und abgekämpft in ihre Sättel und lenkten ihre Pferde voran, um vor Mitternacht noch zum See Awe zu gelangen.

In dem schmalen Tal stand eine große Burg auf einem steil aufragenden Felsen hoch über dem tiefen Bergsee. Die Dunkelheit war schon tief über das westliche Hochland hereingebrochen, doch aus einem offenen Fenster des Kastells drang der schwache Schein eines warmen Kaminfeuers in die Nacht. Um das Feuer saßen in dicke Felle gehüllt einige Männer und Frauen und erzählten von einstigen Tagen, von den wilden Kämpfen und Schlachten der Clans des Argyll. Da es draußen mittlerweile zu regnen angefangen hatte, drang eine feuchte, kalte Luft ins Zimmer und ließ die Anwesenden nur noch stärker in ihre warmen Decken hinabtauchen. Irgend jemand, wahrscheinlich ein Diener, stand noch einmal auf, um das mit gegerbten Häuten bespannte Fenster zu schließen. Nachdem er sich wieder gesetzt hatte, begann ein alter Barde in ihrer Runde seine Geschichte zu erzählen.

Die Barden haben eine lange Tradition auf den Inseln, denn sie sind die Erzähler am Hofe eines jeden Clanhäuptlings. Außerdem könnte man sie als Dichter aber auch Sammler von wahren Begebenheiten, die sich zwischen der germanischen See und dem Ozean im Laufe der Zeit zutrugen, bezeichnen. Sicherlich wurden viele alte Weisen wundervoll verklärt, so daß manche ihre Geschichte wohl eher dem Reich der Sage zuzuordnen ist.

Der alte Barde trug einen wallenden , würdevollen Bart. Er war Gast auf der Burg der Campbells. Sonst lauschte der König der westlichen Inseln, der gute John MacDonald, seinen Worten, ihm, keinem geringeren, als einem Nachfahren des wohl berühmtesten Geschichtenerzählers der letzten zweihundert Jahre, Mhuireadhach Albanach.

Ihm zur Seite saß ein großer aufrechter Mann auf einem mit dicken Tierfellen ausgekleideten Steinthron. Es war niemand anderes als Gillean Campbell, der Hausherr von Innis Chonnel Castle. Auf den restlichen Plätzen schlossen sich seine Frau und Kinder, der Hausbarde, der Dudelsackpfeifer, der Arzt des Clans und einige niedere Adlige aus dem unmittelbaren Hoheitsbereich der Burg an.

Iain MacMhuireadhach war von einem Besuch eines Klosters im Westen zurückgekehrt und befand sich auf dem Wege nach Ardtornish, zur Burg des guten König John. Nach einigen Tagesmärschen erreichte er das Land der Campbells, wo er herzlich willkommen war. Im Argyll und auf den westlichen Inseln kannten sie alle den alten Mann, der seine Zuhörer in seinen Bann verflossener Welten mit Geistern und Elfen zog. So war es auch in dieser Nacht, denn der Barde wartete mit einer der längst versunkenen Geschichten aus früheren Zeitaltern des westlichen Hochlandes auf. Nachdem eine gewisse anheimelnde Stille eingetreten war und im Kamin etliche Scheite nachgelegt waren, so daß das Feuer hell und freundlich loderte, begann der alte Iain.

*

„Als vor vielen hunderten von Jahren, noch lange vor der Zeit der Könige von Dalriada, tief unten in den Lowlands die bemalten Menschen lebten, waren die Berge des Argylls mit dichten Wäldern bewachsen. Man erzählte sich im Südosten, daß es unmöglich sei, in diese dunklen Bergwälder einzudringen, da in ihnen unbekannte Gefahren und Verderben lauerten. Die bemalten Menschen waren Jäger und streiften lieber durch die lichten Haine und sanften Hügel ihres Landes, um dem stolzen Hirsch oder dem wilden Eber nachzustellen. Einer ihrer Könige von dem ich euch heute erzählen will, hieß Fionn. Nun hört was diesem König seltsames widerfuhr.

König Fionn besaß einen Sohn. Dieser Sohn sollte Anlaß zu großer Sorge seines Vaters und des ganzes Landes werden. Er war ein guter Jäger und Fionn war stolz auf diesen Sohn. Stets zeichnete er sich durch besondere Verwegenheit und Mut aus. Bis eines Tages der junge Mann seinem Schicksal begegnete.

Eines Morgens erblickte Fionns Sohn einen mächtigen schwarzen Stier auf einer Lichtung und die Lust, das Tier zu bezwingen, erwachte in ihm. Jeden anderen hätte wohl bei Anblick dieses Ungetüms der Mut verlassen, nicht so den jungen Jäger. Er ergriff seinen Speer und näherte sich ganz langsam durch die Schatten der Bäume hindurch dem Tier.

Der riesige Auerochse schien nichts von der drohenden Gefahr zu bemerken und kaute zufrieden ein paar Doldenblüten in der warmen Sommersonne. Er schien die Welt ringsum völlig vergessen zu haben. Schließlich war es ein herrlicher Sommertag.

Da trat der Königssohn, nunmehr seiner Sache sehr sicher, auf die Lichtung und begann mit aller Kraft seinen Speer zu werfen. Doch bevor die scharfe Lanze seine Hand verließ, gefror das Blut in seinen Adern und er blieb wie gebannt stehen.

Im gleichen Augenblick fing das Tier zu sprechen an. „Wer hat dir das Recht gegeben, Fremder, dem König der Berge nach dem Leben zu trachten. Du sollst verflucht sein und das Schwert des Todes soll über dich kommen. Wenn nicht binnen eines Jahres einer deines Clans sich an deiner Statt opfert, wirst du sterben. Auch dein Volk soll dem Untergang entgegengehen. So sei es." Mit diesen Worten sprach der schwarze Stier zu dem Jäger und verwandelte sich darauf in einen gewaltigen Steinadler, der mit seinen kräftigen Schwingen erhob und in Richtung der nordwestlichen Berge entschwand.

Nach einiger Zeit begann sich der Königssohn aus seiner Erstarrung zu lösen und trat den Heimweg an. Zu Hause brachte er jedoch kein Wort über die Lippen. Der schreckliche Fluch des Bergkönigs hatte ihm die Zuge gelähmt, so daß niemand von seiner unheimlichen Begegnung mit dem Bergkönig erfuhr. So wußte auch niemand von der Gefahr die Sippe und Land drohte.

Es dauerte nicht lange und der Prinz sank auf das Krankenlager hernieder. Man war betrübt am Hof des Königs, konnte doch keiner der Ärzte feststellen, was ihm fehlte und was die Ursache seines Dahinsiechens war. Aber es sollte noch schlimmer kommen.

Der darauffolgende Winter war der härteste seit vielen Jahren. Selbst die ältesten Weisen im Land konnten sich nicht mehr an eine solch kalte Zeit erinnern. Viele Menschen starben und Hunger und Elend kamen unbarmherzig über das Land. Hilfe suchend wandte sich das Volk an seinen König. War etwa die rätselhafte Krankheit seines Sohnes Schuld an all dem Leid? Zürnten ihnen die Götter?

Fionn, der König, befragte verzweifelt die Weisen des Landes um Rat. Doch niemand, nicht einmal die bekanntesten Seher konnten sich erklären, warum der strenge Winter nun schon so lange anhielt. Da entsann sich der alte König Fionn eines Weisen, der in einer Hütte am Rand der Berge lebte. Bei klirrendem Frost und mannshohem Schnee machte er sich auf, den alten Seher um Rat zu bitten. Allein, er kam kaum die Wege voran und merkte nur allzudeutlich, daß er sich verschätzt hatte. Vor dem Aufkommen der Nacht sammelte er etwas trockenes Holz und zündete ein Feuer an, um sich daran zu wärmen. Es brannte noch nicht lange, da hörte der König ein lautes Heulen in der tiefen Winternacht. Zunächst war es weit weg, aber bald waren die Rufe deutlich in der Nähe zu vernehmen. Die Wölfe kamen aus den wilden Wäldern des Nordens. Sie witterten die leichte Beute und waren dem Schein des Feuers gefolgt. Der König hatte als Verteidigung nur einen Bogen und eine schartige Axt zu seiner Verfügung.

Es dauerte nur eine kurze Weile, bis die gierigen Augenpaare der Wildnis in den Kreis des warmen Lichtes traten. Der König war bereit. Nach dem er die ersten zwei Pfeile verschossen hatte, griffen die Wölfe an. Er konnte zwei oder drei Bestien mit der Axt in der rechten Hand und einer brennenden Fackel in der anderen Hand abwehren, bis ihn ein vierter ansprang. Im Nu bildeten die Wölfe und der Mann ein festes Knäuel und sie hätten ihn unzweifelhaft in Stücke gerissen, wenn nicht im allerletzten Moment das Blatt ein andere Wendung genommen hätte. Denn mit einem Male spürte der König während des andauernden verbissenen Kampfes einen plötzlichen und befreienden Ruck.

Zwei der Bestien waren mit hohem Bogen gegen ein paar Bäume geflogen, wo sie mit gebrochenem Rückgrat tot liegen blieben. Die anderen verließen jaulend und winselnd den Ort des Geschehens, so schnell ihre Pfoten sie tragen konnten. Der König rappelte sich mühsam auf und blickte sich mit blutverschmiertem Gesicht im Kreise des Feuerscheins um.

Bei dem Anblick, der sich ihm bot, hätte es einen jeden von uns vor Entsetzen gelähmt. Keine vier Schritte von ihm entfernt stand ein riesiger weißer Wolf und funkelte ihn mit seinen scharfen Augen an. Durch den Blutverlust war der König jedoch schon zu geschwächt, um die Umstände seiner Rettung zu begreifen. So verschwand dieses Bild langsam vor seinen Augen und der auf den Knien sitzende Mann verlor allmählich sein Bewußtsein. Er spürte nur noch den warmen Hauch einer Schnauze, bevor er vollends in einen tiefen Schlaf glitt.

*

Der König schlug die Augen wieder auf. Er befand sich im Inneren einer kleinen Hütte. Das freundliche Gesicht eines alten Mannes beugte sich über ihn und lächelte. „Ich dachte, ihr wachet nimmermehr auf, so lange habt ihr nun schon geruht", begann dieser freundlich und ruhig zu ihm zu sprechen. Dann erfuhr König Fionn, daß er nun schon seit einer Woche in der Hütte liege. Sein Leben hätte an einem seidenen Faden gehangen, denn die Wunden waren tief und schwer. Doch müsse er sich noch weiter ausruhen. Der alte Mann wunderte sich, daß in diesem kalten Winter überhaupt ein

Mensch bis zu seiner Behausung vorgedrungen war, wo dies doch selten im Hochsommer geschah. Der König konnte sich an nichts mehr erinnern, nicht einmal mehr, wer er war und was er von dem Alten wollte. So verging der Winter.

Als der alte Mann den König gesund gepflegt hatte, erzählte er ihm, was sich tatsächlich in jener kalten Schneemondnacht ereignet hatte. „Es ging ein kalter Wind in jener Nacht und meine Hütte war tief verschneit. Ich hatte mir abends noch einen kräftigen Würzsud aus heilenden Kräutern zubereitet, der mir meine Gliederschmerzen auf meine alten Tage lindern sollte und bastelte gerade an einer Schneehasenfalle. Mit der Zeit wurde ich durch die Kraft des Würzsuds jedoch etwas müde und nickte ein wenig ein.

Es muß weit nach Mitternacht gewesen sein, als ich durch ein lautes Geräusch aufwachte. Ein heftiges Klopfen drang gegen meine Türe und ich wunderte mich sehr über so späten Besuch, zumal der Weg zu meiner Hütte unwegsam und tief verschneit war. Als ich jedoch die Türe aufriß, um meinen späten Gast zu begrüßen, erschrak ich gewaltig.

Am Fuße meiner Schwelle lag ein aus vielen Wunden blutender Mann, der nicht bei Bewußtsein war. Etwas weiter weg unter den stark schneebeladenen Ästen einer Eiche erblickte ich ein Ungetüm, wie ich es in meinem ganzen Leben noch nicht gesehen hatte. Im fahlen Licht des Mondes stand dort ein riesiger weißer Wolf und starrte mich unentwegt an. Bevor ich mich von meinem Schreck erholte, fing das Tier mit lauter Stimme an zu sprechen.

„Finan MacHoall, letzter eures Clans, ich kenne euch sehr gut. Ihr seid Freund mit den Pflanzen und Tieren des Waldes und darum bitte ich euch um eure Hilfe. Ich gebe diesen Mann in eure Obhut. Pflegt ihn gut, denn er hat noch einen weiten Weg vor sich. Wenn der Winter zur Neige geht, soll er in das Reich des Bergkönigs aufbrechen, um Verzeihung für sein Volk zu erlangen. Denn wisse, sein Sohn hat gegen den Herrscher der dunklen Wälder die Hand erhoben. Dessen Fluch hat ihn daraufhin auf ein Krankenlager gezwungen und seinen Mund versiegelt. Binnen eines halben Jahres wird er des Todes sein. Nur dieser Mann, der sein Vater ist, kann ihn nun noch erlösen. Doch ging der Fluch noch weiter. Schrecken und Verderben kam über sein Volk mit den ersten eisigen Winden des Nordens. So ist der harte Winter die Folge des Handelns seiner Sippe. Dieser Mann, König Fionn, hat das Leben seines Volkes und auch sein eigenes in seiner Hand. Nur wenn er das wahre Wort und die rechte Tat findet, wird er zurückkehren." Damit verschwand er, lautlos wie ein Schatten unter den Bäumen. Der eisige Wind ließ die Kristalle in der Luft tanzen. Nachdem ich mich gefaßt hatte, nahm ich euch und trug euch in die Hütte. Drei Tage rang ich um euer Leben, denn ihr hattet viel Blut verloren. Den Rest kennt ihr ja."

Da erinnerte sich der König zurück an jene Nacht. Er entsann sich des Kampfes mit den Wölfen am Lagerfeuer, aber auch an die glückliche Errettung durch einen großen Wolf. Er wußte nun auch, daß sein Sohn dem Bergkönig ebenfalls begegnet sein mußte und jener ihm deswegen zürnte. So entschloß er sich, in die dunklen Wälder aufzubrechen und nicht früher in sein Land zurückzukehren bevor er Verzeihung erlangt hatte.

Der alte Finan MacHoall hielt es nun für endlich an der Zeit, den König über das Reich der dunklen Wälder aufzuklären. „In früheren Zeitaltern waren die Menschen gezwungen, mit ihrer Natur zusammenzuleben. Sie verstanden die Sprache der Tiere und wenn sie auf Jagd gingen, dann taten sie es nicht zu ihrem Vergnügen, sondern um sich zu ernähren. Sie kannten damals andere Götter als ihr, denen sie Verehrung entgegenbrachten. Man erzählt sich, daß der Hochkönig der tiefen Bergwälder der Sohn eines solchen Gottes war. Er segnete die Menschen, wenn sie ihm Opfer brachten und legte seine schützende Hand über sie. Dadurch waren Seuchen und grausame Krankheiten so gut wie nicht bekannt. Später gelangten vom Süden her unsere kriegerischen keltischen Stämme in dieses Land und es änderte sich vieles. Der Bergkönig zog sich in sein unwegsames Hochland zurück und die Menschen begannen ihn zu vergessen. Sein Schatten liegt nun auf eurem Clan und ihr müßt in sein Reich aufbrechen, um ihn mit eurem Volk zu versöhnen. Auf euch liegt eine schwere Last."

Das Frühjahr war bereits angebrochen und so wollte der Gast des alten Einsiedlers so schnell wie möglich in die dunklen Bergwälder des Nordwestens aufbrechen. Eines Morgens war es dann schließlich soweit. „Finan MacHoall, habt Dank dafür, daß ihr mich aufgenommen habt. Ich muß nun, da ich weiß, was ich zu tun habe, aufbrechen, um das wahre Wort und die rechte Tat zu finden, wenn ich auch nicht weiß, was sich dahinter verbergen mag. Das ist meine Bestimmung." „So ist's, mein Herr. Und wisset eines. Wenn euer Herz frei ist von Groll und Haß, dann werdet ihr im richtigen Augenblick genau entscheiden können, welche Worte und Taten euch leiten müssen. Allein das ist es, was zählt. Zu guter Letzt bitt ich euch, nehmt diese drei Dinge noch mit auf den Weg.

Zuerst diese Flasche hier, gefüllt mit dem herrlichsten Würzsud, den ich gestern zubereitet habe. Er wird euch köstlich erfrischen und lange vorhalten. Dazu einen Fellbeutel mit diesen getrockneten Blättern und Beeren. Teilt die Rationen gut ein. Dies ist mein erstes Geschenk an euch.

Nehmt weiterhin diesen Kristall. Wenn ihr euch im äußersten Dunkel des Waldes verlaufen habt, dann wird er selbst den kleinsten Lichtstrahl zu einem gleißenden Licht bündeln und euch den Weg durch das Dickicht zeigen. Am stärksten reagiert er jedoch auf die Strahlen der Sterne.

Zu guter Letzt gebe ich euch als drittes diesen Zweig mit. Es ist kein gewöhnlicher Zweig, sondern er stammt von einem wundersamen Baum. Dieser Baum wächst nur an einer ganz bestimmten Stelle im Reich des Bergkönigs. Ihr müßt über hohe Bergketten steigen und tiefe Schluchten bezwingen bis ihr zu einem großen See kommt. Dort in der Nähe hat er seine Burg. Steckt ihr den Zweig in die Erde und er schlägt binnen weniger Augenblicke aus, seid ihr am Ziel."

Der König dankte dem Alten nochmals für seinen Rat und seine Gaben und zog in Richtung der ansteigenden dunklen Wälder. Obwohl die Bäume kurz davor waren, ihre Knospen zu entfalten und somit noch ziemlich kahl waren, wurde das Licht, das durch ihre Kronen hindurchdrang, immer dünner. Bald standen sie so dicht, daß der Pfad kaum noch zu erkennen war. Je tiefer er in den Wald eindrang, um so dichter wurde das Dickicht. In allen Richtungen sah er nur wuchtige Stämme die Sicht versperren; einmal turmhohe Eschen mit glatter grauer Rinde oder weitgefächerte Ulmen mit rissiger brauner Rinde aber auch riesige Eichen mit schwarzer knorpliger Rinde. Fiel einmal ein Lichtstrahl zu Boden, wucherte zu ihren Wurzeln mannshohes Farnkraut oder Dornengestrüpp empor. So ging es immer mühsamer vorwärts. Nachdem der König jedoch wieder einen kleinen Schluck aus der Flasche des Alten genommen hatte, fühlte er, wie sein Körper die Kraft zusehends zurückgewann und schritt mit neuem Elan voran. So ging es mehrere Tage und Nächte. Er gelangte auf hohe Berge, die auf ihren Gipfeln nur noch mit kleinen krüppeligen Kiefern bewachsen waren, durchquerte tiefe Schluchten, in denen es so finster war, daß er nur noch durch die Leuchtkraft des Kristalls weiter gelangte."

*

Der alte Barde hielt inne und bat um einen Schluck zu trinken. Gillean Campbell winkte einem am Fenstersims stehenden Diener. Inzwischen war es draußen über die Erzählung des Alten stockfinster geworden. Ein Sohn des Hauses ließ durch das Fenster etwas von der kalten nebligen Winterluft herein. Die Anwesenden atmeten tief durch und es wurden einige neue Scheite auf das Feuer aufgelegt, damit es wieder hell und licht brannte. Unten im Hof hörte man gerade die Hunde anschlagen. „Nanu, wer wird uns denn zu solch später Stunde noch um ein Nachtlager ersuchen wollen", fragte sich erstaunt der Hausherr. Dabei blickte er etwas verdutzt in die Kaminrunde. Ein Wachmann vom Torhaus erschien im Raum und meldete dem Clanhäuptling die Ankunft zweier Reiter. „Euer Lordschaft, Sir David de Morlay und Sir Henry Sinclair bitten um Einlaß." „Ach sieh da." Der alte Campbell runzelte die Stirn. „Mit dem alten Templer hatte ich für heute Abend wahrlich nicht mehr gerechnet. Und dann noch in Begleitung des ehrenwerten Hauses Sinclair."
Er wandte sich wieder zu seinem Wachmann. „Bringe die beiden an unseren guten Tisch; sie sind selbstverständlich willkommen." Es dauerte denn auch nicht lange und die beiden Ritter wurden im Kreise des Hauses begrüßt. „Ich habe euch mit jedem Tag erwartet, Morlay, doch nicht zu dieser späten Stunde. Damit habt ihr mich ziemlich überrascht. Hattet ihr denn Schwierigkeiten auf eurem Weg hierher?"
„Nicht der Rede wert, edler Earl von Campbell, wir sind auf dem Wege hierher ein paar Strolchen begegnet, vielleicht zwei Meilen südlich von Kilmartin. Eine kurze Unterredung mit den Herren hinderte uns leider daran, etwas eher in eurem gastlichen Hause zu erscheinen." David verspürte keine großartige Lust, sich näher über diese Sache auszulassen. Sein Gastgeber merkte das und ging mit den beiden zum Kamin

hinüber. „Wie ich sehe, habt ihr die betreffenden Probleme aus dem Weg geräumt. Wenn ihr nichts dagegen habt, sollten wir die geschäftlichen Dinge, derentwegen ihr mich aufsucht, auf morgen verschieben. Aber nun möchte ich euch einem berühmten Gast vorstellen. Er weilt nämlich derzeit wie ihr unter meinem bescheidenen Dache."

Der alte Barde war hocherfreut, daß ihm soviel Achtung an diesem Abend entgegengebracht wurde. Die beiden Ritter traten denn auch auf ihn zu und Morlay sprach zu dem alten Iain MacMhuireadhach. „Oh, sehr erfreut, ich habe schon viel über euch und eure Vorfahren gehört. Ihr dient am Hof des guten König John. Wie geht es euch?"

„Danke der Nachfrage. Ich komme gerade von zwei Klöstern im Osten und bin auf dem Weg nach Ardtornish. Und überall habe ich meine Geschichten erzählt. Ihr hättet ihre Augen sehen sollen, da blieb den fetten Mönchen glatt das Rebhuhn zwischen den Zähnen stecken. Und wie sie die Ohren gespitzt haben. Sie vergaßen sogar ihren Wein zu trinken. Uns Barden wird man noch in tausend Jahren benötigen und unsere Erzählungen halten die Erinnerungen an jeden Teil dieses Landes und seine Geschichte lebendig." Nachdem alle Anwesenden ihre Höflichkeiten ausgetauscht hatten, nahmen die beiden Neuankömmlinge in der Runde Platz und alle Augen richteten sich wieder gespannt auf den alten Iain.

Die Diener hatten inzwischen noch ein wenig Braten mit Brot für die Gäste heraufgebracht. Als ein jeder auch wieder mit einem guten Schluck Bier versorgt war, begann der Iain die Geschichte weiter zu erzählen. Zunächst berichtete er David und Harry kurz, wie es dazu kam, daß der König der bemalten Menschen in die dunklen Wälder des Westens verschlagen wurde.

*

„Der König bahnte seinen Weg durch den finsteren Wald in der Hoffnung, irgendwann den geheimnisvollen großen See, von dem der alte Finan gesprochen hatte, zu erreichen. Er hatte schon an die zwölf Berge und Schluchten überquert, jedoch der Wald wurde immer schwärzer und tiefer. Ohne das Licht des Kristalls wurde es bald unmöglich, auch nur einen Schritt voranzukommen und mit jedem Tag wurde der König mutloser. Es waren mittlerweile drei Wochen vergangen und er hatte nun fast den gesamten Vorrat an getrockneten Kräutern und Beeren seines Wohltäters aufgebraucht, so daß er bald vor der Wahl stand, entweder das Schloß des Hochlandkönigs zu finden oder Hungers in diesem verfluchten Dunkel zu sterben. Nach seiner Ration zu urteilen, würde er es wohl nur noch einen Tag durchhalten.

Langsam wurde es Abend, so daß er bald auf sein Nachtlager herniedersank. Denn mit Untergang der Sonne war die Kraft des Kristalls erloschen und alles um ihn herum fiel in eine tiefe Finsternis. Nur, daß es von Nacht zu Nacht immer schwärzer wurde. In dieser Nacht jedoch sah er nichts mehr, nicht einmal mehr die Hand vor seinen Augen. Ihr könnt euch so etwas nicht vorstellen. Es war gerade so als ob man erblindet wäre. Der König lag unruhig da und quälte sich mit Gedanken. Was hatte er noch für eine

Chance, sein Ziel jemals zu erreichen. Und außerdem, wie sollte er sich dann verhalten. Es gab so viele Fragen und keine Antworten darauf.

In den Nächten konnte man jedesmal deutlich die unheimlichsten Geräusche aus der Finsternis des Waldes vernehmen. Auch wenn sie weit weg schienen, so war es ihm manchmal, als wüßten die wilden Tiere, daß ein Fremder wohl unter ihnen weile. Es konnte durchaus sein, daß gerade eine Wildkatze vorbei schlich und ihn vom Ast eines großen Baumes genau ins Visier nahm. Mit solch wilden Gedanken sich plagend, schlief er vollkommen übermüdet dann dennoch ein. Mit dem Fortlauf der Nacht überkamen ihn schwere Träume, die ihn in ein fernes Land führten.

Als erstes bemerkte der König ein Licht fern zwischen den Bäumen. Es war ein kleiner heller Schein, der dort zwischen den großen Stämmen hin und her tanzte. Mal war er fast verschwunden, dann tauchte er an anderer Stelle dafür um so stärker wieder hervor. War dies ein Irrlicht, oder was war es? Der kleine Schein schien auf ihn zuzukommen. Seltsamerweise bewegte der Mann sich überhaupt nicht und blieb wie gebannt auf dem Boden, den Kopf auf Moose und Farnkraut gebettet, liegen. Nur seine Augen blickten unruhig hinüber ins Dickicht.

Jetzt war das Licht ganz in seiner Nähe. Es sah aus wie eine kleine Feuerkugel. Der König konnte nun ganz deutlich den knorpligen Ast der großen Esche erkennen, unter der er sich zur Rast gelegt hatte. Die untersten Zweige hingen vielleicht eine halbe Körperlänge über ihn. Im Schein des Lichtes gewahrte er auf einmal zu seiner großen Verwunderung ein kleines Wesen, das ungefähr einen halben Finger groß war. Es war eine geflügelte Elfe, die es damals noch recht zahlreich in den Wäldern gab. Elfen haben bekanntlich ein sehr gutes Herz, jedoch sind sie sehr scheu gegenüber den Menschen. Tagsüber schlummern sie zumeist in den Blüten einer Blume oder in kleinen Baumhöhlen, um dann nachts durch die Kronen der Bäume zu tanzen. Dabei singen sie gelegentlich mit ihren feinen wunderschönen Stimmen. Da sie jedoch so winzig sind, kann man ihren Gesang kaum vernehmen.

Die kleine Lichtelfe kam nun näher an den König herangeflogen. Sie war völlig aus dem Geäst herausgetreten und ganz leise konnte man die schwache Stimme hören. Doch wie seltsam. Das war gar keine fröhliche Melodie, sondern eher ein Schluchzen, das einem Klagegesang gleichkam. „Was fehlt dir kleine Elfe? Warum bist du denn traurig?" fragte der König leise. „Wie soll ich denn fröhlich sein. Heute Nacht ist etwas schreckliches geschehen. Irgend jemand, der immer gut Freund zu uns war, ist in großer Gefahr. Vielleicht hast du schon mal etwas von dem schneeweißen Einhorn gehört. Nicht weit von hier ist es gefangen von dem Dickicht des Waldes. Sein langes, gewundenes Horn steckt tief und fest in einem Baumstamm. Wenn es nicht jemand befreit, muß es sterben. Doch ich bin zu klein und schwach. In meiner Not flog ich durch den Wald, um dich zu finden."

Der König war sehr erstaunt, daß der kleine Geist von ihm wußte. Aber wahrscheinlich beobachteten die Bewohner des dunklen Waldes jeden seiner Schritte genau. So hörte er weiter zu. „Man erzählt sich unter uns Elfen, daß ein Mensch von den lichten Hügeln schon seit geraumer Zeit durch das Hochland streift. Nun bitte ich dich, hilf mir, das Einhorn zu befreien." Der am Boden liegende Mann erhob sich langsam und wollte an die kleine Gestalt, die unablässig um seinen Kopf herumschwirrte, noch ein paar Fragen stellen. Jedoch er kam gar nicht dazu. Die Elfe mahnte ihn zur Eile. „Wir dürfen keine Zeit verlieren. Ich werde voran fliegen und dir den Weg zeigen." Und schon tanzte ihr Lichtschein bereits wieder zwischen den Bäumen. Der König stolperte wie ein Blinder hinterher. Schließlich war es noch hundertmal finsterer als am Tag und zum anderen verließen sie den ohnehin schon schmalen Pfad, um völlig im Dickicht unterzutauchen. Wilde Hecken und Dornengebüsche zerschnitten ihm die Haut, doch er spürte die Schmerzen kaum. Er sah nur das schwache Licht der Elfe vor sich leuchten und beeilte sich, ihm zu folgen. Mehr als einmal mußte seine kleine Weggefährtin auf ihn warten, denn der König wurde immer wieder von dem Gestrüpp des Unterholzes aufgehalten.

Er wußte nicht, wie lange er schon gelaufen war; jedenfalls kamen sie irgendwann an eine Stelle, die etwas lichter als der bisherige Wald schien. Sogar das bleiche Leuchten des Mondes schimmerte schwach durch die Kronen der Bäume. Und da sah er es.

An einer großen freistehenden Eiche lehnte ein schneeweißes Pferd. Bei genauerem Hinschauen erkannte er ganz deutlich das Horn auf der Stirn, das tief im Stamm zu stecken schien. Wie mag es nur dareingekommen sein, dachte er. Aber das war jetzt egal. Um den Kopf des Einhorns flogen noch ein Dutzend weitere Elfen herum, die das Tier zu beruhigen versuchten. Der König schritt hin zur Stelle des Unglücks und sah sich die Lage an. Das Horn ließ sich kein Stück herausziehen. Es klemmte wie festgewurzelt in dem Holz. Das Tier schien schon aufgegeben zu haben und war in eine teilnahmslose Starre versunken. König Fionn sah sich um. Da er kein Werkzeug besaß, würde es nicht gerade einfach werden. Als er kurz hinaufblickte und dabei das fahle Schimmern des Mondes und der Sterne betrachtete, kam ihm plötzlich ein Gedanke. Er faßte tief in seine Tasche und holte einen mit Lappen umwickelten Gegenstand hervor. Die Elfen waren über alle Maßen verwundert, als mit einem Mal ein gleißendes Licht über die Waldlichtung strahlte.

Der König wollte den Kristall benutzen, um das Einhorn zu befreien. Zunächst bat er die versammelten Elfen, sich alle auf den Kopf des Tieres zu setzen. Danach drehte er den Zauberstein so, daß der Schein der kleinen Geister gebündelt wurde und einen ziemlich scharfen Lichtstrahl erzeugen konnte. Diese konzentrierte Kraft hinterließ einen tiefen Spalt in der Rinde und dem darunterliegenden Holz. Der Mann mußte dabei höllisch aufpassen, das Horn des Tieres nicht zu verletzen. Außerdem war er gezwungen, immer wieder innezuhalten, um das Aufkeimen eines Feuers zu verhindern. Auch hatten es die Elfen nicht gerade einfach, denn ständig sollten sie auf den ihnen vom König gerade zugewiesenen Platz stillhalten, damit es nicht zu einer Ablenkung des Strahles, den der Kristall warf, kam.

Mit der Zeit - einige versengte Holzspäne lagen bereits auf der Erde - begann sich das Einhorn aus seiner Erstarrung zu lösen. Vielleicht schöpfte es wieder Mut? Als der König es bemerkte, ergriff er das Horn und zog daran, so gut er konnte. Die herausgeschälte Ummantelung war jetzt ziemlich locker geworden und nach einem kräftigen Ruck gab der Stamm das Tier frei.

Es wieherte laut und schlug mit einem krachenden Donner die beiden Vorderfüße hebend, sein Horn gegen den Baum, so daß die restlichen Späne durch die Gegend flogen. Nachdem es sich wieder beruhigt hatte, wandte es seinen Kopf zur Seite und sah den Fremden mit seinen großen Augen an. „Hab Dank, Menschenkind, du hast mir das Leben gerettet. Das werde ich dir nie vergessen. Lebewohl, Fremder." Kaum hatte das Einhorn seine letzten Worte gesprochen, sprang es mit anmutigen Bewegungen in die Büsche und verschwand im Dunkeln. Der König schaute noch eine Weile in diese Richtung, bis er so langsam verstand, was geschehen war.

Nun spürte er, daß er durch die Dornen und Hecken völlig zerstochen war und aus vielen Wunden blutete, seine Glieder waren schwer wie Blei - das konnte kein Traum gewesen sein. Und um das Einhorn zu befreien, hatte er noch einmal alles gegeben. Nun verließen ihn die Kräfte, die tanzenden Lichtpunkte der Elfen verschwammen vor seinen Augen. Langsam sank er hin.

Die kleinen Waldgeister waren völlig ratlos. Bald würde der neue Tag anbrechen. Bis dahin könnte der Mann an Entkräftung gestorben sein. Es war also Eile geboten. Sie flogen in alle Himmelsrichtungen davon. Der Platz war leer und öde und die Dunkelheit des Waldes senkte sich über ihn.

Bald schon leuchtete wieder ein kleiner Lichtpunkt zwischen den Bäumen. Eine erste Elfe, mit Blättern heilsamer Waldpflanzen in ihren Händen, kehrte zurück; damit bedeckte sie die Wunden des Königs. Nach und nach schwebten weitere hilfreiche Waldgeister heran. Mit Blüten, Blättern, Rindenstücken verliehen sie dem geschwächten Körper neue Kraft. Dabei sangen sie ihre Lieder, so daß der König im Traum süße Klänge vernahm und in seinem Geist der Wille zum Leben neu erwachte. So verging der Rest der Nacht.

Die Sonne stand schon hoch über den Bäumen, als ihre warmen Strahlen die Nase des Mannes kitzelten. Er erwachte erstaunt, denn so hell hatte er das Tageslicht nun schon seit Wochen nicht mehr gesehen. Über ihm stand eine große Eiche mit frischen, zarten, grünen Blättern. Überhaupt wirkte der Wald sehr verändert. Alles wuchs viel lichter und die Laubbäume schlugen neue Spitzen aus. Auch war hier die Luft wärmer und würziger. Der König fühlte sich, als hätte er ewig und fest geschlafen. So richtig konnte er sich das alles nicht zusammenreimen. Ein Blick auf das verkohlte Loch im Baumstamm der Eiche ließen die Lücken in seinen Gedanken verschwinden. Bald konnte er sich an jede Einzelheit der vorangegangenen Nacht erinnern. Aber wie denn: seine Wunden vom Weg durch das Dornengestrüpp waren verheilt, seine bleierne Müdigkeit verflogen. Sein Tatendrang erwachte erneut. Schlagartig wurde ihm aber auch klar, daß seine Vorräte zu

Ende waren. Hoffentlich würde er sein Ziel bald erreichen. Der Mut wollte ihn schon verlassen, da kam ihm eine Idee. Er schwang sich über die unteren Äste in den großen Baum hinauf und kletterte Stück um Stück in den Wipfelbereich der Eiche. Als er die Spitze des Baumes erklommen hatte, bog er die schmalen Zweige der Krone etwas auseinander und schaute ins Land hinaus.

Die Sonne blendete ihn so stark, daß er fast wieder heruntergefallen wäre. Doch er kniff die Augen ein klein wenig zusammen. Vor ihm lag eine grüne Ebene. In der Ferne konnte er erkennen, wie sich steile Berge erhoben. Aber dazwischen erblickte er die große Fläche eines langgestreckten Sees. Es würden wohl noch zwei gute Wegstunden bis dorthin sein. Doch mit dem Ziel vor Augen spürte er förmlich Wellen neuer Kraft und Energie durch seinen Körper strömen.

Der König blinzelte gegen die Sonne und genoß noch eine Weile seinen faszinierenden Ausblick. Hier oben wehte ihm auch eine ziemlich frische Luft um die Nase. Er schielte nach den hellgrünen Blattspitzen und ließ seine Sinne betören. Zwischen den Blättern summten kleine Bienen oder flatterten die bunten Schmetterlinge herum.

Niemand weiß, wie lange er da oben gesessen haben mag, jedenfalls stieg er die Eiche später wieder hinab und schlug seinen Weg in Richtung des großen Sees ein. Der Wald wurde mit der Zeit immer lichter, so daß er nun auch kleine Wiesenstreifen voll mit herrlich blühenden Blumen und Sträuchern überquerte. Bald sah er durch die Bäume tiefes Blau hindurchschimmern.

Endlich erreichte er das Ufer des großen Sees, dessen Existenz er noch gestern bezweifelt hatte. Gleichmäßig rauschten die Wellen dahin. Was jetzt geschehen würde, läge nicht mehr in seiner Macht, hatte ihm der alte Finan vor Wochen prophezeit.

Nachdem er eine Weile gestanden hatte, begriff er, daß es so einfach nicht war, das Schloß des Hochlandkönigs zu finden. Da entsann er sich des Zweiges, den ihm der Alte damals beim Abschied gegeben hatte. Er griff in den kleinen ledernen Beutel unter seinem Hemd und holte das etwas zerknickte Zweiglein hervor. Danach grub er mit den Händen eine Mulde und steckte es hinein. So richtig glaubte er noch nicht daran, daß dieser Stock ausschlagen würde. Aber innerlich wünschte er es sich um so mehr. „Oh ihr Götter des Windes, der Erde und des Meeres, ich bitte euch, helft mir."

Aber nichts passierte. Der König wußte sich tatsächlich keinen weiteren Rat mehr und setzte sich betrübt ans Ufer. Wie sollte es denn nun weitergehen. Sein Sohn würde sterben und sein Reich untergehen. Nur noch ein Wunder konnte dies verhindern. Nicht mal die Götter wollten ein Zeichen senden. Er ließ den Kopf hängen und versank in tiefes Grübeln.

Plötzlich vernahm er von weitem ein lautes Wiehern. Er blickte sich um und sah ein weißes Pferd über die Uferwiesen auf ihn zu galoppieren. Als es näher gekommen war, konnte er erkennen, daß es das Einhorn war, das er im Wald gerettet hatte. Sein elfenbeinernes Horn glänzte jetzt strahlend wie Eis in der Sonne. Der König erhob sich und schritt langsam auf das Tier zu. „Seid mir gegrüßt König Fionn. Wie geht es euch heute? Ich hoffe, ihr habt euren Mut nicht verloren, denn ihr seht sehr müde aus." Der König war etwas verwundert, daß das Einhorn seinen Namen kannte, doch freute er sich sehr über seine freundlichen Worte. „Habt Dank um eure Sorge. Mir geht es gut. Doch sprecht, wie geht es euch? Ich habe euch gestern kaum fragen können. Habt ihr denn die Schrecken und Schmerzen der Nacht schon überwunden? Sagt, wenn ich noch etwas für euch tun kann." Das Einhorn schüttelte die Mähne. „Das ist der Ehre zuviel, Menschenkind. Es ist genug.

Aber was erblicke ich hinter eurem Rücken, habt ihr etwa den Sproß des heiligen Baumes in unser Tal zurückgebracht?"

Der König drehte sich um und riß die Augen voll Verwunderung weit auf. Was war den das? Das kleine dürre Zweiglein hatte nicht nur ausgeschlagen, sondern war bereits zu einem mannshohen Bäumchen gewachsen. Der alte Seher hatte doch recht mit seinem dritten Geschenk. Das Einhorn sprach weiter. „Begreifst du es nun, König Fionn. Ihr seid dem Ziel näher, als ihr denkt. Noch bevor die Sonne untergeht, wird der König der Berge erscheinen. Erwartet dann, daß er euch die letzte Frage stellt. Ihr habt es in eurer Hand." Es war wirklich nicht einfach für den Mann, den Sinn der Worte zu verstehen. Er drehte sich wieder um. Sein Blick glitt von dem weißen seidenglänzenden Fell über die fahlgraue Mähne bis hin zu dem großen Kopf mit dem langen gewundenen elfenbeinernen Horn auf der Stirn und endete bei den klugen braunen Augen des Einhorns. „Wer bist du? Es ist kein Zufall, daß ich euch heute noch einmal getroffen habe." Das Tier blähte ein wenig seine Nüstern auf, so als wolle es stärker Luft holen. Nach einer Weile setzte es erneut zum Sprechen an. „Die Menschenkinder sind sehr neugierig. Das kann zuweilen von Nutzen aber auch zum Schaden sein. Da ihr mir das Leben gerettet habt, sollt ihr ein Recht darauf haben zu erfahren, wer vor euch steht. Kurz und gut, ich bin niemand anderes als die Tochter des Hochlandkönigs. Und ich weiß um die verhängnisvollen Zusammenhänge, die dazu führten, daß ihr den Weg in unser Land gefunden habt. Lang und schwer war euer Weg bis in dieses Tal. Aber ihr habt es geschafft. Mein Vater zürnt den bemalten Menschen sehr, jedoch hat eure Tat sein Herz besänftigt."

König Fionn setzte sich ans Ufer, so daß er auf den jetzt noch größer gewordenen Baum schauen konnte. Dieses Land war wirklich voller Wunder. Und die rechte Tat und das wahre Wort müßte er an den Ufern dieses Sees finden, so wie Finan MacHoall es ihm vorhergesagt hatte. Was wollte ihm das Einhorn mit seinem letzten Satz andeuten. Er tat in der gestrigen Nacht nur das, was ein jeder andere getan hätte. Daß der alte Seher doch Recht behalten sollte, konnte er zu diesem Zeitpunkt noch nicht wissen.

Die Sonne stand schon tief am Horizont, gerade zwei handbreit über den Bergen. Ihr Gold funkelte auf den Wellen des Sees. Es ging ein angenehm lauer Wind an diesem Abend. Das Einhorn verabschiedete sich von dem König und trabte ganz langsam auf die Auwälder zu, die hinter den Uferwiesen standen. Der Mann blieb zurück bei seinem Baum und sah auf das Wasser hinaus. Obwohl er nicht wußte, was er nun noch für die Rettung seines Volkes tun sollte, blieb er innerlich völlig ruhig und entspannt. Oder vielleicht gerade deswegen. Seine Augen wanderten über das rötlich schillernde Funkeln der Wellen. Völlig in sich versunken kaute er auf einem Grashalm herum. Die Sonne tauchte die Uferwiesen und den angrenzenden Wald in ein tiefes Rot. Farbenprächtige Wasserlibellen flogen vorbei in der warmen Luft und setzten sich auf seinen Arm. Um ihn herum schaukelten die Vögel auf den Schilfrohren und sangen fröhlich ihr Lied, um das Frühjahr zu begrüßen. Fast schien es, sie wollten König Fionn eine Geschichte erzählen, die Geschichte ihres Tales. Es kam dem Mann so vor, als wäre er schon immer hier gewesen. Man konnte sich im Moment keinen schöneren Platz auf dieser Welt vorstellen. Inmitten dieser friedlichen Stimmung wäre es auch niemanden aufgefallen, wie die ersten Blattspitzen des immer noch wachsenden Baumes die Oberfläche des Wassers berührten. So bemerkte der Mann auch nicht, wie nicht weit von ihm entfernt sich auf dem See kleine Schaumkronen bildeten und ein bisher ungesehenes Wesen aus der Tiefe kam.

Blutrot war der Abendhimmel und die Sonne war gerade im Begriff unterzugehen, da wurde der Gesang eines kleinen Zeisigs durch einen tiefen kehligen Ton unterbrochen. „Guten Abend König Fionn, willkommen im meinem Reich. Ich habe schon sehr lange auf dich gewartet." Der Angesprochene sah sich um. Vor ihm ragte der Kopf einer riesigen Schlange aus dem Wasser. Sie hatte einen langen, zottigen Kopf, der dem eines Pferdes nicht unähnlich war. „Ich grüße euch, König des Hochlandes", sagte der Mann zu der Schlange. „Was bringst du mir?" war die Antwort, die er erhielt. „Ich brachte einen kleinen Zweig in euer Tal. Nun steht hier ein großer grüner Baum."

„Dieser Baum ist nicht von gewöhnlicher Art. So wisse, König der Menschen, daß alles um dich herum, auch wenn du es für tot halten solltest, lebendig ist. Jeder Baum, ob Eiche, Esche oder Kiefer hat seine Seele. Sie verstehen genau, wie man ihnen gesonnen ist. Du wärst kaum einen Tagesmarsch durch den dunklen Wald gelangt, wenn sich dein Herz gegen Pflanzen und die Tiere des Waldes verhärtet hätte. Sicherlich hat dir auch viel der Kristall des alten Finan MacHoalls geholfen. Aber vor allem hat dich dieser Zweig sicher in dieses Tal geführt. Er stammt von einer riesigen Ulme mit Namen Lachrelia. Die Königin der Bäume steht schon seit langer Zeit nicht mehr. Es liegt schon viele tausend Jahre zurück, da hatte ich Streit mit dem Gott des Windes. In einer stürmischen Nacht schickte er unzählige Blitze und Donner über das Hochland. Als der Sturm auf seinem Höhepunkt war, zertrümmerte er mit einem gewaltigen Blitzschlag Lachrelia, wobei die brennenden Reste über das gesamte Land verstreut wurden. Damals standen die Wälder rings um den See in Flammen. Ich sehe noch deutlich die abgebrannten Stümpfe vor meinen Augen - so als wäre es gestern gewesen. Nichts blieb übrig von der Königin der Bäume. Seit jener Zeit wurden die Herzen der Bäume trauriger und so wurde auch der ganze Wald dunkler und gespenstischer, gerade so, wie du ihn erlebt hast.

Doch war die riesige Ulme nicht vollständig verbrannt. Einen kleinen abgesplitterten Zweig, der nicht Feuer fing, trug der Wind bis an den Rand des Hochlands in die Gegend der flachen Hügel im Süden und Osten. Es dauerte lange Jahre, bis ich Kunde davon erhielt, daß ein Zweig Lachrelias noch existiert. Da ich jedoch durch einen Fluch daran gehindert bin, ihn wieder in dieses Tal zurückzubringen, blieb mir nichts anderes übrig, als auf die Hilfe eines Fremden zu hoffen.

So gingen die Jahrhunderte ins Land. Der alte Seher Finan MacHoall fand den Zweig in der Nähe seiner Hütte und ich deutete ihm im Traum die Geschichte dieses kleinen Stöckchens. Wahrscheinlich wäre es sonst im Feuer seines Kamins verschwunden. Als du nun aufbrachst, da spürte der Wald, daß etwas zurückgekehrt war, was vor langer Zeit schon in diesem Gefilden weilte. Nur die ältesten der Eichen und natürlich die alten Eiben ahnten, daß ein Sproß der Königin zurückgekehrt sein mußte - kannten sie doch noch gut die Erzählungen ihrer Vorfahren. Und so machten sie Platz dem Fremdling, der da wollte in das Tal, wo einst Lachrelia stand. So fandet ihr wie von selbst die richtige Richtung. Nun steht eine neue Königin der Bäume wieder am Ufer meines Sees. Habt Dank dafür, König Fionn."

Der Mann war seltsam erstaunt, wie sich das Bild langsam zusammenfügte. Als er sich jedoch der letzten Worte des alten Finan erinnerte, fragte er die Schlange. „Haltet ihr die Rückkehr des Baumes durch meine Hilfe etwa für eine rechte Tat, König der Berge?"

Die Schlange mußte daraufhin herzhaft lachen. „Ihr solltet ein wenig nachdenken, Fionn. Den Rat eines alten Mannes befolgen ist eines, eine rechte Tat vollbringen ist ein ander Ding. Überlegt einmal, was letzte Nacht geschehen. Obwohl ihr es gewiß ohne die Hilfe der Elfen selbst mit eurem Leben bezahlt hättet, habt ihr meine Tochter, ohne auch nur einen Augenblick zu zögern, vor dem sicheren Tod bewahrt. Damit habt ihr, ohne es zu wissen, das getan, wovon der Alte zu euch gesprochen hat. Denn nur solches Handeln ist wahrhaftig, wenn es völlig ungezwungen und aus freien Stücken erfolgt, mit keinem einzigen Gedanken daran, etwas Gutes zu tun. Das wahre Wort, daß Finan MacHoall erwähnte, ist ebenfalls bereits über eure Lippen gekommen, ohne daß ihr es ahntet. Nämlich just in dem Augenblick, als ihr euch nach dem Befinden meiner Tochter erkundigt habt, da sprach eine völlig normale Sorge um das Gegenüber aus eurem Munde. Damit habt ihr euren Weg vollendet, denn erst der Einklang von Wort und Tat spiegelt den guten Grund eurer Seele wieder. Nicht dieser heilige Ort, sondern nur eure innere Kraft in Verbindung mit jenem hat den Sproß Lachrelias zum Wachsen gebracht. Als seine ersten Zweige die Oberfläche des Sees berührten, wußte ich, daß euer Omega vollendet ist. Mit diesem Augenblick nahm ich den Schatten, der bis zu jener Stund auf eurem Sohn lag. Doch völlig kann ich den Fluch nicht aufheben. So vernehmt denn das Schicksal eures Volkes.

In vielen Jahrhunderten werden andere Menschen aus dem Süden kommen und euch besiegen. Sie werden auch über mein Land herrschen und sich langsam mit eurem Volk vermischen. In diesen Zeitaltern werde ich mich vollständig auf den Grund dieses Sees zurückgezogen haben, so daß mich die Menschen bis dahin längst vergessen werden. Man wird dann nur noch in Geschichten vom früheren Herrn des Hochlands berichten.

Die Zukunft gehört euch, aber vergeßt diese Stunde nie. Denn ihr allein habt den Grundstein für eure Zukunft gelegt."

König Fionn war sehr ergriffen von der Rede der großen Seeschlange und dankte ihr für die Rettung seines Sohnes. Und während sie sich weiter unterhielten, da waren am Himmel die Sterne und der bleiche Mond aufgegangen. Mit ihrem schwachen silbrigen Licht ließen sie die Schlange noch viel größer und bedrohlicher erscheinen. Plötzlich fiel dem Mann ein, daß sich ja noch etwas in seiner Tasche befand und er fragte den Hochlandkönig nach der Geschichte des geheimnisvollen Kristalls. „Ich habe sehr lange darauf gewartet, daß ihr von ihm erzählt. Damit haltet ihr eins der kostbarsten Juwele dieser Welt in euren Händen. Wie der Kristall in den Besitz des Sehers gelangt ist, weiß ich nicht. Mir ist aber bekannt, daß der Gott des Meeres lange vor jeglicher Zeit noch nicht so abgeschieden in den Tiefen seines Meeres wohnte. Das Meer war damals lichter und heller, als wir es heute je kennen. Wärest du mit einem Boot darüber hinweggefahren, hättest du ein gleißendes Licht überall unter dir wahrnehmen können. Dieses Licht ging von fünf großen Kristallen aus, die der Meeresgott in seiner Krone trug. Der erste hieß Okrooena und war ein Geschenk der Urmutter an ihren Sohn. Er war zugleich der älteste Edelstein der Welt. Er leuchtete grell orange flackernd, denn er trug in sich das Feuer der Entstehung der Welt. Der zweite Stein war Thyrion, der Helle. Er stammte vom dem, der die silbernen Sterne erschuf. Der dritte mit Namen Dwardenos wurde als Auftrag von den Helfern des Erdgottes, den Zwergen angefertigt. Seine Farbe ist tiefrot, so rot wie die Schmiedefeuer der Hüter der Schätze tief unterm Berg. Dagegen funkelt Nithlachlis, eine Meisterarbeit der Waldelfen in einem satten Grün. Der letzte der fünf ist Finroyas. Ihn schliff der Gott des Meeres selber in den Tiefen des Ozeans. Darum erstrahlt er in dem herrlichsten Blau, daß man sich denken kann.

Doch stahl nach vielen Zeitaltern der listige Gott des Feuers die Krone und so nahm das Schicksal der Steine einen geheimnisvollen Weg und niemand weiß, wo die anderen Steine bis auf den, den ihr in eurer Tasche tragt, verschollen sind. Holt nun den euren hervor.

Es dauerte einen kleinen Augenblick, bis König Fionn etwas aus seiner Tasche holte und auswickelte. Mit einem Male erstrahlte der Kristall angeregt vom Mond und den tausend Sternen heller als je zuvor. Das ganze Ufer war in silbrig gleißendes Licht getaucht, und die Schuppen des großen Schlangenleibes spiegelten sich darin. „Dies ist Thyrion", sprach der Herr des Hochlands mit würdevoller Stimme. Dank seiner Kraft ist es euch gelungen, meine Tochter zu befreien. Damit hat er für euch seine Aufgabe erfüllt. Ihr müßt den Kristall nun ins Meer werfen, denn ihr Menschen werdet die Bedeutung der Steine sowieso nicht verstehen. Vielleicht eines fernen Tages. Meine Tochter wird euch morgen in das Land der flachen Hügel zurückbringen. Vergeßt den König des Hochlands und seine dunklen Wälder nicht. Lebt wohl."

Mit diesen Worten nahm die riesige Schlange Abschied von König Fionn und glitt lautlos in die Tiefe hinab, während jener unter den raschelnden Zweigen der wiedergeborenen Königin der Bäume langsam einschlief. Als ihn das Einhorn am nächsten Tag an die Grenzen seines Reiches brachte, kam ihm alles wie ein langer Traum vor. Jubelnd begrüßte ihn sein Volk, denn er galt schon längst als in den dunklen Wäldern verschollen. Doch er vergaß nicht den guten Ratschlag des Bergkönigs, den Kristall ins Meer zu werfen

Die bemalten Menschen lebten noch lange im Land der Hügel. Sogar den Sturm der mächtigen Römer hielten sie im Süden auf. Ihre Tage endeten erst, als sich die Skoten im Argyll festsetzten und dort ihr Königreich Dalriada errichteten. Zu dieser Zeit stand an den Ufern des Sees Awe noch eine riesige Ulme, die jedoch später wie ein Großteil des Waldes verschwand. Die Königin der Wälder wurde wahrscheinlich in den Tagen des unglückseligen Königs Macbeth gefällt. Es geht die Sage, daß auf dem Grunde des Sees ein gar fürchterliches Ungeheuer hausen soll. Nur das Einhorn im Wappen der Schotten blieb bis in unsere Tage erhalten."

*

Es war eine wohltuende Atmosphäre der Ruhe im großen Raum rund um den Kamin eingekehrt. Das Feuer war bis auf wenige rotglühende Reste fast heruntergebrannt. David Morlay unterbrach als erster das Schweigen „Ihr seid ein wahrhafter Meister der Erzählkunst, Iain. Man müßte sich glücklich schätzen, am Hof des guten Königs John zu leben." Gillean Campbell mischte sich amüsiert in des Templers Rede hinein. „Tja, die Barden sind selten geworden bei euch im Osten. Zuviel habt ihr von dieser feinen Lebensart der Festlandsleute schon übernommen. Wenn ich mich recht entsinne, stammt ihr doch aus Frankreich, de Morlay." David war nicht in der Stimmung, sich weiter mit dem Hausherrn über seine Herkunft zu unterhalten. Er gab jedoch, wie die Höflichkeit von ihm verlangte, freiwillig eine kurze Auskunft „Das ist schon sehr lange her. Mein Großvater kam damals aus der Normandie nach Schottland und kämpfte mit Robert the Bruce. Seitdem sind die Morlays mit den Geschicken dieses Landes untrennbar verbunden. Außerdem wißt ihr, daß unser Leben im Dienst des Ordens steht."

Um zu einer weiteren Geschichte überzuleiten, erwähnte der Hausherr den Stammbaum seines Clans. „Also was uns betrifft, ist euch vielleicht bekannt, daß wir von dem abstammen, der einst den großen Eber tötete." Daraufhin erzählte der Barde des Hauses die Geschichte des großen Helden und Ahnherrn Diarmid. Mit weit offenen Ohren saßen die Männer und Frauen im Kreise des flackernden Kaminfeuers und lauschten seinen Ausführungen. Sie erfuhren, wie Diarmid mit Grania, der Tochter des Earl of Ulster vor seinem Clan, den Fians, fliehen mußte, sich dann doch wieder versöhnte und wie er den großen Eber von Caledon mit einem Speer darniederstreckte. Doch der Haß seines Clans war noch nicht versiegt und mit den Borsten des Untiers vergifteten sie Diarmid, so daß er starb. Darauf ergriffen die Fians Grania und verbrannten sie in einem Scheiterhaufen aus grauem Eichenholz. Beide wurden später im selben Erdloch wie das Wildschwein begraben.

Es war weit nach Mitternacht als auch die zweite Geschichte geendet hatte. Langsam befiel nun auch die Müdigkeit die Glieder der Umsitzenden. Der Hausherr erhob sich als erster und wünschte den anderen eine gute Nacht. Zu seinen beiden letzten Gästen gewandt, sagte er:

„Ich hoffe, die abendliche Unterhaltung durch unsere vortrefflichen Barden hat euch etwas gefallen. Die Diener haben eure Zimmer schon bereitet. Morgen können wir uns dann ernsten Dingen widmen, meine Herren." David und Harry verließen wie die anderen ihren Platz am warmen Kamin, um ihre zugewiesenen Schlafstätten aufzusuchen. Nur Gillean Campbell blieb allein in dem großen Raum zurück und winkte seinem treuen Diener Eilan, der an der Tür stand, zu sich heran.

„Wir müssen heute Nacht noch einen Boten zu Randolf MacWquire senden. Er soll in der Früh losreiten." Danach zog der Clanhäuptling den alten Eilan etwas näher zum Fenster heran und flüsterte ihm leise ins Ohr. „Ich habe verstanden", erwiderte der Diener nach einer Weile und verließ das Zimmer. Als er verschwunden war, senkte sich eine gespenstische Stille über die dunklen Mauern.

Gillean Campbell ging hinüber zum Kamin und starrte auf die heruntergebrannte Glut. Das dunkelrote Leuchten drang bis ins tiefste Innerste seiner Seele. Ihn überkam ein seltsames starkes Kribbeln auf der Haut, als er an seinen Platz in der Geschichte des Clans dachte. So stand er noch eine Weile, bis die dunkle Nacht die Burg am See Awe in einen tiefen Schlaf gehüllt hatte.

*

Die Sonne schickte ihre ersten Strahlen über die Berge, so daß die oberen Zinnen von Innis Chonnel Castle in einem hellen Licht strahlten, während der See noch tiefblau jener warmen Begrüßung harrte. Zwischen den Mauern der Burg herrschte bereits ein emsiges Treiben. In der großen Halle empfing der Hausherr David de Morlay und Henry Sinclair, um sich mit dem Templer über den Verkauf der Komturei von Kilmartin und des dazugehörigen Landes zu unterhalten. Der alte Komtur war vor zwei Jahren gestorben und der Tempel trug sich mit dem Gedanken, sich aus dem Argyll zurückzuziehen.

„Ich begrüße euch an diesem herrlichen Wintermorgen. Er ist viel zu schön, um übers Geschäft zu sprechen. Ich habe eure Antwort auf meinen letzten Brief erhalten und bin erfreut, daß wir jetzt endlich die Sache zu einem Abschluß bringen." Der Clanhäuptling machte eine Kunstpause, um an dem Antlitz seines Gegenüber eventuelle Reaktionen zu erkennen. Allein dieser verzog nicht im geringsten seine Miene und zeigte sich abwartend. So fuhr Campbell einfach fort.

„Wie ihr wißt, bin ich sehr angetan von dem Land eures Ordens in Kilmartin. Außerdem freue ich mich, daß ihr euch endlich entschieden habt, mir das Vorkaufsrecht einzuräumen. Aber wie ich es euch schon das letzte Mal gesagt habe; viel Geld ist in diesen kargen Zeiten nicht vorhanden. Und am wenigsten bei uns in den Highlands. Ich würde versuchen, den Orden mit einer Summe von 400 Pfund Silber zu entschädigen."

Morlay sah zum Fenster hinüber. Harry stand dort und ließ seinen Blick aufs Wasser gleiten. Ob er wohl an den König des Hochlandes im tiefen See denkt, überlegte der Alte. Diese geschäftlichen Dinge interessieren ihn noch wenig. Seufzend wandte er sich wieder seinem Gesprächspartner zu. „Ihr wißt, was ich gesagt habe. Wir können da keinen Schritt zurück machen. Die Bedingung galt für 500 und keinen Penny weniger." Mit ärgerlicher Stimme reagierte der andere. „Ich glaube, es würde dem verstorbenen Komtur im Tiefsten seiner Seele schmerzen, so wie wir hier schachern. Also gut Morlay, ihr sollt euren Willen haben. Aber ihr müßt mir ein Versprechen geben, daß ich die Möglichkeit habe, über zwei Jahre zu zahlen." Der alte Templer atmete auf. „Dafür habt ihr mein Wort. Zwei Jahre." Er reichte dem Clanhäuptling die Hand. Campbell rief durch die Halle. „Schafft den Schreiber herbei, daß er aufsetze einen Vertrag mit mir und dem anwesenden Ordensritter de Morlay."

Die beiden Männer gingen langsam zum offenen Fenster, um ebenfalls einen Blick über das tiefe Blau des Sees Awe zu werfen. Campbell war noch nicht vollständig über seinen eben gegangenen Schritt hinweggekommen. „Ihr seid ganz schön hartnäckig. Nun habt ihr ja durchgesetzt, was ihr wolltet. Doch sagt, wozu braucht ihr soviel Geld?" David entgegnete gelassen: „Wir hatten größere Ausgaben bei Ausbesserungsarbeiten an zwei unserer Ordenshäuser im Osten. Es war leider nicht vorher abzusehen, daß es zu Verzögerungen bei der Bauzeit kam."

Da hakte der andere ein, indem er eine verblüffende Kehrtwende machte. „Der Präzeptor ist doch über jeden eurer Schritte informiert."

„Wie meint ihr das?" fragte Morlay. Campbell druckste etwas herum. „Die Komturei in Kilmartin ist ja eine alte Templerniederlassung. Der Johanniterorden hat euch und euren Besitz zwar vereinnahmt. Ist er aber über alle eure Schritte auch informiert, frage ich mich. Ich will mich bloß versichern." Daher also weht der Wind, dachte sich David. „Ihr könnt über jeden Zweifel erhaben sein." Campbell schwieg daraufhin. Bald kam der Schreiber, der Vertrag wurde aufgesetzt und die beiden Ritter verabschiedeten sich vom Herrscher des Argylls. Es war bereits kurz vor Mittag, als sie in die Lowlands aufbrachen.

*

Die rote Färbung des Himmels kündigte schon den frühen Abend an. Gillean Campbell ging in der großen Halle seiner Burg auf und ab. Irgend etwas gefiel ihm nicht an der Eile der christlichen Ritter, sich aus Gebieten um Kilmartin zurückzuziehen. Einerseits war er ja froh, seinen Landbesitz zu vergrößern. Allerdings erschien ihm die Summe von fünfhundert Pfund gewaltig überzogen. Es mußte auch einen Weg geben, billiger an das Land zu gelangen. Dazu mußte er erst einmal in Erfahrung bringen wozu der alte Morlay das Geld wirklich benötigte. Gillean Campbell schwante irgendwie, daß dieser alte Fuchs an den Johannitern vorbei operierte.

„Ich grüße euch, mein Vater." Sein ältester Sohn Athelstan betrat gerade die Halle. Er war vom Jagdritt mit seinen Falken an den Ufern des großen Sees gerade auf Innis

Chonnel Castle zurückgekehrt. „Was denkst du gerade. Hattest du Schwierigkeiten mit Morlay", fragte er den Herrn des Hauses."

Gillean Campbell strich sich durch den vollen Bart. „Das ist es nicht. Wir sind uns handelseinig über das Land geworden. Doch er verlangt einen hohen Preis. Ich bin der Meinung, er ist zu hoch. Viel zu hoch." Der Clanhäuptling war etwas aufgebracht. Schließlich lag hier auch das Land seiner Ahnen und er hatte keine Lust, darum mit dem Orden so lange zu feilschen. Kilmartin hatte noch vor Jahrhunderten den Clans des Argylls gehört. Als auch schottische Edelleute den zivilen wie auch militärischen Organisationen des Klerus beitraten, verfiel ihr Land zum Teil den Klöstern oder Orden. Doch im gälischen Westen, wie hier im Argyll, war dieser Prozeß immer im verhaltenen und überschaubaren Rahmen geblieben.

Sein Sohn zuckte die Achseln. „Sie handeln nicht, Vater. Ihr Wort ist ihnen heilig und Gesetz." Der Alte gab einen lauten Seufzer ab. „Ich weiß ja auch, daß diese heiligen Brüder nicht mit sich handeln lassen. Ich würde sagen, sie sind noch verstockter als die Mönche."

Einen Augenblick lang hielt er inne. Sein Blick wanderte durch die weite Halle. Langsam, so als würde er angestrengt überlegen, begann er wieder zu sprechen. „Aber eine andere Sache will mir nicht aus dem Kopf. Mich interessiert, was der alte Morlay in Irland wollte. Es ist doch etwas faul an der Sache, daß der Orden des heiligen Johannes und des Tempels dringend Geld braucht. Sicherlich stecken nur ganz wenige Leute dahinter und höchstwahrscheinlich nur ehemalige Templer."

„Aber der Verkauf einer Komturei ist doch eine recht öffentliche Sache, was soll daran geheimnisvoll sein", warf sein Sohn ein. „Glaube mir, hier stimmt trotzdem irgend etwas nicht. Ich rieche das förmlich."

Der Herrscher von Argyll hatte auch schon eine Vermutung. „Über einen Schiffsmeister in Leith weiß ich, daß sie wieder auf große Fahrt gehen wollen. Jedenfalls ist der Bau von zwei neuen Schiffen in Auftrag gegeben worden. Das ist sehr verdächtig, ist doch der Handelsumfang der Johanniter mit den Jahren nicht unbedingt gewachsen. Am Ende ist doch etwas dran, daß die Ordensleute über detaillierte Karten von der nördlichen See verfügen." Er blickte seinen Sohn vielsagend an. „Ich hoffe, daß mein Mann bald auftaucht."

Der alte Campbell brauchte nicht lange zu warten, denn Eilan kündigte soeben einen im Burghof abgestiegenen Reitersmann an. Laut hallten schon die Schritte durch die Gemäuer. Athelstan entfernte sich. Er hatte den grausigen Mann aus Kilmartin, mit dem sein Vater zuweilen dunkle Geschäfte pflegte, noch nie gemocht. Eine große Gestalt mit blassen Gesichtszügen in einem langen schwarzen Mantel erschien an der Eingangstür der Halle.

„Ah, Randolf MacWquire, gut daß ihr gekommen seid. Ich habe einen Auftrag für euch. Euer seliger Großvater war doch früher mal Ritter des Templerordens, wenn ich mich recht entsinne." Der soeben Eingetretene nickte leicht. „Ich benötige Informationen über einen Johanniter. Ihr kennt sicher Morlay, habe ich Recht?" Campbell zog grinsend die Mundwinkel nach oben.

Der Mann mit dem fahlen Gesicht schreckte kurz zusammen. Nur zu gut kannte er diesen Namen, obgleich er nichts mit der alten Sache zu tun hatte, die schon sehr weit zurücklag. Zu Zeiten der Befreiungskriege waren ihre Urahnen beide Ritter des Tempels, mit dem Unterschied, daß de Morlay damals mit dem Rest der Templerflotte aus Frankreich nach Kilmartin kam, während MacWquire uraltem schottischem Adel entstammte. Im Abendland löste sich der Orden auf oder ging in den Untergrund. Allein die schottischen Templer und die ins Reich des Bruce geflohen waren vereinigten sich später mit den dortigen Johannitern.

In der großen Schlacht von Bannockburn stritten sein Großvater und de Morlay gemeinsam in den Abteilungen der Clans des Westens. Dort kämpften so bedeutende Leute wie der gewaltige Angus Og, MacDonald der Inseln und Vorfahr des guten Königs John, sowie Bruce selbst.

De Morlay hatte im Getümmel MacWquire Feigheit vorgeworfen, das Schlimmste, was einem Schotten widerfahren kann. So wurden sie bittere Feinde. Der Großvater Randolfs trat aus dem Orden aus und suchte sein Heil in der großen Welt. Man erzählte sich, daß er nach Portugal verschwunden wäre, um dort gegen die Araber zu kämpfen. Eines Tages kam nur noch die Nachricht seines Todes nach Kilmartin. Jetzt also hatte das Schicksal die Nachfahren wieder zusammengeführt.

„Ich werde einige Zeit brauchen, Sir", erwiderte er schließlich. Campbell ließ ihn kaum ausreden. „Das weiß ich, MacWquire. Aber damit nicht genug. Eure Aufgabe geht sogar noch weiter. Der Name Sinclair wird euch nicht unbekannt sein. Bringt etwas in Erfahrung über den möglichen Erben der Orkneys vom Clan aus Rosslyn, vor allem, was seine Verbindung mit Morlay angeht. Die zwei hecken etwas aus, da bin ich mir ganz sicher. Vielleicht ist er euer Ansatzpunkt." Kühl ohne ein Heben seiner Stimme antwortete der Ritter. „Ihr sollt mit mir zufrieden sein, Sir."

Der alte Clanhäuptling lächelte verschmitzt. „So ist's recht, alter Haudegen. Wenn ihr mir gute Dienste leistet, ist ein gutes Drittel der ehemaligen Komturei von Kilmartin euer. Doch habt Obacht und macht keine Fehler. Die Sinclairs sind einer der wichtigsten Clans im Osten. Sie besitzen einen Einfluß, der denen der Stuarts an nichts nachsteht. Laßt euch Zeit. Wir sollten es nicht so eilig haben. Die Zeit ist unser Freund."

Ein kalter Wind wehte bereits wieder durch die Halle. Anlaß für Campbell, die Unterredung jetzt zu beenden, um sich in das warme Kaminzimmer zurückzuziehen. „Eure ewig gleichgültige Miene macht mich ganz unsicher, MacWquire. Ich zwinge euch ja nun weiß Gott nicht, in die Kluft eines dieser geheimniskrämerischen Ritter Christi zu steigen. Dann könnt ich euch ja gleich ins Kloster schicken. Ihr werdet hoffentlich auch ohne alledem Morlay auf die Spur kommen." Bei diesen Worten mußte Campbell lachen.

50

Randolf MacWquire überlegte. Der andere hatte recht. Es würde nicht so einfach für ihn sein, als weltlicher Ritter irgend etwas über die Geheimnisse des Tempels zu erfahren. Ihm fiel die Verbindung seines Großvaters zum Christusorden in Portugal ein. Allerdings wußte dieser schottische Clanhäuptling nichts davon. Dabei sollte es auch bleiben. Wenn die Zeit kommt, würde er seine Trümpfe ausspielen.

Als der Burgherr die düstere Miene seines Gegenüber sah, wurde er sofort wieder ernst. Er machte eine kleine Pause und beendete das Gespräch mit fester Stimme. „Und jetzt geht. Wenn es Zeit ist, werde ich euch erneut rufen lassen."

Randolf MacWquire verabschiedete sich, schlug seinen langen dunklen Mantel zusammen und verließ die Burg am See. Inmitten der schon heraufziehenden Dämmerung ritt er zurück nach Kilmartin. Er sah nicht das karge Land, das vor ihm ausgebreitet lag. In die Vergangenheit schweiften seine Gedanken, zu seinen Ahnen, die einst mit den Vorvätern Morlays im Streite lagen. Ein böser Geist stieg in ihm auf und sollte mit den wenigen Jahren, die ihm noch vergönnt sein würden, Gestalt annehmen. Es sollte eine gewisse Zeit dauern, bis er nach mehr als nur einer ehemaligen Komturei eines Ritterordens strebte, unabhängig vom Einfluß des Clans der Campbell. Noch konnte er nicht ahnen, daß der Lauf des Schicksals ihn mit Männern zusammenführen würde, die weit mächtiger und gefährlicher waren als er und für die er nur ein Werkzeug war. Doch an alledem sollte der Herrscher über das Land von Argyll bald keinen Anteil mehr haben.

Das Maienfest

Wild und ungezähmt gilt der Norden der britischen Insel. Seit über tausend Jahren haben sich die Angreifer aus dem Süden immer wieder blutige Köpfe geholt bei dem Versuch, das Land nördlich des Tweed zu erobern. Die mächtigen Römer mußten gewaltige Wälle bauen gegen die Pikten, die sie als wilde barbarische Ungeheuer bezeichneten. Als die streitbaren Angelsachsen über das Meer kamen, gelang es ihnen, bis Northumberland vorzudringen, doch Lothian und erst recht Alban, das Herz des alten Königreiches Dalriada, wie Schottland in früheren Zeitaltern genannt wurde, blieb ihnen verwehrt.

Jahrhunderte nach den Sachsen erschien die mit Abstand verheerendste Plage auf den britischen Inseln, die wilden Wikinger aus Norwegen und vor allem Dänemark. Wo sie auftauchten, hinterließen sie nichts als verbrannte Dörfer und Klöster, das Bild von hingeschlachteten Männern, Frauen und Kindern. Nicht einmal hohe Tributzahlungen an die Dänen schützten vor Raub und Zerstörung. Und auch wenn über Generationen hinweg der Leitspruch bekannt war :

> *Und wenn du prellst die ganze Welt,*
> *mußt zahlen doch das Dänengeld*

änderte dies nichts an der Tatsache, daß das Königreich Dalriada weitgehend unabhängig blieb. Doch auf Dauer würde sich das stolze Keltenreich des Urvaters Kenneth MacAlpin nicht den Einflüssen von außen entziehen können. Aber es sollte wohl noch einige Jahrhunderte bis dahin dauern.

Die Wikinger, später auch Normannen gerufen, fielen indessen über das alte Abendland wie die Heuschrecken herein. Die großen Mächte jener Zeit, das Frankenreich, ja selbst Byzanz erzittern vor ihnen. Doch es kam, wie es kommen mußte. Die einstigen Welteneroberer wurden seßhaft. Im Jahre 911 nach Christi Geburt bot der Frankenkönig Karl dem großen Wikinger Rollo das Land an der nördlichen Seine und an der französischen Kanalküste als Lehen an. So entstand die Normandie, benannt nach jenem Volk aus dem Norden. Die wilden, die Doppelaxt schwingenden Kämpfer lernten recht schnell. Sie paßten sich den Sitten ihrer Untertanen an und lernten, Französisch zu sprechen.

Noch vor jener Zeit lebte in der Normandie ein Eremit Namens Clare. Später wurde aus ihm ein Heiliger, wohl auch, weil er, für den rechten Glauben eintretend, den Märtyrertod starb. Als die normannischen Familien sich in der Gegend niederließen, gab es bereits eine Stadt St.Clair.

Wohl soll euch nicht unverborgen bleiben, weshalb ich meine Worte darauf lenke. Ihr sollt erfahren, welch kühn Geschlecht es war, aus dem Sir Henry Sinclair stammte. Schwer ist es wohl, die Wurzeln einer Familie zurückzuverfolgen, doch die Herren von

Rosslyn kamen mit Sicherheit aus der Normandie, mit mehr oder minder französischem Blut in den Adern. Ihren Namen verdankten die ersten Ritter dieses Geschlechts jener bereits erwähnten, nordfranzösischen Stadt.

Im Jahre 1066 - das gewaltige Nordreich Knuts des Großen war bereits wieder unter seinen Nachfolgern zusammengebrochen - segelte eine gewaltige Armada gegen England. Wilhelm, der Sohn Robert des Teufels, kam mit dem festen Willen, das Reich der Angelsachsen zu erobern. Nicht weniger als neun Urahnen Sir Henrys kämpften bei Hastings für ihren Herzog, der bald darauf König von England wurde. Fünf allein davon waren Cousins von Wilhelm. Doch nicht jeder von ihnen verstand sich mit dem hochgestellten Verwandten.

So folgte einer dem Ruf Malcoms, des Königs von Schottland. Er hieß Sir William und war ein kräftiger und wohlgestalteter Mann. Ein jeder zollte ihm Respekt und Ehrerbietung.

Aber Sir William war auch mit großem Humor und Witz gesegnet. Seine Anwesenheit erhellte jeden Raum, war er auch noch so düster. Königin Margarethe, die Gemahlin Malcoms, machte ihn bei Hof zu ihrem ersten Steward. Viele Normannen gelangten auf diesem friedlichen Wege in das alte keltische Reich, das ihre Urahnen nicht hatten erobern können. Selbst der große Befreierkönig trug das Blut der Wikinger in sich.

Aber nicht nur normannische Recken folgten dem Ruf schottischer Könige. Nein, auch Angelsachsen und vor allem Flamen wurden ins Land gelassen. Sie siedelten überwiegend südlich des Firth of Forth, in Lothian und Galloway und brachten Handel und Handwerk zum Blühen.

Über lange Zeit wirkten die St.Clairs als Stewards der Krone. Bis jene düsteren Jahre kamen als nach dem Aussterben des alten Königshauses England sein nimmersattes Auge nach Norden richtete. Obwohl der englische König Edward I. erst einige Jahre zuvor das alte Keltenreich der Waliser in die Knechtschaft geführt hatte, gewann er jetzt Appetit auf den noch größeren Brocken. Der große schottische Befreiungskrieg begann und dieses Mal standen auf beiden Seiten Nachfahren normannischer Ritter, nicht zuletzt die Führer beider Parteien.

In jenen Jahren waren die St.Clairs bereits in Besitz der Burg Rosslyn. Henrys Ururgroßvater Sir William war ein unverwüstlicher Draufgänger und Abenteurer, wie viele seines Clans vor ihm. Euch würden die Haare zu Berge stehen, würde ich euch alles über ihn berichten. Henry kannte recht wohl die ganzen Geschichten seiner Ahnen und Urahnen, hatte sie ihm doch sein Vater in früher Kindheit am Kamin erzählt.

Jener Sir William ward eines Tages mit Robert the Bruce und anderen Rittern auf der Jagd in den grünen Eichwäldern der Pentlandberge. Der König verfolgte schon seit längeren einen schneeweißen Hirsch, doch gelang es seinen Hunden nie, ihn zu fangen. Das edle Tier war einfach schneller als seine Verfolger. Es ärgerte Robert, daß seine prächtig erscheinende Jagdbeute immer wieder entkam.

Obwohl jeder der anwesenden Ritter wußte, daß die Hunde des Königs weit und breit die schnellsten waren, rief plötzlich, sehr zur Verwunderung aller, Sir William St.Clair : „Bei Gott, Mylord, ich wette auf meinen Kopf, daß es meinen Hunden Hilf und Halt gelingt, den Hirsch zu fangen, noch bevor er den Märzenbach überquert." Man muß dazu wissen, daß die Reiter auf der freien Kuppe eines Hügels weilten und den Hirsch zwischen den Eichbäumen eines kleinen Hains beobachten konnten. Dieser wiederum beäugte scharfen Blickes die Jäger. Er wußte wohl, daß kein Pfeil eines Bogens ihn erreichen konnte. Nicht weit hinter dem Hain in einer breiten Senke floß der Märzenbach. Es war möglich, die Uferwiesen von der Kuppe aus zu sehen. Die Ritter konnten also, wenn auch umständlich, das Rennen verfolgen.

Robert the Bruce bot im Gegenzug, falls es Sir William schaffen würde, ihm den gesamten Wald des Pentlandmoores als Besitz. Damit war die Wette besiegelt und die Jagd begann. Zunächst verließ William St.Clair auf seinem grauen Hengst die Kuppe in die entgegengesetzte Richtung, so als wolle er den Jagdplatz verlassen. Eine Weile schien alles ruhig. Die Reiter auf der Hügelkuppe blickten hinüber zu dem Hirsch im Eichenhain, der seelenruhig an den Zweigen knabberte.

Doch bald darauf rannten zwei Hunde von rechts direkt auf den Hain zu. Der Hirsch reagierte sofort und strebte den Uferwiesen zu. Es grenzte wohl an ein Wunder, denn als St.Clair sein letztes Stoßgebet zum Himmel richtete stoppte Halt den Hirsch in der Mitte des Baches. Schon war der Ritter heran und zielte mit dem Wurfspieß nach der Flanke des Tieres. Der Hirsch war erlegt, die Wette gewonnen.

Als Sir William zu den anderen zurückkehrte, stiegen er und Robert the Bruce vom Pferd und umarmten einander. Wer weiß, ob der König ihn wirklich hätte köpfen lassen. Jedenfalls wurde William St.Clair Herr über Kirkton, LoganHouse, Earcraig und das Pentlandmoor, ja von einem großen Teil Mittellothians. Außerdem erhielten die künftigen Barone von Rosslyn alle Rechte der Jagd, eingeschlossen des Fischfangs für dieses Gebiet. Henrys Ururgroßvater errichtete im Gegenzug an der Stelle, wo er zum letzten Male ein Gebet zum Himmel sandte, eine Kapelle, namens St. Katherine zur guten Hoffnung.

Als die Kriege gegen die Plantagenets begannen, schlug er bei der Schlacht nahe Rosslyn im Jahre 1303 eine kleinere Abteilung der Engländer. Sein Sohn, der wackere Henry, war ebenfalls der Waffengefährte des Befreierkönigs. Die Geschichten über Bannockburn - und derer gibt es wohl unzählige - spiegeln das Bild eines unnachgiebigen Willens nach Freiheit wieder. Henrys Urgroßvater sah mit eigenen Augen, wie Robert the Bruce den englischen Ritter Henry de Bohun vor der Schlacht in einem Zweikampf tötete, was allerdings die Schlacht nicht verhinderte. Die Schotten, überwiegend Krieger zu Fuß mit Äxten, Speeren und Bogen bewaffnet, schlugen die zahlenmäßig weitaus überlegenen Engländer. Acht Jahre später gehörte Henry St.Clair zu den Unterzeichnern der Unabhängigkeitserklärung, die dem Papst gesandt wurde.

Seinem Sohn dagegen war kein langes Leben beschieden. Als Robert the Bruce 1329 starb, brachen er und noch ein anderer St.Clair brachen mit einer Schar Ritter, unter ihnen auch der berühmte James Douglas, auf, um das Herz des Königs in einer Schatulle ins Heilige Land zu bringen und dort zu beerdigen. So lautete der letzte Wunsch von Robert the Bruce.

In Spanien eilten sie dem König von Kastilien Alfonso XI. im Kampf gegen die andalusischen Mauren zu Hilfe. Bis auf Sir William Keith, der sich vorher den Arm gebrochen hatte und deswegen zurückblieb, fielen alle Ritter in der Schlacht. Mit den Worten "Mögest du, oh stolzes Herz, unserem Kampf stets vorangehen" schleuderte Sir James Douglas die Schatulle dem Feind entgegen. Sie wurde später auf dem Schlachtfeld gefunden und wieder nach Schottland gebracht, wo sie in Melrose Chapel eingemauert wurde. Kaum zwanzig Lenze zählte Henrys Großvater an seinem Todestag.

Auch das Schicksal seines Sohnes, gleichfalls William St.Clair, war, wie das aller Ahnen mit dem der Könige verknüpft. Früh, sehr früh, mit sechzehn Jahren, brachte dessen Frau Isabella im Jahre 1345 in der Burg von Rosslyn einen Knaben zur Welt. Was Henry von seinem Vater mitnahm, sollten nur Erinnerungen aus der Kindheit bleiben. Die vielen Geschichten abends vor dem Kamin, die gemeinsamen Jagden in den Wäldern.

Als 1346 bei Kampfhandlungen mit den Engländern König David Bruce gefangen genommen wurde, nahm das Unheil seinen Lauf. Lange und zäh verhandelte Schottland, besonders Davids ältere Halbschwester Maria. Schließlich erreichte man 1357 die Freilassung des Gefangenen. Aber zu welchem Preis? 100 000 Pfund Silber in Raten von zehn Jahren waren zu zahlen.

Ungeheure Auspressungen standen angesichts dieser astronomischen Summe dem Lande bevor. Um seinen Anteil zu begleichen, sah sich William St.Clair gezwungen, seine Kraft in den Dienst fremder Herren zu stellen. Zusammen mit sechs weiteren Rittern brach er nach Ostpreußen auf, um sich dort an einem Kreuzzug der Deutschordensritter gegen die heidnischen Pruzzen zu beteiligen. Kurz nachdem der Vater zurückkehrte, starb er. Es war ein schwerer Schlag für Harry, denn er war damals erst vierzehn Jahre alt. Seine Mutter Isabella und sein Oheim Thomas übernahmen die Verwaltung von Rosslyn.

Der jungen Isabella St.Clair kam eine große Verantwortung zu. Sie entstammte ebenfalls einem alten Geschlecht, in dessen Adern Wikingerblut floß. Ja, sogar das von Königen. Ihr Vater, der Earl Malise, war kein Geringerer als der Herr über Strathearn, Caithness sowie die zu Norwegen gehörenden Orkney- und Shetlandinseln. Die großen Norwegerkönige Magnus I. und Magnus V. zählten ebenso zu seinen Vorfahren wie auch Malcolm II., der Vater von Macbeth.

Es ward in den Kreisen der wilden skandinavischen Fürsten nicht gern gesehen, daß Isabella sich mit dem Ritter William St.Clair verband. Einzig ihr Vater tolerierte dieses Verhalten, schließlich war Isabella seine Lieblingstochter.

Auf dem Sterbebett eröffnete er ihr, welch großer Groll in der Familie gegen sie bestand. Allen Anfeindungen zum Trotz ernannte Malise die schöne Isabella zur Erbin des Inselreiches. Harry wußte um das Schicksal seiner Mutter das nun auch seines war. Gesehen hatte er die rauhen, felsigen Inseln noch nicht. Alles was er kannte war das dichtbewaldete Lothian, die Grenzgebirge zu Northumberland oder die altehrwürdigen Städte wie Perth und Edinburgh, abgesehen von seinen Reisen nach Dänemark und Irland.

Ein früherer Waffengefährte seines Vaters versprach William Sinclair als dieser in Deutschland weilte, sich um den Jungen und dessen Erziehung zu kümmern. Natürlich war es kein anderer als der alte David Morlay, ein schon sehr früher Freund der Familie. Wahrscheinlich hing es mit den Banden zusammen, die sie mit der früheren Heimat der Urahnen verband, der Normandie, wobei man bemerken muß, daß der Templer ein wesentlich reineres und unverfälschteres Französisch sprach als die Normannen von Rosslyn.

Harry zog es oft über die Berge ins nahegelegene Balantrodoch. Dort lernte er nicht nur Latein, sondern auch die Sternenkunde, etliches über Navigation und viele andere interessante Wissenschaften. Jedoch sollte alles nur Theorie bleiben bis zu jenem Tag, an dem ihn sein alter Lehrer auf eine verschwiegene Mission nach Irland mitnahm.

Nach dem geheimnisvollen Zusammentreffen von Harry und David Morlay mit dem italienischen Kaufmann in der Schenke „Zum fröhlichen Hecht" und der sich anschließenden abenteuerlichen Reise zurück nach Schottland waren nun schon gut zweieinhalb Jahre vergangen. Man schrieb das Jahr 1366 nach Christi Geburt und Harry stand kurz vor der Volljährigkeit.

*

Wie jedes Jahr im Frühjahr gab es auch diesmal die beliebten Maienfeste auf den gesamten britischen Inseln. So auch in Schottland. Rosslyn Castle, die Stammburg der Sinclairs, bot zu dieser Zeit ein besonders lustiges Schauspiel. Tausende von Freien und Leibeigenen aus den verschiedenen Gegenden Lothians, aber auch aus anderen Landesteilen versammelten sich auf den Uferwiesen der Esk zu Beginn des Maien, um sich Spielen, Wettkämpfen und allgemeinem Frohsinn hinzugeben.

Die sonst selten geduldeten Zigeuner oder Wanderschauspieler waren auf dem Lande der Sinclairs herzlich willkommen und hielten hier regelmäßig ihre kleinen Theatervorstellungen ab. Das war zu einer Sitte geworden und der Clan der Sinclairs bot ihnen Schutz dafür. Denn ansonsten standen diese Menschen auf der untersten Stufe der Gesellschaft und galten gemeinhin als rechtlos.

Viel Volk hatte sich im Tal der Esk eingefunden. Die Kinder tollten zwischen den Älteren hin und her. Wer wollte es der wilden Rasselbande nach den trübsinnigen und kalten Winterabenden auch verübeln. Selbst Rinder, Schweine und Schafe betrachteten einträchtig das Schauspiel, das sich ihnen nicht alle Tage bot.

Harry zog zu Ehren des Festtages sein blaues Seidenwams an, um das in der Hüfte ein Gürtel aus Hirschleder geschlungen war. Die Beine kleideten weiß-schwarze Strumpfhosen aus Seide, die in gegürteten Schnabelschuhen aus Leder endeten. Die Kleidung zeugte davon, daß ihr Träger zum hohen Adel Schottlands gehörte. Und Harry, aus dem ein kräftiger junger Mann geworden war, verstand sich auf die ritterlichen Tugenden sowohl im Kampf als auch im Benehmen gegenüber jedermann. Seine Augen sahen offen und ehrlich in die Welt und waren von einem tiefen Grünblau, gleich den Weiten der germanischen See. Man konnte nicht verhehlen, daß er noch eine gewisse Naivität und Einfalt ausstrahlte, wie sie nur der Jugend gegeben ist.

Trotzdem verriet seine Miene keine Unentschlossenheit oder gar Weichheit. Die Nase war ebenmäßig und um den Mund spielte immer ein Lächeln, man könnte sagen das Lächeln eines Schelms, der ganz genau weiß was er tut. Darüber zeigte sich der erste Ansatz eines Oberlippenbärtchens. Unter dem Barett, das er auf dem Kopfe trug, lugte sein dunkelblondes leicht gelocktes Haar hervor, das Harry bis auf die Schulter fiel.

"Sieh dir das Schauspiel an, so viel ist ja sonst nur beim Markttag in Edinburgh oder Perth los. Die ganze Wiese vor Rosslyn Castle voller Menschen und Buden", sagte Will, der neben Harry von den Zinnen der Burg auf den Vorhof und die sich anschließende Wiese hinabblickte. William MacLarren war etwas älter und einen halben Kopf größer als Harry.

Die MacLarrens waren gute Freunde der Familie Sinclair und besaßen ein kleines Gut nahe bei dem Ort Kirkton. Die MacLarrens waren seit jeher echte Kämpfernaturen, erfahren im Grenzkrieg gegen die Engländer und nicht zögerlich, wenn es darum ging, für Freiheit und Recht in die Schlacht zu ziehen. Will trug anläßlich des heutigen Festes seinen Kilt mit den Farben der MacLarrens. Ein Kilt war im Gegensatz zu einem Wams ein langes breites Wolltuch, das mehrere Yards lang sein konnte. Der Träger mußte das Tuch geschickt falten und so um den Leib legen, was nicht ganz einfach war. Befestigt wurde es mit einem Gürtel. Für Will, der auch auf gälische Ahnen verweisen konnte, war der Kilt ein absolutes Muß an solchen Tagen.

Sein Gesicht wirkte reifer als das seines Freundes. Glattrasiert und von blonden Haaren eingerahmt. Er war insgesamt etwas hagerer und drahtiger. Um die Schulter hatte er Bogen und Köcher geworfen, da er heute beim Bogenschießen teilnehmen wollte. Am Gürtel hing ein langer Dolch.

Oft waren Harry und Will schon gemeinsam in den Wäldern auf Jagd gewesen. Hatte Harry von dem alten Morlay Latein, stilvolles Französisch, Astronomie und Mathematik gelernt, aber auch die Geheimnisse und Geschichten des Tempels dies- und jenseits der Inseln erfahren, so war Will eines seiner Vorbilder im Reiten, Bogenschießen und Schwertkampf.

„Weißt du, was heute als Preis für den Sieger im Steinweitwurf gesetzt wurde?" fragte er den etwas älteren Freund. „Ich habe nicht die geringste Ahnung", erwiderte jener. „Wir müssen uns wohl überraschen lassen." Will war heute bei bester Festtagslaune. „Auf alle

Fälle bekommen wir ein mordsmäßiges Spektakel zu sehen", sagte er und schnitt dabei eine Grimasse. Harry mußte über den Freund lachen. „Hoffentlich sind sie nicht schon vorher wieder alle besoffen. Oder hast du vergessen, wie der alte MacFaster vor zwei Jahren in den Burggraben gefallen ist." Jetzt mußten beide lachen. „Laß uns hinuntergehen."

Draußen gab es auch sogleich ein mächtiges Gebrüll, als die zwei sich sehen ließen. Aber es galt weniger ihnen als mehr dem Wettkampf, der kurz bevorstand. Harry hatte auch kein großes Interesse, im Mittelpunkt zu stehen und er war Mutter und Oheim dankbar dafür, daß sie ihm die Pflichten der Repräsentation abnahmen.

Um die Wurfschneise hatten sich bereits eine Menge Leute versammelt. Der heilige und genau abgemessene Stein, mit dem seit Urzeiten geworfen wurde, war bei diesem Getümmel unmöglich zu sehen. Herrgott, was für ein Auflauf. Dabei gab es heute noch mehr Wettkämpfe. So sollte danach, wie konnte es anders sein, noch ein kleines Turnier der in Rosslyn anwesenden Ritter abgehalten werden. Doch das war, falls das Wetter mitspielen sollte, für den Nachmittag geplant. Natürlich war der Steinweitwurf ein denkbar ebenbürtiges Spektakel; schließlich war es möglich, daß ein jeder ohne Berücksichtigung seines Status oder seiner Herkunft daran teilnehmen konnte. Und da ließ sich doch der einfache Mann seine Begeisterung nicht nehmen. Auf einer kleinen Holztribüne saßen die anwesenden Edelleute des Hauses Sinclair und Gäste benachbarter oder verwandter Clans, aber auch Vertreter der Hospitaliter und Templer aus dem benachbarten Balantrodoch sowie des Hochadels aus Edinburgh und dem Ausland.

Am Wurfpunkt war schon beträchtlicher Tumult. Um einen Kopf überragte ein Mann die anderen, die um ihn standen. Es sollte doch wohl mit dem Teufel zugehen, wenn dies nicht der alte Bill Wilson war. Bill war Fischer und kam von sehr weit her aus dem Norden. Viel wußte man hier nicht über ihn, nur, daß er sich halt einmal im Jahr hier blicken ließ. Seine riesige Erscheinung, der finstere verschlossene Blick, das wilde rötliche Haar ließen vermuten, daß Bill ein Nachfahre jener Nordmänner war, die in grauen Vorzeiten die schottische Küste regelmäßig mit ihren Beutezügen heimsuchten. Über seine Familie war nichts bekannt. So geheimnisumwittert wie er jedes Jahr zur gleichen Zeit auftauchte, so geheimnisumwittert verschwand er auch wieder. Man munkelte, daß sein Urahn dereinst ein großer Dänenkönig gewesen war. Seit neun Jahren hatte Bill ohne Unterbrechung das Steinweitwerfen gewonnen.

Es dauerte eine geraume Weile, bis die Reihenfolge festgelegt war. Mehrere Dutzend Männer waren es dieses Jahr wieder. Isabella Sinclair gab dem alten Gefolgsmann ihres Mannes Edward MacHubble, der neben der Holztribüne stand, ein Zeichen. Kurz darauf erklang eine Melodie, die die Menge zu elektrisieren schien. Es waren die alten Weisen der Vorväter, sie erzählten von einstigen stolzen und großen Tagen Schottlands, den Zeiten des großen Königreiches Dalriada. Auf sieben Dudelsäcken erschollen Klänge weit über den Festplatz, die Burg und die Siedlung hinaus. Zur Zeit schlug das Herz des Landes hier in Rosslyn.

Mit Verklingen der letzten Töne erklärte Isabella, die schöne Witwe des Hauses, nach einigen Worten zu den anwesenden Frauen und Männern Schottlands das Steineweitwerfen des Jahres 1366 nach Christi Geburt für eröffnet.

Die Regeln besagten, daß im ersten Durchgang, drei waren es insgesamt, der Stein über eine bestimmte Linie geworfen werden mußte. Für viele Teilnehmer war es schon ein persönlicher Ansporn, diese erste Hürde überhaupt zu schaffen, und nicht selten hatte man im Dorf über den Ausgang des Wurfes gewettet. Natürlich wurde auch jeder einzelne von seinem Clan lautstark unterstützt. Trotz allem schafften es gerade 26 kräftige Männer, die gesetzte Marke von 50 Fuß zu übertreffen. Die Verlierer stürzten zumeist erst einmal in Richtung Bierzelt, um den frischen Kummer zu bekämpfen.

Die Sieger erhielten ein kleines Faß mit besten schottischen Starkbier, das sofort unter hohen Begeisterungsrufen zu den jeweiligen Clans durchgereicht wurde. Die kurze Pause ging dem Ende entgegen. Denn jetzt gab der alte Edward das Zeichen zur zweiten Runde. Es galt nun, eine Strecke von 70 Fuß bis zur Ziellinie zu überwinden.

Man sah so manchem Werfer die Anspannung an, obwohl viele von ihnen auch glücklich waren, erst einmal überhaupt so weit gekommen zu sein. Nun schien es aber, als sollten doch nur sehr wenige der Männer übrigbleiben. Harrold, der Waffenschmied aus Kirkton, schaffte es, und von Bill hatte niemand ernsthaft angenommen, er könnte Probleme mit dem Überwerfen der Marke haben. Außer den beiden hatten es noch drei weitere in die Endrunde geschafft. Ein jeder von ihnen wurde mächtig von seinen Leuten gefeiert. Die Belohnung für die Sieger der zweiten Runde war dieses Jahr ein Pony. Natürlich war das Gejohle noch einmal groß, denn ein Pony besaßen nur die wenigsten, abgesehen vom Adel, der sich - mit dem nötigen Kleingeld - sogar die edlen französischen oder englischen Pferde leisten konnte. Dem einfachen Mann war's gleich und obwohl es nur ein kleiner brauner Wallach und zwei mausgraue Stuten auf die Sieger warteten - kannte ihre Freude keine Grenzen. Immer noch besser ein Pony, als sich zu Fuß fortbewegen zu müssen.

Mittlerweile hatten sich wieder alle eingefunden, um den großen Endkampf zu verfolgen. Edward hob die Hand. Die dritte Runde sollte nun die Entscheidung bringen. Gwendolf, ein bärbeißiger Hochländer vom nördlichen See Ness, warf als erster. Der Stein schlug mit großer Wucht deutlich über der 70 Fußmarke auf. "Ob euer Schmied wohl eine Chance hat?" "Ich wünsche es ihm von Herzen, aber er soll auf den Wikinger aufpassen. Der scheint mit den Jahren nur noch kräftiger zu werden. Auf alle Fälle wird er sich mächtig zusammenreißen müssen. Das wird sehr schwer werden für Harrold, doch immerhin hat er ja schon viele Preise in den letzten Jahren nach Hause gebracht", sagte Will zu Harry.

Der zweite verfehlte die gesetzte Marke von Gwendolf knapp. Nun kam Harrold an die Reihe. Er nahm den riesigen Stein, der schon durch die Hände unzähliger Generationen von Werfern gegangen war, in beide Hände, holte dann tief nach hinten aus und warf unter lauten Anfeuerungsrufen den Stein weit nach vorn; der alte Fischer verzog keine Miene. Er schaute nur unentwegt dorthin, wo alle im nächsten Augenblick hinstarrten. Harrold hatte Gwendolfs Marke um zwei und einen halben Fuß überboten. Bill regte sich noch immer nicht. Er wußte genau, daß er früher oder später den Sieg an einen jüngeren abtreten mußte. Dann würde er sich ganz auf seine stillen Inseln zurückziehen. Von dem vielen Geld, was er in den ganzen Jahren gewonnen, hatte er sich auf den Orkneyinseln eine kleine Burg in einer Bucht bauen lassen.

Der vierte war an der Reihe. Obwohl sein Wurf nicht einmal mehr über die 70 Fußmarke kam, erhielt auch er einen verdienten Applaus. Es dauerte nicht lange, bis der heilige Wurfstein, der Jahr für Jahr schon durch so viele Hände gegangen war, wieder in den Händen desjenigen lag, der mit diesem Stein über Jahre hinweg das bekannteste Sportereignis der Lowlands gewonnen hatte. Wenn es für manchen anderen nur ein einfacher und runder Stein mit ganz bestimmten Abmessungen war, so war es für diesen Nordmann ein heiliges Relikt der Erde. Die Menge stand wie gebannt um die freie Gasse herum. Man hätte meinen können, es wäre möglich gewesen, eine Stecknadel fallen zu hören. Alle starrten nur auf den riesigen Bill, der eben zum großen Wurf ansetzte.

Der Stein sauste durch die Luft und obwohl es nur Bruchteile von Sekunden waren, erschien es allen wie eine Ewigkeit. Weit hatte er geworfen, daran bestand kein Zweifel. Die Kampfrichter eilten zur Stelle wo der Stein aufgeschlagen war. Bill spürte, wenn es denn ein Sieg war, daß es sein letzter gewesen sein mußte. Früher hatte er sofort eindeutig alle Gegner aus dem Rennen geworfen. Doch heute war es knapper denn je. Die Kampfrichter gaben ein Zeichen, doch Bill ahnte es schon längst. Es war das letzte Mal und die Menge wußte, was sie ihm schuldig war. Anerkennende Hochrufe von allen Seiten erschollen über den gesamten Platz. Er hatte mit einem halben Fuß Vorsprung gewonnen.

Viele der Werfer, allen voran Harrold der Waffenschmied, gingen auf den Riesen zu, von dem sie gerade mal wußten, daß er Bill hieß und gratulierten ihm zu seinen Sieg. Dann schritten einige der schottischen Lords auf ihn zu, um die Siegerzeremonie mit vorzunehmen. Isabella Sinclair sprach einige Worte zu Bill und den Anwesenden. Danach wurde dem alten Fischer der wohlverdiente Lohn, 50 schottische Pfund Silber zuteil. Nun feierte auch die Menge den unnahbaren Riesen aus dem Norden, jedoch unter den allgemeinen Hochrufen verlor man ihn bald im dichten Gedränge aus den Augen. Ohnehin stürmten die meisten lachend, laut und überglücklich das für sie langersehnte Ziel des Tages. Und das war auch damals schon das große Bierzelt, das auf der Wiese aufgebaut war. Ein Krug Bier, ein Kanten Brot, ein Stück Speck und vor allem eine lustige Runde, das war es, was heut' jeder Schotte wollte. Am Himmel schaute nun auch immer öfter die Sonne zwischen den Wölkchen auf das lustige Treiben hinunter.

*

Der Tag verlief weiter mit anderen Wettkämpfen, die jedoch bei weiten nicht so hoch bewertet wurden wie das berühmte Steinweitwerfen. So wurden Gemeinschaftsspiele, die einen an die Vorläufer des später bekannten Hockeys erinnern würden, abgehalten. Auch ein Fußballspiel fand statt. Doch der Umgang der Spieler miteinander verlief ziemlich roh und rüde, so daß es zu einer ganzen Reihe von Verletzten kam.

Außerdem gab es die Möglichkeit, sich im Schießen mit der Armbrust und dem Langbogen zu messen. Will hatte sich zum Bogenschießen gemeldet. Harry stand etwas abseits und flachste mit John, Geoffrey und Duncan, den Söhnen einiger Freibauern aus der Umgegend von Rosslyn über die verschiedensten Dinge.

„Wenn ich an das verregnete Fest vor zwei Jahren denke, dann haben wir doch diesmal nicht den geringsten Grund zum Klagen. Rund um den Firth of Forth schaut man heute auf Rosslyn und nicht auf Edinburgh." Harry war ein bißchen stolz als er diese Worte sprach. Denn schließlich war an dem schönen Tag auch eine Menge Stadtvolk aus dem nur einige Wegstunden entfernten Edinburgh gekommen. Aber auch aus dem kleineren Musselburgh an der Mündung des Eskflusses oder weiter entfernten Orten.

„Ihr wißt, daß damit die Verantwortung auf euch lastet, diese Tradition weiterzuführen", entgegnete Geoffrey MacLoyd ihm, vielleicht auch, um seine Euphorie zu dämpfen und ihn an ein nicht sehr leichtes Erbe zu erinnern. "Die ich aber zusammen mit meinen späteren Lehnsleuten trage. Und wie du weißt, zähle ich auch auf euch."

"Sucht ihr heute noch euer Glück auf dem Turnierplatz?" bemerkte Duncan, um den jungen Sinclair abzulenken. „Habt ihr den jungen Löwen, den man mit den Montgomerys zusammensieht, schon erblickt. Man sagt, er kommt aus dem Ausland. Jede Wette gehe ich ein, daß dieser Gurkenhals schon Turniererfahrung hat. Solltet ihr durch das Los auf ihn treffen, dann seht euch vor, Sir Henry, daß er euch heute Nachmittag nicht vom Pferde pustet", meinte John Leeword, ein wahrhafter Kenner solcher Ritterspiele. Selbstverständlich nur als ein am Rande stehender und sicherer Betrachter. "Das werden wir noch sehen, wer hier wen wegpustet."

"Hat sich Will für das Turnier gemeldet?" fragte Geoffrey. "Er ist jetzt übrigens gleich an der Reihe." Duncan wies hinüber zu den Bogenschützen. „Also vorhin hat so ein altes Schlitzohr gleich viermal hintereinander ins Schwarze getroffen."

Harry atmete tief durch. Er hätte Will zu gern bei dem Kampf mit der Lanze gesehen. Jedoch es war nicht üblich, daß sich niedere Adlige an solcherlei Waffengängen beteiligten. Was würden die verwandten Stuarts oder die Douglas dazu sagen. Harry antwortete Geoffrey, wobei er hinüber auf das Feld der Bogenschützen schaute. „Es ist nicht so einfach für ihn, da mitzumachen. Du müßtet das eigentlich wissen. Ich glaube, er würde sich auch wohl fühlen." Geoffrey erwiderte darauf nichts. Es stand eben einem MacLarren nicht zu, gegen die ehrenwerten Söhne Schottlands anzutreten. Von ihm selber ganz zu schweigen.

„Seht doch da", schrie Duncan. „Ein fabelhafter Schuß von Will. Noch besser als beim ersten Mal." „An diesen exzellenten Schützen aus dem Argyll wird er wohl nicht herankommen", kommentierte John das Ergebnis. Will war gerade mal unter die ersten zehn gekommen. Das war für ihn durchaus respektabel. Denn manch alter Hase hatte längere Erfahrung und wußte besser als die Grünschnäbel im geforderten Moment seine Nerven zu behalten.

Nachdem man MacLarren seine Pfeile zurückgebracht hatte, packte dieser seine sieben Sachen und schlenderte hinüber zu der kleinen Gruppe am Rand des Feldes. Dort wurde er schon lauthals von John Leeword begrüßt. „Nicht so trübsinnig, alter Bursche. Rund um Edinburghs Wälder bleibst du der beste Schütze, den wir kennen." Die Männer lachten und Harry sagte zu Will: „Komm wir gehen uns erst einmal den Magen vollschlagen. Oder ist dir der Appetit vergangen."

Die fünf kamen zurück von den Ständen der Bogenschützen zur Festwiese. Dort war bereits ein mächtiges Gedränge. Der abgehaltene Markttag unterhalb der Burg bot ein belebtes Bild. Es war ein Feilschen, Anbieten und Verkaufen, das die Herzen der Schotten beseelte. Und heute war die Gelegenheit für das eine oder andere Marktweib, gute Schnäppchen zu machen, weil bei den zahlreich erschienenen Stadtleuten das Geld gewöhnlich etwas lockerer in der Tasche saß. Viele frönten natürlich auch anderen Leidenschaften - oft zum Ärger ihrer Weiber - denn das Bierzelt war weiterhin mächtig umlagert. Und dies in der größten Mittagshitze.

Etliches Volk hatte sich rund um den Turnierplatz versammelt, um den Spielen des Adels zuzuschauen. Die meisten Teilnehmer stammten aus den verschiedensten schottischen Clans, die zu dem Fest gekommen waren. Es gab aber auch einige Ritter aus dem Ausland, die Rosslyn angelockt hatte, um für die eigenen Farben die Lanze zu brechen.

Schirmherrin des Turniers war Isabella Sinclair. Das Turnier wurde im Gegensatz zum Steineweitwerfen nicht jedes Jahr und außerdem in unregelmäßigen Zeitabständen in Rosslyn abgehalten. So fanden solcherlei Ritterspiele auch auf den Burgen der anderen großen Clans der Lowlands statt. Nicht selten lud auch der König am Hof zu Perth oder in Stirling zum Brechen der Lanze ein. Von den Stuarts waren heute recht wenige gekommen. Meistens plagten sie andere Sorgen, als sich dem Ritterspiel hinzugeben.

Für Harry war es das erste größere Turnier und dann gleich noch ein Heimspiel. Bis jetzt hatte er sich sonst nur im Umfeld des Clans im Lanzenstechen erprobt. Im Umgang mit Waffen war er nicht ungeschickt, obwohl er sich nicht gerade vorstellen konnte, sein Leben auf Turnierplätzen, sei es denn auch zum Ruhme seiner Ritterehre, zu fristen. Sollte er denn je sein Leben ganz in den Dienst eines Ordens stellen, dann war ihm diese Form der sportlichen Betätigung sowieso untersagt. Doch diese Entscheidung hatte er noch nicht getroffen. Sein Cousin James hatte schon auf etlichen Turnieren gekämpft. Sicherlich würde er auch heut' sehr viele Waffengänge absolvieren. Er selber hatte sich entschieden, nur gegen zwei Gegner anzutreten.

Zu Beginn sollten sich die jüngeren Teilnehmer im Wettstreit mit der Lanze messen. Dazu gehörte auch Henry Sinclair. Der alte Edward kam hinüber zu der kleinen Gruppe und rief „Es wird Zeit, Harry, nicht mehr lange und du bist dran. Im Zelt liegt deine Rüstung bereit. Die Waffenknechte werden dir helfen." Will grinste. „Jetzt wird's wohl ernst für dich, alter Haudegen. Enttäusch' uns nicht; du reitest stellvertretend für uns alle." Die anderen lachten und wünschten ihm viel Glück. Der alte Edward begleitete Harry zu einem der Zelte, wo sich die Ritter auf den Kampf vorbereiteten, beziehungsweise die Rüstungen parat lagen. Die vier blieben hinter der Absperrung zurück und harrten der Dinge, die da kommen sollten.

Unter lautem Dudelsackgetöne der Pfeifer der Borderlands ritten die Herolde auf den Kampfplatz und verkündeten den Beginn des Turniers. Dabei bliesen sie in ihre langen Stierhörner, so daß der Klang bis hinunter nach Edinburgh erscholl.

Dann begannen die Waffengänge. Daß die meisten der jungen Ritter noch wenig Erfahrung hatten, war den Kämpfen recht wohl anzumerken. Schließlich waren viele von ihnen nicht einmal zwanzig und bestritten gerade ihr erstes Turnier. Zehn müßten es jedoch mindestens sein, besagte das Reglement. Dann konnte man sich auch mit den älteren erfahrenen Rittern im Spiel mit der Lanze messen. Öfter sah man bei einer Runde die Lanzen splittern, so daß es zu manch schlimmer Verletzung kam. Die herbeigerufenen Feldscher hatten jedenfalls alle Nasen lang zu tun.

Langsam wurde das Gedränge bei den Zuschauern auch immer dichter. Neben John drängelte sich gerade wieder eine neue Gruppe von jungen Leuten an die Balustrade. „Wann haben wir denn endlich die Ehre, die Talente unseres Gastgebers zu bewundern", sagte eine dicke rotmähnige Fratze und sah dabei grinsend hinüber zu Will. Der wollte natürlich nichts auf den Freund kommen lassen und konterte. „Nimm das Maul nicht so voll, Ramsay. Du hättest dich ja melden können. Aber wahrscheinlich hätte der erste beste dich Fettkloß aus dem Sattel gehoben und über die Planken geschmissen." Fitzroy Ramsay lief rot an. „Verfluchter Hund, was willst du damit sagen. Daß ich etwa zu dick oder zu feige bin!" John Leeword flüsterte zu MacLarren „Hör sich doch einer den an. Obendrein ist er sogar noch entsetzlich langweilig." „Hast du gehört." Will rief dem dicken Sohn des Clans der Ramsays zu. „Du langweilst uns, Fettbacke. Wenn du ein Ritter wärst, dann würdest du dich auch im Zweikampf messen. Aber du bist eine Memme."

Die Ramsays gehörten zu den kleineren Clans in der Nachbarschaft. Natürlich blieb auch ihnen eine Teilnahme an dem Turnier verwehrt. Außerdem besaßen sie, wie die meisten ärmeren Adligen keine Turnierpferde. Fitzroy war der drittälteste Sohn, der jedoch sichtlich mehr ans Essen und Trinken dachte und damit etwas aus dem Rahmen seiner Familie fiel. Es war ein Wunder, daß er überhaupt wieder aus dem Bierzelt herausgefunden hatte. Nun hatten er und ein paar Freibauernsöhne seines Clans ausgerechnet neben Will und John einen Platz an der Absperrung ergattert. Der Dicke wollte noch etwas sagen, aber da ging seine von einer schrecklichen Grimasse begleitete Antwort im allgemeinen Gejohle des Publikums unter.

Vorne nahmen erneut zwei Ritter Aufstellung. An ihren Farben erkannte man, daß sie für den Clan der Sinclairs sowie den der Douglas stritten. Der Schild des einen zeigte ein gewelltes schwarzes Kreuz auf silbernen Grund, das Wappen der Sinclairs zu Rosslyn. Kettenhemd und Brustpanzer überdeckte ein ärmelloses weißes Leinenkleid, ebenfalls mit einem schwarzen Kreuz gekennzeichnet. Der andere trug ein dunkelblaues Kleid über der Rüstung. Auf seinem Schild war eine silberne Distel auf schwarzen Grund aufgetragen. Dieser wollte seine Lanze für den Clan der Douglas führen.

Harry hatte ein schönes schneeweißes Streitroß, während der andere auf einem Fuchs saß. Der Clan der Douglas war neben den Familien Sinclair, Seton, Hamilton, Hay, Montgomery und nicht zuletzt dem Königshaus der Stuarts einer der bedeutendsten der schottischen Lowlands. Das Oberhaupt Earl William Douglas galt als einer der mächtigsten Herrn des südlichen Grenzlandes.

Harrys Gegner, der junge Alexander - ein Neffe Earl Williams - würde wahrscheinlich wie seine Brüder später in Frankreich an den Höfen des großen Königs erzogen werden, obwohl er nur auf ein geringes Erbe hoffen durfte. So war er bereits jetzt ziemlich gut im Umgang mit Lanze und Schild. Die beiden wählten ihre Lanzen aus.

Der alte Edward trat zu Harry und reichte ihm eine besonders leichte. „Es ist zwar keine richtige Stoßlanze, aber das hier ist gutes Eschenholz. Es ist leicht, ein klein wenig gekrümmt und wird nicht so schnell splittern. Alexander ist einer der schwersten Gegner. Du mußt auf jede Reaktion von ihm schnell parieren können. Der junge Douglas kennt etliche Tricks. Er ist schon fast ein alter Hase. Wenn der Kampf unentschieden ausgeht, wäre das schon ein Sieg für uns." Harry beugte sich vom Sattel hinunter und nahm die Lanze in Empfang. „Ich werde euch schon nicht enttäuschen. Der Ausgang ist Gottes Wille."

„Paß genau auf, er wird versuchen, dich soweit wie möglich oben zu treffen. Lenke deinen Schild erst kurz vor dem Aufprall nach oben." Harry lächelte den Alten an. „Was würde ich nur ohne euch machen, Edward." Dann blickte er hinüber zum Kampfrichter. Nach dessen Signal klappten beide Ritter ihr Visier herunter. Alles herum war vergessen. Langsam senkten sie ihre Lanzen. Es gab nur noch die vollkommene Konzentration auf den Gegner. Über einen leichten Schenkeldruck setzten sie ihre Pferde in Bewegung.

Durch die Augenschlitze seines Helmes konnte Harry nur schemenhaft erkennen, wie der andere näher kam. Achte auf die Haltung seines rechten Armes, hämmerte es durch seinen Kopf. Noch waren sie ungefähr hundert Schritte voneinander entfernt. Als Douglas auf ungefähr zwanzig Schrittlängen herangekommen war, veränderte er die Richtung der Lanzenspitze nach oben. Harry wußte sofort, wie er zu reagieren hatte und rückte den Schild im richtigen Winkel nach. Gleichzeitig erkannte er links unten eine vom Schild nicht geschützte Stelle des Panzers. Er durfte bei Gott nicht den Oberschenkel des Gegners treffen. Eine dem sich nachziehende Disqualifizierung wäre das allerletzte das er am heutigen Tag gebrauchen konnte.

Schon waren die gepanzerten Ritter auch zusammen und es krachte fürchterlich laut. Die Zuschauer auf der Tribüne und hinter den Absperrungen konnten ganz deutlich sehen, daß beide Reiter in den Sätteln wankten. Da alles nur in Bruchteilen von Sekunden abgelaufen war, hatten beide nicht mehr völlig die Taktik des jeweils anderen vereiteln können. So hob Alexander rechtzeitig seinen Schild etwas vor, daß der zu parierende Stoß leicht abgelenkt wurde. Die Spitze traf dennoch den Bereich unterhalb der rechten Brust. Weil das Holz aber auf der Schildoberfläche entlang geschrammt war, wurde dem Aufprall die Wucht genommen und der junge Douglas blieb im Sattel. Bei Harry ging es nicht so glimpflich ab. Die gegnerische Lanze traf seinen Schild genau an der oberen Kante und zersplitterte. Der geborstene Schaft rutschte weiter und jagte oberhalb des Visiers genau an den Helm. Dabei erhielt Harry einen immerhin noch so harten Schlag, daß er fast die Besinnung verloren hätte. Von der Tribüne konnte man ein allgemeines Aufatmen spüren, als der in weißen Farben gekleidete Ritter den Helm abnahm. Unter den Gliedern der Kettenhaube floß ein dicker Blutstrom über sein Gesicht. Harry hatte eine starke Platzwunde am Kopf, aber es sah wohl schlimmer aus als es war.

Alexander kam zurückgeritten, um sich zu versichern, daß nichts Schlimmeres geschehen war. „Wie geht es euch, Sinclair. Ich bin froh, daß unsere Begegnung so glimpflich abgegangen ist." Harry dröhnte noch der Schädel. Seine Wunde blutete noch immer stark, so daß es weiterhin warm über seine Wange rann. „Ihr hättet mich ziemlich gut erwischt, wäre ich mit dem Schild nicht so schnell gewesen", lachte er. Alexander Douglas sah nun, daß es wohl nicht so schlimm war und lächelte. „Ihr habt mich auch ganz gut getroffen. Alle Achtung Sinclair. Damit habt ihr euer Unentschieden. Aus euch wird noch mal ein guter Turnierreiter. Also dann, ich freue mich schon auf unser nächstes Mal." Er wendete seinen Fuchs und trabte davon. Die Kampfrichter bewerteten diesen Kampf als unentschieden. Es war üblich, daß nur die alten Hasen mehrere Waffengänge absolvieren durften. Gekämpft wurde aber auch bei ihnen mit stumpfen Lanzen.

Harry war inzwischen wieder vom Platz an den Rand zurückgekehrt. Dort wurden schon die nächsten Streiter ausgerufen. In seinem Kopf dröhnte es jedoch noch mächtig, so daß er kaum etwas um sich herum wahrnam. Die Knechte halfen ihm von seinem Roß hinüber ins Zelt, wo der Feldscher bereits wartete. Der zog ihm die Kettenhaube herunter und betrachtete seine Kopfwunde. „Setzt euch, Sir Henry, ihr seht ja fürchterlich aus. Was soll man denn da auf Rosslyn Castle sagen. Eure ehrenwerte Frau Mutter wird hoffentlich nicht auf der Tribüne in Ohnmacht gefallen sein." Harry gab sich wortkarg und brummte nur so vor sich hin.

Der Feldscher drehte sich zu den hinter ihm bereit stehenden jungen Mägden um. Zwei von ihnen kümmerten sich gerade um einen weiteren jungen Ritter, den es ziemlich übel mitgenommen hatte. Seine Schulter war zerschmettert und mußte geschient werden. „Mädels, bringt mal etwas Wasser mit aufgekochtem Sud aus Melisse und Ringelblumen herbei. Vorher gebt mir aber ein paar getrocknete Blätter vom Wegerich. Der Feldscher nahm sie, zog die Rippen vorsichtig heraus und stach ein paar Löcher in jedes Blatt. Danach legte er mit der glatten Seite die Spitzwegerichblätter auf die Stirn des jungen Sinclairs, um die Blutung zu stillen. „Das reicht fürs erste. Es ist nicht weiter schlimm." Vier Blätter hatte der Feldscher mittlerweile über die Platzwunde gelegt. „Es blutet schon kaum noch", sagte er und wandte sich wieder dem anderen Kranken zu. „Da kann ich ja dann noch mal antreten, wenn es nicht so schlimm ist, Meister Gottfried", lachte Harry dem Feldscher hinterher. Dieser drehte sich noch einmal um und sah dem jungen Mann ernst in die Augen. „Na ja, Sir Henry, ihr schlagt eben ganz nach euren Vätern. Ich hätte auch nichts anderes von euch erwartet."

Der Angesprochene befühlte vorsichtig die Stirn, ohne dabei den Spitzwegerich zu verrücken. „Das kann ja ein schönes Horn werden." Er rieb sich über die klebrige Wange. „Nun nehmt mal eure Hand weg, Sir Henry." Ailsa beugte sich zu ihm mit einer Schüssel herunter und wusch das geronnene Blut ab. Die blonde Tochter vom Burgkämmerer der Sinclairs war heute zu den Krankenzelten eingeteilt worden. Harry hielt ganz still als sie danach einen Verband um seine Stirn legte. „Gut macht ihr das. Ich würde mich glatt beim nächsten Kampf wieder treffen lassen, vielleicht können wir dann den Verband noch einmal wechseln. Oder wir lassen ihn ganz weg. eure Hände bringen schon Heilung allein, Ailsa." Das Brummen im Schädel wich langsam einem beruhigenden Entspannen unter der lindernden Wirkung des Wassers. Der junge Ritter hatte sich schon wieder recht gut erholt. Außerdem scherzte er gern. Doch die Kleine war voller Sorge. „Ihr sprecht wirres Zeug, Sir. Es hätte schlimm ausgehen können. Ich bitt euch, seht euch vor im nächsten Kampf." Ailsa hatte tatsächlich Angst um den Tollkopf.

Die Schotten waren allgemein für ihr Draufgängertum berühmt. Harry machte da wahrlich keine Ausnahme. Er blickte die kleine Samariterin mit großen Augen an. „Und dann habt ihr auch noch Angst um mich. Ich werde mich bemühen, euch den Gefallen zu tun. Aber dann dürft ihr jetzt nicht mehr so ernst schauen." Ailsa lächelte. „Wenn ihr immer so einen Unsinn redet." Weiter kam sie nicht, denn mit einem Mal trat ein junger Mann in glänzender Rüstung in das Zelt und wandte sich ihnen zu.

„Es scheint ja meinem Cousin vortrefflich zu gehen, wenn er schon wieder mit den Mädchen herumpoussieren kann. Kommen wir zu dem Grund, warum ich dich aufsuche. Es dauert nicht mehr lange, Kleiner. Noch drei Waffengänge und du bist dran. Das Los hat dich einem kühnen Degen aus Flandern zugeteilt. Er hat Richard Hamilton ohne Mühe aus dem Sattel gehoben. Ich glaube, er ist eine harte Nuß." James Sinclair, ein Cousin und Verwandter der Herren von Rosslyn aus Musselburgh hatte sich ernste Sorgen um Harry gemacht und wollte, gleichwohl im Auftrag von dessen Mutter Isabella, schauen, wie es um ihn stand. Der Verletzte schaute völlig ruhig und entspannt auf den Hereingetretenen und sprach. „Hat er", damit meinte er seinen nächsten Gegner „irgend einen besonderen Trick, daß er es vermag, einen schottischen Löwen vom Pferd herunterzustechen?" James setzte eine gewichtige Miene auf und antwortete. „Nein, eigentlich nichts besonderes. Es ist nur die Kombination von exakter Armhaltung und die schnelle Reaktion zum richtigen Augenblick. Er wäre ein ernst zu nehmender Konkurrent, wenn er für das Turnier im Anschluß nominiert wäre."

„Warum tut er es dann nicht", hakte Harry sofort nach. Sein Cousin schüttelte den Kopf. „Du weißt doch selber ganz genau, was für strenge Reglements es gibt. Er hat die vorgegebene Anzahl an bekannten Turnieren eben noch nicht bestritten." Der Sitzende winkte müde ab. „Habe ich irgendeine Chance gegen ihn?" James aber fühlte sich für den Jüngeren verantwortlich. „Paß auf, er wird dir eine Falle stellen, da bin ich mir sicher. Reagiere erst auf seinen letzten Ausfall und laß dich nicht durch vorher angetäuschte Manöver verrückt machen. Du schaffst es. Ich wünsch dir viel Glück." James Sinclair schickte sich an, das Zelt wieder zu verlassen. Harry rief dem davoneilenden Ritter noch hinterher. „Kennst du seinen Namen?" James drehte sich noch einmal im Zelteingang um. „Er kam in Begleitung der Montgomerys nach Schottland. Sein Name ist Thomas van Leeden. Doch wegen seiner orangen und roten Farben nennt man ihn hier nur den roten Ritter." Ein letztes Mal unterbrach ihn Harry. „Was ich dir noch sagen wollte, Cousin. Ich wünsche dir auch Glück; hoffentlich bleibst du heute siegreich."

Die warme Frühjahrssonne schien mit kräftigen Strahlen auf den Turnierplatz vor der Burg. Die Leute hatten heute schon eine Menge geboten bekommen. Ein junger Ritter in voller Rüstung trat aus dem Zelt des Feldschers. Draußen verabschiedete sich gerade wieder ein Haufen aus Fleisch und Eisen mit lauten Krachen aus dem Sattel. „Arme Ailsa", dachte Harry. Er lief hinüber zu seinem Schimmelhengst. Thurindas, so hieß er, wieherte als er seinen Herren wiedersah.

„Brav, Alter. Halt noch einmal durch, dann hast du es geschafft für heute. Das Roß schnaubte ganz leise durch seine Nüstern und bleckte die großen weißen Zähne. In Schottland gab es nur wenige Pferde von seiner Größe und Kraft. Thurindas war nun schon fast zehn Jahre alt. Zu seinen Vorfahren gehörten jene großen normannischen Streitrösser, die vom Festland auf die Inseln hinüber kamen und hier mit den heimischen schottischen Ponys gekreuzt wurden. Nur wenige konnten auf ein Pferd verweisen, das mit seinem Widerrist die Fünffußmarke überbot. In England, wo viele Adlige schwere Turnierpferde besaßen, war das sicherlich ganz anders. Doch hier, nördlich des Tweed, wurden die großen Rösser bestaunt und bewundert.

Harry fühlte sich wieder ganz gut. Ailsa hatte ihm zum Schluß noch den Schildarm und die Schulter mit Öl einmassiert, so daß er ziemlich fit für die nächste Runde war. Etwas später fand sich der junge Sinclair wieder am Startpunkt ein.

Der alte Edward schaute ein bißchen kopfschüttelnd zu ihm hoch. „Der da drüben ist nicht Alexander Douglas. Hab Obacht. Der rote Ritter ist unberechenbar. Hier habt ihr eine Eschenlanze mit eingelegtem Ebenholz. Sie ist ebenfalls leicht gekrümmt, hat aber einen anderen Schwerpunkt als eure erste Waffe." „Was würde ich nur ohne euch machen, Edward." Harry nahm die Lanze in Empfang und setzte seinen Helm auf. Dann blickte er nach vorne. Am anderen Ende der Bahn war schon sein gefürchteter Gegner zu sehen. Er hatte Mühe, sein ungestümes Streitroß im Zaum zu halten. Harry blickte hinüber zum Kampfrichter und klappte das Visier mit den Worten „Nun denn, für Gott und Schottland" herunter. Daraufhin ertönte das Zeichen. Harry drückte die Beine fest in die Flanken des Tieres und galoppierte scharf an.

Der andere schien sich wie eine Walze zu nähern. So richtig konnte Harry nicht ausmachen was der Gegner wohl vorhatte. Als dieser vielleicht noch zehn Schrittlängen entfernt war, zog er mit seinem Pferd etwas nach außen, so daß Harry unweigerlich an die Innenbande gekommen wäre, wenn er mit dem Schimmel das Manöver beantwortet hätte. So sah es aus als wollten die beiden Streitrösser aneinander vorbei rasen. Es ging alles blitzschnell. Zwar konnte der rote Ritter sein Schild recht gut zur Deckung bringen, allein die Lanze jedoch stand in einer recht ungünstigen Position. Der Trick ging nicht auf. Harry traf den Schild mit der vollen Wucht eines geradeaus galoppierenden Pferdes, während der andere ihm nur am Arm streifte. Edwards vortrefflich ausgesuchte Lanze splitterte dennoch, aber das war Harry bereits egal. Jedenfalls krachte Thomas van Leeden in den Sand.

Eine Woge der Begeisterung ging durch die Menge, hatte doch der junge Sinclair hiermit seine erste große Turnierehre erworben. Der rote Ritter nahm den Helm ab und blickte verstört zu seinem Widersacher hinauf. Tja, es klappte eben halt nicht immer. Es dauerte noch lange, bis Thomas van Leeden begriff, was geschehen war.

Nach einer kurzen Pause, die durch ein paar Akrobaten ausgefüllt wurde, konnte nun endlich das lang ersehnte Turnier der erfahrenen Ritter eröffnet werden. Darauf hatten natürlich die meisten der Zuschauer gewartet. Viele mit klanghaften Namen Schottlands aber auch Aufmerksamkeit erregende ausländische Ritter traten gegeneinander an. David Bruce, der König, oder dessen Neffe, Robert Stuart, hätten hierbei das Feld bereichern können; wenn sie nicht durch Abwesenheit glänzen würden. Bei diesem Spiel konnte es durchaus ernst werden; obwohl auch hier mit stumpfen Lanzen gekämpft wurde, waren die häufigen Unentschieden nicht mehr üblich. Es fanden mindestens drei Waffengänge mit der Lanze statt. Danach konnten sich auf ausdrücklichen Wunsch beide Seiten mit Keule, Streitaxt oder Schwert weiter herumprügeln. Die Kampfrichter hatten alle Hände voll zu tun und trotzdem kam es immer wieder zu Toten und Schwerverletzten.

Die Zuschauer mußten mit ansehen, wie Lanzen splitterten und dem einen oder anderen in die Augen jagten. Man konnte deutlich sehen, wie das Blut der Opfer des Tages auf dem staubigen Kampfplatz in der Sonne trocknete. Und trotzdem tobte die Menge bei solchen Höhepunkten, wo Sir Edgar Hamilton gegen Sir William Murray - beide Häuptlinge berühmter Clans - ihre Klingen sogar im Schwertkampf kreuzten. Lange hallten die Schläge ihrer Schwerter über den Burgplatz ins Land, aber Hamiltons Arm erlahmte schließlich, so daß der Nachfahre des berühmten Randolph Moray die Oberhand behielt.

Mitten in diesem Volk standen zwei Männer, die so taten, als ob sie das ganze überhaupt nichts anginge. Sie wurden kaum beachtet, denn das allgemeine Interesse galt natürlich den Turnierstreitern. Der eine war groß und schlank und hatte strähniges blondes Haar; man sah ihm an, daß es keine guten Gedanken waren, die sein Herz bewegten. Er wirkte eher wie ein eiskalter Killer. Die Pupillen schienen so seltsam unbeweglich und leblos. Unter dem Leinenoberteil lugte ein Kettenhemd hervor.

Das Gesicht des anderen war verdeckt. Die Kapuze seines langen Mantels hatte er tief bis in die Stirn gezogen. Er war von durchschnittlicher Natur und man konnte sich beim besten Willen kein rechtes Bild von ihm machen. Wie sollte an diesem wunderschönen Tag jemand ahnen, daß der Umhang einen der finstersten Gesellen der Inseln verbarg. Sein Zischeln schien im allgemeinen Geräuschpegel förmlich unterzugehen. Er ließ in der Stimme einen ironischen Unterton mitschwingen.

„MacWquire, blindwütiger Haß ist nicht gut fürs Geschäft, glaubt mir. Und aus euren Augen spricht Haß. Sind euch de Morlay und der junge Sinclair so wichtig? Ihr werdet höchstens die eine oder andere Runde gewinnen, aber niemals das ganze Spiel. Wenn euch erst einmal die Clans um Edinburgh auf den Fersen sind, dann könnt ihr euch in Schottland nicht mehr sehen lassen. Aber ich werde mich hüten, den Bock aufzuhalten, der gegen eine Wand aus Eisen rennen will." „Ach, werter Vetter, wir werden eines Tages beide in einsame Gräber hinabsteigen müssen und denkt ihr nicht, daß ich wenigstens meine Rechnungen vorher begleichen sollte? Oder was soll ich eurer Meinung nach tun?" Unter der Kapuze kam erst keine Antwort. Dann begann die schmierig-freundliche Stimme weiterzusprechen. „Wartet ab. Die Zeit ist euer Freund. Knüpft in aller Ruhe eure Netze. Irgendwann kommen die Füchse schon aus ihrem Bau." „Wollt ihr mir dabei helfen?" „Gott bewahre. Ihr macht Witze. Ich halt mich heraus aus eurem Privatfeldzug. Dafür bezahlt ihr mich nicht gut genug, MacWquire." „Wie lange soll ich denn da warten", stöhnte Randolf MacWquire. „Grast das Umfeld der beiden ab. Es gibt immer undichte Stellen. Ihr findet schon jemand, der brauchbar für eure Pläne ist. Habt Geduld. Zeit zu Sterben werdet ihr noch mehr als genug haben. Und glaubt mir, Gillean Campbell wird keinen Finger für euch rühren, solltet ihr jemals in ernsthafte Schwierigkeiten kommen." Es kicherte leise unter der Kapuze. „Aber wie schon gesagt, ich breche heute nach Süden auf. Ich wünsch euch Glück für die Zukunft, MacWquire." Der Ritter mit den blonden Strähnen drehte sich um. Er sah noch, wie der andere in der Menge verschwand. Leise wie ein Windhauch, so als würde man sein Entschwinden kaum bemerken. „Machs gut, George", flüsterte MacWquire leise vor sich hin. Er dachte an dessen Ratschläge und beschloß, zunächst in der Umgebung des alten Templers nach einem für seine Zwecke passenden Schlupfloch zu suchen.

*

Für den Abend waren Gaukler und Spielleute engagiert. Sie sollten auf einer aus Brettern gezimmerten Tribüne neben dem Bierzelt auftreten. Das Stadtvolk von der Küste war zum großen Teil wieder gegangen und auch viele der versammelten Adligen waren nicht mehr zugegen, sondern eilends wieder in Richtung ihrer Burgen und Ländereien aufgebrochen. So ritt Randolf MacWquire nach dem Turnier nach Edinburgh, denn dort hatte er ein Zimmer gemietet. Andere hatten sich zusammen mit den Sinclairs in die Burg zurückgezogen, um dort weiter zu feiern.

Übrig geblieben waren zum größten Teil die jungen Leute aus der Gegend. Auch Harry hatte es vorgezogen, mit Will und den anderen draußen zu verweilen. Sie erfrischten sich gerade an einem der Dutzend aufgestellten Wasserbottiche, um den Schweiß und die Hitze des Tages wegzuspülen. Etliche der schweren Eichentische wurden aus dem Zelt herausgeholt, von Unrat und Bierlachen befreit, so daß sie erneut zum Schmausen und Saufen einluden. Denn die Krüge sollten noch lange zwischen Fässern und Gaumen hin und herwandern. In Richtung Burg hingen auf Spießen Schweine, allerlei Geflügel aus Wald und Stall über rotglühenden Holzkohlen. Natürlich war von dem einen oder anderen Schwein nicht mehr viel übrig, denn es wurde bereits schon kräftig in den vergangenen Stunden zugelangt. Auch weiter draußen auf der Wiese brannten ein paar Feuer, um die im Kreise traute Runden scherzten und lachten. Mitunter erklang auch hier und da ein fröhliches Lied. Die Abendsonne tauchte die Wiese vor Rosslyn Castle in ein tiefes Rot, das durch die Maienfeuer eine nahezu gespenstische Atmosphäre bekam.

Auf den Brettern, wo das Schauspiel stattfinden sollte, war es inzwischen zu einer gewissen Bewegung gekommen. Jetzt, da die Theatergruppe sich ankündigte, fanden sich jung und alt flugs vor der zusammengezimmerten Bühne ein, so daß die meisten Plätze auf den Bänken und rund um die Tische bald besetzt waren.

Ein bunt gekleideter Spaßmacher trat hervor und wandte sich an das Publikum. „Hochgeschätzte Leut' aus Rosslyn. Für eure Aufnahme an diesem Hof habt Dank. Wir möchten uns erkenntlich zeigen und euch ein kleines Stück aus unserem bescheidenen Repertoire darbieten." Darauf sprangen drei Musikanten aus dem hinteren Teil der Bühne. Der erste trug eine Laute. Während er die Seiten schlug, sang er die Strophen zur Einführung des Stückes. Es war eine Mär, die vom großen Nordlandkönig und seiner unglücklichen Liebe zu einer Maid aus den Bergen Lothians erzählte.

Schon nach der dritten Strophe traten hinter den Musikanten im Schein der Fackeln zwei Schauspieler auf, die mit stummen Gesten und Bewegungen den Verlauf der Handlung darstellten und somit ihr Publikum verzauberten, ja in die Welt der Märchen entführten. Das Mädchen floh vor dem König des Nordens - dessen Liebe sie nicht erwiderte - und verwandelte sich in ein kleines Rotkehlchen.

Er, ebenfalls der Zauberkunst mächtig, nahm nun als ein gewaltiger Adler die Verfolgung auf. Sie entging seinen scharfen Krallen nicht, die sie so schwer verwundeten, daß sie starb. Die heiligen Mönche von Lindisfarne fanden das tote Tier und erweckten es über den Quellen der Insel zu neuem Leben.

Das Publikum war entsetzt, daß der Adler für diese Schandtat nicht bestraft wurde. Doch die Erzähler mit ihren Instrumenten enttäuschten ihre Zuschauer nicht. Sie kündigten

Robin, den grünen Rächer, an, der als Schauspieler bald darauf auf der Bühne erschien. Kein geringerer als der grüne Jäger stellte den König des Nordens.

Die Gestalt des Robin Hood war eine der beliebtesten dramatischen Figuren der damaligen Zeit. Denn wer kannte nicht Robin vom Grünwald und Little John. Alljährlich tauchten sie, der Abt der Unvernunft oder die Maikönigin in den Theaterstücken der Wanderschauspieler in immer wieder abgewandelten Formen auf. Auch jetzt wieder war es der grüne Jäger, der den Adler mit Hilfe eines Haselnußzweiges bannte und in einer Höhle einschloß. Erst wenn der jüngste Tag anbricht, würde der Nordlandkönig wieder unter der Erde hervorkommen.

Aber was geschah mit dem armen Rotkehlchen? Gaben ihm doch die heiligen Mönche über die Quellen der Wahrheit das Leben zurück. Seine menschliche Gestalt blieb ihm allerdings verwehrt. Nur zu den Tagen der Maienfeuer kann man eine traurige Maid mit langem roten Gewand in den Wäldern Lothians beobachten. Vielleicht hört man dann auch das Lachen Robins vom Grünwald zwischen den Bäumen. Obwohl dieses Ende vielleicht nicht jedem gefiel, so ernteten die Spielleute großen Applaus.

Nach dem Stück wurden Bänkellieder und Moritaten, aber auch biblische Geschichten aus der heiligen Schrift vorgetragen. Mal war es heiter, mal ernst, mal schaurig und dann wieder so, daß sich die Zuschauer die Bäuche vor Lachen halten mußten. So kam die Nacht über Rosslyn.

*

Niemand bemerkte, wie aus Richtung der tiefen Schlucht, die nach Süden führte, ein einzelner Reiter auftauchte, der bei den ersten Feuern von seinem Pferd stieg und es an den Zügeln bis zu den Bänken bei der großen Bühne führte. Im Schein hätte man erkennen können, wie sich ein weißes achtspitziges Kreuz auf seinem schwarzem Hemd - was er über einem leichten Panzer trug - abhob. Er trat zu einer kleinen Gruppe, die an den hinteren Tischen saß und beugte sich zu Harry hinunter. „Mein Lord, ich möchte euch diesen Brief überreichen. Er stammt von einem gemeinsamen Freund. Bittet mich nicht zu bleiben, denn ich muß auf schnellstem Weg zurück zum Ordenshaus. Wir werden uns bald wiedersehen, Sir Sinclair. Ich hoffe gesund und munter. Macht's gut, mein Freund." Und damit tauchte der Templer wieder in das Dunkel der Nacht zurück, um im Tal der Esk und über die Moorfußberge nach Süden zu reiten, wo David de Morlay bereits auf seine Rückkehr wartete.

Harry öffnete die versiegelte Schriftrolle und begann mühsam, im zittrigen Schein der Fackeln die Worte zu überfliegen. Obwohl es ziemlich dunkel war und er große Mühe hatte etwas zu erkennen, verstand er doch zumindest, daß der Alte in drei Tagen ein Treffen in den östlichen Bergen beim Paß des grauen Wolfes vorschlug. Er wünschte ausdrücklich, daß auch William MacLarren, John, Duncan und Geoffrey erscheinen sollten.

Harry fieberte das Herz. Nun endlich würde es losgehen. Er konnte zu dem Zeitpunkt noch nicht wissen, daß es noch sehr lange dauern sollte, bis sein Traum in Erfüllung ging und die Schiffe in Richtung Westen aufbrachen. Harry faltete das Schriftstück zusammen und verstaute es im Innenfutter seines Lederwamses. Er ließ den Abend ausklingen, ohne den anderen etwas davon zu erzählen. Die wußten auch so, daß der Brief von Morlay gekommen war und kümmerten sich nicht weiter darum. Denn Harry war, was den alten Templer betraf, schon immer recht schweigsam gewesen, doch das sollte sich ändern.

An den beiden darauffolgenden Tagen setzte er die Freunde davon in Kenntnis, daß David Morlay in den östlichen Bergen bei Sonnenuntergang mit ihnen zusammentreffen wollte.

Begegnung in den Bergen

Der neue Tag begann licht und hell. Kleine weiße Wölkchen zogen über den Himmel. Harry stand oben an den Erkerfenstern unterhalb des Daches. Er blinzelte in die wärmenden Strahlen der Sonne. Überall war ein Gezwitscher in der Luft. Hoch oben konnte man im Blau des Himmels den Bussard erkennen. Und sieh da, daneben zog schon ein zweiter seine Bahn. Wie majestätisch sie durch die Lüfte glitten.

Harry kannte den schnellen Flug des Falken und seinen blitzartigen Angriff, trotzdem begeisterte ihn immer wieder, wie die Bussarde weit über der Welt ihre Kreise drehten.

Hinten in der Ferne konnte man gerade noch das Wasser in der Bucht des Firth of Forth als schmalen Streif glitzern sehen. Von dem schräg über den Hof liegenden Turm wäre der Blick auf die Meeresbucht geradezu phantastisch gewesen. Vielleicht hätte Harry dann einige der Schiffe gesehen, die nach Leith oder Musselburgh segelten. Doch hier vom obersten Stockwerk des Wohnhauses war die Aussicht auch nicht zu verachten. Das Tal der Esk wurde nach Norden zu breiter und der Fluß floß gemütlich in seinem Bett der Stadt Musselburgh entgegen.

„Wir werden heute einen guten Tag zur Jagd haben." Harry sah sich um. „He Sinclair, ich bin hier unten."

Tatsächlich! Wohl an die hundert Fuß unter ihm tänzelte William MacLarren auf seinem Roß über die Uferwiesen der Esk und blickte zu ihm hinauf. Heute trug er keinen Kilt, sondern sein olivgrünes Wollwams. Über die Schulter hatte er Bogen und Köcher geworfen. Den Kopf zierte ein grüner Hut mit einer langen Habichtfeder.

„So früh habe ich dich noch gar nicht erwartet, Will", rief Harry dem Freund hinab. „Das Wetter ist's", erwiderte Will daraufhin laut und mit der Hand zur Sonne weisend. „Sieh doch selbst. Einen besseren Himmel hast du selbst im Sommer nicht. Ich konnte es einfach nicht abwarten und bin vor Sonnenaufgang losgeritten."

„Mach hier nicht so ein Geschrei, Will", entgegnete Harry. „Du weckst ja die ganze Burg auf. Reite zur Zugbrücke." „Ach, ich bleibe hier bis du fertig bist." „Kommt überhaupt nicht in Frage. Du wirst bis zum Morgenmahl und der Frühmesse warten müssen", entschied Harry kategorisch. „Ich öffne dir." Und damit lief er nach unten zum Tor. Der junge Sinclair zeigte keinerlei Eile, würde es doch einige Zeit dauern, bis Will die Burg umrundet hätte, um von Süden an das große Holztor anzuklopfen. Er wandte sich der Treppe zu.

Auf seinem Weg zum Tor durchquerte er auch die große Halle mit der er die angenehmen Erinnerungen aus der Kindheit verband. Hier in dieser Halle, dem Kernstück der Burg, war er vor über zwanzig Jahren zur Welt gekommen. Entsprechend einem alten Brauch unter den französisch sprechenden Familien, deren Vorfahren aus der Normandie kamen, wurde das Neugeborene im Kreise der versammelten Frauen und Ritter begrüßt, indem man ihm einen Löffel Punsch verabreichte. Warm, süß und stark, genau wie ein ordentlicher Punsch sein muß.

In der Halle hingen überall Wandbehänge - ein seltener Luxus in Schottlands Burgen - die mit roten, blauen, grünen und goldenen Fäden gewirkt waren. An einem Ende stand auf einer etwas erhöhten Plattform der Sessel des Vaters. Von dort aus erzählte dieser oft jene Geschichten, die von den Sinclairs früherer Tage berichteten.

Über dem Sessel prangte an der Wand ein großes Wappenschild. Das Wappen der St.Clairs oder Sinclairs, wie man sie in Schottland nannte. Ein schwarzes, gewelltes Kreuz auf silbrigweißem Untergrund. Drüben über dem Kamin dagegen hing etwas anderes, nicht weniger bedeutsames für den Clan aus Rosslyn. Ein gewaltiges zweischneidiges Schwert, das von den Alten immer wieder weitergegeben wurde. Wenn an den Abenden der Kamin brannte, reflektierte das auf Hochglanz polierte Blatt den unruhigen Tanz der Flammen. Wie oft hatte Harry als kleiner Junge es betrachtet; sich gewünscht, es zu berühren; es mit beiden Händen zu packen. Nun würde bald die Verantwortung für dieses Schwert auf ihn übergehen.

Als Harry die Halle durchschritten hatte gelangte er in einen großen Korridor. Auf einer Seite waren Fackelhalter befestigt, die allerdings nur in den Abendstunden Benutzung fanden; auf der anderen Seite führten kleine Abgänge zu allen möglichen Räumen oder Kammern. Das interessanteste war jedoch eine Rinne im Steinboden, die , wenn es regnete, von fließendem Wasser durchströmt wurde. Am Ende des Ganges führte sie über eine Maueröffnung nach draußen. Schmutz und Unrat wurde auf diese Weise aus der Burg gespült. Schließlich öffnete Harry die letzte Tür, die ihm den Weg zu einer Treppe eröffnete, die in den Hof hinabführte.

Unten auf dem Burghof war schon Bewegung aufgekommen. Überall begannen die Leute, ihrem Tagwerk nachzugehen. Harry bat den Freund, ihn in die kleine Kapelle neben dem Bergfried zu begleiten. Nach einer kurzen Frühmesse brachen sie auf. Harry ritt auf seinem prächtigen Schimmel Thurindas und neben ihm Will auf einem temperamentvollen Falbenhengst. Dieser war ebenfalls etwas größer als ein schottisches Pony, was darauf schließen ließ, daß er wie Thurindas die großen Pferde des Südens zu seinen Vorfahren zählen konnte. Da die beiden jungen Männer heute zur Jagd gingen, waren Langbogen und Köcher ihre einzige Bewaffnung, von ihren Jagdmessern abgesehen. Wie Will trug auch Harry über seinem Leinenhemd ein bequemes Wollwams mit Lederversteifungen an den Ellenbogen und der Schulter.

Langsam bewegten sich Reiter und Roß über die ansteigenden Wiesen und lichten Eichenhaine nach südöstlicher Richtung im gemächlichen Trab dem Hof des alten Leeword entgegen. Bald umfing sie der dichte Wald, der die ersten Ausläufer der Moorfußberge bedeckte.

*

Am Gehöft der Leewords, gut eine Wegstunde von der Burg entfernt, warteten Geoffrey, John und Duncan auf sie. Zwei Steinhäuser, ein kleiner Holzschuppen und ein Stall zeigten, daß der alte Leeword immerhin ganz gut lebte. Auf den Feldern rund ums Haus baute er Gerste an. Den Rest, wie Zwiebeln, Rüben und Kräuter, ernteten die Leewords in einem kleinen Garten gleich unterhalb des Hauses.

John, der einzige Sohn, war wirklich ein Kerl wie ein Bär. Er trug wie immer ein dunkelbraunes Wollwams unter dem sein Kilt hervorlugte. Um die fleischigen Füße hatte er Ledersandalen gebunden. Zottelig hingen ihm schwarzbraune Haare in die Stirn und am Kinn sproß der Flaum eines kommenden Bartes. Sein breites Gesicht zeugte von Gutmütigkeit, wie sie den meisten Riesen zuteil ist. John empfing die beiden Reiter lauthals. "Kann es endlich losgehen? Wir warten bereits ungeduldig."

Harry deutete wortlos zum Himmel hinauf. „Bestes Wetter haben die Lords heute mitgebracht", scherzte daraufhin Geoffrey. "Es könnte nicht besser sein. So ein richtiger kleiner Vorgeschmack auf den Sommer", erwiderte Will.

„Mit der Verpflegung werden wir wohl nicht bis zum Abend reichen", bemerkte Duncan. „Dafür haben wir ja unsere Langbogen. Wir werden vortreffliches Wildbret finden", sagte Harry. Dann wandte er sich John zu. „Dein Vater hat doch sicherlich nichts dagegen, wenn wir die Pferde bei ihm unterstellen?" Leeword zögerte eine Weile. „In Ordnung. Ich denke nicht, daß sie uns zuviel Spreu wegfressen, die für die Rinder gedacht ist." Die Reiter saßen von ihren Pferden ab und John führte sie in den Stall. Um den Vormittag nicht noch weiter verstreichen zu lassen, brach die kleine Gruppe unverzüglich auf, um ins Dunkel des Waldes einzutauchen. Die Rucksäcke und Langbogen mit Köcher über den Rücken geschnallt, war ihr Ziel der Paß des grauen Wolfes.

Der Weg zog sich lange hin bis zu jenem Paß. Auf beiden Seiten säumten ihn große knorrige Eichen. Der Wind säuselte ganz leicht durch die Blätter. Das helle Grün an den Bäumen und am Wegesrand waren wie eine Verzauberung für Natur und Mensch. Ab und zu flutete das Licht der Sonne durch Zweige und Äste. Überall war das neue Leben zu spüren. Kaum erblühte die Erde nach harter Winternacht, da summten die Bienen, die Eichhörnchen sausten durchs Geäst und die Hasen schlugen Purzelbäume um die Wette. Das Heupferd war überglücklich, endlich wieder seine langen Sprünge querfeldein zu setzen. Und erst die Blumenpracht des Mai. Es war geradezu ein Meer von Blüten, das einem im Zwielicht des Eichenhains ins Auge stach. Zartes Blau und samtiges Gelb in den unterschiedlichsten Farbschattierungen. Und wie es duftete.

MacLarren ließ einen kleinen Laib Brot und gutes schottisches Malzbier aus seinem Trinkhorn herumgehen.

"Halten wir die Zeit an, Will", rief Harry nach einem großen Schluck aus. "Willst du das wirklich, Harry?" fragte dieser zurück. „Wenn du den Schatten nicht kennst, wirst du das Licht nicht schätzen. Die Welt benötigt dieses Kommen und Gehen. Nach düsterer Zeit staut die Seele das Verlangen nach Licht und Wärme geradezu auf. Und was sollten die Bauern ernten, wenn du die Zeit einfrieren willst." William MacLarren lachte.

Hinter den beiden trotteten John, Geoffrey und Duncan in einigem Abstand. Sie unterhielten sich angeregt über die Saat in diesem Jahr. Die Feldarbeit stand für freie Bauern im Vordergrund. So kam man im Gespräch den Weg zügig voran.

Das Tal wurde jetzt weiter. Linker Hand plätscherte nun munter ein Bächlein am Wegesrand. Das Wasser trat mit der starken Kraft des Frühjahrs aus den Quellen der Erde und bahnte sich seinen Lauf zwischen und über die Kiesel und Steine hinweg. Auf einem größeren Stein am Rand ließ sich ein kleiner Salamander die Sonne auf den Rücken scheinen. Von den Schritten der Menschen aufgescheucht, huschte er erschrocken ins Uferfarnkraut.

Plötzlich gab Will den Männern ein Zeichen. Wahrscheinlich hatte er etwas gesehen. In kurzen Abständen verließen sie den Weg.

Geoffrey, der zweitälteste Sohn des Freien MacLoyd, verhielt sich wie die anderen mucksmäuschenstill. Ganz behutsam schlich er mit seinen umwickelten Bastschuhen über grünen Waldboden. Er schaute nach sich um. Wo waren die anderen nur geblieben? Als er den Ast einer Hainbuche beiseite bog, sah er es.

Auf einer kleinen Lichtung standen vereinzelt ein paar Rehe und knabberten friedlich an einigen großen Doldenstauden. Geoffrey legte einen Pfeil aus seinem Köcher auf den Langbogen. Er nahm eines der Tiere genau ins Visier und begann ganz langsam die Sehne zu straffen. Der Finger wollte schon dem Druck nachgeben, da legte jemand seine Hand auf die Spitze des Pfeils.

"Pst," Geoffrey drehte sich um und schaute in das vertraute Gesicht Henry Sinclairs, der den Finger auf den Mund gelegt hatte. "Zielt den ein Jäger auf ein tragendes Tier, MacLoyd? Schaue doch mit deinen Augen ein wenig nach links." Geoffrey senkte den Blick. Er wußte, daß man als Jäger alte und abseits stehende Tiere töten sollte.

In dem Augenblick surrte einige Schritte von ihnen entfernt etwas durch die Luft. Wie ein Sturm brachen die Rehe in das Dunkel des Waldes hinein und flüchteten vor dem, was da ihre göttliche Ruhe an diesem wunderschönen Maiennachmittag gestört hatte.

Fünf Männer traten auf die Lichtung. "Ein guter Schuß, John" lobte Will und schlug John Leeword auf die Schulter. Vor ihnen lag ein prächtiger Bock. Der Pfeil hatte ihn direkt ins Herz getroffen. John und Duncan nahmen den Rehbock sofort auf ihre Schultern und trugen ihn hinunter zum Bach. Hier nahmen sie das Tier aus und reinigten es. Sie nahmen zwei lange Stöcke, die Duncan mitgebracht hatte und befestigten die Jagdbeute daran mit Bogensehne.

Die fünf nahmen ihren Weg wieder auf. Der Wald wurde lichter. Nur noch vereinzelt standen alte Eichen zu beiden Seiten. Nicht weit entfernt erkannte man die Umrisse eines Dorfes. Ein seltsames Gefühl befiel die jungen Männer, wußten doch alle von dem unfaßbaren Grauen, das über dieses Dorf hereingebrochen war. Hier lebte niemand mehr. Die Häuser waren halb zerfallen und abgedeckt. Über hunderte Geisterdörfer hatte das große Unheil vor noch nicht ganz zwanzig Jahren dem Lande gebracht.

Die jungen Männer kannten es nur von den Erinnerungen der Kindheit her. Die Pest ließ die Leute wie die Fliegen sterben. Der schwarze Tod hatte auch vor Schottland nicht haltgemacht.

So mancher sah sein Kommen als ein Strafgericht Gottes an. Um vom Herrn erhört zu werden, scheuten viele Menschen nicht einmal davor zurück, ihre Körper selbst zu geißeln oder zu verstümmeln. Doch der Tod fragte nicht nach Frömmigkeit oder Lästerung. Er traf unbarmherzig seine Wahl.

Die Sinclairs hielten sich während jener schlimmen Zeit oft in der ihrer Burg nahegelegenen Kirche St.Matthews oder in der fünf Meilen nördlich liegenden Kirche St. Katherine zur heiligen Quelle auf. Dieses ehrwürdige Gemäuer trug seinen Namen nicht zu Unrecht, denn wahrlich sprudelte dort ein Quell der Heilung und des Segens.

Man erkannte recht schnell, daß die zähe, fettige, schwarze Masse, die zwischen dem Basaltgestein hervorrann, ein Balsam ganz besonderer Art war. Das schwarze Öl half gegen Furunkel, Schorf und Schmerzen auf der Haut, aber auch gegen Asthma, Lähmungen, Verrenkungen, Verbrennungen, Quetschungen oder jedwede andere Wunden. Natürlich konnte man es auch vorbeugend anwenden. Deswegen pilgerten viele aus dem unteren Tal der Esk hierher, um durch ein Bad im schwarzen, heilenden Öl Körper und Geist im Kampf gegen die Pest zu stärken. So auch die Sinclairs.

Doch hier auf den weit entlegenen Dörfern überraschte der grausame Schnitter die einfachen Menschen unverhofft und blitzartig oft ohne Hoffnung auf Hilfe. Manche dieser Siedlungen starben völlig aus. Heute waren die Ruinen von Gras überwuchert und Blumen blühten auf namenlosen Gräbern.

*

Hinter dem Ort stieg der Weg wieder leicht an und führte ostwärts aus dem Tal heraus. Nur noch einige Täler trennte die kleine Schar vom Meer. Nachdem der Ort aus ihren Augen verschwunden war, verließen sie den Weg und stiegen einen kleinen Pfad steil bergan. Geoffrey, Will und Harry machten sich daran, unterwegs noch tote Äste und Zweige aufzusammeln. Je höher Sie kamen, um so seltener stand noch eine Eiche oder Buche am Rand ihres Weges. Sie kamen jetzt auch langsamer voran. In der Mitte schien ein schmaler Paß zu liegen, von dem aus es rechts und links noch höher auf die Berge ging: der Paß des grauen Wolfes.

Nach einer Weile hatten sie ihr Ziel erreicht. Anders als erwartet, fiel der Fels nicht sofort wieder steil ab, sondern es erstreckte sich vor ihnen ein kleines Plateau; eine duftende Bergwiese mit einer flachen Mulde in der Mitte, die eine Feuerstelle andeutete. Der Ort lag wirklich nach allen Richtungen gut geschützt.

Auf der anderen Seite konnte das Auge weit über das Land blicken - bis zum Firth of Forth. "Wir sind am Ziel". sagte Harry. Schnell waren die Aufgaben verteilt. Harry und Geoffrey gingen zurück, um weiteres Holz heraufzuholen. Die anderen zerlegten das Wildbret und richteten das Lager.

*

„Ich wünsche allseits einen guten Abend." David Morlay betrat die kleine Wiese. Es war gut, daß er endlich da war. Die jungen Männer sprangen auf und Harry eilte auf die angekommenen Männer zu. David hatte aus Balantrodoch zwei neue Gesichter mitgebracht.

„Darf ich euch die beiden vorstellen", sagte er. „Dies ist Sir Bryan Goewerth, Komtur aus einer der nördlichsten Ländereien unseres Ordens bei Aberdeen." Goewerth trat vor und verbeugte sich. Harry blieb ein gewisser Hochmut im Blick des Komturs nicht verborgen. Doch er ließ sich nichts anmerken.

Morlay wies auf den anderen Ritter. Der junge Sinclair erkannte ihn wieder. „Sir Charles Keith, Harry." „Wir hatten vor drei Tagen das Vergnügen miteinander", entgegnete Harry. „Es tut mir leid, aber ich konnte damals nicht bei den fröhlichen Maifeuern des Hauses Sinclair verweilen", antwortete dieser darauf. „Wir hatten noch bis tief in die Nacht wichtige Dinge zu besprechen, wobei Sir Keith unabkömmlich war", warf der alte Templer entschuldigend ein.

Nach der allgemeinen Begrüßung und dem Austausch der Neuigkeiten über die Geschehnisse des diesjährigen Maienfestes zu Rosslyn kehrte langsam wieder Ruhe in die Runde ein. Die Männer nahmen um das Feuer im Kreise Platz. Die Gräser und Steine spiegelten schon die rotgoldene Farbe der untergehenden Sonne wieder. Höchste Zeit für eine kleine Eidechse, ihre letzten Strahlen zu erhaschen, um noch ein bißchen Wärme für die Nacht zu speichern. Es dauerte nicht mehr lange und bald würde die Sonne als glutroter Feuerball in der Ferne des Meeres verschwinden. Es kam die Stunde der Dämmerung.

*

David Morlay warf einen Ast ins Feuer, so daß das Feuer noch einmal hell aufloderte und begann:

„Ich bin froh, euch William MacLarren, MacLoyd und die anderen zu sehen. Also, zur Sache. Ihr habt, soviel ich weiß, ein Interesse, daß euch verbindet - die Seefahrt. Harry hat mir viel, von euren Fischzügen, auf den Wassern des Firth of Forth erzählt. Nun gut, welcher junge Mann an den schottischen Küsten träumt nicht von der See. Was eure Träume betrifft, so könnten wir ausgezeichnet ins Geschäft kommen. Noch stehen wir ganz am Anfang, denn wir haben weder gute Schiffe noch Geld, um große

Seereisen auszurüsten. Aber eins solltet ihr heut schon wissen: Jegliche Standesdünkel sind fehl am Platze. Das gilt besonders für euch", Morlay wandte sich an die beiden Ordensritter. Goewerth hielt den Kopf gesenkt.

„Doch auch ihr", der alte Templer wandte sich an Harrys Gefährten, „könnt euch in Zukunft nicht hinter Sinclairs Fahne verstecken. Versteht mich da recht."

„Was wollt ihr damit sagen?" murmelte Will dumpf. „Seht her", entgegnete Morlay. „Duncans und Johns Großväter waren noch Leibeigene, während Harry und Sir Charles aus uralten schottischen Clanfamilien stammen. Es wird eine Zeit kommen, wo es keine Leibeigenen mehr geben wird. Ich weiß, daß ich hiermit die Kaste des Adels und damit mich selbst und einige von euch angreife. Es heißt, es ist ein uns von Gott gegebenes Recht, über diese Menschen zu verfügen. Aber ist es das wirklich? Sind wir nicht nur durch unsere Geburt in den Besitz von Adel und Rang gekommen?

Damit will ich sagen, daß unser bevorstehendes Unternehmen ein Miteinander aller Beteiligten erfordert. Eine Gefolgschaft freier Männer, folgend nur dem einen Ziel, daß sie sich gesetzt haben. Sollte jemand dieses Ziel verraten, können wir keine Rücksicht nehmen, ob er nun ein Clanherr, ein Ordensmann oder ein einfacher Freibauer ist. Habt ihr das alle verstanden?"

Tiefes Schweigen. Was wollte der Alte nur? Einige der jungen Männer sahen vorher zu Harry hinüber, doch auch der bewegte zustimmend seinen Kopf. Somit fuhr der Templer fort:

„Kommen wir also zum Kern. Schaut euch um." Er wies hinauf zum Himmel. „Die Nacht ist gekommen - die Sonne verschwunden. Jeden neuen Tag, das gleiche Spiel." Morlay verstummte. Fragend sah er zu den Freibauernburschen hinüber. Schließlich blieben seine Augen bei dem kleinen Geoffrey hängen.

„Was denkt ihr so über den Lauf der Gestirne, denkt ihr über die Sonne?! Sie schenkt uns Wärme, Licht. Ja, sie gibt uns Leben. Woher nimmt sie diese Kraft?! MacLoyd, was meinst du?"

„Nun, Sir. Ich denke, daß sie in der Nacht das tiefe Meer zurückwandert. Sonst würde sie doch über den Rand der Welt stürzen." Geoffrey kratzte sich verlegen die Bartstoppeln.

Bryan Goewerth lächelte verächtlich. „Widerlicher Kerl", dachte Will, der zufällig den Blick des Komturs streifte.

„Nun gut, Geoffrey MacLoyd", setzte David Morlay fort. „Wer denkt, daß die Sonne in den Tiefen des Meeres verschwindet, dem muß ich sagen: Er irrt! Hört also zu, meine Freunde.

Wir haben schon Nacht. Aber drüben in Irland können die Menschen jetzt einen prächtigen Sonnenuntergang bewundern. Und gebe es westlich von Irland noch eine Insel, von neuem würde dieses Schauspiel des Tages Abgesang sein. Doch schickt sie weiter, die Gedanken - noch hinter jenen Rand der Welt."

Der alte Morlay hielt einen Augenblick inne und blickte in die Runde. Die Augen der Männer, in denen sich das Flackern des Feuers spiegelte, schauten auf ihn und erwarteten eine Weiterführung seiner Rede.

Nach einem kräftigen Schluck Bier aus dem von Geoffrey gereichten Horn, fuhr David fort. „Ihr werdet niemals in die Tiefe stürzen. Nur Meer und Land - Land und Meer. Unendlich ist der Weg zum Horizont.

Laßt uns den Faden weiterspinnen, meine Freunde und rätselt wo der lange Weg wohl endet." „Für schlechte Menschen in der Hölle", bemerkte Geoffrey ganz leise. „Irrtum, MacLoyd", entgegnete der Templer, „In Schottland!"

Ungläubiges Staunen. „In Schottland?!" Die Freibauernsöhne schauten verdutzt. Waren die Männer der Ritterorden nicht direkt dem Heiligen Vater unterstellt? Was sollten dann diese ketzerischen Reden des alten Morlay?! Er hatte wohl zulange allein in seiner Kammer gesessen und über den Lauf der Welt nachgedacht.

Im Gegensatz zu ihnen wußte Harry ziemlich genau, worauf der alte Templer hinauswollte. Er wirkte ruhig und gelassen, denn er kannte dessen Vorliebe für lange Vorreden. Dabei schnitzte er fortwährend an einem Stock, um daraus einen Bratspieß für Fleischstücke zu machen.

David Morlay beendete die kurze Pause. „Ich weiß, was ihr denkt. Doch seid versichert, die Oberen in Rom verschweigen die Wahrheit schon seit vielen Jahrhunderten. Die Sonne dreht sich um unsere Erde - um eine riesige Kugel. Wir stehen auf einer riesigen Kugel."

Will tippte sich an die Stirn. „Auf einer Kugel?!" Er wollte aufstehen, doch Harrys Hand zog ihn zurück. David ließ sich nicht beirren. „Glaubt nicht, das mein Geist mit der Zeit verwelkt ist. Ihr sollt erfahren, warum ich so rede. Ich bat Harry, euren zukünftigen Lehnsherren, schon vor Jahren gute und treue Männer zu finden, auf die er sich in allen Fragen verlassen kann. Das Vorhaben, für das er euch erwählt hat, wird uns in ferne unbekannte Welten führen. Vergeßt die jährlichen Grenzstreitigkeiten mit den Engländern. Und bei Gott, ihr werdet sie vergessen, steht ihr erst einmal auf dem Deck eines Schiffes, das euch zu fremden Küsten trägt. An dem Funkeln in euren Augen erkenne ich, daß Sir Henry eine gute Wahl getroffen hat."

Das hatte gesessen. Dem kleinen Geoffrey fiel die Kinnlade herunter. Nur William MacLarren blieb kühl. Er wußte schon seit längerem, daß Harry irgend etwas mit dem Alten ausgeheckt hatte. Oft war der junge Sinclair in den letzten Jahren im Ordenshaus von Balantrodoch gewesen. Nun zog Harry sie, seine besten Freunde, noch in Morlays Pläne mit hinein. Will hatte die Ritter vom christlichen Kreuz nie gemocht. Aber daß Harry...?! Fragend sah er zu dem Freund hinüber.

„Ich weiß, was ihr jetzt denkt, William MacLarren. Doch niemanden hier trifft eine Schuld. Ich habe Sir Henry Sinclair bis auf den heutigen Tag mit einem heiligen Eid daran gebunden, größtes Stillschweigen über dieses Unternehmen zu bewahren. Versteht doch, er konnte euch nicht einweihen. Falscher Stolz wäre heut fehl am Platze."

Goewerth grinste hämisch. Will maß ihn zornig. Harry spürte die Erregung des Freundes und wies den Komtur mit einem scharfen Blick zurecht. Man wandte sich wieder Morlay zu.

„Nun, William MacLarren. Seht ins Feuer. Im Angesicht seines flackernden Lichts geht dieser Eid nun auf euch alle über. Es wird ernst, meine Freunde. Doch zunächst brauchen wir die besten Schiffe und die beste Ausrüstung dieser Welt.

Vor einigen Tagen erhielt ich einen Antwortbrief aus Venedig, daß wir Unterstützung von einem an den abendländischen Küsten wohlbekannten Handelshaus erhalten. Ohne die Gebrüder Beranelli, die jenes Handelshaus vertreten, wäre es unmöglich gewesen, vernünftig weiter zu arbeiten. Sie besitzen das Geld, um ein solches Vorhaben zu finanzieren und außerdem sind sie hervorragende Schiffbauer. Ohne ihre Hilfe wäre unsere Idee nicht umzusetzen."

„Wir sollten jetzt doch vielleicht schon die ersten Fleischstücke auf die Spieße stecken", piepste Geoffrey dazwischen. Harry, der gleichfalls Hunger verspürte, pflichtete ihm bei. „Wenn ich dich unterbrechen dürfte, David, aber er hat recht. Das Fleisch dauert etwas, bis es gar wird."

Der junge Clanhäuptling hatte seinen Spieß inzwischen sehr scharf und spitz zurechtgefeilt. Morlay brummelte kurz in seinen Bart, hatte sich aber gleich wieder gefangen. „Entschuldigt, ich vergaß, daß wir auch alle recht hungrig sind. Wir sollten natürlich anfangen."

John und Duncan standen auf und schnitten aus dem vom Feuer am meisten vorgewärmten Fleischbrocken für jeden ein Stück heraus. Diese Pause nutzte der kleine Geoffrey, um erneut Holz nachzulegen. Er schleppte zwei riesige, knorrige Eichenäste heran und machte ein solches Höllenfeuer, so daß den übrigen, noch sitzengebliebenen das Gesicht zu glühen anfing. „Es reicht, MacLoyd", bemerkte Harry. „Oder willst du, daß man den Schein selbst noch in Musselburgh sieht. Die denken doch glatt, die Engländer sind wieder da. Außerdem treibt es einem ja bereits den Schweiß aus allen Poren."

Sinclair wußte, was er sagte. Der Paß des grauen Wolfes lag zwar gut geschützt, aber die umliegenden Felsen konnte man recht gut im hell flackernden Licht erkennen. Selbst die Fischer unten am Ufer des Firth of Forth würden das Leuchten in den Bergen bemerken. John und Duncan hatten indes alle Fleischstücke verteilt und reichten nur noch einige Gewürze nach, die Duncan von seinem Hof mitgebracht hatte. Danach drehten sie die zerlegten Teile des Tieres, so daß auch andere Stellen durch das Feuer gegart wurden. John Leeword hatte in einem großen Fellsack noch zusätzliches Bier mitgebracht, wovon er schon den Durstigsten der Runde in die Trinkhörner nachzuschenken anfing. Nachdem ein jeder versorgt war und die meisten, genüßlich kauend, sich zurückgelehnt hatten, damit ihnen die Hitze des Feuers nicht gar zu sehr das Gesicht verbrannte, fragte

Will den alten Templer. Seine Stimme klang immer noch etwas verärgert. „Wo soll es denn hingehen, Sir Morlay?" Der lachte: „Mit ein bißchen Überlegung hättet ihr euch die Frage schon selbst beantworten können. Wir wollen das uralte Märchen wahr machen, das jeder Seemann an den Küsten bis Lissabon kennt."

Geoffrey verschluckte daraufhin seinen letzten Bissen und fing schrecklich zu husten an. Duncan schlug ihm ordentlich auf die Schulter, damit er sich beruhigte. Allein Will blieb ungerührt. Der Templer merkte sofort, daß er ihm noch weitere Erklärungen schuldig war und fuhr fort:

„Seid ihr bereit, MacLarren und auch die anderen, der Sonne zu folgen?" „Übers Meer? *Dorthin wo die Welt endet?"* entgegneten die Freibauernsöhne ungläubig.

„Ganz recht", sprach Morlay. „Ihr habt den Nagel auf den Kopf getroffen. Doch diese Reise birgt viele Gefahren, von denen wir heute noch nicht einmal ahnen können. Sehr lange Vorbereitungen werden notwendig sein, um überhaupt so ein riskantes Unternehmen zu beginnen. Viele bedeutende Männer wissen um dieses Geheimnis, in das ich euch heute einweihen werde. In einigen Jahren könnten wir mit einem oder vielleicht auch mehreren Schiffen in Richtung Westen segeln. Da der Weg über das offene Meer viel zu weit für unsere Koggen und Schniggen ist, soll Island zunächst unser Ziel sein. Wenn wir auch die großen Eisschollen fürchten müssen, ist der nördliche Weg immer noch der sicherste.

Hinter Island liegt Grönland, eine für uns bereits ferne und unbekannte Welt. Ich bin mir sicher, daß wir Dinge sehen, die jeden von euch in Erstaunen versetzen werden. Ich habe Zugang zu geheimen Quellen, die mir bestätigt haben, daß westlich von Grönland nicht *der Rand der Welt* sondern ein riesiges, bisher unbekanntes Land liegt.","Doch wohl nicht die Hölle?" fragte Geoffrey vorsichtig.

„MacLoyd, jetzt enttäuscht ihr mich aber", entgegnete der alte Templer entrüstet. „Männer", fuhr er fort, „wir haben es in der Hand. Wir können auf ewig in Schottland bleiben und es uns als Aufgabe setzen, die Clans des Hochlandes zu befrieden oder uns mit den Engländern herumzuprügeln. Darüber werden wir wahrscheinlich alt und grau und außerdem nicht viel erreichen. Wenn unser König uns ruft, dann werden wir zu ihm stehen. Aber ich sehe nicht ein, mich in die Ränkespiele der MacDonalds, der Campbells, oder anderer Clans des Nordens und Westens einzumischen.

Nein, wir sind dazu bestimmt, eine andere Aufgabe zu erfüllen. Doch das heißt nicht etwa, daß wir keine Vorsicht walten lassen sollten.

Euch, Henry Sinclair", David faßte seinen Schüler ins Auge, „kommt dabei eine Schlüsselrolle zu. Wie ihr wißt, wird euch eure Mutter Isabella ein beträchtliches Erbe hinterlassen - die Inseln des großen Orc. Doch es wird nicht leicht sein es anzutreten. Immerhin unterliegt das Haus Orkney Norwegens Krone. Aber fließt nicht auch das Blut der Wikinger in euren Adern."

Immer wenn David Morlay vor einer größeren Gruppe zu dem jungen Sinclair sprach, bewahrte er die Etikette und ließ das du fallen. So auch jetzt, wo er diese bedeutsamen Sätze an den Jüngeren richtete. Und dabei war er noch nicht einmal am Ende.

„Könnt ihr euch eine bessere Ausgangsbasis für ein solches Unternehmen, wie wir es planen, vorstellen, als die Orkneyinseln. Jenes Land, das die jahrhundertelangen Erfahrungen des Südens und Nordens verbindet." „Dies sind Träume, David", antwortete ihm Harry. „Was hat das eine mit dem anderen zu tun?"

Harry schaute in die Runde. „Ihr habt es alle gehört. Kirkinvaghe, das Herz der Orkneys." Er lachte bitter. „Ich habe nicht einen Augenblick daran gezweifelt, das Erbe meiner Mutter auszuschlagen. Doch, David, das ist ein ander Ding. Ich bin froh, daß ihr mir die Hand reicht; froh darüber, daß ihr mir und meinen Freunden die Möglichkeit bietet, den Traum von einer großen Entdeckungsfahrt nach Westen zu erfüllen. Aber sollten wir in den nächsten Jahren aufbrechen, dann gewiß nicht von Kirkinvaghe, sondern von Leith oder Musselburgh. Sehen wir doch der Realität ins Auge." Der Templer merkte, daß er zu weit gegangen war und blieb ruhig.

Harry indes, wandte sich an seine Gefährten. „Ich weiß, der Orden und David Morlay setzen große Stücke auf mich. Nicht zuletzt bin ich meinem alten Lehrer zu großen Dank verpflichtet.

Was mich betrifft - ich halte den Eid. Euch zwinge ich zu nichts. Zu gar nichts! Ihr müßt jetzt entscheiden, ob ihr mit mir segeln wollt. Verbunden damit ist jedoch der heutige Eid, den ihr nicht mit eurem Lehnseid verwechseln dürft. Der eine fesselt euch als Krieger, der andere als freie Seeleute."

„Was heißt hier, freie Seeleute?" unterbrach ihn Will. „Als Dienstmann eines Ordensritter?" David Morlay lachte. „Diese Sorge ist unbegründet, MacLarren. Aber im Ernst: Glaubt ihr nicht, daß wir Verschwiegenheit bewahren sollten?"

Der junge Heißsporn spuckte ins Feuer. „Morlay hat Recht", fuhr Sir Charles fort. „Keiner sollte etwas von dem, was wir heute besprochen haben, erfahren. Ich weiß nicht, was geschieht, doch sollten wir jemals diese Reise wagen und obendrein noch gesund zurückkehren, werde ich Gott danken. Legen wir uns in seine Hand."

Will und die drei Freibauernsöhne schauten erst die Ordensritter, dann Harry und schließlich einander an. Damit hatten sie nicht gerechnet. Harry hatte ihnen davon erzählt, daß er sie eines Tages mit auf große Fahrt nehmen wollte. Aber zuerst hatten sie das nicht so ernst genommen. Ja Pläne, große Pläne wurden schon immer in ihrer Mitte geschmiedet. Früher wollten sie mal mit einer Barke nach Norwegen segeln. Gewiß, die Orkneys hatten keinen unerheblichen Anteil daran, daß Harrys Herz für die See schlug. Nur wer dem tosenden Meer trotzte, konnte diese Inseln regieren.

Natürlich würden sie alle Harry bei seinem Kampf um das Haus Orkney bedingungslos unterstützen. William MacLarren mußte Isabella Sinclair sein Wort geben, an der Seite ihres Sohnes zu kämpfen und auch zu sterben.

Doch von den Plänen jener Reise wußten Will und die anderen bis jetzt nichts. Morlay hatte sie völlig überrascht. Harry hatte ein großes Interesse an der Seefahrt, das wußten sie alle vier. Oft waren sie über die Bucht von Edinburgh mit einem kleinen Segler hinaus auf die rauhe germanische See gefahren und hatten dort tagelang Fische geangelt. Will und Harry waren hin und wieder hinunter in die Städte geritten, um den Schiffbauern dort bei der Arbeit zuzuschauen. Der alte Schiffsreeder Niall, von den Leuten im Hafen immer Bryan der Seeteufel gerufen, zeigte den jungen Männern viele Tricks und Kniffe. Zusammen mit seiner Hilfe bauten sie einst vor drei Jahren ein kleines Langboot mit einem Segelmast.

Die jungen Männer waren fasziniert von der Idee, zusammen in ferne Länder zu segeln. Oft hatten sie die Schiffe aus Frankreich, Flandern und Deutschland an den Docks von Musselburgh und Leith beobachtet. Vor allem mit den großen Koggen wollten sie einmal fahren. Wenn da nur nicht, die Männer des Ritterordens wären.

John hatte inzwischen aus dem Rücken des Rehbocks neue Stücken mit seinem scharfen Dolch herausgeschnitten. „Jetzt müßt ihr mal von dem Fleisch probieren. Meines ist jedenfalls richtig mürbe." Geoffrey, dem die ganze Sache sowieso nicht geheuer erschien, wies auf die neue Fleischscheibe, die an seinem Spieß hing. Heiß zischte es, wenn der Saft auf die Steine hinab tropfte. Geoffrey MacLoyd war der kleinste von den fünf Freunden, aber auch der pfiffigste. Keck schaute eine kleine Stupsnase aus dem Gesicht mit den strähnigen dunklen Haaren hervor. Sein braunes Wollwams hatte er schon mit fettigen Fleischfasern bekleckert.

Will griff zu als John auch ihm ein gutes Stück vom Rücken anbot. Aber er aß nicht und hielt den Spieß an den Rand der Glut, damit das Fleisch nicht erkaltete. So mürbe konnte es außerdem nicht sein, hatten sie den Bock doch heute erst erlegt. Aber Will ging nicht auf Geoffreys Bemerkung ein und wandte sich statt dessen dem Templer zu.

„Ihr sprecht große Worte, Sir Morlay. Gewiß, Harry hat schon immer Ideen von längeren Schiffsreisen. Ich habe dem, das gebe ich zu, nie eine größere Bedeutung beigemessen. Ihr solltet jedoch wissen, daß wir dem Clan der Sinclairs nicht nur bis auf die Orkneys, sondern auch - wenn es sein sollte - bis ans Ende der Welt folgen würden. Ich gestehe, daß ich euren Orden nicht besonderes mag. Aber um Harry willen, leiste ich jenen Eid. Doch euch bitt ich - legt eure Karten offen auf den Tisch."

„Selbstverständlich! Ihr habt ein Recht darauf, William MacLarren. Wer möchte schon auf einen so vortrefflichen Ritter verzichten." David Morlay schien erleichtert. „Also, kurz und knapp", fuhr er fort. „Wir vermuten anhand einer alten Seekarte, daß hinter dem Ozean ein großes Land liegt. Der Weg dorthin ist ungefähr doppelt so weit wie nach Island. Harry kennt jene Karte und kann bestätigen, was ich sage."

Der junge Sinclair zog die Holzspitze zu sich heran, damit das Fleisch abkühlen konnte. Jetzt war er wohl an der Reihe, etwas zu sagen. Als der alte Templer geendet hatte, nickte er und ergriff das Wort. „So ist's. Und stellt euch vor: Diese Schriftrolle zeigt den Verlauf einer sehr langen Küstenlinie auf der anderen Seite des Meeres."

Der kleine Geoffrey verschluckte sich fast vor Aufregung, hatte er doch, ohne den Blick von Harrys im flackernden Feuerschein gespenstisch aussehenden Gesicht zu nehmen, einen viel zu großen Schluck Bier aus seinem Horn genommen. Es war wohl zu viel heut für ihn. Harry ließ eine kleine Pause und fuhr dann fort:

„Außer David de Morlay, Sir Charles Keith und Sir Bryan Goewerth, dem Komtur, weiß niemand vom Orden des heiligen Johannes von dieser Seekarte; keiner der ehemaligen Templer in Schottland und auch nicht der schottische Präzeptor der Johanniter. Als ich David einmal fragte, hat er mir ziemlich genau erklärt, warum es besser ist, den Kreis der Mitwisser innerhalb des Ordens so klein wic möglich zu halten. Zu unserem Glück gilt er ohnehin etwas als Außenseiter im Ordenshaus von Balantrodoch.

Doch so ein Unternehmen kostet Geld; viel Geld. Deswegen sind wir gezwungen, uns nach geeigneten Geldgebern für unser Vorhaben umzuschauen. Sie müssen verschwiegen sein und unserer Sache Vorteil bringen. Aus diesem Grund nahmen wir die Verbindung zu den Venezianern auf."

Will schüttelte verständnislos den Kopf. „Warum diese Geheimnistuerei, Sir Morlay? Noch dazu vor euren eigenen Leuten!" Der alte Templer winkte ab: „Ihr kennt die Machtkämpfe zwischen und innerhalb der Orden nicht, MacLarren. Seid froh darüber." Er hustete kurz. „Wenn die schottischen Johanniter davon Wind bekommen, haben wir bald auch deren Großmeister aus Rhodos auf dem Hals. Bestimmt werden der Christusorden in Portugal, Dutzende weltliche und kirchliche Feudalherren, nicht zuletzt der Papst ein Anrecht auf die Karte anmelden. Glaubt ihr im Ernst, daß wir den alten Papyrus dann noch lange behalten können?"

„Warum verratet ihr dann den Venezianern, daß ihr eine Karte besitzt?" unterbrach Duncan Morlays Rede. „Sie sind doch Fremde für uns. Was ist, wenn sie uns nur die Karte abjagen wollen?" „Daran haben sie kein Interesse. Dünkel sind ihnen fremd. Die Venezianer sind vor allem Geschäftsleute. Sie versprechen sich reichen Gewinn für ihre Geldsäcke und obendrein noch Befriedigung ihres Forscherdranges. Solchen Leuten kann nichts besseres geschehen, als auf Partner zu treffen, die die nördlichen Meere kennen, die Menschen an ihren Küsten, die Sprache der Nordmannen." „Und warum habt ihr solange mit eurem Vorhaben gewartet?"

Morlay mußte wiederum husten und so antwortete Harry, der sein Fleisch noch einmal über der Glut drehte, den Freunden. „Unter dem Nachlaß seines Großvaters fand David unter einem Berg von Schriftrollen jene alte Seekarte. Ein Freund seines Großvaters vertraute ihm daraufhin alles, was er über diese Karte wußte, an. Als er starb, stand David mit diesem Wissen allein da.

Die alte Papyrusrolle lag jahrelang in seiner Truhe, da er als einfaches Ordensmitglied niemals über Mittel verfügen konnte, das daran gebundene Vorhaben auszuführen. Da lernte er meinen Vater kennen. David de Morlay verfügte über gute Beziehungen zum deutschen Ritterorden und sicherte die Reise meines Vaters, sowie weiterer schottischer Ritter nach Litauen. Schließlich entschloß sich David, da ihn mein Vater gebeten hat, mich in seiner Abwesenheit zu erziehen, mich in das Geheimnis der Karte einzuweihen. Warum auch nicht.

Unsere Familie besaß schon immer ausgezeichnete Beziehungen nach Balantrodoch. Einige meiner Verwandten dienen dem Orden der Johanniter auf verschiedene Weise. Zunächst begrenzte sich die Mitwisserschaft auf uns zwei. Mich plagten Zweifel, ob David es wirklich ernst meine. Doch seit wir diesen Venezianer trafen, wird der Gedanke an unser Vorhaben mehr und mehr mit Leben erfüllt. Gut Will, ich werde dich und unsere Leute führen, aber wisset, Morlay hält die Fäden zusammen.

Merkt euch das gut. Aber nun ist's genug. Wir sollten jetzt erst einmal an unsere Mägen denken. Geoffrey sagte ja schon, daß das Fleisch gut ist."

Harry hatte den Spieß mit dem Fleischstück schon seit geraumer Zeit aus der Hitze genommen und ihn immer wieder gedreht, so daß die Mahlzeit wohl temperiert war.

Die Männer kauten an dem Rehfleisch herum. Der Bock hätte wohl etwas länger abhängen müssen, damit die Stücken problemlos zwischen den Zähnen zerkleinert werden konnten. Zwar waren die Fleischfasern der obersten Schicht mürbe, doch wurden die Scheiben von Sehnen durchzogen. Nachdem der erste Hunger gestillt worden war, wollten die jungen Männer nun endlich wissen, welche Aufgaben auf sie zukommen würden. Morlay meinte: „Ach ja. Es ist das wichtigste. Wir dürfen nicht auseinandergehen, ohne darüber gesprochen zu haben."

„Also hört zu. Die Venezianer schickten mir zusätzliche, genaue Aufzeichnungen, wie ein Schiff nach den neuesten Grundsätzen konstruiert sein muß. Ich will, daß ihr alle zusammen mit der Hilfe des alten Niall an den Docks von Leith ein Schiff baut. Dadurch werdet ihr das Seehandwerk von der Pike auf lernen und euch gleichzeitig mit alledem vertraut machen, was euch später über die Meere tragen soll. Noch in diesem Sommer sollt ihr anfangen."

Nicht lange darauf hielt David Morlay einen kleinen Packen von Pergamentblättern in seiner Hand, den er Harry hinüberreichte. Dieser wollte die Papiere durchsehen, doch David sagte „Nicht jetzt. Dafür ist noch genug Zeit."

Danach wendete sich ihr Gespräch der Seefahrt zu; ja, es entstand regelrecht ein Wortgefecht über die verschiedenen Vorteile von Koggen, Karavellen und Hulke. Auch kramte man mächtig in der Vergangenheit und rühmte die Beweglichkeit und Robustheit der alten Wikingerschiffe, aus denen ja die Knorren, Barken und später auch die Koggen hervorgingen. Die Koggen hätten eindeutig an Beweglichkeit verloren, meinte Charles Keith. Sie sind nur auf großen Frachttransport ausgerichtet genauso wie die Hulke. Harry erwähnte, daß die schnellsten und wendigsten Schiffe der nördlichen Meere die kleinen Schuten oder die noch etwas größeren Schniggen seien. Nicht zuletzt benutzten Seeräuber der germanischen See oder Westsee, wie sie die Deutschen nannten, mit Vorliebe Schniggen.

Am nächsten Morgen brachen sie zunächst gemeinsam Richtung Süden auf. Kurz vor der Schlucht des großen Esk bogen dann Harry, Will und die restliche Schar von Rosslyn wieder nach Norden ab, während die anderen drei nach Balantrodoch verschwanden.

*

Zwei Tage später verließ ein Ritter die Mauern des Ordenshauses in nördlicher Richtung. In Edinburgh angekommen, wollte Bryan Goewerth, denn niemand anderes war es, sich gleich um ein Schiff kümmern, mit dem er nach Aberdeen reisen könne. Unten im Hafen von Leith klopfte ihm jemand plötzlich auf die Schulter. Er drehte sich herum und geriet in Erstaunen. „Randolf, was machst du denn hier." Es war niemand anderes als Randolf MacWquire, der sich immer noch in Edinburgh aufhielt. Und der Komtur schien ihn recht gut zu kennen. Das kam nicht von ungefähr. Schließlich hatte er vor einem dreiviertel Jahr plötzliche Schützenhilfe von dem Ritter aus Kilmartin gegen die mit ihm um Land und Vieh streitenden Clans der nördlichen Highlands erhalten. Wenn man die unversöhnlichen Highländer kennt, war die Sache damals recht glimpflich abgegangen, wobei der Duke of Campbell seine Vermittlung angeboten hatte. „Ich will heute nach Aberdeen reisen. Ihr habt Glück, daß ihr mich noch im Hafen angetroffen habt. Habt ihr auch die Absicht, an Bord zu gehen? „Sollte ich das tun? „Oh ja, in meiner Komturei seid ihr immer gerne gesehen." Der Komtur ahnte nicht, daß er sich bereits in einem Netz verstrickte, das MacWquire für ihn ausgelegt hatte. Oft genug hatte er sich über viel zu geringe Unterstützung der Herren aus dem Süden, vor allem der Führer des Ordens in Balantrodoch beklagt.

Nicht zuletzt bei seinen ewigen Streitereien mit den Clans hatten ihn die christlichen Ritter sitzen lassen. Aber wie kein zweiter kannte er das nördliche Meer und darum war er für David de Morlay so wichtig und somit auch für Randolf. Außerdem verbanden ihn Blutsbande mit dem alten Templer. Denn Bryan Goewerth lebte als sein Neffe auf dieser Welt. Jedoch ob Morlay so gut beraten war, ihm zu vertrauen? Das Problem bestand darin, daß der Alte manchmal die Tücken der Welt nicht durchschaute. Er beschäftigte sich lieber mit seinen wissenschaftlichen Untersuchungen, als an dem Spiel um die Macht mit teilzunehmen.

Goewerth merkte dies, aber noch konnte er sich nicht vorstellen, seinen einfältigen Oheim zu verraten. Natürlich erklärte er sich bereit, ihm zu helfen, wo es nur ginge. Die Einweihung Sinclairs und dessen Gefährten fand er jedoch geradezu lächerlich und hielt es für eine schlechte Laune des Alten. Bisher jedenfalls. Nun mußte er mit ansehen, daß es Morlay ernst war und dies paßte ihm durchaus nicht. Er hatte schon davon geträumt, die Reise allein auszurüsten. Aber da war er wohl ein bißchen blauäugig gewesen. Etwas verbittert trat er nun die Rückreise an. In genau dieser Verfassung traf ihn Randolf MacWquire. Und bald schon sollte er seinen Lügen Glauben schenken.

MacWquire blickte aufs Meer hinaus. Graue schwere Wolken zogen sich am nördlichen Ufer des Firth of Forth zusammen, um das schöne Wetter der letzten Tage vorerst zu

beenden. „Es wird Sturm geben. Wir sollten noch ein, zwei Tage in Edinburgh bleiben."
„Vielleicht habt ihr recht", sagte der Komtur.

*

Lange hielt es Geoffrey, Duncan, John, Will und Harry nicht in den Wäldern von Rosslyn. Nachdem die schweren Frühjahrsunwetter über das Land hinweggetobt waren, besuchten sie den alten Reeder Niall im Hafen von Leith. Harry zeigte ihm die Pergamente.

„Wo habt ihr diese Schiffbaupläne her", wunderte sich dieser. Sie erzählten ihm das Nötigste zum Auftrag, ohne David Morlay mit einer Silbe zu erwähnen. Niall änderte einiges ab, was ihm wichtig erschien, jedoch von der neuen Kraweelbauweise zeigte er sich begeistert. Die Längsnähte der Außenhautplanken wurden nicht übereinandergelappt, so wie bei der Klinkerbauart, sondern stumpf aneinander gefügt. Diese Beplankung ermöglichte es, kürzere und dickere Planken zu verwenden. Außerdem war es günstig, Spanten und Planken zu verbinden. Das ganze Schiff machte einen stabileren Eindruck und würde größeren Belastungen standhalten können. Sie entschieden sich dafür, eine Schnigge zu bauen.

Niall hob jedoch warnend den Finger. „Und Jungs, eins ist klar. Ihr baut mit an dem Kahn und denkt ja nicht, daß ihr auf Anhieb gute Zimmerleute werdet." Da lachten die Freunde aus vollem Halse. „Du wirst uns schon das Handwerk der Schiffbaukunst beibringen, Niall", meinte Will. „Das wird ein tolles Vergnügen für mich sein, solche Taugenichtse, wie ihr es seid, etwas vernünftiges zu lehren", seufzte der Alte. „Kann ja Jahre dauern."

In einem fernen Land

Der alte Niall sollte Recht behalten. Die Mühlen der Zeit mahlten beileibe nicht so schnell, wie es sich die fünf Freunde vorgestellt hatten. Zwar ging das Jahr im Flug vorüber, aber es war gerade erst einmal das Grundgerüst des Schiffes auf der Helling gebaut, die anfängliche Begeisterung für große Seereisen verflog. Dafür begann im nächsten Frühling auch der alte Morlay in Leith für den Tempel ein Schiff zu bauen.

Noch im vergangenen Sommer hatte Henry Sinclair den Ritterschlag erhalten. Das Interesse am Schiffbau verband er nun auch noch mit einem zweiten Anliegen, der Übernahme seines Erbes auf den Orkneys. Eigenartigerweise kamen von den Venezianern nur spärliche Nachrichten. Diese Zeit nutzten die Gefährten um Henry Sinclair, alle verfügbaren Karten über die nördlichen Meere zu studieren. Oft verdankten sie das David Morlay, der sich in regelmäßigen Abständen in Rosslyn blicken ließ. Man konnte darauf wetten, daß sich in seinem Handgepäck eine alte Karte, Skizzen über Schiffsmodelle oder ein Buch über fremde Länder befanden.

Doch die Jugend will sich in der Welt austoben, statt hinter Schreibpulten zu hocken. Und als die Schnigge in der Kraweelbauweise fertig an den Docks von Leith lag, erwachte in den fünf jungen Männern ein kaum zu zügelndes Verlangen, auf große Fahrt zu gehen. Sie waren zurecht stolz auf ihre Arbeit und brannten nun darauf, in See zu stechen.

Obwohl die Gebrüder Beranelli in ihren Zeichnungen ihnen vorschlugen, eine Karavelle zu bauen, entschied sich zuletzt Niall aus eigenem Ermessen - nicht wegen Harrys Zureden - doch für die Schnigge. Die Schnigge war eine der schnellsten Schiffe der nördlichen Meere. Allerdings sah sie keine Bänke für Ruderer vor wie die Barke, ähnelte dieser jedoch stark. Es wurden etliche Elemente der Karavelle übernommen. Das Schiff wurde hochgelobt von den anderen Zimmerleuten auf der Helling von Leith.

*

Im Frühling 1367 unternahmen sie ihre ersten Fahrten vor den schottischen Küsten. Schon vorher erhielten sie von allen Seiten Warnungen, daß es auf der offenen See nicht ungefährlich wäre, weil überall Seeräuber nur darauf lauerten, Beute zu machen. Wenn er es ermöglichen konnte oder einmal nicht im Suff lag, kam der alte Niall mit und sie segelten dann mit anderen Freunden zu acht oder zehnt bis hoch nach Montrose, Aberdeen oder sogar bis in den Moray Firth.

Die nördlich von Schottland gelegenen Inseln mieden sie jedoch. Man möchte meinen, daß der junge Sir Henry sich nun feierlich auf die Orkneys begeben müßte, um das Erbe seiner Mutter Isabella anzutreten und Earl über die Orkney- und Shetlandinseln zu werden. Allein die ganze Geschichte war viel komplizierter, als sie sich darstellte.

Die Orkneys bildeten im ausgedehnten Reich der Norweger eine Ausnahme, denn nur hier wurde der Titel eines Earls vergeben. Damit gewann er natürlich einen viel höheren Stellenwert als im benachbarten Schottland. Oft regierten Prinzen der norwegischen Krone über diese Inseln. Der letzte Earl der Orkneys besaß zu allem Unglück zwei Frauen, die ihm beide Kinder schenkten. Jedoch entsprang keiner dieser Verbindungen ein männlicher Erbe.

Die Söhne seiner Töchter sollten später allerdings erbitterte Konkurrenten im Kampf um die Inseln werden. Als Henry ein Junge war, heiratete ein wagemutiger Schwede Erngisle Sunnesson Agnes, die Schwester Isabellas. Er verdrehte das Recht und übernahm die Gewalt auf den Orkneys. Allerdings verzichtete er klugerweise auf den Titel.

Seine Regierung brachte jedoch nur Unrecht und Elend über die Inseln. Schließlich setzte ihn der schwedisch-norwegische Unionskönig Magnus ab, unterstellte die Orkneys und Shetlands direkt der Krone und erklärte den Titel eines Earls als für unbestimmte Zeit verloren. Somit war alles offen.

Da meldete bereits Harrys Cousin Alexander de Ard, ein Sohn von Mathilda, der älteren Halbschwester Isabellas, Ansprüche an. Er fand unter den Norwegern sofort Unterstützung. Als im Jahre 1363 der alte König Magnus Erikson starb, änderten sich die Verhältnisse.

Haakon VI. trat dessen Erbe in Norwegen an und heiratete noch im selben Jahr die erst zehnjährige Tochter Margarethe des dänischen Königs Waldemar. Zur Hochzeit, die prächtig gefeiert wurde, waren Gäste aus allen Teilen des Abendlandes geladen. Auch aus Schottland kam eine Abordnung, der unter anderem der junge Sir Henry Sinclair und sein Oheim angehörten. Die Schotten erreichten zumindest, daß Thomas Sinclair vorläufig zum Verwalter über die Orkneys ernannt wurde. Allerdings beschränkte Haakon den Zuzug schottischer Einwanderer. Auch der junge Sir Henry sollte um des Friedens willen die Inseln vorerst nicht betreten, bis alle Einwände seiner Cousins, vor allem Alexanders, ausgeräumt wären.

Aus diesem Grunde vermieden es die jungen Männer, den Kiel ihres Schiffes weiter nördlich zu lenken als bis zum Moray Firth. Die Gewässer des nördlichen Landes waren außerdem nicht so still und friedlich wie die Küsten von Lothian und des mittleren Landes.

Einmal wären sie in der Nähe von Peterhead um Haaresbreite von Seeräubern geentert worden, doch ihr Schiff war recht wendig. Außerdem erwiesen sich die jungen Männer einmal mehr allesamt als vortreffliche Bogen- und Armbrustschützen, so daß die Schurken recht bald das Weite suchten, nur um ihre heile Haut zu retten. Denn so mancher von ihnen bezahlte diese Attacke mit dem Leben. Der alte Niall, wenn er denn mal mitkam, gefiel sich ausgenommen gut in der Rolle des Kapitäns und die Jungens mochten ihn auch leiden. Natürlich fiel das eine oder andere harte Wort, aber das war notwendig, um aus den Taugenichtsen, so wie er sie immer nannte, brauchbare Seeleute zu machen.

Harry, der jetzt öfters auf den Docks von Musselburgh und Leith weilte oder sich mit Will, John und den anderen auf See befand, sah den alten Morlay dadurch zwangsläufig seltener. Die wenigen Male, als der Templer ihn oder seine Mutter Isabella in Rosslyn aufsuchte, fiel kein ein einziges Wort über den Plan einer Reise über den Ozean.

Sie sprachen dagegen über Harrys ersten Auftritt vor dem Parlament der Schotten in Scone. David Morlay erachtete es jetzt wohl für wichtiger, seinem Schützling im Kampf um die Orkneys eine politische Rückendeckung aufzubauen.

Dem jungen Sinclair kamen langsam Zweifel, ob der Templer überhaupt ihren gemeinsamen Traum wahr machen wollte. Am meisten verwunderte ihn, daß die Venezianer so lange nichts von sich hören ließen. Oder verschwieg Morlay ihm etwas?!

Kurzum, er fragte seinen Lehrer. David Morlay erklärte ihm, daß ein Handelskrieg zwischen den Republiken Venedig und Genua dem Handelshaus Beranelli schwer zu schaffen mache und daß er Geduld haben solle. Jener Abend in Irland würde schon seine

Früchte einbringen. Der Alte behielt, wie so oft, Recht, denn bald erreichte sie Kunde von ihren italienischen Partnern.

Zunächst sah es nicht danach aus, daß Harry in Morlays Auftrag eine größere Reise antreten würde. Daß es dann doch so kam, hing vor allem mit der alten Landkarte auf dem Papyrus zusammen. Bis jetzt hatte es David als absolut unerläßlich erachtet, zunächst völlige Klarheit über bis jetzt noch nicht ergründete Schriftzeichen und Eintragungen auf der so rätselhaften Papyrusrolle zu gewinnen. Dies war äußerst wichtig für ihr gemeinsames Vorhaben, das sagenhafte Land im Westen zu finden. Nicht zuletzt forderte dies ja auch Francesco Beranelli von ihm.

Dieser schickte dem Templer nun vor Ablauf des Winters einem Brief, in dem er erklärte, daß er einen Schriftgelehrten im spanischen Land der Mauren gefunden hätte, der die alten Sprachen der Ägypter und Assyrer beherrsche. Die Beranellis waren über Geschäftsverbindungen zum Reich des Emirs von Granada auf einen solchen Mann aufmerksam geworden. Francesco lud Harry und den alten Templer für das Frühjahr des kommenden Jahres nach Lissabon in das Handelskontor der Venezianer ein, um dann mit den beiden gemeinsam ins Al-Andalus aufzubrechen und die letzten Rätsel der geheimnisvollen Karte mit Hilfe jenes Schriftgelehrten zu lösen.

Doch es kam alles anders. David mußte die bevorstehende Reise absagen, denn die Pflicht gegenüber seinem Orden verlangte, daß er im gemeinsamen Ordenshaus der Hospitaliter und Templer zu Balantrodoch blieb. Der Präzeptor hatte ihn kurz nach dem Jahreswechsel darum gebeten, weil sich am Himmel der Politik dunkle Wolken ankündigten.

Der Neffe des schottischen Königs David II., Robert Stuart, drängte seinen Oheim wieder einmal mit Nachdruck, ihm sein Erbe zu übertragen. Der Grund war, daß der König mit einer neuen Frau liebäugelte. Margarethe Drummond stammte aus einem uralten schottischen Adelsgeschlecht und hätte David durchaus einen würdigen Erben schenken können. Das war natürlich dem Stuart und Reichsverweser ein Dorn im Auge. Der Sohn des Bruce suchte unter anderem auch Rat bei den Ritterorden Schottlands.

Da David Morlay nun durch sein Wort zum Orden in die Pflicht genommen war, bat er den jungen Sinclair, allein dem Ruf der venezianischen Kaufleute zu folgen. Bald schon solle er nach Lissabon segeln.

*

In den letzten Wintertagen - die Fastenzeit war noch nicht ganz vorbei - ritt Henry Sinclair mit seinem weißen Roß Thurindas zum Ordenshaus in Balantrodoch. Es sollte das letzte Mal werden, daß er den Templer vor seiner Abreise aufsuchen würde. David händigte ihm einen Beutel aus weichem Hirschleder aus, in dem die Karte war. Um die Schriftrolle nicht so stark den Witterungseinflüssen auszusetzen, steckte sie, sorgfältig gerollt, in einen Bronzeköcher. Die salzhaltige Luft der See war nicht gut für den Papyrus. Harry nahm den Beutel an sich.

„Verstecke ihn gut", mahnte der Templer „und verrate selbst Personen, die dein vollstes Vertrauen genießen, nur dann sein Geheimnis, wenn es unbedingt erforderlich ist. Wir werden deine Mission nutzen, um gleichzeitig deine erste Pilgerfahrt vorzubereiten, die dich nach Santiago de Compostela führen soll. Schließlich ist es an der Zeit, auch mal etwas für dein Seelenheil zu tun." Der alte Morlay schmunzelte über sein gutmütiges Gesicht und zog die Brauen hoch. Nicht die schlechteste Idee, das Unternehmen als Pilgerfahrt zu tarnen.

So sehr in den Quellen der Sinclairs über Sir Henrys Reise an den Hof von Kopenhagen geschwärmt und berichtet wird, so sehr wird seine abenteuerliche Fahrt nach Spanien verschwiegen. Nach Ostern 1368 trat der junge Ritter die Reise an. Er nahm nichts weiter mit als einen Lederrucksack, gefüllt mit den wichtigsten Dingen, auch Geld, Speis und Trank, seine Armbrust mit einigen Pfeilbolzen und sein Schwert. Am Körper trug er ein Hemd aus Leinen, darüber ein Wams aus Leder. Auch seine Hosen waren aus Leder. Zu guter Letzt legte er ein engmaschiges Kettenhemd an, über das er den Mantel streifte. Unter dem Hemd jedoch ruhte wohl verborgen auf seiner Brust jener hirschlederne Beutel mit dem kostbaren Inhalt. Kostbarer als tausend Goldstücke. Diesen Beutel mußte Harry ab jetzt hüten wie seinen eigenen Augapfel. Als er reisefertig war, verabschiedete er sich von seiner Mutter Isabella und Rosslyn und ritt mit Will entlang des Flußlaufes der Esk nach Musselburgh zum Hafen. An den Docks schlugen sich die beiden Freunde gegenseitig auf die Schultern.

„Laß es dir gut gehen in der Fremde" sagte Will. Er wirkte zurückhaltend und ernst. Harry wußte, daß Will gerne mitgefahren wäre, aber jede zusätzliche Person hätte ein zusätzliches Risiko bedeutet. „Zieh wenigsten nicht so ein Gesicht zum Abschied, William MacLarren", entgegnete der junge Sinclair. „Es ist kein Grund, melancholisch zu werden. Noch vor Ablauf der Jahres bin ich wieder in Schottland. Und wenn ich wiederkomme..." Er stutzte. Darauf Will: „Ja, was ist, wenn du wiederkommst?" „Dann segeln wir und die anderen gemeinsam in Richtung Westen. Machs gut, Will." Die beiden gingen auseinander und Harry bestieg einen kleinen Zweimaster, der bald darauf ablegte. Schon vor zwei Tagen hatte er dem Kapitän das Geld für die Seereise bezahlt. Noch bevor man ihm an Bord eine Schlafbutze zuwies, stellte er sich auf Deck und schaute hinüber an Land. Dort saß Will bereits wieder auf seinem Falbenhengst, die Zügel von Thurindas in der Hand, und rief dem Freund zu: „Versprochen?" Harry legte die Hände an den Mund, um zu antworten. Laut gellte seine Stimme über die Schiffe bis zu den Docks. „Versprochen!"

*

Nachdem der Zweimaster, ein schottischer Hulk, den Firth of Forth verlassen hatte, schlug er einen südlichen Kurs ein. Der Segler brachte Harry zunächst nach Flandern, dem Land der feinen Stoffe und Tuche. Sie liefen in Sluis, dem Hafen von Brügge ein. Einer der wohl größten Warenumschlagplätze der christlichen Welt zeigte Harry, wie unbedeutend die Docks von Leith wohl waren. Ihm bot sich ein atemberaubendes Bild.

In dem riesigen Becken lagen die Frachtschiffe, zumeist Koggen in mehreren Reihen nebeneinander, gut verankert und vertäut. Dazwischen fuhren in festgelegten Fahrrinnen die ein- und auslaufenden Schiffe hin und her. Die großen Koggen und Hulke mußten wegen ihres großen Tiefgangs fast alle auf dem Wasser be- und entladen werden. Dem schottischen Hulk war es wegen seiner geringen Größe vergönnt, bis an die Docks heranzufahren.

Harry konnte auch gleich nach seiner Ankunft ein Schiff ausfindig machen, das Pilger und Kaufleute nach La Coruna und Lissabon brachte. Er ging noch zur selben Stunde an Bord, bezahlte für die Überfahrt bei dem Kapitän, einem waschechten Flamen, und bezog eine Schlafbutze im Vorschiff. Der große Hulk bot unter Deck, im Vor- und Achterkastell ausreichend Platz für die Mitreisenden. Harry wußte sehr gut, daß die Luft unter Deck oftmals schlecht und stickig war. Gerne bezahlte er die fünf Schilling mehr, die ihn in den Genuß brachten, im wesentlich ruhigeren Vorderkastell zu nächtigen. Als einer der ersten an Bord hatte er noch die freie Auswahl. Elf weitere Personen, ausschließlich Kaufleute, bezogen neben ihm ihr Quartier.

Nachdem er seine Sachen verstaut hatte, ging er wieder an Deck und schaute interessiert dem regen Treiben im Hafen zu. Hinter den Docks und Handelskontoren von Sluis konnte man landeinwärts sogar die Kirchtürme einer der größten Städte des Abendlandes sehen: Brügge.

Das Schiff lief zwei Tage später aus dem Hafen aus. Auf Deck herrschte nun ein lebhaftes Gedränge; ein Sprachengewirr aus Flämisch, Englisch, Deutsch und Französisch. Die Pilger hielten lebhafte Dispute über die Ausschweifungen der Bischöfe und des Papstes ab oder beteten Rosenkränze. Die Kaufleute dagegen versuchten Kontakte zu knüpfen, Preise zu vergleichen oder sogar einige Waren an gutgläubige Pilger zu verkaufen.

Dazwischen liefen aufgeregt die Schiffsmänner hin und her und gingen ihrem Tagwerk nach. Harry bemerkte sehr schnell, daß er auf diesem Schiff ein Außenseiter war. Man ließ ihn weitgehend in Ruhe. Ritter von den Inseln waren auf dem Festland für ihre rauhen Sitten bekannt.

*

Die Schiffsroute führte von Flandern zunächst weiter an der französischen Küste entlang. Die Felsen wurden, je südlicher sie kamen, immer bizarrer und wuchtiger. Harry war beeindruckt. Diese Klippen muteten ihm noch weitaus höher an als die Klippen von Moher. Dahinter breitete sich ein Land mit sanften grünen Hügeln und lichten Buchenwäldern aus, die Normandie, das Land seiner Urahnen. Irgendwo weit im Inneren mußte die Stadt St.Clair liegen. Dort, wo der Ursprung seiner Familie lag.

Der Hulk nahm in Harfleur an der Seinemündung frisches Wasser und Verpflegung an Bord. Und dies würde gewiß nicht der letzte Zwischenhafen gewesen sein.

Bereits in Cherbourg mußten die Vorräte wieder aufgefrischt werden. Danach nahm man entlang der Küste der Bretagne Kurs auf Brest. Als das Schiff die englischen

Kanalinseln hinter sich gelassen hatte, erblickten einige Männer von Deck aus auf einmal Richtung landeinwärts einen riesigen Berg, der rundherum befestigt war und auf seiner Spitze einen Kirchturm zu tragen schienen. Bald standen fast alle Pilger und Kaufleute auf der Backbordseite des Hulks und gestikulierten wild, wobei sie abwechselnd zum Land hinüber zeigten.

„Dies ist der heilige Berg", sagte einer der Seeleute beiläufig während der Arbeit. Sofort bekreuzigten sich einige der an Bord befindlichen Pilger nervös oder murmelten Dankgebete zum Himmel empor. Der Schiffsmann sprach unbeirrt fort. „Wenn wir ihn vom Schiff aus sehen, dann bringt uns das Glück und die Reise steht unter einem guten Stern. Wahrscheinlich ist der Kapitän deswegen hier so dicht an der Küste entlang gefahren."

„Wir segeln hier so nah an der Küste, weil weiter westlich bei den Kanalinseln oft englische Kaperschiffe lauern", sagte ein alter Seebär, der direkt hinter Harry stand. „Verflucht sind die Inselleute", wetterte ein Kaufmann. Der alte Seebär überhörte es und fuhr unbeirrt fort „Was wir dort sehen, ist die schon sehr alte Klosterabtei Mon St. Michel", „Sie steht auf einer kleinen Insel. Wohl an die hundert Male kam ich hier schon vorbei." Der Schiffsmann hatte wohl wahr gesprochen, denn er war mit Abstand der Älteste an Bord. Sein Name war Elias.

Einer der französischen Kaufleute warf ein: "Ich war schon einmal dort gewesen. Diese Abtei ist so alt, daß keiner mehr weiß, wann sie gegründet wurde. Jedenfalls war sie schon da, bevor die Männer aus dem Norden dem Land hier ihren Namen gaben." „Ihr meint die Normannen, Sir?" fragte ihn Harry. „So ist's Herr Ritter. Die Normannen." „Wer hat dann diese Abtei gegründet?" „Was weiß ich." Der Franzose lachte. „Angeblich sollen die ersten Christen in unseren Breiten sie begründet haben. Vielleicht die Kelten, die aus Cornwall herüberkamen, um in der Bretagne zu siedeln. So erzählte mir es jedenfalls ein Mönch dieser Abtei. Ich brachte zu jener Zeit - die große Pestilenz war gerade vorüber - eine gute Ladung Wein auf diese Insel. "

Es dauerte nicht lange, bis der geheimnisumwobene Berg wieder am Horizont entschwand. Der französische Kaufmann unterhielt sich jedoch weiter mit Harry.

„Wir werden jetzt weiter westwärts auf das große Meer hinausfahren", sagte er. „Aber der Kapitän sprach davon, daß wir in Brest Wasser und Nahrungsvorräte auffrischen", antwortete Harry erstaunt. „Ja gewiß. Aber es ist noch ein weiter Weg bis Brest. Die Küste, die wir umsegeln, gehört zur Bretagne. Sehr karg ist es dort. In diesem Landstrich lebt auch ein anderer Menschenschlag als im übrigen Frankreich. Es sind die Nachfahren der alten Kelten, die die Angelsachsen aus Cornwall vertrieben haben und von denen ich bereits vorhin gesprochen habe."

Harry wußte einiges darüber, das meiste aus Davids Erzählungen. Vor vielen Jahrhunderten hatte es in England, damals hieß es Britannien, einen erbitterten Krieg zwischen den dort ansässigen keltischen Stämmen und den aus Germanien kommenden Sachsen gegeben.

Es wird berichtet, daß der sagenhafte König Arthus alle keltischen Stämme noch einmal einigen konnte und die Sachsen erfolgreich zurückschlug. Arthus wurde von dem Zauberer Merlin am Hofe des Königs von Cornwall erzogen. Merlin sprach zu den Mächtigen des Landes, daß nur der König der Insel Britannien werden könne, der aus einem Fels das Schwert Excalibur herauszuziehen vermag. Als einziger schaffte es Arthus, weil Merlin mit seinem Zauber auf ihn einwirkte. Langsam verschwand die Küste der Bretagne in der aufkommenden Nacht am Horizont.

*

Nach zwei Tagen erreichten sie Brest. Der Weg führte sie durch unzählige flache Riffe hindurch, die von Heidekraut bewachsen waren. Ständig riefen sich der Lotse, der Steuer- und der Ausguckmann etwas zu, damit der Hulk rechtzeitig ein Manöver ausführen konnte. Obwohl die Sonne schien, war es diesig und Dunst trübte die Sicht. Der Kapitän betete, daß das Wetter hielt und sein Schiff sicher durch die Riffe und Felsen gelangen möge. Besonders von der Todesinsel Ouessant erzählten die Schiffsmänner den zitternden Pilgern und Kaufleuten. Groß war das Entsetzen unter ihnen, als der Mann im Ausguck sie erblickte. Doch Ouessant trat nur für kurze Zeit aus dem Dunst hervor, um nach wenigen Augenblicken wieder zu verschwinden. So ging alles gut bis Brest.

Noch wußte keiner, was sie erwarten würde, als der Hulk am frühen Nachmittag bei bestem Sonnenschein wieder auslief. Der nächste Zwischenhafen sollte La Rochelle sein. Doch es waren nicht nur die gefährlichen Riffe vor der Bretagne, die viele Kapitäne fürchteten. Hier bedurfte es nur eines guten Lotsen, der bei ruhiger See sehr schnell einen Weg durch die Klippen fand. Aber wenn ein Sturm in Anmarsch war, dann konnte der beste Lotse nicht helfen. Und kaum ein Schiffsmann war nicht schon einmal in einen Sturm vor dieser Küste geraten.

Zunächst begann alles ganz harmlos. Sie hatten - der Kapitän dankte allen Heiligen dafür - die letzen Riffe und Felsinseln hinter sich gelassen. Ein Blick nach Westen zeigte jedoch, daß finstere Regenwolken bald die hellen Schäfchenwolken ablösen würden. Der Wind drehte immer öfter, so daß die Männer an den Schoten und Brassen alle Hände voll zu tun hatten. Der Kapitän sah bald, daß es keinen Zweck mehr hatte und gab den Befehl, die Segel zu reffen. Gottseidank entfernte sich die nördliche Küste immer mehr. „Die Wellen treiben uns aufs offene Meer hinaus", rief der Steuermann hinten von Achtern. Verängstigt sahen die Pilger und Kaufleute über Steuerbord. Dort trübte sich der Himmel immer bedrohlicher ein.

„Es zieht direkt auf uns zu", sagte Harry „Na, da wollen wir hoffen, daß es keinen Sturm gibt", meinte der Kapitän, der gerade an ihm vorübereilte. „Gut sieht das Wetter nämlich nicht gerade aus", setzte er hinzu. Er war ein erfahrener Mann, der, da er diese Gewässer wie seine Westentasche kannte, wohl wissen mußte, wovon er sprach. "Jeder, der nichts auf Deck zu suchen hat, sollte machen, daß er nach unten kommt", polterte er gleich noch hinterher. Ängstlich flohen die Pilger und Kaufleute in ihre Schlafbutzen oder in die Laderäume unter Deck.

Der Kapitän gab indessen seine Kommandos. "Verdammt, wer hat das Besansegel vergessen, Männer. Zieht es ein, bevor es uns der Sturm zerreißt." Er raufte sich die Haare „Möge Gott uns gnädig sein, daß wir da heil wieder herauskommen."

Mittlerweile war der Himmel fast schwarz von bedrohlichen Wolken und das Meer wurde wilder. Der Kapitän kümmerte sich nicht weiter um Harry. Wenn einer von den Passagieren Lust darauf hatte, über Bord gespült zu werden, dann war das seine Sache. Er hatte für die Überfahrt bezahlt und fertig.

Außerdem waren alle von der Mannschaft damit beschäftigt, die Ladung, Fässer und das Beiboot auf Deck sicher zu vertäuen. Und da konnte keine Hand entbehrt werden. Gott sei Dank waren sie weit genug von der Küste entfernt, um nicht an die Felsenriffe geschmettert zu werden.

Was Harry da sah, war nicht mehr die ruhige See, so wie vor ein paar Stunden. Innerhalb kürzester Zeit war der Sturm mit seiner ganzen Macht über sie hereingebrochen. Er mußte sich jetzt unverzüglich in Sicherheit bringen.

Die Sicht verschlechterte sich zusehends. In Richtung der tobenden See konnte man nur noch eine einheitliche grauschwarze Masse erkennen. Das Schiff wurde hin und her geworfen.

Mittlerweile waren alle Passagiere und auch etliche Schiffsmänner in den wohl etwas sichereren Schiffsrumpf geflüchtet. Nur das rettete einen davor, nicht in die See gerissen zu werden. Die Seeleute an Deck hatten sich mit starken Tauen festgebunden. Jeder von ihnen war sich bewußt, daß ihr Schicksal von jetzt an nur noch in Gottes Hand lag.

Der Weg bis zu seiner Butze im Vorderkastell erschien dem jungen Sinclair gefährlich, denn das Schiff schwankte bedrohlich. Geistesgegenwärtig ergriff Harry, der immer noch nach einem Halt in diesem Sturm suchte, das Ende eines Seils und band sich am Hauptmast fest. Er hätte wirklich keinen Augenblick länger zögern dürfen, denn nur kurze Zeit später gingen die ersten Brecher über Bord.

Harry war sofort durchnäßt bis auf die Haut. Auf seinen Lippen schmeckte er das Salz des Meeres. Stetig tropfte es von seinen Haaren herunter. Gischt sprühte ringsum. Der Sturm erfüllte die Luft mit seinem wilden Gesang. Inzwischen war es stockfinster geworden, der Sturm wohl auf seinem Höhepunkt angelangt. Und obwohl Harry durch das Getöse fast taub war, konnte er zu seiner Verwunderung auch noch menschliche Worte inmitten dieser Hölle vernehmen. Doch ihr vermeintlicher Sinn, ließ ihm das Blut in den Adern gefrieren. Denn folgendes erklang in seinem Ohr. „Hörst du die Stimmen aus der Tiefe. Es sind die Sirenen. Sie wollen, daß du zu ihnen kommst."

Nachdem der nächste Brecher über Bord gegangen war, blickte er sich um. Hinter ihm stand der alte Schiffsmann Elias am Mast. In der wilden Gischt war er kaum zu erkennen. Aber seine Stimme erschien Harry so sonderbar nah als hätte er selber die Worte gesprochen. Da kam auch schon die nächste Welle, die eine Flut von Wasser über das Deck ergoß. "Ihr braucht keine Furcht zu haben, junger Lord. Habt ihr nicht auch vor zwei Tagen den heiligen Berg erblickt. Das Schiff wird nicht sinken."

Seltsam klangen die Worte des Alten, geheimnisvoll und unheimlich zugleich. Es war gerade so als kämen sie aus den Tiefen des Meeres. „Hörst du nicht, da sind sie wieder, die Stimmen." Plötzlich war es dem jungen Ritter gerade so, als würde er seine eigenen Worte vernehmen. „Sie werden lauter." Harry verstand auf einmal nicht mehr, warum er die Lippen bewegte.

Wild und schrecklich tobt der Sturm,
noch hält das Schiff, fest wie ein Turm.
Jedoch die Wellen höher werden,
es naht das Strafgericht auf Erden

Und aus des Meeres tiefem Grund
taucht aus höllenschwarzem Schlund
ein Ding aus einer andren Welt
was diese Nacht weithin erhellt.

Es ist das weiße Schiff des Lichts,
jagt weit von dir an fernem Orte,
schnell wie ein Silberpfeil durch Gischt.
Es summen durch die Luft die Worte:

Weit in die Welt mußt du dich wagen.
Darfst vor neuem nicht verzagen.
wirst ihren wahren Sinn erkunden.
sollt's dich auch auf den Tod verwunden.

Es war ihm, als würde er in der Ferne ein leuchtend weißes Schiff sehen. Wie ein Pfeil flog es über die Wellen hinweg. Aber am faszinierendsten wirkte auf ihn jenes Licht. Die Strahlen, die von dem Schiff ausgingen, waren von einem so leuchtenden Weiß, daß es nicht zu beschreiben war. Ein solch grelles weißes Licht kam normalerweise in der Natur nicht vor. Eigenartig, ungewöhnlich und doch faszinierend. Sein ganzer Körper wurde von einem seltsamen Schaudern ergriffen. War es womöglich nur eine Vision? Jedenfalls kam es ihm so vor, als träume er das alles nur.

Harry bemerkte, daß die Brecher schwächer wurden. Der Sturm schien nachzulassen. Er blickte sich um. Von dem alten Seebär war weit und breit auf Deck nichts zu sehen. Harry überlegte. Wieviel Stunden mochte er da am Mast gestanden haben. Dabei war es ihm nur wie ein kurzer Augenblick vorgekommen. Es wurde wieder etwas heller am Horizont, was nur bedeutete, daß sie die ganze Nacht dem Sturm getrotzt hatten. Tatsächlich, der Morgen kam. Nur der kräftige Wind, der jetzt ging, erinnerte noch an die furchtbare Apokalypse, die gestern Abend unverhofft über sie hereingebrochen war, der sie aber dann doch glücklich entrannen. Harry dankte Gott und schaute auf das graue, tobende Meer. Die See war bei weitem nicht mehr so aufgewühlt. Außerdem hatte die Sicht sich wieder deutlich verbessert. Jetzt erst merkte der junge Ritter, daß er am ganzen Leibe zitterte. Er fühlte sich durch die Anstrengung stark erschöpft.

Auf dem Schiff herrschte helle Aufregung. Hinten am Achterdeck schöpften die Schiffsmänner bereits das Wasser aus dem Innenräumen mit Eimern heraus. Dazu hatten sie eine Kette gebildet. Der Kapitän untersuchte sein Oberdeck auf vom Sturm hinterlassene Schäden.

Schließlich trat er zu dem jungen Schotten. „Da haben wir ja noch einmal Glück gehabt, Was meint ihr, Sir." Ohne die Antwort abzuwarten, klopfte der Führer des Schiffes Harry auf die Schulter, denn er bemerkte, daß der Junge arg mitgenommen aussah. Etwas milder im Ton sagte er zu ihm. „Ich sehe, ihr seid erschöpft. Wäret ihr lieber mit hinuntergegangen. Wenn ihr euch trotzdem nützlich machen wollt, dann helft meinen Männern. Auch wenn ihr ermattet seid, wir brauchen jede Hand, um das Wasser aus dem Kahn zu kriegen. Ich habe euch beobachtet all die letzten Tage; wie ihr euch auf dem Schiff bewegt habt; wie ihr mit meinen Männern gesprochen habt. Euch sieht man fürwahr an, daß ihr schon einmal am Steuer eines Schiffes gestanden habt." Harry nickte. Um etwas zu entgegnen, fehlte ihm die Kraft.

Der Kapitän ging weiter, wobei er leise vor sich hin seufzte. Er kannte die Stürme der Biskaya gut genug, um zu wissen, daß sie noch einmal großes Glück hatten. Zweimal war er bisher schon an den Küsten Frankreichs mit einem Schiff gestrandet und jedesmal mit dem Leben davongekommen.

Harry schwankte hinüber zum Achterdeck, um den Schiffsmännern zu helfen. Auf dem Niedergang zu den Laderäumen fluchten die Männer lauthals über die nicht enden wollenden Wassermassen. Im Grunde genommen aber klang aus ihren Worten Freude und Dankbarkeit darüber, daß der Kahn nicht abgesoffen war. Allgemein schätzte man, daß der Sturm sie wieder in Richtung Küste gedrückt hatte. Es könnten ein bis zwei Tage sein, die sie an Zeit dadurch einbüßten.

*

Am Abend zog der Kapitän die Bilanz des Sturmes. Sie hatten drei Männer verloren, darunter auch den alten Seebär, der bei Harry eine sonderbare Erinnerung an jene Nacht hervorrief.

Für den Führer des Schiffes war sein Tod der schmerzlichste Verlust. „Lange habe ich ihn gekannt. Er war damals schon Matrose bei mir als ich in Oostende mit meinem ersten Schiff auf große Fahrt ging. Wir befuhren über zwanzig Jahre gemeinsam die See mit all ihren Tücken und Gefahren. Elias war doch kein Greenhorn, das beim ersten Sturm über Bord gespült wird. Dafür habe ich nur eine Erklärung." Der Mann erhob sein Haupt gen Himmel und fuhr in seiner Rede fort.

„Unser alter Elias wollte ins Reich des Herrn. Vielleicht war er dieser Welt schon lange überdrüssig. Gott sollte seiner armen Seele gnädig sein." Der Kapitän befahl, ihm die letzten christlichen Ehren zu erweisen. Es fand sich auch ein Benediktinermönch aus dem Rheinland, der für die Toten die Messe las. Er war einer der mitreisenden Pilger, die in La Coruna das Schiff in Richtung Santiago de Compostela verlassen wollten.

*

Der Kapitän des Hulk verwarf den Gedanken, La Rochelle anzusteuern. Nach seinen Bestimmungen befanden sie sich bereits etliche Seemeilen weiter südlich. Würde er jetzt auf die Küste der Gascogne zusteuern, wäre eine Begegnung mit einem englischen Kriegsschiff der Flotte des schwarzen Prinzen nicht ausgeschlossen. Dem wollte der Kapitän aus dem Weg gehen. Zwar fuhr er unter der Flagge der Stadt Brügge, aber auf offener See galten andere Gesetze. Er steuerte somit einen direkten Kurs auf die spanische Küste zu, um nicht noch mehr Zeit zu verlieren.

Harry schaute den Kapitän mehr als einmal bei der Navigation des Schiffes über die Schulter. Hier auf hoher See konnten Lot und Senkblei ruhig in ihrer Ecke liegen. Statt dessen benutzte der Führer des Hulk eine runde Scheibe aus Holz. In der Mitte steckte ein Holzstab von definierter Länge; auf der Oberseite waren am Rand dreieckige Kerben geschnitzt. Diese Kerben gaben die Tageszeit an. Zu einer bestimmtem Zeit gehörte eine Kerbe. Zusätzlich waren auf der Scheibe Ellipsen eingeritzt, die den Tagesverlauf der Sonne an einem bestimmten Breitengrad markieren.

Schien nun die Sonne, legte der Kapitän die Scheibe in einen kleinen Holztrog, der mit Wasser gefüllt war. Diesen stellte er auf irgendeine der vielen Tonnen an Deck. Dazu suchte er sich meist eine ruhige Ecke aus, in der er ungestört seinen Berechnungen nachgehen konnte. Hatte sich die Holzscheibe in dem Wasser beruhigt, mußte man nun versuchen, daß die Verlängerung des Schattens, den der Stab auf die Scheibe warf, genau mit der Kerbe der jeweiligen Tageszeit übereinstimmte.

Kein leichtes Unterfangen, denn bei starkem Seegang war die Bestimmung der Nord-Südposition auf diese Art unmöglich. Dort, wo der Schatten des Stabes auf der Scheibe endete, konnte man den Breitengrad ablesen. Er wurde durch die nächstliegende Ellipse markiert. Je weiter sie nach Süden gelangten, um so kürzer wurde der Schatten der Sonne.

Doch Harry stellten sich einige Fragen, als der den Kapitän mit der Holzscheibe die Position bestimmen sah. „Ist diese Methode auch genau? Die Sonne beschreibt doch in jedem Monat des Jahres eine andere Bahn." „Da habt ihr recht junger Freund", entgegnete ihm der Führer des Hulks. „In zwei Wochen steht die Sonne höher als heute. Dann müßte ich die Messung anders durchführen. Da ich sehe, daß euch alle Dinge, die mit der Führung eines Schiffes zusammenhängen, interessieren, werde ich es euch zeigen."

Er nahm die Scheibe aus dem Holztrog und gab sie Harry in die Hand. „Seht ihr. Der Stab enthält mehrere Löcher. Durch einen kleinen Stift, kann ich dem Stab eine bestimmte Höhe geben. Er wandert mit der Höhe der Sonne nach oben. Zur Sommersonnenwende befindet sich der Stift im untersten Loch."

Harry zeigte sich erstaunt. „Woher wißt ihr dies alles so genau?" Der Kapitän lachte. „Was denkt ihr denn von mir? Dies sind die Erfahrungen von mehreren Generationen. Schon mein Urgroßvater begann diese Holzscheiben anzufertigen. Angeblich hat er dieses Hilfsmittel von einem alten Norweger übernommen. So nach und nach sind sie immer genauer geworden. Immer wieder vergleiche ich sie mit Seekarten und füge Ergänzungen ein. Mal ist die Bahn der Ellipse nicht richtig geritzt, oft aber auch die Seekarte falsch."

„Wie wollt ihr denn das überprüfen? Hier, auf hoher See, wo wir ringsum von Wasser umgeben sind." „Ihr macht mir Spaß, Herr. Natürlich kann ich die Fehler auf der Holzscheibe nur bei Küstennähe überprüfen. Dort habe ich markante Punkte, Städte, hohe Klippen oder Kirchtürme, an denen ich mich orientiere. Alles was ich dann noch brauche ist der Stand der Sonne und eine Seekarte. Jetzt zum Beispiel habe ich ermittelt, daß wir uns ungefähr in Höhe der Stadt La Rochelle befinden. Vielleicht habe ich mich um fünfzig Seemeilen verschätzt, aber diese grobe Bestimmung der Position reicht mir." Harry schaute dem Flamen etwas ungläubig ins Gesicht. „Habt ihr noch mehr solcher Hilfsmittel?" „Noch einige Scheiben halte ich in meiner Seemannskiste verborgen. Ältere, von meinem Vater stammend, aber auch zwei, die ich noch heute gebrauche." Harry stutzte. „Reicht euch diese nicht?" „Im Winter oder im Spätherbst ist der Sonnenstand so niedrig, daß ich neue Sonnenbahnen ins Holz ritzen müßte. Das wäre verwirrend, Herr."

Harry nickte, denn die Erklärung des Kapitäns war wirklich einleuchtend. „Ist dies alles, was ich beachten muß?" fragte er nun abschließend. „Es gibt noch eine andere Tücke." „Welche?" „Die Ost- Westpostion des Schiffes."

„Genau." Harry tippte sich an die Stirn. „Wie konnte ich das nur vergessen. Hatte doch der alte Morlay erzählt, daß in Irland die Sonne später untergeht als in Schottland." „Ich sehe, ihr versteht das Problem", sagte der Kapitän. „Ihr seht hier diese dreieckigen Markierungen am Rand. Sie geben die Tageszeiten wieder, Morgen, Mittag und Abend. Ich habe sie nach der Glocke des Kirchturms von Brügge geschnitzt.

Nun ist es eine Erfahrung aller Schiffsführer, die wie ich ständig auf der Route Brügge Lissabon unterwegs sind, daß in Lissabon die Sonne fast zwei Sanduhren später untergeht als in Brügge. Soweit gelangen wir nicht auf den großen Ozean hinaus, daß wir die ungefähre Ost-Westposition nicht mehr wissen. Zu Korrektur der Zeit bedarf es nur einer kleinen Drehung der Scheibe. Zwar wird dann die Messung etwas ungenau, aber damit können wir leben. Ihr werdet sehen, wenn der Wind so hält, erreicht das Schiff in spätestens fünf Tagen Spanien."

*

Der Kapitän sollte recht behalten. Es dauerte ungefähr vier Tage, bis die Küste Asturiens auftauchte. Von nun an würde der Hulk nicht mehr lange bis La Coruna brauchen. In spätestens einer Woche könnten sie, vorausgesetzt es gäbe keine neuen Stürme, Lissabon erreichen. Die meisten der Reisenden waren nach dem schweren Erlebnis unruhig geworden und wollten so schnell wie möglich an Land. Es war noch nicht allzulange her, daß sie Gott für ihre glückliche Rettung gedankt hatten und nun zählten sie schon die letzten Stunden auf See.

Im Gegensatz zu vielen anderen konnte Harry die Geschehnisse jener schicksalsvollen Nacht auf See nicht so schnell vergessen. Schließlich hatte er den Sturm viel intensiver erlebt als so mancher unter Deck. Immer wieder gingen ihm die Worte des alten Elias durch den Kopf. Eines Abends überfiel ihn ein plötzlicher Gedanke. Der Schweiß trat ihm auf die Stirn. Die Karte! Seit jener Sturmnacht hatte er nicht mehr an sie gedacht. Wenn nun Wasser in den Bronzeköcher eingedrungen war? Wie sollte er das Morlay je begreiflich machen? Mit zitternden Händen zog Harry den hirschledernen Beutel unter dem Wams hervor und öffnete den Kork, der den Köcher verschloß. Nichts, kein Salzwasser war eingedrungen. Beruhigt rollte er den Papyrus wieder zusammen.

*

Wie es sich bereits angekündigt hatte, verließ die Hälfte der Reisenden in La Coruna das Schiff. Die meisten waren Pilger, die sich sofort auf den Weg nach Santiago de Compostela machten. Nachdem man das gefürchtete Kap Finisterre hinter sich gelassen hatte, verlief die Fahrt auf ruhiger See. An Bord kehrte eine angenehme Stille ein. Tagsüber stand Harry am Geländer des Decks und starrte hinüber zum Festland. Die großen, mit dichten Wäldern bedeckten Berge an den Küsten Galiciens waren beeindruckend. Tausende von Seevögeln schwärmten auf den Felsen der vorgelagerten Inseln.

Manchmal kamen sie an riesigen Flußmündungen vorbei, so daß man das Land für einige Stunden aus den Augen verlor. In den klaren Nächten sah er zum Himmel und beobachtete die unzähligen Sterne. Dabei ergriff ihn oft ein seltsames Gefühl, so als wäre er schon immer zur See gefahren. Da erinnerte er sich der Fahrten mit der „Golden Ross" zusammen mit dem alten Niall und den anderen. Und nicht selten wünschte er sich an Bord jenes Schiffes zurück, dessen Bau er selbst mit auf den Weg brachte. Dieser Gedanke erfüllte ihn noch hier in der Fremde mit Stolz. Doch Schottland lag weit entfernt.

Je weiter sie in den Süden gelangten, um so wärmer wurde es. Die Stadt Lissabon lag in der Mündungsbucht des großen Flusses Tejo. Von weitem konnte man schon die Kirchen und Kathedralen der Stadt sehen.

Portugals Metropole wurde zurecht das südliche Tor zum großen Meer genannt. Harry erkannte von Deck aus die Umrisse großer Paläste, die wahrscheinlich dem König des Landes gehörten. David Morlay hatte erzählt, daß Portugal zu Beginn des Jahrhunderts eines der wenigen Länder war, das den Templern Asyl gewährte. Sechs Jahre, nachdem der letzte Großmeister des Templerordens in Paris auf dem Scheiterhaufen verbrannt wurde, gründeten in Lissabon ehemalige Ordensritter den Christusorden.

In der Bucht des Tejo lagen sehr viele Schiffe, Zumeist die iberischen Karacken und Karavellen, aber auch französische Nefs hatten ihre Anker geworfen. Die deutschen Koggen und die flämischen Hulke, wie er sie aus dem Norden her kannte, waren nur schwach vertreten. Harry bot sich ein erstaunliches Bild. Noch nie hatte er in seinem ganzen Leben einen solch großen Hafen gesehen. Nur Sluis in Flandern erschien ihm

Lissabon ebenbürtig. Einige Schiffe trugen auf ihren Segeln das rote Tatzenkreuz. David berichtete ihm damals darüber, daß der Christusorden das alte Symbol der Templer als Wappen weiterführen würde.

Bald erschien auch der Lotse an Bord, der, wie es in großen Häfen üblich war, das Schiff auf einen sicheren Liegeplatz steuern würde. Als der Hulk schließlich, umgeben von Dutzenden Karavellen auf Reede ging, verließ Harry mit Rucksack und Waffen seine Schlafbutze für immer.

Er bestieg, wie auch die verbliebenen Reisenden ,einen Stakkahn, der sie hinüber zu den Docks brachte. Am Kai herrschte ein geschäftiges Gedränge. Das war ihm schon vom Schiff aus aufgefallen. Lissabon hatte eben das Flair einer Weltstadt und war zudem als einer der bedeutendsten Umschlagplätze für Waren aus aller Welt bekannt. Hier verlief die Trennlinie zwischen dem Mittelmeerhandel der Italiener und Spanier, zum Handel der westeuropäischen Länder wie Frankreich, England und Flandern.

Die Kaufleute konnten gar nicht schnell genug den Stakkahn verlassen. Sie stürmten in alle Richtungen auseinander, zu den jeweiligen Kontoren, zum Zoll- und zum Hafenamt. Harry hatte es dagegen nicht eilig und betrat als einer der letzten über den kleinen Steg den Kai von Lissabon.

Er machte sich auf den Weg zur Hafenmeisterei, um dort den Weg zum Handelskontor der Venezianer zu erfragen. Weit brauchte Harry dafür nicht zu laufen. Er stand schon davor.

In der Eingangshalle herrschte ein fürchterliches Durcheinander. Hier schlug das Herz des Hafens. Hier bezahlten die Kapitäne ihre Gebühr für den Liegeplatz. Hier erkundigten sich Kaufleute nach den Abfahrtszeiten der Schiffe. Keiner beachtete den schottischen Ritter.

Da wollte sich gerade ein junger Mann in weitgeschnittenen Lederwams und engen Tuchhosen an ihm vorbeidrängeln. Harry erkannte ihn ihm den Lotsen, der vorhin an Bord des Hulk gekommen war. Der müßte ihn doch eine Auskunft geben können?

Er hielt den Mann fest. „Sagt mir, wo finde ich das Handelshaus der Beranellis?" Obwohl er die Frage auf Lateinisch formulierte, schielte ihn der Lotse mit schiefen Gesicht an. Dann zuckte er die Achseln. Harry ließ jedoch nicht locker. „Es sind Venezianer."

„Da habt ihr Glück, Senor" tönte es auf einmal hinter ihm. Er drehte sich um. Vor ihm stand ein würdevoller, älterer Herr, der anscheinend Kaufmann war. „Ich komme aus Venedig und kann euch zum Kontor der Beranellis begleiten." Harry war überglücklich.

So verließen sie die Hafenmeisterei, um gemeinsam in Richtung Kontor zu gehen. In den Straßen Lissabons bot sich Harrys Augen das volle Leben einer großen und weltoffenen Stadt. Schiffbauer, Handwerker und Kaufleute gingen hier geschäftig ihrem Tagewerk nach. Was die Seeleute aus den verschiedensten Ländern betraf, so verschwanden diese häufig in einer der vielen Schenken, die rechts und links am Straßenrand lagen. Das quirlige Bild wurde abgerundet von fliegenden Straßenhändlern, alten Markt- und

Fischweibern, drallen Dirnen und zerlumpten Bettlern. In einer etwas abgelegenen Gasse hielten sie vor einem großen Steinhaus. Dahinter verbarg sich nichts anderes als die Niederlassung der Gebrüder Beranelli in Portugal.

In der Vorhalle begrüßte sie ein Mann, der sich ihm als Rico Beranelli vorstellte. Nur schwach rief dieser in Harry Erinnerungen an jene Nacht in der Schenke „Zum fröhlichen Hecht" hervor. Rico bat, seinen Bruder zu entschuldigen. Durch den Handelskonflikt, in dem sich Venedig mit Genua befand, war es ihm nicht möglich, die Lagunenstadt zu verlassen.

*

Am Abend gab es im Kontor einen kleinen Empfang für den so weitgereisten Gast aus dem Norden. Anwesend waren ein paar Kaufleute aus Portugal, Italien, ja sogar aus dem Lande der Mauren. Daß die Leute alle wegen ihm gekommen waren, machte den jungen Sinclair etwas verlegen.

In einer großen Halle inmitten des Hauses befand sich eine wirklich reichlich gedeckte Tafel. So fielen Harry vor allem die langen Platten auf, belegt mit den verschiedensten Fischspezialitäten der Meere, so daß es eine Augenweide war. Krabben, Langusten, Austern, Thunfisch, Tintenfisch und Lachs. Einfach köstlich. Vor dem Essen stellte Rico Beranelli, Francescos Bruder, seinen Gästen den weitgereisten Besuch aus Schottland vor.

Nachdem man den größten Hunger gestillt hatte, lebten die ersten Gespräche auf. Die Unterhaltung drehte sich hauptsächlich, wie sollte es auch anders sein, um den jungen Sinclair. Jedoch war es für den Armen ein wahres Wortgewitter, das im wahrsten Sinne des Wortes über ihn hereinstürzte. Dort ein Brocken Französisch, da Spanisch oder Italienisch. Manchmal sprachen mehr als zehn Leute gleichzeitig auf ihn ein. Viele waren neugierig zu wissen, wie wohl das Leben in Schottland abliefe, welche Schwierigkeiten es mit den Engländern gäbe und wie ihre Handelsbeziehungen wären. Obwohl Harry erklärte, nur Französisch und Latein zu verstehen, verstand er auch dann beileibe nur die Hälfte. Die Dialekte waren einfach zu verschieden, um mehr als nur Wortfetzen miteinander auszutauschen. Auch war er selber schon so aufgeregt, daß ihm die Worte nicht mehr so leicht über die Lippen flossen.

Harry sollte in den nächsten Wochen noch Gelegenheit genug erhalten, Spanisch und Latein zu sprechen. Jetzt versuchte er jedenfalls - soweit dies zu fortgesetzter Stunde möglich war - die von allen Seiten auf ihn einstürmenden Fragen nach bestem Wissen und Gewissen zu beantworten. Natürlich war es für die Kaufleute auch von großem Interesse, weshalb der fremde Ritter wohl nach Lissabon gekommen war. Doch Harry, wie Rico Beranelli, spielten diese Frage geschickt herunter und lenkten das Gespräch auf andere Themen.

Mit der Zeit ließen denn auch immer mehr der Gäste von dem Schotten ab und wandten sich untereinander wieder ihren tagtäglichen Geschäften zu. Harry wischte sich die Schweißperlen von der Stirn. Endlich schien die Zeit gekommen, sich in aller Ruhe dem

Essen zuzuwenden. Denn im Gegensatz zu allen anderen war er kaum dazu gekommen. Genüßlich kaute er nun erst einmal eine Portion von dem köstlich zarten Fleisch eines Tintenfisches.

„Ihr müßt schon entschuldigen", flüsterte es neben ihm leise. „Besuch so weit aus dem Norden bekommt man hier selten zu sehen. So seid ihr eben der Mittelpunkt des Interesses." Harry verschluckte gerade den letzten Bissen und drehte sich zur Seite. Lange war es her. Aber die Ähnlichkeit war unverkennbar. Rico Beranelli hatte genau wie sein Bruder ein hakennasiges Gesicht, aber war vielleicht etwas jünger und schmaler als Francesco. Natürlich wies ihn sein Gebaren und Auftreten ebenfalls als einen nüchternen, berechnenden Geschäftsmann aus.

Er verzog seinen Mund zu einem breiten Lächeln. „Ihr werdet auch noch lernen, mit unserem südlichen Temperament umzugehen. In ungefähr einer Woche brechen wir nach Andalusien auf. Unser Weg wird uns dabei über Sevilla führen. Ihr sollt ein wundervolles Land kennenlernen. Bereitet euch auf eine Entführung in den Orient vor. Aber solange betrachtet euch als mein Gast in Lissabon."

*

Am Horizont hatten sich schon wieder dunkle schwere Wolken gesammelt als drei Tage später ein kleines Handelsschiff aus dem Norden einlief. Der Kai war diesmal still und verlassen und der drohende schwarze Himmel gab dem Ort ein düsteres Gepräge. Es war bereits die Stunde der Dämmerung. Das kleine Schiff wies nur geringen Tiefgang auf und konnte es sich somit erlauben, direkt an den Docks anzulegen. Als die Seeleute den Steg, ein einfaches Holzbrett, von der Bordwand zum Kai hinunterließen, öffneten sich die Wolken und es fing an zu regnen. Nur wenige Kaufleute verließen das Schiff, um auf eiligem Wege in das nahegelegene Hafenviertel ihre Geschäftspartner oder eine der vielen Schenken aufzusuchen.

Einer hob sich jedoch von ihnen ziemlich deutlich ab. Die Gestalt war in einen langen schwarzen Mantel gehüllt. Keiner der Schiffsmänner oder Kaufleute beachtete sie oder wollte sie vielleicht auch nicht beachten, um so nicht einen Blick auf etwas Unheimliches zu riskieren. Die meisten von ihnen hatten den schweigsamen Fremden sowieso kaum während der Reise zu Gesicht bekommen. Nun verschwand er mit langsamen Schritten in einer kleinen Nebengasse, die direkt in die Oberstadt führte.

Der Regen wurde stärker. Nachdem die Wachen eingeteilt waren, verließen nur noch ein paar Schiffsmänner das Schiff, denn nur wenige verspürten bei diesem Sauwetter Lust, ihre schützenden Kojen unter Deck zu verlassen. Die Nacht brach über die Stadt an der See herein.

*

In einem kleinem Zimmer der Hafenmission der christlichen Ritter hatten gerade zwei Männer, ein junger und ein alter weißhaariger Dienst. Plötzlich klopfte es laut und dumpf dreimal in kurzen Abständen an die große schwere Hoftür.

„Habt ihr gehört, daß da einer an unsere Pforte geklopft hat", flüsterte der junge Ritter seinem ehrwürdigen Meister zu. Da dieser aber nicht aufsah, fuhr er unverwandt fort „Wer könnte das sein in solch einer stürmischen Nacht?"

Der Alte auf dem Stuhl hob langsam den Kopf. „Wer mag das wohl sein? Erwartet ihr jemanden, Don Ferrando?" fragte wiederum der junger Ritter. Das letzte Wort erstarb fast auf seinen Lippen, so war ihm der Schrecken durch die Glieder gefahren. Der Angesprochene, der nun zu ihm aufsah, war im Gesicht so bleich als würde er den Tod erwarten. Das war nicht sein Meister, den er kannte und schätzte. Nein, das war eine Gestalt, die aus den Schatten früherer unseliger Zeiten emporgestiegen war. Ihn fröstelte gar sonderbar.

„Öffnet die Tür", erwiderte der Sitzende ohne ein Zeichen der Regung mit einer, dem jungen Mann unbekannten, aber doch sehr festen Stimme. So hatte Don Ferrando noch nie zu ihm gesprochen. Und doch war es der Meister, von dem der andere glaubte, ihn zu kennen, obwohl er gänzlich anders klang als sonst.

Unsicher ergriff der junge Ritter einen Leuchter, der auf einem Fenstersims stand und entzündete die Kerzen im Kamin. Daraufhin ging er völlig verstört hinaus und langsam die steinerne Treppe zur Tür hinunter. Als er die große schwere Tür erreichte, schob er zuerst die kleine Klappe mit dem Gitter zurück. Ein starker Wind peitschte ihm den Regen der Nacht ins Gesicht. Eine düstere Kühle und Nässe drang in den Vorraum. Er schaute mit pochendem Herzen in die wilde dunkle Nacht hinaus. Außer abgrundtiefer Dunkelheit gab es nichts zu sehen. Gerade das Pflaster kurz vor der Pforte konnte man erkennen. Auf jenes trommelte in gleichmäßigen Abständen der Regen hernieder. Alles ruhig.

Mit einmal trat etwas aus der Nacht hervor. Der junge Mann erschrak. Deutlich erkannte er die Konturen einer hohen Gestalt, in einen langen schwarzen Mantel eingehüllt. Als sie in den Schein der Kerze trat, konnte man das Gesicht sehen. Ihm rann der Schauer durch Mark und Bein. Das Gesicht eines Mannes, der nach Tod und Verderben roch. Unter der Kapuze fielen einige hellblonde Strähnen in die Stirn hinab. Seine fahle Blässe zeugte davon, daß dieser Mann nicht von hier, sondern aus dem weiten Norden kommen mußte. Vielleicht ein Engländer? Der Erbfolgekrieg von Kastilien, in den John von Gaunt verwickelt war, hatte viele Strolche von der übelsten Sorte ins Land gebracht. Sollte man diesem unbekannten Schrecken etwa öffnen?

„Hat euch Don Ferrando nicht gesagt, daß ihr die Tür öffnen sollt", rief ihm da der Fremde drohend zu. Der junge portugiesische Ritter erschrak abermals bis ins Blut und bekreuzigte sich. Woher kannte dieser Mann den Meister?

Mechanisch schloß er die Klappe wieder, hob die schweren Riegel aus der Verankerung und zog den großen Türflügel langsam nach innen. Aus der finsteren Welt der Nacht trat der späte Gast in den Vorraum, worauf die Pforte sofort hinter ihm geschlossen wurde.

„Kommt mit, ich führe euch nach oben. Don Ferrando scheint euch zu erwarten." Obgleich es nicht an ihm war, zu fragen, was der Fremde wollte, so spürte er doch, daß es nichts Gutes war. Der Leuchter in seiner Hand klebte vor Schweiß. Um seine Angst etwas zu unterdrücken, versuchte der junge Ordensmann eine Unterhaltung anzufangen. „Mein Gott, habt ihr uns erschreckt. Ich dachte schon, daß in dieser Nacht nur ein Dämon unterwegs sein kann."

Keine Antwort. Die eiskalte Miene des anderen deutete ihm schnell, daß seine Worte wohl fehl am Platze waren. Sie traten ins Zimmer.

Der Meister saß nach wie vor zusammengesunken auf seinem Stuhl. „Bruder Johannes, laßt uns nun allein. Geht nach oben und schreibt eure Kladden." Der junge Christusritter verließ mit verwirrten Gedanken das Zimmer und schloß leise von außen die Tür. Seine Schritte verhallten auf dem Flur, ohne daß in dem Raum auch nur ein weiteres Wort gefallen wäre. Der Meister sah in Richtung des Fensters, so als wolle er vermeiden, seinem Gast direkt in die Augen zu schauen. Leise hörte man den Regen gegen die grauen Butzenscheiben prasseln.

Leise fing der Alte an zu sprechen. „Ich hätte es nie für möglich gehalten, daß eines Tages die geheime Karte wieder auftaucht. Ich habe die Geschichte über sie schon fast für ein Märchen gehalten. Lang, lang ist es her. Die Flucht der Templer am Anfang des Jahrhunderts aus Frankreich hat sie wie die Blätter in alle Winde zerstreut. Die Brüder, die es nach Schottland verschlagen hat, sind also bei den Johannitern untergekommen." Er lächelte leicht. Selten sah man ihn lächeln. Doch noch seltener lächelte er mit reinem Herzen. Wohl erschien es mehr wie ein verschlagenes, listiges Lächeln, wie fieses Gegrinse. „So etwas ist nur auf den Inseln möglich. Ihr seid dort weit weg von den Zugriffen des Klerus und seiner Macht, so daß mancherlei Brut und Natterngezücht entstehen kann. Wir hatten damals das Glück, vom König Denis aufgenommen zu werden. Im zwanzigsten Jahr dieses unglückseligen Jahrhunderts erstand der Templerorden neu, wie Phönix aus der Asche, als der Orden der Ritter Christi."

Der alte Mann reckte sich im Stuhl empor. „Wir sind autorisiert vom Papst und damit die legitimen Nachfolger des Tempels. Morlay ist ein Nichts. Ein Niemand. Er wird sich niemals zum Tempel bekennen können, sondern verflucht sein, unter dem Johanniterkreuz zu dienen. Sein Geheimnis wird früher oder später von uns gelüftet werden, denn den Johannitern wird er es wohl nicht verraten können. Welche Chancen hat er schon? Die Karte gehört hierher. In unsere Hände, versteht ihr." Seine letzten Worte waren sehr böse und voller Ingrimm gesprochen. Er geiferte förmlich. Man konnte anhand der Stimme des alten weißhaarigen Mannes ermessen, von welch finsterer Gier und unversöhnlichem Haß er erfüllt war. Was es gewesen sein mag, das ihm im Leben so verbittert gemacht hatte, ist nicht bekannt. Jedenfalls lebte er seit Jahren zurückgezogen und nur noch als ein Schatten jenes stolzen Ritters, der er vor vielen Jahren einmal gewesen war.

„Nun seid ihr endlich hier", fuhr er mit dünner Stimme fort und wandte sich seinem Gast zu. „Seid gegrüßt, Don Ferrando, Meister vom roten Tatzenkreuz. Wie ich sehe, habt ihr meine Nachricht erhalten." Dem blassen Fremden hingen immer noch die nassen blonden Haare tief in das Gesicht. Er wirkte jetzt müde und erschöpft. „Legt ab und nehmt Platz, so läßt es sich besser unterhalten." Der Gastgeber zeigte auf einen Stuhl neben dem Kamin.

Unter dem Mantel seines Gegenüber kam ein funkelnder Eisenharnisch zum Vorschein. An der Seite hing ein langes Schwert. Der Ritter setzte sich und beide nahmen ihre Unterhaltung wieder auf.

„Kommen wir zum geschäftlichen Teil. Wir haben beide, wenn auch aus unterschiedlichen Beweggründen, ein Interesse an dieser Karte. Laßt mich berichten, wie der derzeitige Kenntnisstand von unserer Seite her ist." Der Fremde, der ohnehin den Eindruck machte, nie viele Worte zu gebrauchen, lehnte sich etwas zurück, um dem Alten in aller Ruhe zuzuhören.

„Unser Mann ist vor drei Tagen eingetroffen. Er wurde hier von einem gewissen Rico Beranelli in Empfang genommen, einem Handelskaufmann aus Venedig. Die Gebrüder Beranelli haben ein Kontor nicht weit von hier. Ihr habt uns wissen lassen, daß die Venezianer mit Morlay zusammenarbeiten. In welcher Art und wieviel sie über die Karte wissen, können wir zum gegenwärtigen Zeitpunkt nicht sagen. Aber ich denke, wohl mehr als genug.

Wir wissen, daß sie nach Granada aufbrechen wollen. Zu den Moslems - was ich unerhört finde. Schon diese Kooperation mit dem islamischen Todfeind stempelt sie zu Verrätern an unserer Sache." Der alte Meister verzog mit einem geringschätzigen Ausdruck das Gesicht. Er machte kein Hehl daraus, daß er die Mauren nicht leiden konnte und der Kampf gegen den Islam im Süden Europas immer noch eine heilige Angelegenheit war, die die Herzen der Krieger immer wieder aufs neue entfachte. Für ihn dauerte der Frieden mit den Moslems schon viel zu lange.

„Wie soll ich an Sinclair und die Karte herankommen", fragte mit der gleichgültigen, kalten Miene eines Killers der andere am Kamin. Ihn interessierten keine Glaubenskriege.

„Wir waren nicht träge, während ihr an Bord eines Schiff aus dem Norden weiltet", entgegnete die hämisch klingende Stimme des Ordensmeisters. „Es ist uns gelungen, einen Mann in ihrer Nähe zu bestechen. Er ist Diener im Gefolge eines muselmanischen Hundes von Kaufmann, der zur Zeit auch im Kontor der Beranellis weilt. Sein Name ist Jegoda. Von ihm haben wir erfahren, daß eine Gruppe von Kaufleuten, dabei auch Sinclair und Beranelli, nach Granada reisen wollen, um mit den Mauren Geschäfte zu machen. Der Kaufmann heißt Ibn Nasredin. Beranelli und er sind alte Geschäftspartner. Über das Vorhaben des bei ihnen weilenden Ritters konnte Jegoda keine Angaben machen. Ihr werdet euch morgen mit ihm treffen.

Sollte er jemals für euch zum Risiko werden, habt ihr Order, ihn unverzüglich zu töten. Verstanden! Ich halte nichts davon, sich lange mit den Heiden einzulassen. Es ist eine Schande. Bei Beendigung eurer Mission im Reich des maurischen Emirs ist dieser Mann sowieso für uns wertlos." Auf der Stirn Don Ferrandos schwoll eine dicke Zornesader. Geschäfte mit den Heiden machte er höchst ungern, ging es doch gegen seine Prinzipien. Der schweigsame Fremde am Kamin blieb völlig gelassen. Selbst in Anbetracht seines wütenden Gesprächspartners zeigte sein Körper nicht die geringste Regung. Es hatte Jahre gedauert, bis er gelernt hatte, seine Gefühle vollkommen zu kontrollieren. Früher hätte er sich von der Erregung des anderen anstecken lassen, aber heute verbreitete er nur noch die Ruhe des Todes.

Der alte Meister, dem der schottische Ritter nicht gerade geheuer erschien, dämpfte seinen Jähzorn wieder etwas und sprach mit leisem Ton weiter. „Und noch etwas. Die Verbindung nach Lissabon in unsere Häuser und Burgen und sei sie auch nur zu ahnen, darf auf keinen Fall ans Licht gelangen. Darüber müssen wir uns alle im Klaren sein. Strengste Geheimhaltung. Habe ich mich da klar ausgedrückt."

Sein Gegenüber nickte ihm zu. „Das versteht sich vollkommen von selbst. Schließlich ist es auch in meinem Interesse", erwiderte er, ohne die Stimme dabei zu heben oder zu senken.

Er ließ eine kleine Pause und sprach dann mit demselben Gleichklang weiter. „Aber ich habe eine Frage, auf die ich bis jetzt noch keine Antwort gefunden habe." „Natürlich, fragt nur", meinte Don Ferrando und schielte dabei zum Kamin hinüber. „Warum vertraut ihr mir. Ihr könntet die Sache gut und gerne allein durchführen. Männer genug habt ihr. Was gibt mir die Garantie, daß ihr mich danach nicht fallen laßt."

„Die Frage läßt sich leicht beantworten", entgegnete der Alte. „Selbst wenn ihr euren Auftrag hier erfüllt, ist Morlay noch lange nicht unschädlich gemacht. Und niemand weiß, wie viele ehemalige Tempelbrüder es in Schottland noch gibt und welche Geheimnisse sie vor uns verbergen, auf die sie allein kein Recht haben. Ich werde niemals vergessen, daß ihr euch an uns gewandt habt. Schon allein wegen des Geheimnisses, das sich um die legendäre Karte rankt. Ich sage es ganz offen. Wir haben keinen so langen Arm, wie ihr vielleicht denkt. Darum sollt ihr mein Mann im Lande Roberts ,des Bruce, sein. Ich halte mein Wort bezüglich des Geldes, das ich euch versprach. Zusätzlich winkt euch doch auch der Lohn eines schottischen Adligen, wie ich erfahren habe. Und bedenkt. Mit Gütern und Land seid ihr ein ganz anderer Verhandlungspartner uns gegenüber. Ihr wißt es selbst. Die Stunde schlägt für euch."

Vom Kamin kam keine Antwort. Nur ein leises Pfeifen ließ der unheimliche Ankömmling vernehmen. Seine Hand fingerte verspielt über den Griff seines Schwertes, so als wolle er gerade abwägen, wie weit er seinem Auftraggeber über den Weg trauen konnte.

Dabei erwies sich die Rechnung bei genauerem Hinsehen als denkbar einfach. Was hatte er in seiner Position schon an Möglichkeiten. War er nicht auch nur Spielball zwischen den größeren Figuren, die im Hintergrund agierten. In seinem Leben mußte er allzu oft bis jetzt nur die Drecksarbeit machen. Und was sollte er diesem alten Mann denn noch sagen? Dessen gieriger Gesichtsausdruck gefiel ihm ohnehin nicht. Er entschied sich, trotzdem zu sprechen.

„Also, gehen wir davon aus, daß ich meinen Lohn erhalte. Aber ich warne euch! Solltet ihr versuchen, mich zu hintergehen, wären wir die längste Zeit Partner gewesen. Bei dem geringsten Verdacht würde ich keinen Augenblick zögern, euch zu töten. Noch etwas anderes. Was soll mit dem Ritter passieren? Er ist vom besten schottischen Adel."

Das kümmerte einen Meister vom portugiesischen Orden der Ritter Christi nun wirklich herzlich wenig. „Habt ihr das, was wir bei ihm vermuten, tötet ihr Sinclair. Die Verantwortung liegt ganz allein bei euch. Alles weitere erfahrt ihr von Bruder Felipe. Er ist eingeweiht und wird morgen früh in der Mission erscheinen. Und wisset, daß ich euch nicht um euren Lohn betrügen werde. Aber jetzt solltet ihr euch erst einmal ausruhen und ein Bad nehmen. Ich werde Bruder Johannes rufen. In einer Stunde werden wir noch etwas zu Abend essen. Die kommenden Wochen werden hart genug für euch werden." Der alte weißhaarige Meister erhob sich aus seinem Stuhl und bewegte sich auf die Tür zu. Beim Verlassen des Zimmers blieb er noch einmal in der Tür stehen und faßte den finstren Ritter scharf ins Auge. „Und vergeßt nicht. Was auch geschieht. Wir beide haben uns nie gesehen."

Der Mann, der zurückgeblieben war, wartete eine Weile und ging zu einem der kleinen grauen Butzenfenster. Er staunte. Nur wenige konnten sich im Abendland solche Fenster, deren einzelne Butzen aus Pottascheglas von Blei umrahmt waren, leisten. Doch die Orden besaßen viel Geld.

Er öffnete es mit einem kurzen, kräftigen Ruck. Kühler nasser Wind drang in das Zimmer. Der Regen hatte schon wieder etwas nachgelassen und man konnte in der Nacht die Lichter von Lissabon sehen. Er ließ seinen Blick über die Stadt schweifen. „Irgendwo da draußen bist du, Sinclair, und ich werde dein Schicksal sein." Leise klangen die Worte in die dunkle Nacht hinaus.

„Senor, kommt ihr, ich habe das Bad für euch gerichtet" ertönte hinter ihm Bruder Johannes.

Al - Andalus, die Perle Allahs

Ibn Nasredin weilte nun schon über zwei Wochen in Lissabon und machte einen hochzufriedenen Eindruck. Nur wenigen Mauren war es vergönnt, über einen langwierigen Weg von Genehmigungen in die christlichen Länder zu reisen. Allein ein schlichtweg unmögliches Unterfangen. Aber mit den Gebrüdern Beranelli und auch einigen anderen portugiesischen Kaufleuten hatte er einflußreiche Freunde in Lissabon. So war er jetzt bereits zum zweiten Mal in den für ihn immer noch unzivilisierten Norden, in das Land der christlichen Barbaren gekommen, um gute Geschäfte abzuschließen. Ein bißchen Angst befiel ihn natürlich auch diesmal. Oft waren

Kaufmannskarawanen unterwegs überfallen worden, wobei man nur die christlichen Kaufleute verschont, ihre islamischen Gefährten jedoch massakriert hatte.

Aus diesem Grund wollte er mit der Rückreise noch einige Tage warten, um Rico Beranelli Zeit zu lassen, eine möglichst große Karawane zusammenzustellen. Für Ibn Nasredin wirkte sich jede Verlängerung seines Aufenthaltes in Lissabon nur positiv aus. Viele seiner alten und neuen Handelspartner hatte er bereits mit guten Konditionen ködern können. Dann war noch vor einigen Tagen dieser blonde Ritter aus dem Norden angekommen. Obwohl ihm die wilden nordischen Barbaren noch verhaßter als die Spanier waren - Greuelmärchen über die Kreuzzüge gab es genug - fand er den jungen Mann aus Schottland sehr offen und vertrauenerweckend. Er blickte mit ehrlichen Augen und schien ein gutes Herz zu besitzen. Außerdem konnte er sich einen vortrefflicheren Ritter als Begleitung seiner Karawane nicht vorstellen.

Trotzdem war Ibn Nasredin mißtrauisch. Zuviel hatten die Araber schon erleben müssen. So erlagen die Christenmenschen manchmal sonderbaren Anwandlungen. Wenn er nur daran dachte, wie unzüchtig in den Städten der Christen die Weiber herumliefen. Und dann dieser unbeschreibliche Schmutz überall in dieser Hafenstadt. Wenn man da an Malaga oder Almeria dachte. Nicht umsonst hatte der große Allah die Kinder Jesu mit der Pest gegeißelt. Zwar fand er die Leute auf den Straßen Lissabons viel direkter. Sicherlich. Doch schnell waren sie aufgebracht, aber genauso schnell beruhigte sich der Volkszorn wieder. Solche Menschen machten Ibn Nasredin unsicher.

Bald bin ich wieder im sicheren Granada, dachte Ibn Nasredin. Und wie würde er großartig vor den dortigen Freunden mit seinen Geschäftsabschlüssen prahlen können. Ja, so mancher beneidete ihn um seine Verbindungen nach Lissabon. Es wäre langsam wieder an der Zeit, eine neue Sklavin für seinen Harem zu kaufen. Der arabische Kaufmann, dessen Lebenslinie bereits wieder in Richtung Tal ging, streichelte summend seinen fülligen Bauch und ließ schmunzelnd einen lauten Furz.

„Soll ich noch etwas für die Reise vorbereiten, Herr." Ibn Nasredin drehte sich um. Sein Diener Jegoda war soeben ins Zimmer getreten. „Wir sollten unser Gebet verrichten und Allah danken, daß wir bis jetzt auch diese Reise unbeschadet überstanden haben", gab der Kaufmann zur Antwort. Jegoda schwieg. An ihm nagte das schlechtes Gewissen. Das jedoch konnte sein Herr nicht ahnen. Er träumte schon wieder vom sonnigen Granada, den blühenden Rosengärten auf seinem Dach und den dicken Sklavinnen in seinem Harem.

Sie verrichteten ihr Gebet. Danach gab der Kaufmann seinem Diener Anweisung, sich nach dem Termin des Aufbruchs für den morgigen Tag zu erkundigen.

Die Sehnsucht des Mauren nach seiner Heimat konnte Rico Beranelli recht gut verstehen. So setzte er den Termin der Abreise auf die frühen Morgenstunden fest. Die meisten Kaufleute würden sich zu einer vereinbarten Zeit am Kontor der Beranellis einfinden. Mit den Portugiesen hatte er bereits alle Formalitäten erledigt.

Zwei Tage später brach eine Karawane von Kaufleuten aus Portugal, Spanien und Italien und dem Mauren Ibn Nasredin auf. Fünfzehn Reiter und ein Zug von drei Wagen voller Waren und verließen Lissabon in Richtung Osten. Ihr Ziel war Andalusien. Da es kaum größere Probleme gab, kam man recht zügig voran. Landeinwärts besserte sich auch das Wetter zusehends und als sie sich der Ebene des großen Stromes Guadalquivir näherten, zeigte der Himmel ein so strahlendes Blau, daß sich die Gemüter der mitreisenden Kaufleute erheiterten. Bald erschien am Horizont die große Stadt Sevilla, umringt von blühenden Gärten, die im Frühjahr in den schönsten Farben blühten.

Hier wollten sie, wie vorgesehen, eine Rast einlegen. Von diesem Punkt aus war es nicht mehr weit bis ins Land der Mauren. Harry gehörte zu den wenigen in der Karawane, die noch nie zuvor den Glanz der alten Stadt Sevilla gesehen hatten. Dabei lag die Blütezeit der einstigen arabischen Hauptstadt bereits zwei Jahrhunderte zurück. Als sie vor den Toren der Stadt standen, erblickte Harry einen riesigen Palast, der ihm seltsam orientalisch anmutete und auf eigenartige Weise faszinierte. „Das ist der Alcazar. Maurische Kaufleute haben ihn für den christlichen König Pedro, den Grausamen, erbaut. Er ist das kleinere Ebenbild der großen Alhambra von Granada. Ihr werdet erstaunt sein, wenn ihr erst die Burg des Emirs zu Gesicht bekommt." Ibn Nasredin strahlte über das ganze Gesicht, wie er so über die Handwerkerkunst seiner Landsleute erzählte. „Kommt mit", sagte er zu Harry und lenkte sein Pferd weiter. „Wenn wir erst in die Stadt der tausend Türme gelangen, werde ich euch die große Moschee zeigen. Es ist ein Wunder, daß sie noch steht." Im Überschwang der Freude in seinem Herzen riß Ibn Nasredin sein Roß hoch. So grüßte ein Maure an einem sonnigen Nachmittag im Mai die Stadt seiner Ahnen!

„Los geht's" rief Rico Beranelli den übrigen Kaufleuten zu. Die Männer waren alle für die kleine Pause dankbar und hatten inzwischen Wasser verteilt. Nun aber setzte sich der Zug mit den Reitern und Wagen wieder in Bewegung und zuckelte in Richtung Stadttor davon.

Für Harry war dieses Land ein Paradies, wie er es sich in seinen kühnsten Träumen nicht hätte ausmalen können. Und als sie erst in die Stadt kamen. Alles erschien ihm hier viel größer und prächtiger angelegt als in Lissabon. Da standen Häuser, die einem Geschichten erzählen konnten. Der Maure ritt neben ihm und erklärte ihm eifrig in seiner blumigen Sprache etwas über die berühmte Baukunst der Araber.

Rico gesellte sich zu ihnen und riß ein paar Witze. Auch er erfreute sich an diesem Tag einer erstaunlich guten Laune. „Siehst du diese Pracht und Herrlichkeit, Harry. Mir fließt fast das Herz über, wenn ich in Sevilla bin. Bei dem Gedanken, daß vor Hunderten von Jahren, als im ganzen Norden nur finstere Burgen standen, diese Stadt noch hundertmal schöner als heute erstrahlte, kann man nur vor Neid erblassen. Ich weiß nicht, ob ich dies je glauben soll, aber so behauptet es jedenfalls unser maurischer Freund. Habe ich da nicht recht, Ibn Nasredin?"

Der Araber schaute ein bißchen ärgerlich zur Seite. „Im Gegensatz zu eurem Freund schwatzt ihr recht altklug daher." Zu Harry meinte er. „Aber beim Barte des Propheten, er hat Recht. Die Zeiten von denen Senore Beranelli spricht, gehören allerdings schon lange der Vergangenheit an." Bei diesen Worten rührte eine ihm wohlbekannte Trauer das Herz. Er wußte, daß die Mauren schon seit langer Zeit auf dem Rückzug waren. So gelang es vor über hundert Jahren den Ritterheeren Kastiliens unter ihrem König Ferdinand III., Sevilla und Cordoba zu erobern. Die prächtige Zeit der Kalifen lag weit zurück. Und seine Heimat, das Reich der Emire von Granada, war nur noch ein Abgesang auf eine ehemals glänzende Epoche.

Sie nahmen Quartier in der Stadt bei einem dem Mauren wohlbekannten Kaufmann. So konnten Pferde und Männer wenigstens einen Tag ausruhen. Am nächsten Morgen verließen sie die Stadt und ritten die sanft ansteigenden Hügel ins Reich des Emirs hinauf. Bald konnten sie von Ferne die ersten riesigen Grenzkastelle der Araber sehen. Es waren gewaltige Burgen, die auf hohen Felsen thronten.

Die Grenzwächter zeigten sich verwundert, daß ein Ritter in voller Bewaffnung nach Granada zu reiten wünschte. Ibn Nasredin legte jedoch ein gutes Wort für den jungen Sinclair ein.

„Sieh doch die Silhouette dort unter den Bergen, Harry." „Das ist Granada, meine Heimat", sagte Ibn Nasredin. Harry sog diesen sonnigen Garten förmlich in sich auf, so daß er nichts von dem Schatten ahnte, der für einige Zeit sein Begleiter sein sollte.

Mit dem Aufkommen der Nacht tauchten sie in der dunklen Silhouette der Stadt unter. Rötlich schimmerten nur noch die schneebedeckten Berge der Sierra Nevada im Abendhimmel. Bald herrschte die Nacht über das gesamte Abendland.

*

Die Dächer wurden gerade von den ersten Sonnenstrahlen berührt, als auf den Türmen der Stadt die Sprecher zum Gebet ansetzten. Man nannte sie die Muezzins, sie, die mehrmals am Tag, so auch frühmorgens, die Menschen an ihre Glaubenspflichten erinnerten und Allahs Größe priesen. Im Zimmer, in dem die Christen untergekommen waren, ging es ebenfalls schon sehr lebhaft zu. Allerdings nicht aus Muße zum Beten.

Alfredo, ein ziemlich dicker portugiesischer Kaufmann, fluchte laut vor sich hin. Für ihn war es ausschließlich nur ohrenbetäubender Krach, den diese unsittlichen Heiden da produzierten. Jetzt wieder einzuschlafen und sich auf die andere Seite zu legen - unmöglich. Und das alles wegen dieser verrückten Sitten. Wahrscheinlich hatten es alle auf ihn zugleich abgesehen. Den Eindruck wollte er jedenfalls den anderen vermitteln.

Mit der Zeit rang sich der größte Teil der Männer notgedrungen dazu durch, den neuen Morgen zu begrüßen und aufzustehen. Harry und der Italiener ordneten ihre Sachen und verließen die Kammer. Groß war das Haus, in dem sie einquartiert waren. Es umfaßte einen Innenhof, der von vier Hauswänden umgeben war. Im Erdgeschoß befanden sich die Ställe, Lagerräume, Vorratskammer, sowie die Unterkünfte für die Kaufleute. Im zweiten Geschoß lebte der Hausherr mit seinen Frauen. Die Kaufleute wuschen sich im Innenhof an einem Brunnen.

Mittlerweile endete das Morgengebet und die Ruhe kehrte in den eben erst begonnenen Tag zurück. Harry sah sich ein bißchen im Hof des arabischen Kaufmanns um. Die weißgekalkten Hauswände gaben dem Innenhof einen sehr hellen und lichten Charakter. Die Architektur mit gewundenen Säulen und Alkoven war ohne Zweifel außerordentlich interessant, nicht nur weil sie auf den jungen Mann fremd und südländisch wirkte.

„Allah segne meine Gäste an diesem herrlichen Morgen. Wie ich sehe, seid ihr bereits aufgestanden. Hoffentlich nicht wegen der Stimmen der Muezzins. Ich wäre untröstlich." Ibn Nasredin eilte ihnen über die Stufen entgegen und er strahlte wie der erwachende Morgen. „Wie wäre es jetzt mit einem Frühstück", fügte er lächelnd hinzu. Rico nickte und klopfte Harry auf die Schulter.

*

„Wie war der Tee?" fragte Ibn Nasredin seine Gäste. Rico lobte den Kaufmann, doch erinnerte ihn sofort an den Grund, weswegen er und Sinclair in der Stadt weilten. Das wohlwollende Gesicht des Arabers veränderte sich daraufhin eine Idee ins Betrübliche. Er zuckte die Achseln. „Bei Allah, ich habe euch zugesichert, mein möglichstes zu tun, aber sagte ich nicht auch immer, daß es schwierig sein wird." „Versucht uns weiterzuhelfen", bat Harry in seiner frischen jugendlichen Art, womit er Ibn Nasredin besänftigte.

„Ein Treffen kann ich vermitteln, ohne Zweifel, junger Freund. Das ist die eine Seite. Doch lege ich in keiner Weise meine Hand dafür ins Feuer, ob ihr letztlich mit den Auskünften des Gelehrten zufrieden seid. Man erzählt sich eine ganze Menge über Omar al Harif. Ich möchte mir über einen solch weisen Mann kein Urteil erlauben. Er ist zweifellos einer der größten Gelehrten in Andalusien. Allerdings auch sehr zurückhaltend gegenüber Fremden und ich kenne eure Fragen nicht. Ich werde versuchen, eine Audienz bei ihm zu arrangieren, aber wie schon gesagt, versprechen kann ich gar nichts."

Natürlich wollte Ibn Nasredin nicht daran schuld sein, daß seine zwei Gäste die Mühen der Reise umsonst auf sich genommen hatten, aber er mußte ihnen deutlich machen, daß sie sich nicht zuviel versprechen sollten. Und man sah ihm an, daß er das ungern tat.

Rico erwiderte ihm darauf in seinem nüchtern gesprochenen Geschäftston. „Bedenkt, Sir Henry ist den weiten Weg aus Schottland hierher gekommen, um Aufschlüsse über ein mitgebrachtes Schriftdokument zu erhalten."

„Ich habe diese Karten nicht gemischt, meine Herren. Niemand kann die Wege Allahs vorherbestimmen", kam als entschuldigende Antwort von dem Kaufmann aus Granada.

Es blieb eine Weile ruhig im Raum. So ruhig, daß man eine Feder hätte fallen hören. Harry wußte, daß sie ohne ein Interesse des arabischen Gelehrten an ihrer Karte nicht viel erreichen würden. Die Aussagen des weisen Omar wären jedoch notwendig, um das gesamte Unternehmen erfolgreich vorzubereiten. Vielleicht verbarg der Papyrus

Hinweise, die bei Nichtbeachtung die Fahrt ins Verderben führen und den sicheren Tod bedeuten konnten. "Sollte ich erwähnen, daß ihr in Besitz einer Karte seid, könnte das einen Vorteil bringen", brach Ibn Nasredin das Schweigen.

Harry zog ein Gesicht, als sei ihm gerade eine Laus über die Leber gelaufen. Aber warum denn nicht? Irgendwann mußte er dem Gelehrten die Papyrusrolle sowieso zeigen. Ob man ihm vertrauen könne, würde sich schon während der Unterhaltung ergeben. Harry schien auch kaum eine andere Wahl zu haben. Und Ibn Nasredin? Woher wußte er, ob er dem arabischen Geschäftsfreund der Gebrüder Beranelli trauen konnte. Er tat es eben. Es blieb ihm auch da gar keine andere Möglichkeit. Um etwas über die Bezeichnungen auf der Karte in Erfahrung zu bringen, mußte er, ob er wollte oder nicht, eine begrenzte Anzahl von Personen in ihr Geheimnis einweihen.

Natürlich hatte Rico ebenfalls zur größten Vorsicht geraten. Schließlich waren auch die Venezianer daran interessiert, keine schlafenden Hunde zu wecken. Es wäre nicht nur schlimm, sondern geradezu unverzeihlich, wenn das Papier in fremde Hände fiel. Mittlerweile stand eine ganze Menge auf dem Spiel.

Doch wie heißt es so schön: Wer nicht wagt, der nicht gewinnt. Harry nickte Rico zu. Der Italiener setzte die Unterhaltung fort. "Geschätzter Freund, gehen wir davon aus, das der weise Omar al Harif für unser Problem Interesse zeigt. Solltet ihr nichts erreichen, müßt ihr eben zu guter Letzt all unser Wissen auf den Tisch legen. Sagt wirklich alles über uns, ohne hinterm Berg zu halten. Ich denke, daß wir fürs erste so vorgehen sollten. Wir werden ja sehen, was geschehen wird." „Ich glaube auch, daß diese Lösung am vernünftigsten ist", entgegnete Ibn Nasredin, sichtlich erleichtert, daß nun endlich eine gemeinsame Linie gefunden war.

Dann zupfte er sich am Barte und fragte fort. „Was halten meine Gäste, von einem Rundgang über den großen Basar unseres Stadtviertels Albaicin? Aber bis dahin, meine ich, haben wir noch etwas Zeit. Die Liebe zu meinem Schöpfer ruft mich, meine Freunde. Ich bitte euch, sich solange zu gedulden, bis ich vom Morgengebet aus der Moschee zurück bin. Derweil wird mein Diener Jegoda euch den Garten zeigen." Damit endete der Hausherr, verbeugte sich vor seinen Gästen und verschwand auf der Treppe, die zum Hof führte.

„Wenn ich die Herren bitten dürfte." Jegoda zog die Kordeln des Vorhangs auseinander und siehe, es drang der lichte Tag ins Zimmer. Sie traten über eine Stufe in einen wundervoll anmutenden Garten, der eine Blütenpracht in den verschiedensten Farben widerspiegelte. Durchzogen wurde er von mit Kieselsteinen ausgelegten Wegen. Der junge Schotte blinzelte leicht gegen die über dem nahen Schneegebirge stehende Sonne. Ihre starken Strahlen verbreiteten ein wohliges Gefühl im ganzen Körper, so daß man meinen wollte, ständig neue Energie aus einem unsichtbaren Quell zu beziehen. Er schlug die Augen wieder auf. Im Gegensatz zu Rico, der schon oft das Land der spanischen Mauren besucht hatte, war Harry sehr erstaunt. Dieser blühende Garten, der auf dem Dach des Hauses angelegt war, beherbergte neben Jasminsträuchern und kleinen Oleanderbäumen unzählige der schönsten Rosen, die er jemals zu sehen bekam. Jegoda führte sie zu den bemerkenswertesten Exemplaren. „Die Rosen sind die Blumen Allahs. Viele der angesehenen Bürger unserer Stadt haben prächtige Rosengärten. Man möchte meinen, sie wetteifern miteinander. Den schönsten jedoch besitzt der Emir, oben auf der Alhambra." Und er zeigte hinüber zur Burg des Emirs. Daraufhin zog sich der Diener diskret zurück.

„Sieh es dir genau an, Harry. Du wirst dergleichen Schönheit und Poesie in einer unserer Städte vergeblich suchen", sagte Rico zu dem jungen Sinclair, als sie am Rand des Gartens angekommen waren. So muß man sich wohl den verborgenen Rosengarten des Königs Laurin vorstellen, dachte Harry und erinnerte sich der alten Sage, die der Barde von Rosslyn einmal erzählte.

„ Noch vor zweihundertfünfzig Jahren waren Sevilla und Cordoba die Perlen Andalusiens. Doch jetzt, seit sie der Christenheit gehören, verfallen sie genauso wie die großen Bewässerungsanlagen der Mauren, die einst dieses Land in einen blühenden Garten verwandelten. Die Spanier nutzen das Land für ihre Schafe als Viehweide. Herrgott! Sollten sie auch noch Granada erobern, dann sehe ich schwarz für unsere Geschäfte in Andalusien. Es gibt keine besseren Handwerker, Meister der Kunst und vor allem keine besseren Handelspartner als die Mauren." Rico hatte seine letzten Worte mit einem bitteren ironischen Nachdruck ausgesprochen, als ob er schon das Ende einer großen Zeit der Verständigung zwischen den Religionen auf der spanischen Halbinsel voraussah.

Sie lehnten sich leicht über die Außenmauer des Hauses. Sie war bis zur Straße hinunter mit hellgrünen Ranken überwachsen. Von hier oben konnte man über die ganze Stadt schauen, bis hinüber zur Alhambra und dem dahinter liegenden Schneegebirge. Von einigen Moscheetürmen drang bereits wieder der Gebetsruf der Muezzins herüber. Doch es störte nicht so wie am Morgen. Harry ließ seinen Blick auf der riesigen roten Burg hoch oben über der Stadt verweilen. Sie war ohne Zweifel eine große und prächtige Anlage, denn schließlich befand sich hier der Herrschaftssitz der Nasriden. Ihr zu Füßen lag die Palastvorstadt mit den Unterkünften des Hofstaats.

Die Burganlagen der schottischen Könige in Edinburgh und Scone wirkten dagegen einfach und winzig. Unweigerlich fiel Harry die heimatliche Burg im Tal der Esk ein; dort wo seine Mutter Isabella und all die anderen seiner Rückkehr harrten. Versprochen, hatte er zu Will gesagt. Damit meinten sie beide das Versprechen, mit der Golden Ross über die Weiten des Ozeans zu segeln, um jenes sagenhafte Land im Westen zu finden. Doch dazu müßte erst einmal seine jetzige Reise von Erfolg gekrönt sein.

Ach Rosslyn, die Eichenwälder fingen jetzt wohl zu grünen an. In Gedanken sah er die dichtbewaldeten Pentlandberge. Im Frühjahr mochten in Schottland jetzt vielleicht die Tage noch kalt sein. Doch Rosslyn, das Tal der Esk, den Firth of Forth und den richtigen schottischen Landregen, das alles vermißte er mit einmal in dieser endlosen Hitze des Südens.

„Habt ihr euch an der Pracht der hiesigen Dächer der Stadt satt gesehen, meine Herren. Ich bin sicher, ich habe euch nicht zu viel versprochen." Ibn Nasredin war aus der Moschee zurückgekehrt und mit wieder strahlender Miene in seinen Rosengarten getreten. Er lief auf die beiden mit schnellen Schritten zu. „Entschuldigt, wenn ich euch zu lange habe warten lassen. Laßt uns nun unseren Spaziergang durch die Straßen Granadas unternehmen. Mal sehen, ob unser junger schottischer Freund ein wertes Andenken mit nach Hause nehmen kann." Er schmunzelte Harry freundlich zu.

*

Die drei verließen das Anwesen des Ibn Nasredin und schlugen den Weg in Richtung des großen Basars ein. Auch ohne es zu wissen, man brauchte sich nur an die Wege zu halten, in denen das menschliche Getümmel immer mehr zunahm. Als sie auf eine größere Hauptstraße gelangten, war die Menschenmenge schon sehr beachtlich und es roch förmlich nach dem Basar. Nach Marktständen, nach Gewühl, nach Leben. Überall waren jetzt unterhalb der weißgekalkten Häuserfronten links und rechts kleine Läden, Werkstätten, Pfandleihen oder Wechselstuben eingerichtet, wo ein reger Kundenbetrieb herrschte. Dazwischen befand sich ab und zu ein mit Säulen verzierter Badepalast oder eine Moschee. Hin und wieder konnte man auch Christen und Juden beobachten, die ihren Geschäften nachgehend durch die Straßen eilten. Wenn man dieses ganze friedliche Miteinander von Arabern, Juden und Christen sah, dann mußte man wahrhaftig am Sinn von Kriegen und Kreuzzügen zweifeln. Dienen sie doch nur dazu, solche Stätten des Paradieses zu zerstören. Wenn es denn einen Ort auf dieser schönen Erde gab, an dem der christliche Herrgott und Allah sich wirklich verstanden und mit lachendem Auge auf ihre Kinder blickten, dann konnte damit wohl nur Al-Andalus gemeint sein.

Sie befanden sich jetzt unmittelbar vor einem großen Platz. Hier quirlte erst so richtig das Leben. Von allen Seiten strömten die Menschen auf den Basar im Stadtviertel Albaicin, dem größten in Granada. Maultiere mit Kisten voll Feigen, Safran, Koriander und Kümmel wurden geschäftig be- oder entladen. Da war ein Stand mit herrlich duftenden Gewürzen wie Thymian oder Rosmarin, dort wurden Oliven und Orangen angeboten. Aber auch Perlen und Elfenbein aus Asien und Afrika konnte man hier erwerben. Harry war über dieses Gedränge sehr verwundert. Scheinbar drehte die riesige Menschenmenge hier hilflose Kreise. Erst bei genauem Betrachten einzelner Personen merkte man, daß jeder hier doch ein festes Ziel zu haben schien.

„Kommt, Senore Sinclair, seht euch das an", rief Ibn Nasredin - schon ein paar Schritte voraus - ihm zu. Die drei steuerten den Stand eines Schmuckhändlers an. Kästen gefüllt mit den erlesensten Perlen lagen auf den Holzbrettern. Ibn Nasredin zeigte den beiden anderen die Qualität und Güte der Perlen und erklärte ihnen, worauf man beim Kauf achten müsse.

Der Schmuckhändler, ein kleiner, leicht gekrümmter Typ, versuchte natürlich sofort sein Geschäft zu machen, vor allem weil er in Harry einen weitgereisten europäischen Senor mit praller Geldbörse vermutete. Er pries verschiedene Perlen aus seinem Sortiment an, die kunstvoll in Ringe eingearbeitet waren. „Senores, schaut euch diese Perlen an. Der Glanz der schneebedeckten Berge spiegelt sich darin. Und mein Wort drauf. Das ist echte Qualität aus Persien. Nehmt diesen Ring. Er kostet nur dreihundert Dinare." Doch die drei hatten zunächst kein Interesse an dem Schmuck. Ibn Nasredin, der sich mit den Preisen auskannte, riet auch von einem Kauf ab. „Das bekommt ihr in Almeria billiger. Was glaubt ihr, Rico.". Der Italiener nickte „Perlen kaufen wir am günstigsten in Nordafrika ein." Der Händler versuchte mit seinem Preis herunterzugehen. Außerdem schien er darüber etwas erbost zu sein, daß die angeblich so gute persische Qualität in keiner Weise gewürdigt wurde. Trotzdem zog er sämtliche Tricks aus seinem Register; denn das Handeln ist der Seele des Arabers zu eigen.

Jedoch alles umsonst. Heute schien er kein Glück zu haben. Zumal Harry die Perlen kaum interessierten. Die drei schickten sich an, den Stand zu verlassen, um zu den Gewürzständen hinüberzugehen. Sie waren nicht weit gekommen als der Schmuckhändler in ein lautes Geschrei ausbrach. Ein Taschendieb, der der Verlockung der silbernen und goldenen Ketten, Armreifen und sonstigen Schmuckgegenstände nicht widerstehen konnte, hatte sich an seinem Stand heimlich bedient und war dabei entdeckt worden. Wahrscheinlich kam ihm dabei die Gelegenheit zu nutze, daß der Schmuckhändler sich sehr intensiv mit den Fremden unterhielt. Doch durch die abrupte Beendigung des Verkaufsgespräches wurde er überrascht und nahm die Beine in die Hand. Harry sah den Dieb noch in Richtung einer zur Alhambra führenden Straße rennen. In dem Gewühl konnte man ihn kaum noch erkennen. Wenn niemand etwas unternahm, würde der Mann mit dem Geschmeide zweifellos verschwinden.

Auf dem Basar herrschte helle Aufregung. Wie war das möglich? Obwohl einfache Diebstähle immer wieder mal vorkamen, brachte es sämtliche Händler aus der Fassung. Die Leute an den Gewürzständen schimpften und gestikulierten heftig. „Unternimmt denn niemand etwas, um diesen Schurken einzufangen. Wo bleibt die Garde des Emirs." Harry faßte nach dem Griff seines Schwertes. „Bleibt ruhig." Ibn Nasredin legte seine Hand auf die Schulter des jungen Ritters. Rico nickte. „Meistens wird ein Dieb geschnappt, denn den Basar verläßt niemand so schnell. Selbst wenn, Allah wird den Sünder schon bestrafen. Sein Schicksal ist bereits geschrieben." Von der vorderen Straßenecke bewegte sich eine dichte Menschentraube auf sie zu. Die Umstehenden konnten erkennen, daß zwei Beamte den Dieb sicher in ihre Mitte genommen hatten. „Gib dem Händler den Schmuck wieder zurück, den du gestohlen hast", brüllte ihn rotanlaufend einer der beiden ziemlich bulligen Schergen an. Sie schleiften ihn zu dem Marktstand des Schmuckhändlers. Wortlos legte der Ergriffene das kostbare Geschmeide zurück auf den Tisch des Händlers, der vor lauter Aufregung über die ganze Geschichte den Mund offenstehen ließ und das sonst übliche laute Gezeter und Geschrei völlig vergaß. „Los und jetzt komm mit", herrschte der eine Scherge den zitternden Burschen an und verpaßte ihm einen Tritt in die Kniekehle, daß der arme Kerl nach hinten wegsackte, wo er natürlich sofort aufgefangen wurde. Ein bißchen tat er Harry leid. Er war vielleicht noch nicht einmal fünfzehn. Die beiden Diener des Staates schleiften ihn weg.

„Was geschieht nun mit ihm?" erkundigte sich Harry bei seinen Begleitern. Ibn Nasredin blickte den blonden, unwissenden Mann aus dem Norden ein bißchen ungläubig an. „Was soll schon mit ihm passieren. Er erhält seine gerechte Strafe." Die Freundlichkeit des arabischen Kaufmannes schien verflogen. Harry machte sich seinen eigenen Reim darauf, was die Bestrafung des Diebes betraf.

„Wahrscheinlich wird man ihm das Haupt mit einem muselmanischen Krummsäbel herunterschlagen und zur Abschreckung auf die Stadtmauer spießen." Der Araber erbleichte. „Ich bezweifle nicht im geringsten, daß so etwas in eurem Lande üblich ist. Bei uns macht jedoch der vielgepriesene Allah die Gesetze. Und der Koran schreibt vor, daß ihm für sein Vergehen die rechte Hand abzuhauen ist. Er bekommt sein Verfahren und wird ordentlich gerichtet. Der Basar ist jedoch kein Platz für solche Handlungen. Was denkt ihr nur, Senore Sinclair. Wir sind hier im Al-Andalus. Getötet wird bei uns nicht so schnell. Selbst ein Sklave lebt hier sicherer als bei euch ein freier Mann. Denkt nach über meine Worte." Ärgerlich drehte sich Harrys Gastgeber herum und sagte noch zu den beiden jungen Männern. „Ich glaube, wir gehen jetzt besser."

Sie verließen den Basar und gingen in Richtung Oberstadt. Vor einem relativ kleinen Haus mit schmucklosem Eingang hielten sie an. Normalerweise wäre es Harry überhaupt nicht aufgefallen. Ibn Nasredin klopfte an die Pforte. Es dauerte eine Weile, bis ihm ein kleiner Mann die dunkle Holztür öffnete. Man konnte annehmen, daß es sich dabei um den Diener des weisen Omar al Harif handelte. Die Vermutung erwies sich als richtig.

Der arabische Kaufmann kam sofort zur Sache. „Ist es möglich, euren Meister wegen einer sehr dringenden Angelegenheit zu stören?" Der Kleine schielte auf die beiden Fremden. Ibn Nasredin beeilte sich. „Keine Sorge. Die beiden Senores werden auf mich hier solange warten. Ich möchte den Meister allein sprechen und auch nicht allzu lange seine kostbare Zeit in Anspruch nehmen." Der Zwerg brabbelte etwas in seinen Bart und beide verschwanden im Innern des Hauses.

Wie Ibn Nasredin schon angekündigt, tauchte er nach einer kurzen Zeit bereits wieder auf, um den gespannten Blicken seiner beiden Begleiter entgegenzutreten. Der Ärger auf seinem Gesicht schien sich wieder völlig beruhigt zu haben. Er sah ziemlich zufrieden aus und sagte nach einer kleinen Pause: „Der weise Omar al Harif erwartet uns morgen am Nachmittag. Er blieb sehr distanziert und zurückhaltend, bis ich erwähnte, daß ihr, Senore Henry, eine sehr weite Reise unternommen habt, um ihn zu treffen, damit ihr Kunde erhaltet, welcher Sinn hinter einigen altägyptischen Schriftzeichen verborgen liegt. Da fühlte er sich geschmeichelt, daß höchstwahrscheinlich kein Gelehrter des christlichen Abendlandes in der Lage war, euch bisher eine Übersetzung zu liefern. Die

Karte mußte ich gar nicht erwähnen." Der arabische Geschäftsmann sprach von seinem gelehrten Landsmann in den höchsten Tönen.

Die erste Hürde war genommen. Harry dankte dem arabischen Kaufmann für seine Bemühungen. „Ohne euch wäre das alles nicht möglich gewesen. Ich stehe in eurer Schuld, Senore Nasredin. Übrigens möchte ich mich für die Äußerung auf dem Basar entschuldigen." Der Maure lachte über das ganze Gesicht. „Geschätzter Freund, das ist schon vergessen. Aber was die morgige Unterredung mit dem weisen Omar betrifft, bedankt euch bei Senore Beranelli. Ohne ihn hätte Allah niemals die Fäden des Schicksals spinnen können."

Dann rückte er ganz nahe an den jungen Schotten heran, um ihm noch einen abschließenden Satz zuzuflüstern. „Aber haltet euch mit jähen und unbeherrschten Äußerungen bei dem Alten zurück. Denkt an meinen Rat." Der Araber sah Harry direkt in die Augen und seine Miene gewann einen ernsten Ausdruck dabei. „Ihr werdet ein sehr bewegtes Leben haben, das sehe ich an euren Augen" Harry zog die Brauen hoch. „Ich hoffe es", entgegnete er dem Araber.

Rico sagte nichts zu dem Wortwechsel der beiden. Ibn Nasredin klatschte in die Hände, so als wolle er die Aufmerksamkeit seiner beiden Gäste auf sich lenken. Er unterbreitete einen Vorschlag. „Was haltet ihr davon, im Hause meines Freundes Muhammad Bagu al Farmar zu Tisch zu gehen", fragte er. „Du kennst ihn ja bereits, Rico. Er wohnt ganz in der Nähe des Basars. Ich habe uns heute früh schon durch einen meiner Diener anmelden lassen." Die beiden anderen nickten.

Während sie so plauderten, waren sie wieder auf einer der Hauptstraßen in Richtung Basar angelangt. Sofort begann das Leben um sie herum wieder zu pulsieren. Die Gasse, in der der alte Gelehrte wohnte, lag im kühlen Schatten. Nun aber mußten sie die Strahlen der Mittagssonne erdulden und sofort wurde es unerträglich heiß. Die Sonne stand hoch über der Stadt und brannte voll auf die Menschen in den Straßen hernieder. Gut, daß Harry dem Rat Ricos gefolgt war und sich ein langes weißes Leinentuch um den Kopf gehüllt hatte.

*

„Da sind wir", sagte Ibn Nasredin feierlich. Sie waren an einem großen Haus, üppig mit orientalischen Motiven über der Eingangspforte geschmückt. Es konnte nur einem wohlhabenden Bürger dieser Stadt gehören. Die Hauswand bestand aus roten Steinen in allen Farbabstufungen, die kunstvoll glatt behauen waren. Durch die unterschiedlichen Schattierungen entstanden raffinierte Muster, die sich je nach der Wahl des Betrachtungsstandortes auf geheimnisvolle Art und Weise veränderten. Harry ging immer wieder auf und ab und ließ sich durch die wechselnden Motive verblüffen. Einfach faszinierend. Mal ein Löwe, dann ein Falke, dann wieder die Konturen eines Baumes. Al Farmar mußte eine bedeutende Persönlichkeit sein. Außerdem schien er einen Hang zu mystischen Spielereien zu besitzen.

Ibn Nasredin klopfte dreimal an die reich mit Intarsien und Schnitzereien verzierte Eingangstür. Es dauerte nicht lange bis ein Diener, dessen dunkle Hautfarbe auf eine afrikanische Herkunft hindeutete, öffnete. „O verehrter Nasredin, bitte tretet ein, mein Herr erwartet euch schon."

Sie gelangten in einen Innenhof, von dem es über Treppen und Galerien in die Gemächer des Hauses ging. Von der Treppe zu ihrer Rechten eilte ein stattlicher Mann die Stufen nach unten. „Ibn Nasredin, alter Freund, schön, dich zu sehen. Hast du dich wieder einmal in Lissabon herumgetrieben. Da ist ja auch Senore Beranelli und noch ein weiterer Gast zu begrüßen." Der große Maure wandte sich den beiden zu.

„Ich heiße euch herzlich willkommen." Mehr Aufmerksamkeit schenkte er ihnen nicht, sondern unterhielt sich weiter angeregt mit Ibn Nasredin. Die beiden arabischen Geschäftsfreunde schienen sich köstlich zu amüsieren. Als Außenstehender mußte man den Eindruck gewinnen, sie wären sich das letzte Mal vor zwanzig Jahren begegnet.

Al Farmar gehörte zu jener Art von Unterhaltern, die es schaffen, in jeder beliebigen Situation nie Langeweile aufkommen zu lassen. „Was machen die Geschäfte. Wir sollten auch dieses Mal unser Treffen zum beiderseitigen Nutzen gedeihen lassen. Daß uns das gelingt, davon bin ich überzeugt." Ibn Nasredins Geschäftsfreund besaß ein großes, gutherziges Gesicht. Seine etwas gebogene Nase ließen aber auch den für einen Kaufmann typischen Spür- und Geschäftssinn verraten. Er war wie viele Araber glattrasiert und zeigte nach außen ein gepflegtes Bild. Er war in beste Seidengewänder gekleidet, wie es sich für einen der bekanntesten Kaufleute Granadas geziemt. Er und sein Haus verzauberten die Sinne der Besucher.

Der Innenhof, den wohl die meisten größeren Häuser in Granada aufweisen, wirkte viel prächtiger als der von Ibn Nasredin. Jener war mehr praktisch angelegt und diente zur Aufnahme großer Karawanen. Natürlich besaß auch Al-Farmar geräumige Ställe und Gästequartiere. Doch bemerkte man schnell, daß sein Haus bei weitem nicht auf solch großen Durchgangsverkehr wie das seines Freundes eingerichtet war. Hier fehlte diese Schlicht- und Zweckgebundenheit. Kunstvoll waren die schmalen Säulen der Galeriegänge gewunden. Unmittelbar darüber erzählten aus Mosaiksteinchen zusammengesetzte Muster Geschichten aus der großen Welt des Islam.

Harry fiel deutlich auf, daß es nirgendwo gemalte Bilder an den Wänden gab. Dagegen fielen ihm an allen Ecken und Enden verschnörkelte Schriftzeichen und Muster ins Auge. Er konnte nicht wissen, daß es im Islam verpönt war, Bilder zu zeigen.

Der Springbrunnen, der in der Mitte des Hofes stand, war nicht rund, sondern in der Form eines Achteckes gestaltet. Die Zahl acht ist normalerweise nur einem Kaiser vorbehalten. Wie an den Hausfassaden, verbarg sich hier auf jeder Seite der Brunnenmauer in den farbenprächtigen Mosaiksteinen eine ganze Geschichte. Wenn Harry die feinsinnige Schrift der Mauren gekannt hätte, dann hätte er hier etwas über den Lebenslauf des Propheten Mohammed, die Eroberung des Westgotenreiches oder die Abenteuer des Kapitäns Sindbad erfahren. So erfreute er sich nur an der Harmonie, die die Schriftmuster widerspiegelten. Was sich dahinter verbarg konnte er nicht einmal ahnen, so wie er fast nichts über die Reiche der Araber wußte.

Plötzlich klopfte der Herr des Haus dem vollkommen versunkenen Sinclair von hinten auf die Schulter. „Ich sehe, ihr interessiert euch für den berühmten Kapitän Sindbad aus Basorah und seine Abenteuer. Aber ich möchte mich und Ibn Nasredin bei euch entschuldigen."

Harry verstand nicht im mindesten, wen der Kaufmann mit Kapitän Sindbad meinte. Al Farmar wollte ihm und Rico nur zu verstehen geben, daß er sich mit Ibn Nasredin zunächst zurückzuziehen gedachte, um noch einige geschäftliche Angelegenheiten zu besprechen und gemeinsam das Mittagsgebet zu verrichten. Er winkte einen seiner Diener herbei: „Mein Diener Oswaldo wird euch ein Bad richten. Bitte entschuldigt uns so lange. Wir sehen uns wieder, wenn das Essen angerichtet ist." Und damit verschwanden die beiden Mauren im Haus.

„Bitte kommt hier entlang." Der schwarze Diener sprach ein fürchterlich schlechtes Latein mit entsetzlich monotoner Stimme. Er ging, den entgegengesetzten Treppenaufgang nutzend, den beiden voran ins Haus. Sie durchquerten herrliche Säulengänge bis sie in einen völlig ausgekachelten Raum gelangten, der wohl das Bad sein mußte. Und richtig. In der Mitte des Raumes war ein kleines Bassin eingelassen, reich mit orientalischen Ornamenten und Figuren verziert. Aus dem Maul eines bronzenen Löwen plätscherte unentwegt Wasser in das Bassin. Harry war ziemlich erstaunt über soviel Prunk. Der Diener grinste freundlich und verschwand. Auf steinernen Bänken an der Wand lagen mehrere Handtücher bereit.

„Da verschlägt es dir wohl die Sprache, Schotte." Harry verzog das Gesicht. Dieser arrogante Venezianer. Er war solchen Luxus scheinbar gewohnt, sonst würde er nicht immer so nüchtern und kühl bleiben, wo immer sie auch hingelangten. Rico zeigte tatsächlich nicht die geringste Regung über die erstaunliche Architektur. Die Beranellis schienen wirklich ausgezeichnete Verbindungen in das arabische Emirat von Granada zu besitzen und außerdem lebte man in Venedig als reicher Kaufmann bestimmt auch nicht schlecht. Wer es verstand, mit den Mauren gute Geschäfte zu machen, der konnte das Geld säckeweise scheffeln. Dies betraf nicht nur die Gebrüder Beranelli.

Die italienische Seerepublik des Löwen von San Marcos unterhielt große Niederlassungen in afrikanischen Hafenstädten wie Tripolis, Alexandria und Tunis. Und obwohl die Kirche etwas anderes predigte, erwies sich der Handel mit den Heiden als äußerst lukrative Angelegenheit. Natürlich war es nicht einfach, die Handelsreisen ohne Verluste zu überstehen. Trieb sich doch auf dem Mittelmeer allerlei Seeräubergesindel herum, das nur darauf wartete, eine fette Karavelle mit kostbarer Handelsware auszurauben. Eine solche Begegnung konnte durchaus das Ende für ein florierendes Unternehmen bedeuten. Kam man nach solchen Überfällen glücklich mit dem Leben davon, landete man fast immer auf einem der vielen Sklavenmärkte Nordafrikas.

Auch auf dem Landwege war es nicht ganz ungefährlich. Das Handelshaus der Beranellis nutzte den die kurze Route von Granada über Sevilla nach Lissabon. Seitdem die Reconquista ruhte, war dieser Weg kaum beeinträchtigt. Aus Italien liefen sie Andalusien meist auf dem Seewege über die Häfen Malaga und Almeria an. Die Schiffe fuhren zur Sicherheit nur noch in Verbänden. Ihr Imperium hatten die Beranellis wohlüberlegt aufgebaut. Ihr Großvater hatte damals alte Geschäftsverbindungen der Templer übernommen. Besonders die in der späteren Zeit des Tempels engeren Beziehungen zum Islam kamen ihm dabei zugute.

Nach Beendigung der christlichen Kriege gegen die Araber in Spanien blühte mit Beginn der Herrschaft der Nasriden in Granada noch mal ein - diesmal verkleinertes - arabisches Reich im Süden der Halbinsel auf.

Abgesehen von einer aktiven Beteiligung der Mauren im dem zu Ende gehenden Bürgerkrieg, der Kastilien erschütterte, herrschte Frieden zwischen Christen und Moslems. Wenige Landstriche der Halbinsel wurden in Mitleidenschaft gezogen und in Andalusien spürte man kaum etwas vom Kampf zwischen Pedro, dem Grausamen und Heinrich Trastamara, seinem Rivalen. Der Emir von Granada zog sich nach der Schlappe von Nàjera im Jahre 1367 vom Schlachtfeld in die Sierra Nevada zurück.

In all diesen Jahren bauten die Beranellis Handelswege zu den Mauren des Al-Andalus auf. Zuerst eröffneten sie ein Kontor in Almeria. Mit der Zeit kamen dann nach und nach neue Verbindungen dazu, wie auch zu Ibn Nasredin und Al Farmar in Granada. Aber bis jetzt waren die Beziehungen der Gebrüder Francesco und Rico Beranelli für ihn nur von Vorteil. Wäre er sonst hier? Das sonnige Andalusien mit der Silhouette schneebedeckter Berge im Hintergrund hatte ihn vom ersten Augenblick an fasziniert.

Zwischen den kleinen, kunstvoll gewundenen Säulen am Fenster befanden sich grünlich schimmernde, in Blei gefaßte Glasbutzen, die die hereinfallenden Sonnenstrahlen zu einem beruhigend diffusen Licht brachen. Wahrscheinlich hatte Al Farmar das Glas aus Venedig erworben.

Harry ließ sich in das Bassin gleiten. Das Wasser war unerwartet kühl, aber im Angesicht der Hitze des Tages konnte er es nur als angenehm empfinden.

*

Nach dem Bad wurden sie schon von den beiden Kaufleuten im Speiseraum mit einer reichlich gedeckten Tafel erwartet. So lagen neben einem großem Krebs in der Mitte des Tisches einige Rebhühner und daneben stand in Schalen verschiedenes Obst zur Erfrischung bereit.

Während des Essens unterhielten sich die drei Kaufleute über Angelegenheiten, die - dieses Thema schien wirklich unerschöpflich zu sein - rein geschäftlicher Natur waren. Harry hörte sie nur von Oliven, Orangen, Seidenstoffen und venezianischem Glas sprechen und dabei die entsprechenden Preise aushandeln.

Al Farmar bemerkte jedoch als aufmerksamer Gastgeber, daß der junge Schotte sich sehr verloren vorkam. „Ich glaube, wir scheinen euch sehr zu langweilen, junger

Freund", fragte er ihn höflich. „Seht, diese Dinge mußten erst geklärt werden. Damit verdienen wir unser Brot. Aber ich will nicht, daß ihr denkt, wir wissen uns nicht gegenüber unseren Gästen zu benehmen.

So erzählt uns etwas über Schottland. Stimmt es wirklich, daß dort in den Bergen finstere rotschöpfige Barbaren hausen, die, Allah möge ihnen verzeihen, nichts Besseres zu tun haben, als sich gegenseitig den Schädel einzuschlagen."

Harry zeigte sich etwas überrascht über diese plötzliche Wendung. War er vorher fast eingeschlafen, so brachten ihn jetzt diese sonderbaren Reden des Arabers fast in Wallung, so daß er das Wort an sich riß. „Oh, mit Verlaub, edler Al Farmar, seht mich an, ich bin einer von jenen üblen Burschen. Und, das dürft ihr mir glauben, wir schlagen uns nicht nur gegenseitig die Schädel ein. Auch hierzulande hat man die Tapferkeit schottischer Krieger zu spüren bekommen, kämpften doch unsere Vorfahren noch gegeneinander."

Harry fiel die Geschichte seines Großvaters ein, die ihm sein Vater oft im Schein des Kaminfeuers erzählt hatte. „Vor nun fast vierzig Jahren führte euer Sultan Krieg gegen die Christen. So mancher von euch hat damals die Bekanntschaft mit einer guten schottischen Klinge gemacht. Ich weiß dies, weil mein Großvater in diesem unglückseligen Krieg fiel. Im Frühjahr anno 1330 wurden während der Schlacht bei Tebas de Ardeles alle in der Vorhut des König Alfonso XI. von Kastilien und Leon reitenden Schotten vernichtet."

„Was hatten deine Vorväter in Spanien zu schaffen?" hielt ihm Al Farmar entgegen. „Der letzte Wunsch des sterbenden Robert the Bruce führte sie hierher. Unseres großen Königs Herz sollte in der heiligen Grabeskirche zu Jerusalem beigesetzt werden. Doch die Mission nahm ein anderes Ende. Das Herz des Königs trug an diesem Tag einer unserer Ritter voran in die Schlacht. Nach der Niederlage galt es als verloren. Wie durch ein Wunder ist es nicht in eure Hände gefallen, sondern gelangte unversehrt zurück nach Schottland. Jetzt wißt ihr, mit wem ihr es zu tun habt, Kaufmann. Aber lassen wie die Geschichte ruhen."

Bleiche Gesichter ringsum. Ibn Nasredin schien nun zu begreifen, wen er da beherbergte. Rico sah sehr erstaunt aus. Dabei verlor er nur selten seine Fassung.

Al Farmar kniff die Augen zusammen. Er hatte wohl den jungen schottischen Adligen am meisten von allen dreien unterschätzt. Doch fing er sich verblüffend schnell wieder und ging sogleich zum Gegenangriff über. „Geschätzter junger Freund, nichts lag mir ferner, als euch persönlich anzugreifen. Aber da ihr von selbst die Kreuzzüge erwähnt, hört meine Meinung darüber. Sollte euch wirklich nicht bekannt sein, was eure christlichen Gotteskrieger in den letzten drei Jahrhunderten in der islamischen Welt angerichtet haben? Sie ziehen eine Blutspur bis heute. Was gibt euch Christen das Recht, tausende unschuldige Frauen und Kinder niederzumetzeln, wie ihr es in Jerusalem, Damiette und anderswo bewiesen habt?

Die Venezianer haben da übrigens keinen unbedeutenden Anteil daran, Senore Beranelli." Er blickte Rico mit einem scharfen Blick zwischen die Augen, daß dieser schweigend den Kopf senkte. „Also, erzählt mir nichts über Recht und Unrecht. Stets haben uns die Könige Kastiliens und Aragons angegriffen." Harry sagte zunächst nichts mehr. Er sah hinüber zu Rico.

Der schien verärgert. Langsam beugte sich der Venezianer nach vorn: „Wir wollen uns heute nicht streiten, edler Al-Farmar. Doch wisset, wenn ihr solche Töne anschlagt; keine unser beider Religionen ist frei von Schuld und Blut. Weder eure, noch die der Christen. Seht doch in den Osten Europas. Vor den Mauern Konstantinopels stehen bereits die Krieger des Islam. Grausame und unerbittliche Krieger. Wenn nicht bald gehandelt wird, überrennen die Türken das christliche Europa. Und die Berichte über ihre brutalen Massaker überschwemmen das Abendland. Die Völker des Balkan sind dabei, große Allianzen gegen einen grausamen Feind zu schmieden. Sultan Murad läßt gefangene Christenkinder zu fanatischen Moslems erziehen, die mit eiserner Disziplin gegen ihre Väter kämpfen. Zehntausende dieser Janitscharen, wie man sie nennt, sollen es schon sein. Die kommenden Schlachten werden auch für das Schicksal Venedigs entscheidend sein. Und ich frage euch, geschätzter Herr, wird es dann wieder eine islamische Seeblockade auf dem Mittelmeer geben?!

Schaut doch in euer Land. Ihr sagt, daß euch von Seiten Spaniens Verderben droht. Aber waren es nicht fanatische islamische Gotteskrieger, die das Reich der Kalifen von Cordoba zerstörten?! Der Menschen Tun und Handeln hängt nicht immer davon ab, zu welchem Gott sie beten. Es ist die Macht, die entscheidet und glaubt mir, die Oberen dieser Welt wissen das sehr wohl. Laßt uns also diesen Streit beenden, damit uns Senore Sinclair endlich über sein Land erzählen kann." Die Araber nickten zufrieden.

Nachdem die Wolken des Streits sich aufgelöst hatten, begann Harry den drei anderen von den Weiten seines Landes zu berichten. Er malte Bilder von den unendlich weiten Graslandschaften der Highlands, ihren tiefen klaren Bergseen und den großen wildreichen Wäldern tief unten in den Lowlands. Weiter erzählte er Geschichten von den altehrwürdigen Clans, aber auch die grausige Sage vom König Macbeth und berichtete über die keltischen Sitten und Traditionen. So waren die anderen sehr amüsiert über das alljährliche Fest des Steinweitwurfes zu Rosslyn.

Al Farmar und Ibn Nasredin erfreuten ihrerseits die beiden Christen mit den schönsten Erzählungen über den Al-Andalus, die Perle Allahs. Das Erbe der spanischen Mauren mit ihren einstigen Metropolen Cordoba und Sevilla funkelte in einem Licht, wie ein Märchen aus tausend und einer Nacht.

Natürlich wartete der Hausherr auch mit einigen Geschichten über den berühmten Kapitän Sindbad auf. Als Harry die Taten dieses Seefahrers vernahm, wuchs in ihm das Verlangen nach der Reise über den abendländischen Ozean immer stärker an. Sein Erstaunen sollte an diesem Abend kein Ende nehmen.

Auf den Spuren der Vergangenheit

Der nächste Tag war noch heißer als der vorangegangene. Keine einzige Wolke zeigte sich am Himmel. Die drei trafen zum vereinbarten Zeitpunkt bei Omar al Harif ein. Noch stärker als beim letzten Mal fiel Harry auf, wie schlicht das Haus des Weisen unter den übrigen der Gasse wirkte. Das machte ihn auf das, was dahinterlag, umso neugieriger. Nach ihrem Klopfen erschien auch sofort wieder der kleine Zwerg und führte sie mit brabbelnden Worten in den Innenhof des Gebäudes.

Was Harrys Augen dort sahen, mutete ihm gar seltsam an. Die abgehenden Seiten waren diesmal, statt wie üblich die vier Himmelsrichtungen zu präsentieren, wie ein Pentagramm aufgebaut, was auch bei dem abgeklärten Rico Erstaunen hervorrief. Wie stand das Haus wohl zu den anderen in der Gasse. Nur Ibn Nasredin tat völlig ungerührt, war er doch bereits einige Male hier gewesen. So harrten die drei Männer, jeder seinen Gedanken überlassen, nun der Dinge, die da kommen sollten.

Zunächst verschwand der kleine Zwerg in einer der schräg gegenüberliegenden Türen, so daß noch etwas Zeit blieb, sich umzuschauen. Zwei prächtige Oleanderbäume standen in dem Hof. Hier, wo vielleicht nur kurz die Mittagssonne hinfiel, schienen sie recht gut zu gedeihen. Dazwischen erhob sich genau in der Mitte wie gewohnt der Brunnen, der den gleichen schlichten Eindruck vermittelte wie alles übrige hier. Auch beim Blick hinüber zu den Galeriegängen waren keine großartigen Verzierungen erkennbar. Nur sehr undeutlich zeigten sich dem Betrachter verwaschene und teils abgelöste Wandfresken. Doch man mußte schon sehr genau hinsehen. Die Bilder verrieten keine der üblichen orientalischen Motive, sondern kamen dem Betrachter eher fremd, wie in einer älteren Epoche geschaffen, vor. Ja, nirgendwo waren die sonst typischen arabischen Muster zu entdecken. „Vielleicht sind sie jüdischen Ursprungs", meinte Rico. Die Juden kamen bereits mit dem Ende der Römerzeit ins Land und hinterließen lange vor den Arabern hier die Spuren ihrer Kultur.

„Der Meister bittet euch herein, Senores." Der Kleine war unbemerkt wiedergekommen und geleitete sie jetzt in das Innere des Hauses.

In einem kleinem Raum, der sich im oberen Stockwerk befand, empfing sie ein in lange graue Gewänder gekleideter weißhaariger alter Mann, der statt eines Schleiers oder eines Turbans nur eine kleine Kappe auf dem Kopf trug. Es war niemand anderes als der berühmte Omar al Harif. Er hieß sie willkommen.

„Es muß eine Sache von sehr großer Bedeutung sein, daß es zwei Christen von so weit her in mein Haus verschlägt. Darf ich fragen, was der Begehr dieses sehr seltenen Besuches ist." Er sprach langsam und bedächtig, aber seine Stimme war noch nicht brüchig wie die eines Greises. Sein Latein war perfekt und fast ohne Akzent gesprochen.

Harry kam ohne Umschweife zur Sache. „Hoch geehrter Omar al Harif, der man dich einen der weisesten Schriftgelehrten Andalusiens nennt, wir sind zu dir gekommen, um mit deiner Hilfe Hieroglyphen aus alter Zeit richtig zu deuten. Es handelt sich dabei um ein sehr wertvolles Schriftstück, das so mancher König unter diesem Himmel recht gern sein eigen nennen würde." Der Alte lächelte. „Ibn Nasredin deutete es mir bereits an. So laßt uns zum Fenster gehen. Dort ist besseres Licht. Mein Diener wird uns derweil einige Erfrischungen bringen." Die vier nahmen an einem Tisch unterhalb des Fensters Platz.

Harry faßte mit der linken Hand unter sein Lederwams. Hervor kam der hirschlederne Beutel, der den Bronzeköcher enthielt. Nachdem Harry den Papyrus dem Köcher entnommen hatte, legte er ihn in die Mitte, wobei er das Schriftbild so drehte, daß der Alte es zu lesen vermochte. Dieser beugte sich sogleich über die Zeichnung und studierte sie aufmerksam.

Es vergingen ein, zwei Augenblicke. Niemand sprach ein Wort. Die Stille begann fast unerträglich zu werden. Ibn Nasredin wischte sich den Schweiß von der Stirn. Die drei beobachteten den Alten. Völlig versunken starrte dieser auf die vor ihm ausgebreitete Papyrusrolle. Größer und größer wurden Omars Augen und tiefe Verwunderung zeichnete sein Antlitz.

Mit einem Mal gewann er seine frühere Fassung zurück und wandte sich Harry zu. „Wie ist diese Karte in eure Hände gelangt?" war seine erste Frage. Harry antwortete vorsichtig, ja fast zögernd. „Ein Freund gab sie mir. Mehr weiß ich nicht, aber seid versichert, daß diese Schriftrolle sich schon sehr lange in den Händen eines christlichen Ordensbundes befindet, in dessen Interesse ich de facto handle. Am Anfang dieses Jahrhunderts wurde jener Orden in den Staub getreten und es ist schwer, noch seinen Namen zu nennen. Die wenigen Männer, die ihm noch heute angehören, arbeiten im Verborgenen. Die Karte stammt aus dem heiligen Land und es wird gemutmaßt, daß sie über arabische Navigatoren, die zum Teil auch in Diensten jenes Ordens standen, in dessen Besitz gelangt ist."

Omar wiegte den Kopf ein wenig. „Ihr braucht mit einem alten Mann nicht Katz und Maus zu spielen. Es ist so klar zu sehen, als würde man durch die Bergluft der Sierra Nevada schauen, Senor. Ja, ja, der Tempel. Ihr müßt wissen, junger Mann, daß auch mir bekannt ist, daß viele vergessene Geheimnisse der alten Welt über den Islam in die Hände der Christen gefallen sind. Zu welchem Preis manchmal, frage ich. Denn eure ehrwürdigen Ritter des Tempels haben sich nicht gerade immer rühmlich verhalten. Die Massaker der Kreuzzüge sind beispiellos, doch soll es heute nicht unsere Sache sein, darüber zu befinden."

Harry schluckte, wagte aber nicht den Gelehrten zu unterbrechen. Dieser wandte sich dem Papyrus zu. „Diese Karte da, in deren Besitz ihr seid und die nun vor mir liegt, ist zweifellos ein Zeugnis einer sehr viel älteren Epoche. Älter als Mohammed und auch älter als Jesus Christus.

Ich würde sagen, daß sie ungefähr tausend Jahre vor der Geburt des Propheten gezeichnet wurde. Und da ist noch etwas, das ich euch mit auf den Weg geben möchte, wenn ihr es nicht vielleicht schon selber wißt oder ahnt. So ist eure Landkarte, zweifellos eine Papyrusrolle aus uralter Zeit, trotz allem nur eine Kopie."

Nur eine Kopie? Rico und Harry wurden blaß. Der alte Omar nahm kaum eine Notiz davon und sprach weiter. Schließlich ist das Wort Kopie nicht unbedingt gleichbedeutend mit Fälschung. „Ihr werdet mich fragen, woran ich das erkenne. Nun, das ist nicht ganz einfach. Doch zunächst möchte ich euch eine Geschichte erzählen.

Vor vielen Hunderten von Jahren lebte im fernen Ägypten ein Mann, der sich schon seit frühester Kindheit mit dem Zusammenhang der Gestirne am Himmel und ihrer Beziehung zur Erde befaßte. Der Mann in meiner Geschichte soll Samis heißen. In jenen Tagen bestimmten die Sterne noch viel stärker als heute die Geschicke der Menschen. Mit Skizzen und Berechnungen vervollkommnete Samis ständig sein Wissen. Später ging er auf bedeutende Schulen des Landes und wurde ein berühmter Astronom.

Ägypten lebte damals unter dem Einfluß fremder Reitervölker aus dem Osten. Die Angst und Schrecken verbreitenden Assyrer eroberten mit ihren gefürchteten Streitwagen innerhalb kürzester Zeit das gesamte Morgenland. Die Herrscher der Welt regierten ihr Reich von dem großen stolzen Ninive aus. Eine riesige und großzügig angelegte Stadt, deren Reichtum selbst heutzutage noch als unerreicht gilt. Aber da Ninives Gold und Glanz nur ein Spiegelbild der Macht war, das mit dem Blut und Schweiß der geknechteten und unterworfenen Völker aufgebaut wurde, war es zum Untergang verurteilt. Die sagenhafte Hauptstadt Assyriens wird uns heute nur noch in Legenden überliefert und über einen langen Zeitraum betrachtet, leuchtete ihr Ruhm nur kurz am Horizont der Geschichte auf, verglichen mit dem des großen Babylons.

Obwohl die Assyrer heute längst vergessen sind, standen schon zu ihrer Zeit Bauwerke aus noch älteren Tagen, die wahrscheinlich das Ende der Menschheit erleben werden. Wie für die Ewigkeit gebaut, faszinieren sie nach wie vor die Menschen. Ich meine damit vor allem die Pyramiden von Gizeh, die Grabstätten der einstigen Könige Ägyptens. Wann sie errichtet worden waren, wußte damals schon niemand mehr genau zu sagen.

Doch kommen wir wieder auf den Anfang unserer Geschichte zurück. Samis fing irgendwann einmal an, die großen Pyramiden in seine astronomischen Untersuchungen einzubeziehen. Dabei machte er sensationelle Entdeckungen, die er jedoch niemanden anvertrauen konnte. Verzweifelt suchte er nach einem Ausweg. Um mehr Zugang zu dem Wissen über die alten Königsgräber zu erhalten, gab es nur eine Möglichkeit: die Religion des alten Nilreiches.

Die ägyptische Religion gilt als eine der ältesten der Erde. Sie war sehr stark an dem Leben nach dem Tod orientiert, dem Osiriskult. Noch gab es sie zu Samis Zeiten, die Totenpriester, die gleich Relikten einer längst versunkenen Epoche in Theben am oberen Nil lebten und wirkten. Eine unvorstellbare Ansammlung von Wissen, das in den Jahrtausenden zusammengetragen wurde, befand sich in ihren Händen. Jedoch war es nicht gerade einfach, ihren Reihen beizutreten; aber sie zu wieder verlassen war schlichtweg unmöglich. Mit dem Ende der großen ägyptischen Pharaonen schien auch die Uhr für die Kaste der Totenpriester abzulaufen, ihr Stern im Schwinden. Nur wenige gab es noch, die das Wissen aus einstigen Tagen besaßen und die Last des Vermächtnisses wurde immer schwerer. Samis setzte sich als Ziel, der Welt zu entsagen, um dieses Wissen zu erlangen. Er entschied sich - wohl als einer der letzten - und wurde also Priester.

Der Ablauf eines Arbeitstages der Totenpriester ist heute schwer nachzuvollziehen. Einige von ihnen lebten wohl ausschließlich dafür, das Wissen der vergangenen Generationen wenigstens nicht ganz verschwinden zu lassen. Eine der vielen Möglichkeiten, dieses Vermächtnis älterer Zeitalter zu erhalten, war das Anfertigen von Kopien, von Duplikaten auf Papyrusrollen. Diese Arbeit war Samis Berufung unter den Totenpriestern. Was aus ihm später geworden ist, wissen wir nicht. Viele der sogenannten originalen Schriftrollen, oft nur Kopien älterer Zeitdokumente, sind uns über die Jahrhunderte verlorengegangen. Allein der Brand der alten Bibliothek von Alexandria vernichtete tausende alte Rollen und damit unschätzbare Zeugen der Vergangenheit im Feuersturm.

Zu einer der vielen Arbeiten von Samis gehörte wohl auch diese Landkarte, die uns die Papyrusrolle heute noch zeigt. Danach muß die Karte einen höchst abenteuerlichen Weg genommen haben, ehe sie in eure Hände gelangte, denn bedenkt, es liegen Jahrtausende dazwischen. Da es zu den Geheimnissen der Totenpriester zählte, erfuhr zunächst kein Außenstehender davon.

Später, im Zeitalter der Ptolemäer, das nach der Erschütterung der Welt durch Alexander den Großen anbrach, gelangten viele dieser Schriftrollen in die Bibliothek von Alexandria. Höchstwahrscheinlich hat diese Karte einen anderen Weg genommen. Es wird in alten Überlieferungen berichtet, daß der Pharao Necho wenige Jahrzehnte nach der Befreiung Ägyptens von der Herrschaft Assurs Schiffe aussandte, die das Rote Meer in Richtung Süden verließen und nach über einem Jahr die Säulen des Herakles vom großem Meer her passierten. Es wäre immerhin anzunehmen, und dessen bin ich sicher, daß jenem Pharao, als Sohn des Sonnengottes Re, wissenschaftliche Dokumente aus den Archiven der Totenpriester leicht zugänglich waren. Es ist möglich, das auf diesem Wege verschiedenes Schriftmaterial Ägypten verließ und in andere Hände gelangte. In Hände von Seefahrern. So können die Phönizier in ihren Besitz gekommen sein. Schließlich waren sie die Seefahrer der alten Zeit. Auch die Expedition des Pharaos Necho wurde hauptsächlich von ihnen getragen. Daß sie auch versuchten, das große Meer zu überqueren, wie es die alten Schriften und Legenden erzählen, könnte durch diese Landkarte neue Nahrung erhalten. Doch hüteten die Phönizier ihre Geheimnisse sehr stark. Ja, sie vergruben sie sogar. Es ist natürlich auch möglich, daß einige der alten Papyrusrollen nach Babylon oder in Länder südlich des Reiches von Isis und Osiris gelangten. Trotzdem denke ich, daß dieser Papyrus sich zuletzt in Palästina befand, denn das würde bestätigen, warum er in die Hände der Kreuzritter gefallen ist.

Sei es wie es sei, jedenfalls geriet das alte Wissen immer mehr in Vergessenheit. Wurde es an heiligen Orten aufbewahrt, wußten bald nicht einmal mehr die Wächter selbst um die Schätze vergangener Kulturen, die sie bewachten. Mit dem Verfall Ägyptens zur römischen Provinz gingen so nach und nach die letzten Erinnerungen an seine einstige Größe verloren.

Erst der heilige Koran weckte das Land am Nil aus vielen hundert Jahren Schlaf. Kairo, die Stadt der Kalifen, eine der prächtigsten Metropolen dieser Erde, wurde erbaut und ich weiß, was ich sage. Selbst die größten Städte Europas können sich nicht mit dem Stern Allahs auf Erden messen.

Vor ungefähr dreihundert Jahren fielen dann die Armeen eures Christus mit unvorstellbarer Grausamkeit ins heilige Land ein und errichteten ihre Herrschaft, der bekanntlich kein langes Glück beschieden war. Doch wissen wir Araber wohl zu unterscheiden, denn es gab nicht nur Leute in euren Reihen, die die Diener Allahs mit Blut und Barbarei überzogen. Ein großer Mann, der alle Religionen gleich achtete, war der römische Kaiser Friedrich. Er brachte den Frieden nach Palästina, wenn auch nur von kurzer Dauer und zu seinem eigenen Vorteil.

Ich könnte mir vorstellen, daß just in jener Zeit des freundschaftlichen Verhältnisses beider Seiten diese Karte im heiligen Land gefunden wurde oder über die Araber in den Besitz der Ritterorden geriet. Obwohl der Kaiser damals hauptsächlich Verbindung zum Deutschen Orden unterhielt, wären auch Parallelen zum Orden des heiligen Tempels zu Jerusalem denkbar. So ungefähr könnte sich diese ganze Geschichte zugetragen haben.

Laßt uns aber nun wieder zum Ursprung zurückkehren, denn noch habe ich kein Wort darüber verloren, warum es sich hier um eine Kopie handelt.

Die Hieroglyphen, die hier am unteren Rand der Karte zu sehen sind, deuten auf altägyptische Schriftzeichen hin. Wie ihr seht ist es eine Bilderschrift und dem Arabischen gänzlich unähnlich. Ihr hättet also sämtliche Gelehrten des Abendlandes vergeblich bemüht und deshalb seid ihr wohl auch heute hier.

Hier steht, daß diese Landkarte die nordwestliche Seite der großen Pyramide repräsentiert und zur Zeit des großen assyrischen Königs Assurbanipal im Tempel der Amunpriester entstanden ist. Es ist anzunehmen, daß noch drei weitere Karten existieren, deren Schicksal im Dunkeln liegt. Als Vorlage, so steht hier, diente der heilige Stein der Erde aus der Zeit der ersten Könige, was immer das heißen mag. Vielleicht war dieses Urbild ein riesiges Steinrelief. Es dürfte äußerst unhandlich gewesen sein, eine solche Steinplatte für Unternehmungen zu Land oder See mitzunehmen, so daß es für Reisende praktisch und sinnvoll war, kleine Schriftrollen aus Papyrus zu gebrauchen. Sicherlich benutzten auch die alten Phönizier die Seekarten ihrer Vorgänger, der Ägypter.

Leider ist uns recht wenig überliefert und nur Allah selbst weiß, welche Küsten sie jemals erblickt haben. Ich bin jedoch seiner Größe und Güte dankbar, daß ich diesen Tag noch erleben durfte. Dafür habt Dank, Fremder." Omar schmunzelte. „Viel habe ich schon erlebt. Namhafte Gelehrte besuchten mein Haus. Doch noch nie geschah es, daß ein Ritter, ein Mann aus dem Norden und Ungläubiger, mir das Vermächtnis unserer gemeinsamen Urahnen bringt. Seltsam und unergründlich sind die Fäden des Schicksals. Allah webt sie unaufhörlich. Viel kann ich euch berichten über die Geschichte sowohl des Morgen- als auch des Abendlandes. Doch dies verblüfft selbst mich." Und sein Finger zeigte auf den Verlauf der Küstenlinie am oberen linken Kartenrand.

„Nie hätte ich dies für möglich gehalten. Es ist wie ein uralter Menscheitstraum, erscheint doch auf einmal das Vorhandensein eines gewaltig großen Landes auf der anderen Seite des Weltmeeres eine beklemmende Realität zu bekommen. Aber noch viel erstaunlicher mutet mich die Vorstellung an, daß irgend jemand, der dieses Land gefunden hat, glücklich zurückgekehrt scheint. Wäre wohl sonst die Karte entstanden? Und da sie doch nur eine Kopie ist, muß bereits den Schöpfern des Originals dieses Land bekannt gewesen sein. Bei Allah, das ist Jahrtausende her und all dieses Wissen ist wieder vergessen. Wenn ihr nun diese Reise wagt...“

Omar sah Harry an, fand aber die passenden Worte nicht. Er war zwar ein großer Schriftgelehrter, aber die Gefahren einer Seereise und die Möglichkeiten der Schiffe, größere Distanzen auf dem Meer zurückzulegen, konnte er nicht im mindesten einschätzen. Harry nutzte die Gelegenheit, um die Gedanken des Gelehrten fortzuführen.

„Wir sind uns durchaus bewußt, daß eine Reise sehr viele Risiken in sich birgt. Längere Zeit auf hoher See - das ist für ein Schiff glattweg unmöglich. Und in der Tat ist die Entfernung gewaltig, aber im hohen Norden müßte es zu schaffen sein.

Man erzählt sich, daß es den Normannen vor vierhundert Jahren gelungen sein soll, von einer großen Insel nordwestlich von Island im Westen Land zu entdecken. Ein Land, bedeckt von tiefen undurchdringlichen Wäldern. In der linken oberen Ecke erkennen wir ganz deutlich eine unbekannte Landfläche, dies deckt sich doch mit jener Aussage. Wo sie endet, scheint allerdings im Ungewissen zu liegen. Vielleicht könnt ihr irgend etwas den Bildzeichen entnehmen, die dort hingekritzelt sind.“

Omar nahm Harrys Bitte zur Kenntnis und widmete er sich dem Ausschnitt der Rolle, der die Aufmerksamkeit aller Beteiligten am stärksten fesselte. Der Alte begann die einzelnen Schriftzeichen am oberen Kartenrand zu studieren.

Nach einer Weile sah er wieder auf und sprach weiter. „Nun gut. Laßt uns also ergründen, welche Bedeutung die einzelnen Symbole haben, die das gesamte Blatt überziehen. Sicherlich ist auch euch aufgefallen, daß es sich quer über den Papyrus um unterschiedliche Eintragungen in verschiedenen Sprachen handelt. Wir können davon ausgehen, daß nichts entfernt wurde, denn dies hinterläßt auf solchem Material entsetzliche Spuren.

Dies bedeutet, daß die Karte in späteren Zeiten oft nur ergänzt wurde. So finden wir hier vier bis fünf verschiedene Schriftbilder wieder. Die ältesten und auch die Originalzeichen sind die des Totenpriesters. Sie sind gegenüber den anderen wie kleine Bilder gemalt.

Dann ist dies hier die Schrift der alten Phönizier. Sie sind die letzten, die auf der linken Seite der Karte Eintragungen vorgenommen haben und ich brauche nicht zu sagen, was das heißt. Die übrigen Schriftzeichen verweisen auf hebräischen, arabischen und lateinischen Ursprung. Sie sind noch nicht sehr alt im Vergleich zu den beiden anderen. Außerdem sind sie nur im Gebiet der uns bereits bekannten Welt zu finden und haben schätzungsweise die Funktion einer zusätzlichen Erläuterung. Wahrscheinlich, weil niemand mehr die alten Zeichen deuten konnte. Ich gehe davon aus, daß ihre Übersetzung ihnen bereits durch Gelehrte des Abendlandes vorliegt." Harry nickte und der Alte fuhr mit der Erklärung fort.

„Wenden wir uns also dem zu, das noch unbekannt für uns, aber im höchsten Grade interessant ist. Wir haben hier auf dieser Seite so etwas ähnliches wie eine Legende. Dieses Zeichen, das wir hier im Norden überall erkennen können, würde ich mit weißer Wüste übersetzen. Dort ist mit Sicherheit nichts als Eis und Schnee, eine lebensfeindliche Welt. Man sagt, daß hinter den Mauern der Kälte das Land Hyperborea liegt.

Auf den alten Karten des Königs Roger von Sizilien liegt jenes Land im Norden Europas, allerdings hat es bis jetzt noch niemand gefunden. Von diesem Land erzählen die Vorväter, daß es ein Paradies des Glücks und der Eintracht unter den Menschen ist. Vielleicht findet ihr ja dieses Paradies, wenn ihr im Norden das Meer überqueren wollt. Aber wenden wir uns weiter unserer Papyrusrolle zu. Die meisten Symbole zeigen uns an, ob wir dort auf Wälder, Steppen, Wüsten oder hohe Berge stoßen. Zum Beispiel erkennen wir hier ganz deutlich die Alpen. Jedoch wird euch das schon bekannt sein. Hier kommt das Zeichen noch einmal vor."

Omar al Harif hatte Recht. Zum größten Teil waren Harry und Rico mit den geographischen Bezeichnungen vertraut, wenn auch einige Kritzeleien sie verunsicherten. Bei manchen eindeutigen Bildern bedurfte es wahrlich nicht der Kenntnis des Altägyptischen. Andere Symbole jedoch und vor allem die alten Schriften an den Rändern waren ihnen bis heute ein Rätsel geblieben. Der weise Maure versuchte, so weit es in seiner Macht stand, diese offengebliebenen Fragen zu beantworten. Er nannte die Namen von Flüssen, Seen und Meerespassagen. Sie waren alle aufs Neue verblüfft, welche exakten Angaben der Karte zu entnehmen waren.

Harry unterbrach den Meister, indem er ihn um Schreibzeug bat, um sich Notizen zu machen. Nach einer kurzen Pause brachte der kleine Diener des Alten ein paar Pergamentrollen, Gänsekiele und Tusche.

Omar al Harif erzählte weiter. Harry mußte sich furchtbar anstrengen, alles niederzuschreiben, denn die Worte sprudelten nur so aus dem Munde des Gelehrten. Und dabei übersetzte er ihm einzig und allein die beiden ältesten Schriften und konzentrierte sich im Wesentlichen auf den linken Teil der Karte.

So gelangte er zu dem Schluß, daß die phönizischen Eintragungen während einer Schiffsreise von Navigatoren vorgenommen wurden, da sie sich im Gegensatz zu den noch älteren Bildzeichen nur in Küstennähe befanden. Sie enthielten unter anderem auch Zahlen, die Omar eindeutig als Lottiefen identifizierte. Dies ist für Seefahrer sehr wichtig, obwohl es schwierig werden würde, die Zahlen auf den jetzt gültigen Standard umzurechnen. Harry vermerkte jedoch alles ganz genau, denn er fand wie Rico, daß der kleinste Anhaltspunkt von Interesse sein konnte.

Zweifellos größere Aufmerksamkeit erzielten die Eintragungen des Totenpriesters. Auf einige der seltsamen Tier- und Pflanzenbilder konnte sich Omar beim besten Willen keinen Reim machen. Doch bei einem Bild schien er förmlich aufzublühen. Es bestand aus mehreren Zeichen auf der unteren rechten Seite der Karte. Dort unten lag Ägypten. Den Mittelpunkt deuteten drei Quadrate mit durchgezogenen Diagonalen an, von denen eines größer als die beiden anderen war. Daneben befand sich ein Dreieck und darüber ein Auge sowie eine kleine Schlange. Von dem Auge führte eine gestrichelte Linie zu einer Ansammlung mehrerer Punkte.

„Seht her!" rief Omar aus. „Dieses kleine Zeichen." „Ihr meint die Schlange", unterbrach ihn Harry. „Richtig", fuhr der Gelehrte fort. „Die Schlange. Wie ihr seht, findet man recht wenig Zeichen auf der linken Seite. Wahrscheinlich war den Zeichnern nicht viel mehr bekannt als der Küstenverlauf. Aber diese kleine Schlange ist hier ebenfalls abgebildet. Und einige Schriftzeichen daneben, die verschlüsselt sind. So leid es mir tut, aber ich kann sie nicht übersetzen."

„Meßt ihr dem Bedeutung bei, geschätzter Omar? Schließlich fehlen doch die Hinweise auf Pyramiden oder andere Spuren großer Zivilisationen." „Es ist immerhin verwunderlich, daß bei dieser Schlange hier links eine andere Strichstärke verwendet wurde," bemerkte der Alte. „Was wollt ihr damit sagen?" „Daß sie höchstwahrscheinlich später nachgetragen wurde." „Von den alten Phöniziern?" „Möglicherweise." Omar al Harif deutete auf die phönizischen Lottiefen. „Seht. Hier wurde dieselbe Feder verwendet."

„Was bedeuten diese eingetragenen Sternzeichen?" unterbrach Rico die beiden. „Es sind wohl Anweisungen für Seefahrer. Ihr müßtet doch besser als ich wissen, daß man sich Nachts auf See an den Sternbildern orientieren kann. Hier diese Konstellation zeigt uns, wie der Betrachter in Ägypten das Sternbild des Orion sieht. Der Orion muß in einem Zusammenhang mit der alten ägyptischen Religion stehen. Leider kann ich nicht sagen, in welchem, denn mir ist nur bekannt, daß die Ägypter den Gott der Sonne verehrten."

Harry wußte um die Bedeutung der Sternzeichen Bescheid. David Morlay hatte ihn lange genug darüber aufgeklärt. Durch Ricos Frage richtete Omar sein Augenmerk wieder auf den rechten unteren Kartenrand und erkannte schließlich, daß die alten ägyptischen Königsgräber einen wesentlichen Bezugspunkt bildeten, denn von dem Auge zeigten noch weitere gestrichelte Linien zu anderen unerklärlichen Bildern. „Hier in Ägypten häufen sich so viele Schrift- und Bildzeichen. Es ist sicherlich nicht verwunderlich, war doch hier der Ort, an dem die Totenpriester lebten und arbeiteten. Und was die große Pyramide betrifft, so wäre es durchaus denkbar, daß sie auf dem Original, das alle vier Karten dieser Welt vereinigt, sozusagen ein Zentrum verkörpert, wie für euch Jerusalem und uns Mekka.

Und bei Allah, ihr würdet verstehen, wovon ich rede, hättet ihr sie auch nur ein einziges Mal erblickt. Gleich zweimal hatte ich die Gelegenheit, während einer Pilgerreise nach Mekka diese großartigen Bauwerke zu bestaunen. Man könnte meinen, von ihrer Spitze die ganze Welt zu erblicken. Daß man dieses dennoch nicht vermag, liegt an der Kugelgestalt unserer Erde. Schon der alte Grieche Erathostenes berechnete ihren Umfang."

„Ja, ich weiß. Die berühmte Karte des Ptolemäus liegt seinen Angaben zugrunde", rief Rico voll Freude dazwischen. „Junger Freund", lächelte der greise Omar. „Es gab viele Griechen, die sich mit der Berechnung des Erdumfanges beschäftigten. Es tut mir leid wenn ich euch korrigieren muß. Ptolemäus Weltkarte, die leider heute viele Forscher als Vorbild ansehen, ist entstanden nach den Berechnungen eines gewissen Posidonius, eines Griechen, der über hundert Jahre nach Erathostenes lebte. Posidonius kam zu einem Ergebnis, das um ein Viertel geringer ausfiel als das seines Vorgängers. Nach Aussagen einiger meiner Freunde, allesamt jüdische und arabische Gelehrte, kommt jedoch Erathostenes dem wirklichen Wert am nächsten."

Omar hielt einen Augenblick inne um Luft zu holen. „Und wie es aussieht habe ich Recht, denn nach dem vorliegenden Papyrus zu urteilen wußten vor den Griechen die alten Kulturen der Ägypter sehr viel mehr über diese Dinge. Einiges vom Wissen der alten Zeit, besonders die fast vergessenen geographischen Skizzen des Ptolemäus, sind mit dem Aufeinanderprallen unserer Religionen in die Hände der Christen gelangt. Denn obwohl die Weltkarte des Griechen auf einem Fehler basiert, so ist sie doch immer noch großartig. Jedoch liegen die uns über Ptolemäus bekannten Gefilde immer im Osten, Richtung China und Indien. Ich selbst habe den großen Ibn Babutta gesprochen, der tief bis in diese Länder reiste. Ich besuchte ihn einmal in seinem Haus im marokkanischen Fes. Das ist nun schon über zehn Jahre her. Er zeigte mir damals Kopien von Landkarten der alten Griechen. Im Gegensatz zu dieser war jenen immer das eine gemeinsam; in westlicher Richtung gab es nur ein einziges riesiges Meer, ohne scheinbares Ende. Manche - wie der große al-Idrisi - nennen es das dunkle Meer der Finsternis. Sie warnten davor, auf ihm Richtung Westen zu segeln. Der Ozean sei voller Gefahren, gräßlichen Ungeheuern die ganze Schiffsflotten verschlingen würden. Andere Gelehrte behaupten dahinter läge das Paradies, das die irdischen Menschen nicht erreichen können. Aber wenden wir uns wieder unserem Papyrus zu."

Harry und Rico hatten bereits in ihrem Leben Dutzende Land oder Seekarten gesehen. Diese waren bei weitem nie so genau gewesen und die Zeichner schienen dabei mehr Wert auf im Meer schwimmende Ungeheuer zu legen als auf Maß und Genauigkeit. Deswegen war es auch immer schwer, sie untereinander zu vergleichen. Rico war obendrein schon mit einigen neuartigen Portolankarten vertraut. Doch die exakten Seekarten gab es vorerst nur vom westlichen Mittelmeer und schon an ihren Rändern häuften sich die Ungenauigkeiten. Der Papyrus war aber frei von jeglichen Hilfslinien, die für die Zeichnung eines Portolans unerläßlich waren. Wie war es möglich mit solcher

Genauigkeit, wie sie nur Portolane aufwiesen, weite Gebiete der Erdkugel zu erfassen. Omar ahnte, welche Fragen seine Besucher quälten. Ihm waren alle diese Probleme ebenfalls nicht unbekannt. Er sprach weiter.

„Laßt uns davon ausgehen, daß die Erde eine Kugel ist. Ich weiß genau, was euch eure Religion lehrt, aber wir Wissenschaftler wissen inzwischen alle, daß der Boden rund ist, auf dem wir stehen. Eine Karte der Erde gravierte ein Araber vor über zweihundert Jahren für den Normannenkönig Roger nicht nur auf eine runde Silberplatte, sondern übertrug sie obendrein noch in die Form einer Kugel. Es war niemand anderes als der berühmte al-Idrisi. Dies bedeutet, wir können Asien, das reiche China wohl in Richtung Osten, jedoch auch über den Westen erreichen.

Doch weiß bis jetzt niemand, wie weit der Weg bis dorthin ist. Diese Ungewißheit bildet die Grundlage jener Seefahrermärchen, wie ihr sie von jedem Schiffer hören könnt. Angaben über die fernen Küstenlinien im Osten sind nicht nur ungenau, nein, sogar vielfach Phantasieprodukte.

Natürlich fällt eines sofort auf, wenn ich diese Landkarte mit denen Ibn Babuttas vergleiche. Würde ich sie gegeneinanderhalten, müßte man, wenn man die griechischen Karten zugrunde legt, nach ungefähr der eineinhalbfachen Wegstrecke China erreichen. Also ungefähr hier." Er zeigte mit dem Finger mitten auf jenen vermutlichen Erdteil auf der anderen Meerseite. „Wir alle kennen ungefähr den Verlauf der indischen und chinesischen Ostküste und wissen, daß dies nicht Asien sein kann. Denn dann würde es hier nicht jene Fortführung der Küste im Süden geben."

Hier stutzte Harry etwas und sah zu den beiden anderen hinüber. Ibn Nasredin hob abwehrend die Hände und Rico zuckte mit den Schultern. Natürlich hatten alle drei nicht die geringsten Vorstellungen über die Küstenverläufe Indiens oder Chinas. Allemal Erzählungen über diese reichen Länder des Ostens spukten in ihren Köpfen.

Omars Finger wanderten scheinbar gedankenverloren über die ferne Küstenlinie am linken unteren Kartenrand und er wiegte langsam den Kopf dabei. „Wir können es somit fast ausschließen, daß ihr im Westen China erreichen werdet. Dieses Land hier ist nicht Asien. Alles deutet daraufhin, daß es sich um einen unbekannten Kontinent handelt. Vielleicht auch nur eine große Insel. Und wer weiß, wie groß die Entfernung von hier", er zeigte auf den linken Rand der Karte „bis China ist." Um die vermutlichen Verhältnisse deutlich zu machen, fuhr er mit der Hand weit auf den Tisch hinaus.

„Nun gut" erwiderte Harry „Wenn dies nicht China ist - die Geschichten, die man von den Entdeckungen der Nordmänner hört, sprechen übrigens auch dagegen - wieso wußten die einen noch von der Existenz dieses Landes, während es den anderen gänzlich unbekannt war? Zwischen der Blütezeit der Phönizier und jener der Griechen liegen doch höchsten nur zwei- bis dreihundert Jahre." „Nun, eine höchst interessante Frage", entgegnete der weise Omar dem jungen Sinclair.

„Zum einen waren die Phönizier und nicht die Griechen die Seefahrer und Entdecker zur damaligen Zeit. Dazu muß man wissen, Christ, daß die Phönizier eine Kunst betrieben, die unter ihnen bis zur höchsten Vollendung gelangte. Die der Geheimniskrämerei. Meist vergruben sie ihre alten Aufzeichnungen tief in der Erde und ich möchte nicht wissen, was heute in Palästina alles noch verborgen ist. Und da die Phönizier ihre Seefahrerkunst und all das Wissen, das damit verknüpft war, im wahrsten Sinne des Wortes mit ins Grab nahmen, konnten die Griechen später kaum noch Nutzen daraus ziehen."

Da meldete sich Ibn Nasredin zu Wort. Ihm, der bis jetzt weniger als die beiden Christen verstanden hatte, war ein anderer Einfall gekommen, den er den anderen nicht vorenthalten wollte.

„Was wäre, wenn nach der Landung der Phönizier dieser Kontinent versunken ist. Oder kennt ihr nicht die Erzählungen über das alte Atlantis."

Omar lächelte. „Mein lieber Nasredin. Seid versichert, daß ich auch diese Möglichkeit ins Auge gefaßt habe. Jedoch die alten Chroniken besagen, daß Atlantis ungefähr zu jener Zeit untergegangen ist, in der die Totenpriester die Karte kopierten. In die Hände die Phönizier ist sie frühestens zwanzig oder dreißig Jahre danach gelangt. Und auch wenn. Viele Umstände deuten darauf hin, daß Atlantis wesentlich kleiner war und ganz in der Nähe der Säulen des Herakles lag. Manche Zungen behaupten sogar, Atlantis wäre das frühere Andalusien gewesen. Die Phönizier und später die Karthager besaßen oben im Schneegebirge gewaltige Silberbergwerke und Legenden ranken sich um die prächtige Stadt Tartessos, die nicht weit von hier, am großen Meer gelegen haben soll. Vielleicht unternahmen die phönizischen Seefahrer ihre Unternehmungen von Tartessos aus.

Jedoch eure Theorie möchte ich, nehmt es mir nicht übel, ausschließen. Außerdem bedenkt, was der Christ gesagt hat, nämlich, daß die Nordmänner bereits Land gefunden haben. Ein wohl mit weiten Wäldern bedecktes Land, aber ohne jede Zeichen einer großen Zivilisation. Ich halte dies für wahrscheinlicher."

Ibn Nasredin nickte. Ein bißchen ärgerte es ihn schon, daß seine Äußerung so sang und klanglos von dem Gelehrten abgetan wurde. Andererseits glimmte in ihm auch ein gewisser Stolz auf, überhaupt eine Frage gestellt zu haben.

Der Gelehrte wandte sich nun wieder Harry zu und fragte ihn. „Habt ihr nun alles notiert. Sprecht, wenn ihr noch weitere Fragen habt, Christ."

„Ja, was sagt die Karte über mögliche Bewohner dieser fremden Länder aus? Was könnte uns erwarten?" Omar lachte. „Ich bin kein Vorhersager. Was denkt ihr von mir. Nichts unterliegt dem Wandel so sehr wie die Menschen. Dort, wo früher noch prächtige Reiche standen, liegt heute Ödland. Deswegen hinterließen die Totenpriester nur rein geographische Vermerke.

Allein die Phönizier erwähnen das Volk von Assur, das Volk von Babylon, die Hethiter.... Diese Völker gibt es nun schon über tausend Jahre nicht mehr. Ihr solltet euer Augenmerk lieber auf geographische und navigationsgebräuchliche Größen legen." „Haltet ihr die Tierzeichnungen nicht für wichtig?" entgegnete Harry. „Wie ich vorhin schon bemerkte, ist diese kleine Schlange der einzige Hinweis auf irgend etwas, das nichts mit Bergmassiven, Flüssen oder Lottiefen zu tun hat."

Plötzlich hielt der Gelehrte einen Augenblick lang inne. „Neben der Schlange stehen kleine, verschlüsselte Zeichen, die ich beim besten Willen nicht übersetzten konnte. Vorhin dachte ich, sie hätten nichts mit der Schlange zu tun. Aber vielleicht ist dem doch so. Ich entsinne mich, alte Berichte über die Phönizier gelesen zu haben, nach denen sie auf ihren Reisen jenseits der Säulen des Herakles auf ein seltsames primitives Volk gestoßen sind.

Die Phönizier nannten die Menschen, jenem Bericht zu Folge, das Volk der gefiederten Schlange. Vielleicht läßt sich darüber auch ein Zusammenhang mit den vielen Tier- oder Pflanzensymbolen der Totenpriester herstellen. Doch glaubt mir, wir bauen da ein sehr dünnes Gerüst auf, das ausschließlich auf Vermutungen beruht und dies ist nicht meine Art. Was nützt es euch, wenn ich bei euch falsche Hoffnungen wecke. Wir müssen uns damit abfinden, daß wir einige Zeichen wohl niemals enträtseln werden, denn so sehr ich mich auch bemühe, vieles ergibt einfach keinen Sinn. Ich denke, daß dies genügen sollte."

Harry wußte, daß sie damit am Ende waren und rollte die beschriebenen Pergamente sorgfältig zusammen. Jedoch der Alte lauerte noch mit einer Schlußfrage, wollte er doch wissen, was die beiden Männer nach seinen Erklärungen nun zu tun gedachten. „Ich hoffe, daß meine bescheidene Hilfe euch dienlich war. Werdet ihr an eurem Unternehmen weiter festhalten, auch wenn die Möglichkeit besteht, dieses Land nicht zu finden? Bedenkt, dieser Papyrus ist über tausend Jahre alt. Und ich bin nur ein alter Narr."

Der junge schottische Ritter winkte ab. „Alter Narr ist wohl nicht das richtige Wort, weiser Omar. Doch seid versichert - wir finden das Waldland der Wikinger. Wichtig ist zunächst eine gute Vorbereitung des Unternehmens. Meine Freunde in Schottland bauen dabei auch voll auf die Hilfe und Erfahrungen der Gebrüder Beranelli aus Venedig." Rico beeilte sich, zustimmend zu nicken. Die spröde und nüchterne Geschäftsart der letzten Tage hatte er mittlerweile abgelegt. Sein Respekt vor dem jungen Sinclair war beständig gestiegen, vor allem seit dessen letzten Wortausbruch bei dem Geschäftsmann Al Farmar. Allerdings dachte er auch mit Wehmut an die Goldstücke, die er dem alten Schriftgelehrten zum Schluß in die Hand drücken wollte.

Harry erklärte Omar derweil die Gefahren einer Seereise. „Sicher ist der Seeweg im Norden am kürzesten, doch müssen wir ständig mit Treibeis in diesen Regionen rechnen. Die scharfkantigen Eisberge können einem Schiff sehr gefährlich werden. Von den Drachenbooten der wilden Nordmänner sind damals ganze Flotten untergegangen.

Oder, bedenkt, wie sehr unser Glück von den Winden abhängt. Jeder Seemann weiß, daß es äußerst schwierig ist, gegen den Wind zu kreuzen. Noch schlimmer ist's, wenn uns die Winde gänzlich im Stich lassen. Ist man auf hoher See, kann eine Flaute den sicheren Tod bedeuten.

Und wenn wir es geschafft haben? Wer weiß, unvorhersehbare Schicksalsschläge in dieser unbekannten Welt auf uns lauern. Und trotzdem sind wir gewillt, unsere Chancen zu nutzen. Nichts wird uns davon abhalten, diesen Versuch zu wagen. Wenn nicht wir, dann wird es morgen ein anderer tun.

Seht, die Hochseetüchtigkeit der Schiffe ist allein in diesem Jahrhundert entscheidend verbessert worden. Es geht mit gewaltigen Schritten voran. Eines Tages wird es vielleicht ganz normal sein, mit Schiffen Richtung Westen zu fahren, um eventuell mit dort lebenden Völkern Handel zu treiben."

Omar al Harif lächelte - ein sonderbares Lächeln, vielleicht mit einem kleinen Schimmer Ironie. „Ich wünsche euch viel Glück für diese Reise, Christ. Möge Allah seine schützende Hand immer über euch halten. Ich hoffe nur, daß eure Entdeckung positive Signale ausstrahlt. Aber ich befürchte leider etwas anderes. Oder glaubt ihr wirklich, daß Europa mit diesen Völkern Handel treiben will? Findet ihr den Stärkeren, seid auf der Hut. Findet ihr jedoch den Schwächeren, werdet ihr bei euch die schlafenden Raubtiere wecken. Wahrscheinlich wird in diesem Fall das christliche Abendland erneut Ritterheere aussenden, um seinen wahren Glauben zu predigen. Oder denkt ihr etwa, daß diese Völker, auch wenn sie Pyramiden erbaut haben sollten, auf Anhieb eurem Messias huldigen? Denkt gut darüber nach, solltet ihr Schottland jemals wieder erreichen. Vergeßt die Worte eines greisen Alten aus der Stadt Granada nicht.

Und noch etwas. Vielleicht werdet ihr unterwegs gewaltige Schätze zu Gesicht bekommen. Dann habt acht, daß ihr euch niemals von den materiellen Reichtümern dieser Welt wie Gold und Edelsteinen blenden laßt, denn somit ist es um euch und eure Mannschaften geschehen."

Der alte Mann beugte sich ein klein wenig zurück, denn die Nachmittagssonne warf einen immer breiteren Schein ins Zimmer. Sie unterhielten sich noch über einige Details aber wechselten recht bald das Thema.

*

Die Abendsonne ließ die weißen Kalkhäuser von Granada in einem angenehmen rötlich-gelben Licht erscheinen. Der Palast des Emirs hoch oben über der Stadt leuchtete im Glanze ihrer letzten Strahlen wie ein tiefroter Rubin. Das kleine Haus in der Gasse lag ruhig und friedlich da, seit es die drei Männer wieder verlassen hatten. Omar al Harif saß immer noch in seinem Stuhl und dachte nach. Er schaute aus dem Fenster und er beobachtete, wie der glutrote Feuerball langsam die westlichen Bergspitzen berührte. Sehr weit weg befanden sich seine Gedanken, so daß er gar nicht wahrnahm, wie der treue Diener in das Zimmer hineinkam. „Ach du bist es. Bring mir bitte noch einen Krug Wasser Joshua und etwas getrocknete Früchte."

Die Luft des ausklingenden Tages war immer noch sehr warm, jedoch bewegte sich mit der heraufziehenden Dämmerung zunehmend allerlei Getier in der Luft, das so nach und nach aus seinen Ecken hervorkroch. Einige Nachtfalter hatten ihr kühles Versteck verlassen und begannen im Raum herumzuschwirren.

*

Sir Henry Sinclair und Rico Beranelli konnten mit dem Ergebnis ihrer gemeinsamen Reise wirklich hochzufrieden sein. Bereits am nächsten Tage wollten sie wieder in den Norden aufbrechen. Für den Abend gab Ibn Nasredin noch ein Abschiedsfest zu Ehren seiner Gäste. Zu diesem Zwecke wurde der Innenhof feierlich mit Fackeln erleuchtet und zwei lange Tafeln, gedeckt mit den erlesensten Speisen und Getränken, hergerichtet. Der Hausherr lud selbstverständlich auch viele arabische Kaufleute ein, durchweg persönliche Freunde aus Granada und es wurde viel erzählt und gelacht. Al Farmar fehlte allerdings. Natürlich wurde der Abend hauptsächlich für geschäftliche Gespräche genutzt, denn auch die christlichen Kaufleute wollten sich keine Chance einer zukünftigen Handelsverbindung mit den Mauren entgehen lassen.

Nach Beendigung der ersten Gänge bot der Gastgeber jetzt seinen Gästen ein Schauspiel besonderer Art. Zunächst erschienen ein paar Musikanten, die mit ihren arabischen Klängen die Gäste aus dem Norden in eine andere Welt entführen sollten. Zwischen den Alkoven trat eine Schar von sieben Tänzerinnen hervor, die mit ihren anmutigen Bewegungen einen jeden der Anwesenden verzauberten. Allein das Interesse der Kaufleute hielt nicht lange an, die Gier nach den blanken Talern siegte über die Gelüste des Fleisches und somit stürzten sie sich um so erregter in ihre schier endlosen Debatten über den doch so unerschöpflichen Arbeitstag des Kaufmanns.

Rico unterhielt sich mit Ibn Nasredin über die letzten Geschäftsabschlüsse und neue Handelsware aus Venedig. Er schien dies für unaufschiebbar zu halten, denn schließlich würden sie sich eine Zeit lang nicht sehen.

Zwischen all diesen Kaufleuten fühlte sich Harry zunehmend unwohler. Er hatte sein Ziel im Land der Mauren erreicht und dachte bereits an die Rückkehr ins Land seiner Väter. Nur noch mit halben Ohr hörte er, wie Rico etwas über venezianisches Glas erzählte und es langweilte ihn fürchterlich. Desto mehr begann er sich für die orientalischen Schönheiten zu interessieren, die vor den Tischen ihren Tanz aufführten. Trotz der langen weißen Gewänder, konnte man ihre reizvollen Formen erahnen.

Es fiel ihm mit einem Male wie Schuppen von den Augen. Er hatte im Haus Ibn Nasredins noch nie eine Frau zu Gesicht bekommen. Diese hier waren wahrscheinlich Sklavinnen des Gastgebers, denn zumindest zwei schienen aus dem Norden zu kommen. Außerhalb des Hauses traten die maurischen Frauen nur verschleiert auf. Dies hatte ihm Rico erzählt. Seltsam sind diese Sitten. Er beschloß, sich darüber weiter keine Gedanken zu machen. Gelangweilt knabberte er an den Walnüssen aus der vor ihm stehenden Schale.

Wie er die erste Reihe der Tänzerinnen so betrachtete, trafen seine Augen doch immer wieder die zweite von links. Es war eine dunkle Schönheit, mit langem lockigen Haar. Aber nicht nur ihre Figur - sie sahen alle mehr oder weniger gut aus - verwirrte ihn. Nein, da war noch irgend etwas. Als sie merkte, daß Harry sie immerzu anstarrte, tanzte sie sich mit geschmeidigen Bewegungen in seine Nähe, wobei sie ihn kurz anlächelte. Dieser Augenaufschlag und das Bewegen ihrer Lippen drang wie ein Blitz ins tiefste Mark seiner Seele. Harry schoß sofort die Röte ins Gesicht. Trotzdem konnte er den Blick nicht von ihr wenden. Seine Gedanken an Schottland, an seine Begleiter, die Kaufleute um ihn herum, ja sogar an die Geheimnisse der Karte und die beschriebenen Pergamente, die er unter der Brust trug, waren mit einem Schlag vergessen. Er sah nur noch sie und es schien ihm in diesem Augenblick egal zu sein, daß sie nur mit ihm kokettierte.

Dies entging auch den scharfen Augen des Hausherrn nicht und er stupste den Italiener an. „Seht euch mal um, Senore Rico, ich glaube unseren jungen Freund aus dem Norden hat eine ägyptische Schönheit die Sinne verwirrt. Er wird doch hoffentlich nichts Unbedachtes tun." Rico, der unbedingt noch dreißig Platten Spiegelglas verkaufen wollte, war etwas ärgerlich, daß sein Partner auf so plumpe Art ablenkte. Harry hatte heute bei dem Gelehrten ausgezeichnete Arbeit geleistet, warum sollte er sich dann nicht mal amüsieren. So drängte Rico auf die Fortführung der bisherigen Unterhaltung. Der Maure machte noch eine amüsierte Bemerkung, dann wandten sie sich also wieder ihren Geschäften zu, wobei sie an der Vorführung der Tänzerinnen nur wenig Anteil nahmen. Allein Ibn Nasredin gab den Mädchen noch ein Zeichen, wobei er der dunklen Schönen einen scharfen und vielsagenden Blick zuwarf. Die Geste des Gebieters hinterließ ihre Wirkung. Nachdem letzten Tanz, verschwanden die Frauen in den Innenräumen des Hauses.

Die anwesenden Kaufleute gerieten in eine zunehmend heißere Geschäftsdebatte, um noch in den letzten Augenblicken einen Preisvorteil für ihre Seite zu erreichen. So bemerkte niemand, wie sich Harry leise zurückzog. Er tat erst so, als ginge er in das Schlafgemach der christlichen Kaufleute. Es war dunkel am Rande des Hofes und als er aus dem Schein der Fackeln trat, änderte er die Richtung.

Dir mag sein Handeln überstürzt erscheinen. Dies ist wohl wahr, kann man doch nicht alles, dem Feuer der Jugend zuschreiben. Allerdings ist es heute nicht mehr zu ermessen, welchen Zauber die orientalischen Frauen auf die Ritter des nördlichen Abendlandes ausübten. Und Harry wollte nur eines - sie wiederfinden. Wild geisterten die Gedanken durch seinen Kopf. Er würde sie befreien und nach Schottland entführen. Doch schon im nächsten Augenblick verwarf er alles.

Harry schlich sich vorsichtig die Treppe zu den Zimmern des Hausherrn hinauf. Nach einer Weile war er schließlich auf dem Dach und in dem prächtigen Rosengarten angelangt. Der bleiche Mond leuchtete silbern auf die Alhambra.

Harry genoß noch einmal den Blick, doch wurde er bald wieder unruhig. Hastig suchte er eine wunderschöne Rose aus und brach sie. Danach überlegte er, wie er unbemerkt in den westlichen Teil des Hauses gelangen könnte. Über die Treppe und den Hof wieder zurück. Unmöglich. Außerdem ließ Ibn Nasredin seine Sklavinnen bestimmt bewachen. Da verfiel er auf eine Idee.

Vom Dachgarten bis zum obersten Dach des Hauses betrug der Höhenunterschied gerade einmal etwas über eine Manneslänge, was ungefähr der Höhe der oberen Zimmer entsprach. Er würde also über die Dächer klettern.

Harry suchte sich an der Wand eine größere Rankenpflanze und zog sich nach oben. Dort angekommen balancierte er langsam über die Ziegel auf die andere Seite. Dabei mußte er höllisch aufpassen, daß ihm die Neigung des Daches nicht zum Verhängnis wurde. Man konnte von hier oben einen kleinen Teil des fackelbeleuchteten Innenhofs sehen. Unverständliches Stimmengewirr der Kaufleute drang nach oben. Elende Pfeffersäcke, dachte er. Haben nur das eine im Sinn. Es sah aus, als könnte es noch lange dauern, bis es für alle Seiten zu einer verträglichen Einigung kommen würde.

Doch Harry mußte sich konzentrieren um nicht abzurutschen. Bald hatte er die andere Seite erreicht. Er konnte schon sehen, daß das Haus auf der Westseite im Dach eine kleine Unterbrechung aufwies. Hier war ebenfalls ein Dachgarten angelegt, wenn auch viel kleiner als der auf der Ostseite. Harry schätzte die Distanz ab. Jetzt nur nicht die Knochen brechen. Er sprang und landete mitten im Rosenbeet. Was für ein Esel war er doch, er hätte doch auch hier die Rose für seine Angebetete pflücken können. Er versuchte die neue Lage einzuschätzen. Ins Haus gingen zu beiden Seiten des Gartens Türen ab. Harry schaute zur Straßenseite hinunter. Jetzt durchs Haus zu gehen erschien ihm zu gefährlich. Bei seinem Blick auf die dunkle Straße war ihm jedoch entgangen, wie sich im Schatten des Hauses zwei Männer unterhielten. Hätte Harry auch nur im leisesten geahnt, wer dort im schützenden Dunkel der Nacht sein Unwesen trieb, wäre er nicht dem Befehl seines Herzens, sondern dem seines Verstandes gefolgt. Noch blieb er blind und sorglos und der Schatten gewann Zeit, sich weiter über sein Schicksal auszubreiten.

So bekam er auch nichts davon mit, wie die beiden in Richtung Oberstadt verschwanden. Harry sah abermals an der Hauswand hinab. Leuchtete da nicht ein schwaches Licht unter ihm. Ein offenes Fenster? Und drangen da nicht Frauenstimmen zu ihm empor. Ein paar Rankenpflanzen, die sich vom Dachgarten her nach unten wanden, wurden Träger seines Planes.

Er wählte eine besonders dicke Ranke aus und ließ sich langsam an ihr herab. Zuerst würde er versuchen, zu dem Fenster unter ihm zu gelangen. Doch da zerriß mit einem mal die wahrscheinlich zu dünne Pflanzenfaser und mit ihr all seine Hoffnungen. Harry sauste in die Tiefe hinab.

Geistesgegenwärtig ergatterte er den Fenstersims und konnte sich daran festhalten. Mit aller Kraft zog er sich daran empor, bis er in das Zimmer hineinschauen konnte. Die

Hand schmerzte und die Arme zitterten, aber er sollte Glück im Unglück haben. Im Innern des Zimmers erblickte er die schöne Mulattin und eine andere Frau. Seinen Sturzflug schien niemand bemerkt zu haben. Sie sprachen zueinander in Arabisch, so daß Harry nichts verstehen konnte.

Nach einer Weile, Harry war fast am Ende seiner Kräfte angelangt, klammerte er sich doch die ganze Zeit am Sims fest, verließ die andere Frau den Raum. Die dunkle Schöne lag auf einem Diwan und zupfte nervös an ihrem langen seidenen Gewand herum. Leise, wie ein Mäuschen kletterte Harry durchs Fenster. Er nahm ganz langsam die Rose, die er die ganze Zeit über zwischen den Zähnen gehalten hatte, in die rechte Hand und machte zwei Schritte nach vorn.

„Was wollt ihr hier." sagte das Mädchen, ohne sich umzudrehen. Sie wußte, daß er es war und redete ihn seltsamerweise auf Lateinisch an. Im selben Augenblick, wo sie sich umwandte, sank Harry in die Knie und hielt ihr die rote Rose hin. „Ihr wart vorhin so schnell verschwunden. Ich wollte euch noch diese Rose schenken. Eure Schönheit hat mich den Rest der Welt vergessen lassen."

Ihr wunderschönes braunes Gesicht schaute ein wenig lächelnd, aber auch ein wenig besorgt zu ihm herab. „Ihr müßt von Sinnen sein. Ihr spielt mit der Freundschaft eures Gastgebers. Ich brauchte nur zu schreien und die Hausdiener würden euch töten. Es wäre vollkommen legal."

Doch Harry konnte an ihren Augen ablesen, daß es keineswegs ihre Absicht war, die Wächter zu rufen. „Wenn ihr es wünscht, daß ich sterben soll, dann würde ich es auf der Stelle für euch tun", sagte er leidenschaftlich. „Große Worte, mein junger Freund. Doch denkt daran, daß ihr euer Leben für eine nichtswürdige Sklavin aufs Spiel setzt." „Und wenn ihr die armseligste und unwürdigste Sklavin der ganzen Welt wäret, ich würde doch zu euren Füßen liegen." Sie stand auf und ging auf ihn zu. Harry schwindelte, als sie näher kam. Ihr verführerisches Parfüm betörte ihn. Sie nahm die Rose aus seiner Hand und roch an dem schweren Duft der Blume. Danach ging sie zum Wandschrank und stellte sie in eine Vase.

„Ihr seid also jener junge Schotte, der zur Zeit unter unserem Dache weilt. Wie nennt man euch?" „Sir Henry Sinclair, vom Clan der Sinclairs aus Rosslyn. Ich bin ein schottischer Ritter und Edelmann." Harry erhob sich. Sie drehte sich wieder voll zu ihm und schritt auf ihn zu. „Ihr schmeichelt mir, Herr Ritter." Dabei lächelte sie wieder, so wie er sie beim Tanz gesehen hatte. Harry konnte nur noch in ihren großen Augen versinken, die langsam immer näher kamen. Sie brauchte nur einen Bruchteil eines Augenblicks, um abzuwägen, daß ihr der alte dicke Kaufmann, der sie einst für seinen Harem kaufte, nur um vor seinen Freunden anzugeben, niemals das bieten konnte, was dieser junge Mann ihr zu geben bereit war. Ibn Nasredin gab sich sowieso lieber mit seinen fetten Weibern ab, doch war sie darüber nicht unglücklich. Und obwohl auch einiges dagegen sprach, entschied sie sich für den Fremden. Pulsend schoß ihr das Blut durch die Adern, als sie fühlte, daß man ihre Hand streichelte. Die junge Frau hörte, wie sie der Fremde nach ihrem Namen fragte, danach vernahm sie nur noch ihr eigenes leises Hauchen, das so klang als wäre es schon sehr, sehr weit weg. „Belakane."

*

Die Nacht lag tief über Andalusien. Unter ihrer dunklen Decke ruhten aber nicht nur die Friedlichen von der Unrast des Tages, nein auch die Mächte des Bösen nutzen ihren verbergenden Schutz. Harry, der im siebenten Himmel schwebte, ahnte nichts von den dunklen Wolken am Horizont. Die zwei Männer, die, als er das Dach überquerte, noch an der Wand des Hauses Ibn Nasredins lehnten, waren schon längst verschwunden. Der eine von beiden beobachtete den ganzen Abend über aufmerksam die Gäste im Innenhof, bis er bemerkte, wie der junge Sinclair sich von den Kaufleuten entfernte.

Da begann er zu handeln. Er wartete eine Weile und schlich dann in das Zimmer der christlichen Kaufleute. Im Dunkeln stach er auf das Bett des Schotten mit einem Dolch ein, doch er merkte recht schnell, daß sein Opfer nicht zugegen war. Auch das, was er suchte, konnte er nicht finden. Nur die Waffen und das Kettenhemd des Ritters lagen auf einer kleinen Holzbank. Wütend über diesen Mißerfolg verließ er auf leisen Sohlen das Zimmer, genauso wie er gekommen war. Vor dem Haus erwartete ihn sein Komplize, ein finsterer Kerl, der selbst ihm nicht geheuer erschien. Er aber, der für Geld zum Mordgesellen wurde, war niemand anderes als der Diener des Kaufmanns, Jegoda.

Eine Nachtigall flötete ihr Lied in die Nacht. Der greise Omar lauschte ihrem Klang. Er saß immer noch in seinem Stuhl. Die warme Nacht und viele in seinem Kopf kreisende Gedanken ließen den Alten nicht schlafen. Auf einmal hörte er einen Flügelschlag und schaute auf seinen Fenstersims. Eine riesige Elster saß da, der weiße Teil ihres Gefieders leuchtete silbern im Mondlicht, während der schwarze wie Perlmutt schillerte. Mit ihren kleinen Augen starrte sie zu dem Mann hinüber, so als wolle sie ihm eine Geschichte erzählen. Omar al Harif kannte die Geschichte. Er ahnte, was die Stunde geschlagen hatte.

„Guten Abend, alter Mann." Eine dunkle Gestalt war in den hinteren Teil des Raumes getreten. Man konnte sie im Dunkeln nur schwer erkennen. Der Akzent seines Latein verriet, daß dieser Mann kein Spanier war. Omar wußte sofort, worum es ging.

„Wie mich heute die beiden Christen aufsuchten, spürte ich schon, daß ihre Verfolger nicht weit sein werden. Große Geheimnisse werfen schnell lange Schatten. Und lange Schatten wecken die in der Sonne dösenden Raubtiere. Jetzt kommt ihr endlich. Ich habe euch schon länger erwartet, als ihr euch vorstellen könnt." Die Worte kamen dem Alten sehr mühselig und brüchig über die Lippen. „Was wißt ihr über die Karte?" fragte die Stimme kalt aus dem Dunkel.

„Diese Karte ist für euch bedeutungslos. Ihr werdet sie niemals begreifen", entgegnete Omar, leicht amüsiert im Angesicht des Todes. Es gab nun sowieso nichts mehr zu verlieren. Am Tage des wissenschaftlichen Höhepunktes seines Lebens würde er sterben.

„Da irrt ihr euch gewaltig", sagte die Stimme. „Diese Karte bedeutet Macht. Mehr Macht, als man sich vorstellen kann. Und ihr wißt es genau." „Ihr werdet von mir kein Wort erfahren." „Das werden wir schon sehen. Die dunkle Gestalt trat aus dem Dunkel auf den Alten zu - Omar konnte im Mondlicht deutlich das fahle Gesicht erkennen - und schnellte blitzschnell mit beiden Händen vor. Unerbittlich bohrten sich die Finger unterhalb der Ohren in den Kopf des Gelehrten. Unerbittlich. Und der Schmerz wuchs ins Unerträgliche. Omar al Harif befand sich in den Fängen des Raubtiers, des schlimmsten Raubtiers, daß es auf Erden gibt. Den Menschen.

„Wohin hast du ihn geschickt", erklang wieder mit Eiseskälte die Stimme. Doch Omar schwieg. Fester und fester preßte das Raubtier seine Krallen in den Kopf des Alten und als es zum fünften Male fragte, hielt es dieser nicht mehr aus.

„Nach Salamanca." Der Griff lockerte sich. „Aha, Salamanca. Habt Dank, alter Mann." Die finstere Gestalt, die hinter Omar stand, holte zu einem kurzen, aber gezielten Schlag aus. Die Handkante traf auf Haaresbreite präzise den Hals des Alten. Man hörte nur noch ein leises Knacken. Danach wurde es still im Raum.

Der finstere Todesengel entschwand wie ein Hauch, genau so wie er gekommen war.

Etwas später konnte man eine Gestalt mit langem Mantel beobachten, die sich langsam an der Hauswand herabseilte. Unter dem verhüllten Haarschopf lugten, im Mondlicht verräterisch aufblitzend, ein paar blonde Strähnen hervor. Die große kräftige Gestalt ließ auf einen Mann schließen. Noch nicht am Boden aufgekommen, trat jemand an ihn heran. Dieser andere mußte im Schatten gewartet haben. „Ist es erledigt, Senor. Was hat der Alte gesagt?" fragte er zitternd.

„Du hast mich belogen, du Ratte. Kein Wort kam über die Lippen dieses Hundes", entgegnete der Blonde mit seiner grausigen Stimme. „Wann gebt ihr mir nun endlich meinen Lohn, Senor?" fragte der andere, wobei er noch mehr zitterte. Dieses Zittern war nicht unbegründet, denn es blitzte ein blanker Stahl auf, dem ein tiefes Röcheln folgte. Das Raubtier verwischte seine Spuren.

„Hier hast du deinen Lohn", zischte es und zog das Schwert aus dem Körper zurück. Der Stoß saß recht gut, denn kaum ein Tropfen Blut wurde vergossen.

Mit unverständlichen Augen schaute ihn der Sterbende an. „Hast du gedacht, daß ich dich mit Gold überschütte", höhnte der Blonde. Damit packte er den Toten und trug ihn weg aus der Gasse. Tage später fanden Leute in einem der Abwasserkanäle Granadas eine stark verweste Leiche ohne Kopf.

Das Schicksal des weisen Omar al Harif sollte jedoch erst einige Tage später aufgedeckt werden. Zu einsam und abgeschieden hatte der Alte in den letzten Jahren gelebt, als daß bei ihm häufig Besucher ein und ausgingen. Doch sein gewaltsamer Tod sollte zu diesem Zeitpunkt bereits gesühnt sein, von dem Ritter, der das Land der Mauren nie vergessen würde, Sir Henry Sinclair.

*

Harry schreckte hoch. Was war das für ein Geräusch. Auf dem Fenstersims konnte er eine große Elster sitzen sehen.

„Was hast du." Nun auch sah sie zum Fenster hinüber. „Benimmt sich dieser Vogel nicht sonderbar." flüsterte Harry. „Warum sucht er die Nähe von Menschen. Sein Erscheinen hat doch sicherlich eine Bedeutung."

Belakane antwortete ihm leise, ohne den Blick vom Fenster zu wenden. „Sieh hin. Die Elster trägt schwarze und weiße Federn. Sie ist das Symbol dafür, daß alles Gegensätzliche auf dieser Welt nur als Einheit existieren kann. Die Einheit von Gut und Böse, Leben und Tod, Liebe und Haß, Frau und Mann, schwarz und weiß."

Die Elster schlug mit den Flügeln und hüpfte auf dem Sims hin und her. Dabei schaute sie mit ihren schwarzen kleinen Augen neugierig ins Zimmer. Schließlich flog sie, noch einige krächzende Laute ausstoßend, auf und davon. Harry wunderte sich über Belakanes Rede. „Woher weißt du das, du bist doch nur eine einfache Sklavin." Sie lächelte und strich sich dabei ihre langen schönen Locken aus dem Gesicht. „Würdest du in die Sklaverei verkauft werden, so fragt dich keiner nach deiner Herkunft. Mein Vater war ein geachteter ägyptischer Gelehrter, eine seiner Frauen, meine Mutter, eine äthiopische Prinzessin, die als Sklavin nach Kairo gelangte. Sie wurde gezwungen, ihrem Glauben, dem Christentum zu entsagen. Jedoch wirklich tat sie es nie."

„Meine arme kleine Sklavin", flüsterte Harry ihr ins Ohr. „Ach, du bist ein Kindskopf." entgegnete sie ihm und lachte leise durch die Zähne. Er schlang von hinten seine Arme um sie und küßte ihren Nacken, ohne den Blick von der Stelle zu wenden, an dem noch vorhin die Elster saß. Belakane bog ihren Kopf weit nach hinten, so daß sie sich in die Augen sehen konnten.

Harry kam ein seltsamer Gedanke. „So gibt es also Christen in Äthiopien? Die Gelehrten erzählen bei uns, daß dort das selige Reich des Priesters Johannes liegt. Dann bist du etwa auch christlich?" „Nein." sagte sie entschieden. „Meine Mutter starb, als ich fünf Jahre alt war. Ich wurde im Glauben an den Koran erzogen." „Wie bist du dann in die Hände dieses maurischen Kaufmanns gelangt." „Auf einer Reise nach Marokko, wo mein Vater Verwandte hat, wurde unsere Karawane überfallen. Es war einfach schrecklich. Die Älteren und Gebrechlichen wurden alle ohne Erbarmen erschlagen. Auch mein Vater. Längst hat der Sand der Wüste ihre Gebeine zugeweht oder Skorpione und Schlangen verkriechen sich in ihren Schädeln.

Der Landweg nach Marokko ist sonst ziemlich sicher. Wahrscheinlich lauerten uns türkische Korsaren, vom nahen Meer herkommend, auf. Die Überlebenden wurden an die algerische Küste geschleppt und dort auf ein ankerndes Schiff bei Nacht und Nebel verfrachtet. Die Piraten segelten mit uns nach Malaga. Wir erreichten die andalusische Hafenstadt nach tagelanger Fahrt, zu Dutzenden eingezwängt im stinkenden und dunklen Bauch des Seeräuberschiffes. In Malaga wurde ich mit einigen anderen auf dem Sklavenmarkt verkauft. Ibn Nasredin hat damals sehr viel für mich bezahlt. Drei Jahre bin ich nun schon in seinem Hause und ich bin ihm dankbar, daß er mich weitestgehend in Ruhe läßt. Ins Bett geht er nämlich lieber mit seinen dicken Weibern Ramira oder Fatima. Aber meist ist er wegen seiner Geschäfte unterwegs. Für mich ist dieses Haus so etwas wie ein goldener Käfig geworden. Ich habe hier niemanden, den ich richtig kenne, außer den anderen Frauen."

„Soll ich dich in meine Heimat entführen?" fragte Harry voll des jugendlichen Eifers, ein großer Befreier zu sein. „Gern würde ich dir folgen, doch das rauhe Land des Nordens wird mir auf ewig fremd bleiben müssen. Ich habe Angst vor deiner Welt. Nicht unbegründet. Wenn du mit eigenen Augen gesehen oder gehört hättest, welche Greueltaten die Christen in ägyptischen Küstenstädten begangen haben, würdest du mich verstehen. Die edlen Herren Ritter aus dem Norden. Ich sah die Leichenberge, zerhackte Leiber, geschändete, verstümmelte Frauen, verbranntes Fleisch, den Tod mit all seinen Gesichtern und ich habe noch tagelang danach speien müssen. Nein, sie taten es nicht um Christus willen. Nur um ihre Gier nach Macht, Reichtum und Perversion zu befriedigen. Viele dieser Mörder, waren kaum den Kinderschuhen entwachsen. Vielleicht wollten sie es auch gar nicht. Doch wie schnell läßt man die christlichen Gedanken fallen, wenn man sieht, daß der Landsmann, der Gefährte, ja alle mit weidlicher Inbrunst und wohl wissend, daß ihre Taten ungesühnt bleiben, Frauen, Kinder und Greise abschlachten. Warum ich dir, der du auch zu ihnen gehörst, Vertrauen schenke, weiß ich nicht." Ihre Worte waren unglaublich scharf gewesen und Harry schluckte. Er fühlte sich entwaffnet und obendrein schrecklich schuldig. Dabei war er doch noch niemals im Morgenland gewesen.

Belakane legte ihm ihren Finger auf den Mund. „Pst! Du mußt jetzt nichts sagen. Es ist besser so. Unsere Welten sind einander fremd. Kehre in dein Land zurück, Harry. Wenn du mich bei Tagesanbruch verläßt, dann solltest du wissen, daß ich dich nie vergessen werde."

Harry seufzte. Belakane löste sich aus seiner Umarmung und verließ das Bett. Sie ging auf Zehenspitzen zu einer Kommode in der Ecke am Fenster und holte etwas hervor. Danach legte sie sich wieder zu ihm. Sie öffnete die bis dahin geschlossene linke Hand. „Er soll dich an mich erinnern."

„Ein Edelstein." „Halt ihn in den Mond und er funkelt in einem silbernen Licht." Harry mußte unweigerlich an die Erzählung des alten Iain MacMhuireadhach vom Hochlandkönig denken. Dessen verzauberte Worte über den heiligen Kristall Thyrion, dem Hellen, der da stammte von dem, der die silbernen Sterne erschuf. Mit einem Schlag wurden die Erzählungen über Elfen und Feen in seinem Kopf mehr als lebendig. „Es ist ein Saphir", sagte Belakane. „Ich habe ihn von meiner Mutter erhalten. Der Edelstein ist sehr alt. Meine Mutter erzählte mir damals, kurz bevor sie starb, daß just diesen Stein einer unserer Vorfahren von der Meergöttin erhalten hat. Es heißt, daß dem Träger des Saphirs das Glück auf See immer gewogen bleibt und er selbst den schlimmsten Sturm unbeschadet übersteht. Wahrscheinlich ist es nur ein Märchen und außerdem weiß ich nicht, wann ich noch einmal über das blaue Meer fahre. Aber du kannst ihn brauchen. Er soll dir Glück bringen und wenn du ihn gegen das Licht hältst, werden deine Gedanken zu mir fliegen."

Harry betrachtete das Juwel und hielt ihn etwas weiter nach vorne in den Lichtkreis des Mondes. Der Saphir glitzerte in einem schwach silbernen Licht, das das Zimmer in einen leichten weißen bis bläulichen Schein tauchte. Es war fast nicht zu bemerken. Aber einen Effekt erreichte der Kristall dennoch. So schrumpften die Ecken, in die sich das Dunkel zurückziehen mußte, auf ein Minimum zusammen.

Welches Wunder. Wenn wir unerklärlichen Dingen in dieser Welt begegnen, versuchen wir sie mit dem uns schon Bekannten in Verbindung zu bringen. Nichts anderes tat auch der junge schottische Ritter. Er dachte natürlich sofort an den Stein, der König Fionn bis zum See Awe geführt hatte. Doch dies war nur ein Märchen. Sicherlich gibt es auf dieser Welt Kristalle, die in irgendeiner Form eine fluoreszierende Wirkung haben. Dies trifft jedoch nicht auf Edelsteine zu. Es sei denn, sie weisen Einschlüsse auf.

Harry wußte davon nichts. Er hielt es für ein Wunder. Ja, für ihn verzauberte das Licht das Zimmer ein wenig. Belakane wirkte in seinem Schimmer sonderbar weich, ihre Konturen schienen fließend, so daß Harry einfach nicht anders konnte, als ihre Haut zu berühren. Leise flüsterte er ihr zu. „Ich werde dir auch etwas zeigen. Es enthält das Geheimnis, wegen dessen ich in dieses ferne Land der Mauren gekommen bin." Er legte den Kristall beiseite, so daß das Dunkel der Nacht zurückkehrte, griff nach seinen Sachen, die neben dem Bett lagen, brachte das kleine lederne Brustfutteral zum Vorschein und öffnete es. Dann zog er vorsichtig den zusammengerollten Papyrus aus dem Köcher und öffnete ihn.

„Es ist ein ägyptischer Papyrus", sagte Belakane erstaunt. „Ja. Komm ins Licht. Ich zeige es dir." entgegnete der junge Schotte. Sie beugten sich beide über den Bettrand, vor ihnen der aufgeschlagene Papyrus im Lichtkreis des Mondes. „Eine Landkarte", bemerkte Belakane erstaunt. „Dort ist Ägypten und hier ist Andalusien." „Ja, du hast Recht, aber siehst du auch die vielen Bild- und Schriftzeichen. Bis heute wußte ich nicht, welche Bedeutung sie haben. Um ihr Geheimnis vollständig zu enträtseln, suchte ich zusammen mit dem jungen venezianischen Kaufmann einen berühmten Gelehrten in dieser Stadt auf, der sich auf die Schriftzeichen der alten Zeitalter versteht. Er war uns eine große Hilfe. Aber verdammt. Man kann kaum etwas erkennen, ich werde wohl den Kristall noch einmal zu Hilfe nehmen müssen."

Als Harry den Saphir in den Kreis der bleichen Strahlen des Mondes tauchte, begann dieser abermals das Zimmer zu verzaubern und die Geheimnisse der Karte wurden nun vollends sichtbar. Sie starrten vor sich auf den Boden. Harry fuhr mit dem Finger über die Karte „Sieh hier. Das ist Schottland, meine Heimat. Und hier ist das große Meer im Westen, wild und voller Gefahren. Nur die wilden Nordmänner sollen es je bezwungen haben. Am linken Rand ist ein gewaltiger Kontinent eingezeichnet. Eine unbekannte Welt, die es neu zu entdecken gilt. Denn früher muß der Seeweg dorthin einmal bekannt gewesen sein. Der Gelehrte meint, daß ihn selbst die alten Phönizier noch befuhren. Diese Karte haben zu jener Zeit ägyptische Totenpriester kopiert, von einem weitaus älteren Urbild, verstehst du. Vielleicht vom Anbeginn unserer Tage."
„Vom Anbeginn der Tage. Wie meinst du das?" fragte sie ihn. „Na ja, beweisen kann ich es nicht. Doch der alte Omar erzählte mir heute, daß es hier steht." Harry zeigte auf eine Reihe von Zeichen am unteren Rand des Papyrus.
„Jahrtausende vor den Nordmännern wurde diese Welt entdeckt und vermessen. Höchstwahrscheinlich von den alten Ägyptern. Was sagst du dazu."
Belakane hätte ihm viel über die alten Ägypter erzählen können, jedoch ihre Augen starrten wie gebannt auf den linken Rand der Karte, so als wolle sie es nicht glauben,

147

was dort gezeichnet war. Drüber hatte sie noch nichts gehört oder gesehen. Die ihr bekannte Welt endete auch in Afrika, China und im Abendland. Sicher, ihr Vater erzählte früher einmal von dem wunderbaren Land Hyperborea, das sich hinter dem ewigen Eis und Schnee befindet.

Harry indes starrte immer wieder auf den Kristall, so als wollte er ergründen, warum er im Schein des Mondes so seltsam funkelte. „Woher hast du diesen Stein", fragte er Belakane, die er damit aus ihrer Versunkenheit riß. „Diesen Stein brachte meine Mutter aus Äthiopien mit. Wir gelangten über die Sklaverei in das Land am Nil, vergiß das nicht", sagte sie ihm ernst. Sie konnte es nicht verstehen, warum er in dem Stein mehr sah als einen einfachen Glücksbringer. Wahrscheinlich, weil sie die Geschichte des alten Barden nicht kannte. Jedenfalls dachte das Henry.

„Ja, sicher, du hast recht. Wir wissen gar nichts", antwortete er geistesabwesend. „Wer weiß, durch wie viele Hände der Stein im Laufe der Jahrtausende gegangen ist. Deine Ahnen können uns nun auch nichts mehr erzählen, Belakane. Der alte Gelehrte hat recht. Vermutungen bringen einen erst einmal nicht weiter." Er ließ den Kopf aufs Bett fallen.

„Sicher weiß ich von der magischen Fähigkeit des Steins, das Licht in alle Richtungen zu brechen. Es ist die Eigenheit jedes geschliffenen Kristalls. Natürlich wirkt es ein bißchen so, als ob er schwaches Licht, sei es das des Mondes oder der Sterne am Firmament, zu verstärken scheint. Doch ist er kein Wunderstein. Man erzählt von euch Franken, daß ihr schnell dazu neigt, in Dingen, die ihr euch nicht erklären könnt, irgend etwas Übernatürliches zu sehen."

„Warum sagst du das. Gibt es keine Geschichte, die deine Vorfahren mit diesem Stein verbinden? Du erwähntest doch vorhin die Geschichte mit der Meergöttin." „Harry." Belakane lachte leise. „Glaubst du etwa daran. Ich kenne doch nicht die Geschichte des Kristalls. Ich kannte doch kaum einmal meine Mutter. Mein Vater wußte wahrscheinlich nicht viel über die Herkunft meiner Mutter. Deswegen ist mir recht wenig über ihr früheres Leben in Äthiopien bekannt. Und nun bin ich eine Vollwaise. Das einzige, was mir von meiner Familie blieb, ist dieser Kristall.

Es grenzt an ein Wunder, daß ihn die Seeräuber damals nicht gefunden haben. Heute gab ich ihn dir, damit er dich an mich erinnert.

Der Eine hat das Schicksal unseres Zusammentreffens vorherbestimmt, denn er weiß, daß du den Stein benötigst. Allahs Wege sind unergründlich. Und wer weiß, vielleicht führt uns seine Hand noch einmal zusammen."

Harry ärgerte, daß Belakane dem Stein keine Wunder beimessen wollte. Sie hatte wohl recht. Naja, dann konnte er ja den Papyrus wieder zusammenrollen. Doch als sein Oberkörper nach vorne schnellte, schob ihn die Hand Belakanes sacht auf das Bett zurück. „Laß jetzt die Karte." Sie beugte sich über ihn. Harry sah zu ihr hoch. Diese großen braunen Augen, das verführerische Lächeln, ihre langen Locken, die ihr tief bis in die Lenden fielen und ihre zarte Gestalt umrahmten, gleich einem Engel, der ihm aus dem Himmel geschickt wurde. In seinem Kopf wirbelte alles bunt durcheinander. Die

Geheimnisse früherer Zeitalter, der magische Zauber Thyrions, die versponnenen Fäden, die sie beide zusammengeführt hatten und vor allem sie, Belakane.

*

Es begann langsam hell zu werden in Granada, aber die Stadt lag immer noch in einem tiefen Schlaf. Im Hause des Kaufmanns Ibn Nasredin waren jedoch bereits zwei Menschen unterwegs. Durch die Flure schlichen sie, vorbei an den Türen der anderen Sklavinnen zu einer kleinen Treppe, die nach oben führte zu dem kleinen Dachgarten, der genau über Belakanes Fenster lag.

Leise öffneten sie die Tür. Der Morgentau lag noch auf den Blüten und Blättern der Pflanzen. „Ist es hier oben nicht wunderschön? „Du hast Recht." entgegnete Harry der Freundin. „Von hier aus kann man sogar die Burg des Emirs sehen. Komm hier her." Belakane setzte sich mit ihm auf die Bank unter einem blühenden Rosenstrauch.

Der Mond war schon fast verschwunden und hinter der Alhambra kündete bereits ein helles Licht am Himmel den kommenden Morgen. Bis Sonnenaufgang würde es ungefähr noch eine Stunde dauern. Sie saßen beide auf der Bank und schauten über die rote Burg hinweg auf das ferne Schneegebirge. "Vielleicht werden wir uns nie mehr wiedersehen." Belakane kämpfte mit den Tränen. Fest drückten sich die Geliebten aneinander. Ihre Gefühle rissen sie hin und her, so als wollten sie die Wirklichkeit nicht begreifen. Fast wäre Belakane Harry gefolgt, aber schließlich tat sie es doch nicht, denn im Grunde wußten sie ja, daß zwischen ihnen Welten lagen.

Harry schlich über die Dächer davon. Nur einige Zeit später stahl er sich leise in das Zimmer der Kaufleute zurück. In dem Raum hing eine schwere Wolke, gesättigt mit Alkohol, schlechtem Mundgeruch, Erbrochenem vermischt mit Zwiebeldünsten und wer weiß was noch alles. Harry hörte das Schnaufen und Röcheln einiger Weinleichen. Die meisten aber schliefen still und fest und träumten von dicken Geldsäcken, die sie dank vortrefflicher Geschäftsabschlüsse zu füllen gedachten. Harry ekelte sich. Trotzdem bewegte er sich auf Zehenspitzen zu seinem Bett und legte sich hinein. Er starrte mit offenen Augen auf die dunkle Decke, denn schlafen konnte er nicht. Außerdem fürchtete er fast zu ersticken. Von ferne hörte man den ersten Muezzin rufen. Der neue Tag war angebrochen.

Die spanischen Ritter

Alfonso war fürchterlich wütend. „Ruhe, ihr gottverdammte Saubande. Hat man denn niemals vor euch Ruhe." Seine geschwollenen, rotgeränderten Augen und der starke Fuseldunst, den er verbreitete, bezeugten, daß es gestern bei den Kaufleuten ein sehr spätes Ende fand. Außerdem hatte er neben sein Bett gekotzt. Auch der junge Venezianer glich eher einem Häufchen Elend als einem stattlichen jungen Kaufmann des Handelshauses Beranelli. Die Wirkung des Alkohols zeigte bei allen ein wirklich deutliches Bild des Verfalls. Sie waren so voll in die Betten gekrochen, daß keiner von ihnen in der Nacht die Abwesenheit des junge Sinclair bemerkt hatte.

Die Männer begannen mürrisch aufzustehen und ihre Bündel zu schnüren, denn bald sollte die Kaufmannskolonne aufbrechen. Harry zog sein Kettenhemd an. Darüber warf er ein leichtes weißes Leinentuch, nahm Schwert, Armbrust, Packsack und Mantel und verließ den Raum in Richtung Innenhof, wo bereits die Pferde von einem Diener Ibn Nasredins gesattelt wurden. Der Hausherr selber erschien nicht, was Harry - wenn er sich so die anderen betrachtete - nicht verwunderte.

Der junge Mann verstaute die Sachen am Sattel seines Rosses. Er führte die dazu notwendigen Bewegungen absichtlich langsam aus und ließ dabei den Blick zur Westhälfte des Hauses hinüberwandern. Als sich niemand an den offenen Fenstern zeigte, begann er den Kopf zu heben, bis seine Augen das gesuchte Ziel erspähten. An der Brüstung des Dachgartens stand Belakane, von Kopf bis Fuß in ein weißes Gewand gehüllt. Selbst ihre schönen langen Locken verbarg sie darunter.

Da kam ein Windstoß und trug ein grünes Seidentuch mit sich fort. Als die Böe nachließ, schwebte es sachte zur Erde. Harry hob es auf und blickte wieder nach oben. Der Platz an der Brüstung war leer, Belakane verschwunden. Er nahm das grüne Tüchlein und band es sich um den Schildarm.

Es dauerte noch eine ganze Weile, bis die Karawane Granada in Richtung Lissabon verließ. Erst am späten Nachmittag tauten so nach und nach die ersten Gemüter wieder auf. Es lag wohl an der frischen Luft, die durch ihre Köpfe blies. Harry, der schweigend neben den Wagen ritt, konnte darüber nur schmunzeln. Er kannte das Katergefühl nach einer durchzechten Nacht mit bestem schottischen Malzbier. Daß der schwere Wein in seiner Wirkung noch viel verheerender sein konnte, wußte Harry nicht. Weit waren sie bis jetzt nicht gerade gekommen und die Grenze würden sie wohl erst morgen erreichen. In beinahe jedem Dorf wurde haltgemacht und man gewährte den Bewohnern ein Schauspiel besonderer Art. Die Kaufleute drängten sich zu dem einzig vorhandenen Brunnen, nicht nur um zu trinken, nein, um gierig zu saufen. Jedoch so große Mengen Wasser können unerwünschte Reaktionen hervorrufen und so spielte bei manch einem der Magen nicht mehr mit. Sie erbrachen sich reihenweise, die edlen Kaufleute aus Portugal und Italien.

Harry hielt sich während dieser Pausen abseits. In einem der letzten Dörfer, es war inzwischen Spätnachmittag geworden, lenkte er sein Pferd auf eine kleine Wiese zwischen den Häusern, stieg ab und legte sich unter die Oleander- und Olivenbäume. Natürlich hielt der Wagenzug wieder und einige stürzten sofort zu dem Dorfbrunnen. Krachend fiel der Eimer hinab, den sie wohl viele Male füllen würden.

Harry interessierte sich nicht mehr dafür. Er brach den Zweig eines Olivenbaumes ab und ließ den Kopf ins Gras sinken. Sein Rappen zupfte an den Blättern der Bäume herum, verstand er doch das seltsame Treiben der Zweibeiner nicht. Andererseits genoß er die vielen Pausen. Immer wieder bleckte er seine großen Zähne und schnaubte voll

Freude durch die Nüstern. Wäre die vorige Nacht nicht gewesen, so hätte der Ritter die Pfeffersäcke verflucht. So aber blieb er seltsam gelassen, dachte er doch an andere Dinge. Ein junger Mann kam vom Brunnen her auf ihn zu.

„Es ist einfach grausam, Harry", sagte Rico, denn niemand anderes war jener Mann. Endlich fühlte er sich wieder stark genug, dem Freund gegenüberzutreten. „Wenigstens habe ich gestern Abend ein paar sehr gute Verbindungen geknüpft. Das müßte mir die Sache eigentlich wert gewesen sein. Was meinst du, Harry." Er grinste und die Wassertropfen, die von seinem Gesicht abperlten, fielen auf den Boden. Nicht, daß den Schotten das Gerede des Freundes anwiderte. Nein über jenen Punkt war er schon hinweg.

„Du siehst bleich aus. Bleich wie der Tod, mein Freund", entgegnete er dem Venezianer mit etwas mitleidigem Unterton. „Aber du bist auch nicht mehr der Alte. Irgend etwas stimmt mit dir nicht seit gestern. Wenn ich mich nur erinnern könnte. Oh, mein Kopf." Rico stöhnte.

Harry blickte ihn nicht an. Statt dessen zerpflückte er einen Olivenzweig in seinen Händen. „Stimmt, du hast recht. Irgend etwas stimmt nicht mehr mit mir", sagte er gelangweilt vor sich hin.

„Jetzt weiß ich's." Der Venezianer wollte auflachen, blieb aber im Ansatz stecken, weil sich sein brummender Schädel sofort zurückmeldete. „Du hast dich bis über beide Ohren verliebt." Darauf erzählte Harry dem Freunde die Geschichte.

Rico, der in den letzten Tagen immer mehr Achtung vor dem jungen Ritter gewann - sein Bruder hatte ihn ja noch als einen stillen, zurückhaltenden Jungen geschildert - war total überrascht. Nein, diese Inselleute! Er schüttelte den Kopf, denn scheinbar begriff er es immer noch nicht. „Ich habe mich schon die ganze Zeit gewundert, woher das grüne Tüchlein an deinem linken Arm wohl stammt. Aber mal ehrlich, ich hoffe, du bist dir bewußt, daß du Kopf und Kragen riskiert hast. Die Araber verstehen da keinen Spaß. Und Ibn Nasredin hätte dir, ohne zu zögern, die Eier abschneiden lassen. Unsere Kaufleute wären da machtlos gewesen."

„Sicher!" erwiderte Harry tonlos. Dann zeigte er plötzlich in Richtung des Dorfbrunnens. „Sieh nur, die anderen sind fertig. Wir sollten aufbrechen." Der junge Ritter sprang auf, ohne sich nach dem Venezianer umzusehen, schwang sich auf seinen Rappen und faßte die Zügel. Langsam setzte sich das Pferd in Bewegung.

Der Tag verging ohne weitere Gespräche zwischen den beiden Freunden. Die Karawane rastete in einem Dorf, das in einem engen Felsental verborgen lag. Harry zog sich mit seinen Gedanken an die Ufer des Flusses zurück. Laut schossen die eiskalten Fluten hier durch die Klamm. Durch die Schneeschmelze in den Bergen führte der Fluß sicher mehr Wasser als sonst. Als es Dunkel wurde zog er den Kristall hervor, um seine Wirkung zu erproben. Hell stand der Mond über Felsen und Fluß. Man konnte ohnehin ganz gut sehen. Als er schließlich den Edelstein auswickelte, enttäuschte ihn das Resultat. Um ihn verbreitete sich ein diffuser Lichtschein, geradeso, als hätte er ein paar hundert

Glühwürmchen auf einen Fleck zusammengezogen. Je dunkler es also war, um so besser funktionierte es. Er steckte den Stein wieder weg. Erst als der Mond hoch oben am Firmament stand, ging Harry zu den Wagen der Karawane zurück.

*

Als der Zug der Kaufleute am nächsten Morgen zur Grenze aufbrach, schienen die Männer wie ausgewechselt. Man unterhielt sich prächtig, so auch Rico Beranelli und Sir Henry.

Der Venezianer, der Kastilien gut kannte, riet Harry, sich nördlich von Cordoba von der Karawane zu trennen, um allein nach Salamanca und Santiago de Compostela weiterzureiten. Er beschrieb ihm die Strecke und gab gute Ratschläge, wem er besser aus dem Wege gehen solle. Denn im christlichen Spanien sei das Reisen weitab der großen Handelsstraßen manchmal sehr gefährlich. Allerlei Raubgesindel lauerte dort den Vorbeikommenden auf und ein schneller Tod wäre - gesetzt den Fall, man geriete in solch einen Hinterhalt - noch die beste Alternative.

Da lachte Harry und verwies auf seine Armbrust. „Das ist meine Alternative. Ich denk doch, daß ich ein guter Schütze bin." Rico runzelte die Stirn. „Na, wenn du meinst." Darauf wechselten sie das Thema und Harry begann über ihre Fahrten mit der Golden Ross zu erzählen. Der andere zeigte sich ein bißchen erstaunt, daß die Schotten die konzeptionellen Vorteile der Karavelle nicht vollständig übernommen hatten. Jedenfalls gerieten sie in eine richtig handfeste Diskussion darüber.

Mit einem Mal war Rico wieder ganz der Schiffbauer, Navigator und Seefahrer. Lange hatte der junge Sinclair darauf gewartet, etwas von dem Venezianer zu lernen. Jetzt, wo sie nur noch wenig Zeit miteinander verbringen sollten, kam die Wandlung. Als Harry erzählte über die Holzscheiben, die der Kapitän des Hulks zur Breitengradbestimmung auf See verwendete. Dafür schilderte ihm der Venezianer, daß man im Mittelmeer dafür den Jakobsstab benutzte. Ein Instrument, das man von den Arabern übernommen und weiter verbessert hätte. Sie überhäuften sich gegenseitig mit Fachbegriffen, sprachen schließlich auch über solche Probleme, wie die der Verpflegung auf hoher See oder dem Verhalten bei plötzlichen Epidemien an Bord. Harry stellte bald fest, daß der Venezianer wirklich eine Menge wußte.

Sowohl Rico, als auch sein Bruder Francesco waren auf den Meeren zu Hause und kannten fast alle Gefahren, die mit einer längeren Reise verbunden waren. Zum ersten Mal begannen Harrys Gedanken wieder nach Schottland zu wandern, zu den Wäldern rund um Rosslyn oder an Bord der Golden Ross. Das hieß nicht, daß er das grüne Tüchlein vergessen hätte.

Der Zug der Kaufleute zog frohgelaunt die Straße in Richtung Cordoba entlang, denn man war sich bewußt, nun nicht mehr weit von der Grenze entfernt zu sein. Alcala la Real lag bereits hinter ihnen.

Bald würden sie den Boden des christlichen Königreiches Kastilien und Leon betreten und der dicke Alfonso stimmte darüber einen Psalm an, aus Dankbarkeit, daß er dann endlich wieder den Klang kirchlicher Glocken genießen könne. Allein, er blieb mitten in seinem Dankgesang stecken, worauf er allgemeines Gelächter erntete.

Die zum Teil bizarren Felslandschaften der nördlichen Gebirgsausläufer, umrahmt von dichten Eichenhainen, verabschiedeten sich. Nun wurden die Hügel um sie herum zunehmend flacher und weiter. Ein Zeichen dafür, daß man sich langsam der Flußebene des Rio Guadalquivir näherte.

Auf einer Anhöhe linker Hand ragte ein gewaltiges Kastell in den Himmel. Wohl eine Festung der Mauren für kommende Kriege, um den dahinterliegenden Paß zu bewachen.

Die Männer in den vordersten Wagen konnten schon in der Ferne das kleine weiße Lehmhäuschen des Grenzposten erkennen. Der Gedanke daran, daß irgendwelche aus Granada mitgeführten Waren aus irgendeinen Vorwand beschlagnahmt werden könnten, ließ bei einigen den Adrenalinspiegel steigen. An dem kleinen Häuschen staute sich die Karawane. Rico ritt nach vorne und übergab seine Referenzen.

Der Maure las die Papiere genau durch und fragte dann nach Ware und Ziel der Reisenden. Die Kaufleute gingen erstaunlich routiniert mit der Situation um. Harry hätte keinen Augenblick daran gezweifelt, daß es zu einem Chaos kommen würde. Dem war nicht so. Die Grenzer blieben gelassen, kam es doch nun schon seit vielen Jahren nicht mehr zu nennenswerten Zwischenfällen. Auch beim spanischen Zoll verlief alles relativ reibungslos, handelte es sich doch ausschließlich um italienische und portugiesische Kaufleute.

*

In Cordoba trennten sie sich. Dabei schien Harry mittlerweile schon irgendwie zur Karawane zu gehören. Dies fand jedenfalls so mancher Kaufmann, der beim Anblick des Ritters mit Schwert und Armbrust Schutz und Sicherheit verspürte. Rico versprach, bis spätestens zum Ablauf einer Jahresfrist wieder von sich hören zu lassen. „Was soll mit dem Pferd geschehen", fragte Harry. Der Venezianer nannte ihm in La Coruna eine Adresse. Dann schlugen sie sich auf die Schultern und zogen ein jeder in seine Richtung von dannen.

Harry wendete sein Roß nach Norden. Er war bereits fünf Tagesritte von Cordoba entfernt, als sich das Wetter zu ändern begann. Die schönen schneeweißen Kumuluswolken begannen schweren, bedrohlichen und dunklen Wolken, die von der See herüberkamen, zu weichen. Nach und nach wurde es kühler, so daß Harry auch noch den Mantel überzog. Schließlich begann es zu regnen.

Der Ritter spornte sein Pferd an, um noch vor Einbruch der Nacht eine sichere Herberge zu erreichen. Doch die großen Wälder, die er nun schon seit geraumer Zeit durchquerte, schienen kein Ende nehmen zu wollen. Grüne, scheinbar undurchdringbare Wildnis. Der Weg wurde mit der Zeit immer schmaler und dickes Gestrüpp wucherte zu beiden Seiten. Längst waren die Kronen der Bäume gesättigt vom Naß des Himmels und dicke Tropfen fielen von dem riesigen Blätterdach der sich abwechselnden Buchen, Korkeichen und Ulmen.

Der Regen war stärker geworden. Sicherlich war es am Boden immer noch erträglich, doch die Abstände der Tropfen, die durch die Kronen drangen, wurden ständig geringer. Wahrscheinlich wütete das Unwetter über den Baumwipfeln mit unerbittlicher Macht. Doch während oben der heftige Regen nicht nachließ, begann im Dickicht des Waldes die von Feuchtigkeit geschwängerte Luft zunehmend die Sicht zu behindern. Ein plötzlicher Wetterumschwung, der vom großen Ozean herüberkam, war immer dadurch gekennzeichnet, daß zuerst ein unwetterartiger Regen über das Land hereinbrach, der später in Dauerregen überging.

Der Reiter war gezwungen, sein Tempo zu verringern. Bei jedem seitwärts vom Weg gerichteten Blick verschwanden bereits nach kurzen Abständen jegliche Konturen von Zweigen und Ästen. Der kleine Hut aus seinem Packsack half Harry angesichts dieses Dauerregens kaum noch. Ein Helm mit einer wattierten Kettenhaube wären jetzt sicher dienlicher gewesen, doch seine Rüstung hing im fernen Rosslyn Castle. Wohlweislich hatte er den ganzen Eisenschrott dort belassen, um sich nicht unnötig damit zu belasten, denn dann müßte er schließlich auch noch ein Packpferd mit sich führen.

Irgendwann fing die Erde an, unter den Hufen des Rosses glitschig zu werden, so daß Harry noch vorsichtiger reiten mußte. Es strengte furchtbar an, sich ständig auf den Weg zu konzentrieren und so sah er nicht den Adler, der ihn mit scharfen Augen von einem dicken Ast der großen Eiche am Wegesrand beobachtete. Auch erspähte er nicht den Luchs, der - in sicherer Entfernung - lauernd durchs Unterholz schlich.

Harry versuchte, sich mit seinen Gedanken die Zeit zu vertreiben. Er sehnte sich nach einer warmen Stube mit einem Tisch, darauf Speck, Brot und Wein. Dann sah er wieder das triefendnasse Tüchlein an seinem Arm und er dachte an sie. Eigentlich störte ihn dieser Regen gar nicht so sehr und außerdem hielten die dichten Laubkronen der Bäume doch das Ärgste zurück. Wie oft wünschte er sich, angesichts der sengenden Hitze Andalusiens einen erfrischenden Wolkenbruch wie diesen hier. Erinnerte ihn doch dieses Wetter an seine Heimat, an Schottland. Aber der Weg bis in das Land der Väter war noch weit.

*

An den Talrändern des Guadiana zogen nun schon seit Stunden heftige Regenschwaden entlang und hatten die Wiesen in den Flußauen über weite Flächen aufgeweicht. Lange schlürfte die schwarze Erde an den Ufern des Stroms das Wasser aus den Wolken, doch nun schien ihr Aufnahmevermögen erschöpft zu sein. Auf dem Weg nach Medellin bildeten sich bereits große Pfützen in den Rinnen der Fuhrwerke. Etwas weiter südlich kreuzte die Straße von Villanueva de la Serena nach Guarena. Unaufhörlich fiel der Regen auch hier nun schon seit Stunden ins Gras.

Auf einem breiten Stein am Rande der Kreuzung saß einsam und allein ein großer Rabe, geradeso als wartete er auf irgend etwas. Das Wasser kümmerte ihn wenig, denn durch sein schillerndes schwarzes Gefieder drang nicht ein Tropfen. Ja, er empfand es sogar als angenehm, daß er durch das scheußliche Wetter, das die Reisenden von der Straße vertrieb, allein Herr über diesen Platz war. Von hier konnte man hinüber zu den Wäldern der Berge blicken, aber auch in entgegengesetzter Richtung den nahegelegenen Fluß erahnen.

Der Rabe hatte den Kopf und Schnabel ein klein wenig unter dem Flügel versteckt. Er wollte ein bißchen dösen, denn heute schien er wohl nicht mehr gestört zu werden. Mit seinen runden scharfen Augen spähte er gelegentlich in die Natur um ihn herum. Nichts Außergewöhnliches. Der gleichmäßig hernieder gehende Regen bot ein Bild der Ruhe und Friedlichkeit.

Doch der Rabe sollte sich getäuscht haben. Von Westen her näherten sich im schnellen Galopp sieben Reiter. Sie hatten sich wie von Geisterhand aus dem Dunst herausgelöst. Kurz vor der Kreuzung bogen sie, den schwarzen Vogel nicht beachtend, vom Weg ab und ritten über die Wiesen nach Süden dem Wald entgegen. Der Rabe fühlte, daß seine Stunde gekommen war und erhob sich langsam in die Luft.

Als er die weiten, seichten Täler hinunterritt, wußte Harry, daß es nun nicht mehr weit bis zum Guadiana sein konnte. Die ersten Lichtungen unterbrachen das Dunkel der Wildnis. Obwohl der schützende Wald sich mehr und mehr auflockerte und er somit stärker dem Unwetter ausgesetzt war, machte ihn dies nur um so hoffnungsvoller, bald auf menschliche Behausungen zu treffen. Und den Regen spürte er längst nicht mehr. Die Gedanken an ein warmes Kaminfeuer und eine warme Suppe hielten ihn wach. Doch es sollte ganz anders kommen.

Harry hörte zunächst nur wie etwas an seinem Kopf vorbei pfiff. Er war schlagartig nüchtern. Im Holz der Eiche am Wegesrand steckte ein kleiner kurzer Pfeil. Das hatte ihm gegolten. Harry drehte sich um. Von rechts näherten sich einige Reiter im schnellen Galopp. Es blieb keine Zeit mehr zu verlieren. Er reagierte blitzschnell und lenkte sein Pferd in entgegengesetzter Richtung in den Wald.

Bald erreichte der erste der Verfolger den Weg und heftete sich sofort an die Fersen des jungen Ritters, indem er ebenfalls im Unterholz verschwand. Doch hier war keine Lichtung, über die man ein Pferd im vollen Lauf jagen lassen konnte. Dunkel umgab den Mann, der jetzt ständig auf niedrig hängende Äste und Zweige aufpassen mußte. Wild schlug er mit einem langen Schwert um sich und spähte dabei nach seinem Opfer aus. Doch rechnete er nicht mit der großen Erfahrung, die Harry in den Wäldern von Schottland im Laufe seines Lebens gesammelt hatte. Er riß keineswegs vor seinen Verfolgern aus, sondern versuchte, die Gegebenheiten des Waldes geschickt zu nutzen, um dann im geeigneten Moment zuzuschlagen.

Sein erster Gegner war noch keine fünfzig Yards weit gekommen, als er einen stechenden Schmerz im Rachen verspürte. Ehe er überhaupt begriff, was geschehen war, sank er leblos vom Pferd. Harrys Pfeil hatte sein Ziel nicht verfehlt und er sollte bald noch mehr Gelegenheit dazu haben, sein Können als vortrefflicher Armbrustschütze unter Beweis zu stellen. Der Regen spülte das Blut des Toten auf den Boden des Waldes und färbte das Laub rot.

Der junge schottische Ritter wußte genau, daß der Überraschungseffekt entscheidend war. Deswegen brach er einige Äste ab, die er zur Tarnung benutzte. Aber ob die anderen so einfach wie der erste darauf hereinfielen, wagte er zu bezweifeln.

Schon sah er durch die Bäume die nächsten beiden Schurken auftauchen. Auch sie trieben ihre Pferde, so schnell es das Dickicht des Waldes zuließ. Harry setzte die Armbrust erneut an und wartete genau auf den Augenblick, in dem die zwei durch den Fund ihres toten Kumpans abgelenkt wurden.

Und tatsächlich, der vage Plan ging auf. Der tödliche Pfeil traf den ersten genau zwischen die Rippen. Jetzt kam der zweite, gefährlichere Teil des Planes. Harry drückte seinem Rappen die Fersen in die Seiten und stürmte nach vorn. Dabei nahm er mit der rechten Hand den zweiten Pfeil, den er zwischen den Zähnen hielt und spannte die Armbrust erneut. Keine vier Yard von seinem Gegner entfernt drückte er im vollem Galopp ab. Mit durchbohrtem Auge sank der riesige Mann vom Pferd. Der Schotte entriß ihm gerade im letzten Moment die Streitaxt und wendete seinen Rappen scharf nach links. Dies alles war in Bruchteilen von Sekunden geschehen.

Harry preßte sich an den Körper des Tieres und manövrierte es, so schnell es die plötzlich auftauchenden Bäume und Äste zuließen, durch das Dickicht. „Nur vor den anderen noch den Weg erreichen", hämmerte es durch seinen Kopf. Kaum war er jedoch die Böschung hinaufgeritten, als die ersten Verfolger schon wieder in Reichweite waren. Sie waren an anderen Stellen in den Wald eingedrungen, hatten dann aber mitbekommen, daß ihr Opfer zu fliehen versuchte.

Der junge Ritter wußte, daß sein Pferd von dem langen Tagesritt erschöpft war und wahrscheinlich nicht mehr lange durchhalten würde. Wenn er es wenigstens bis zu einem Dorf schaffen würde. Der Fluß wäre ja nun nicht mehr weit. Er preschte mit seinem Rappen in nördlicher Richtung in die Ebene hinab. Es dauerte nicht lange, bis vor ihm die Wegkreuzung auftauchte. Harry blickte sich um. Die Reiter waren näher gekommen und sein armes Roß zitterte bereits vor Anstrengung. Aber er zählte nur noch vier.

Jetzt gab es nichts mehr zu verlieren. Zumindest einen würde er mit der Armbrust ausschalten können. Den übrigen müßte er sich im offenen Kampf stellen. Harry schätzte seine Möglichkeiten kurz ein und ging zum Angriff über. Als Ziel visierte er zunächst den kräftigsten unter seinen Gegnern an. Zielsicher, wie es nur ein Jäger kann, der den dahineilenden Hirsch verfolgt, peilte er sein Opfer an. Der kleine Pfeil flog schnurgerade durch die regennasse Luft. Mit lautem Schrei rutschte der Mann, die Hand zum Herzen fassend, aus dem Sattel.

Die anderen hatten mittlerweile Harry erreicht und kreisten ihn wie Raubtiere ein. Der eine, auch ziemlich groß, das Gesicht vollkommen unter einem Helm versteckt, trug einen Eisenharnisch über dem Kettenhemd. Ein an Kopf und Rumpf gepanzerter Ritter. Mit der Armbrust hätte Harry den Stahl vielleicht durchschlagen können. Nun stand ihm eine schier uneinnehmbare Festung gegenüber. In der Hand hielt der Eisenmann ein langes Schwert.

Die beiden anderen waren mit leichten Rüstungen und etwas kleineren Schwertern ausgerüstet. In ihren Gesichtern funkelte eiskalte Gier und Mordlust. „Was wollt ihr von mir, daß ihr gleich Dieben und Schurken über mich herfallt. Habt ihr denn nicht den Mut, mir im Zweikampf gegenüberzutreten." Harry erhielt keine Anwort. Statt dessen griffen die Raubtiere an.

Harry schleuderte die Streitaxt nach dem erstem. Dieser konnte nicht mehr ausweichen. Ohne den eventuellen Erfolg seines Wurfes abzuwarten, ließ der junge Sinclair sich blitzschnell auf die andere Seite seines Pferdes fallen. Denn hier zählte nur noch Reaktionsvermögen und Schnelligkeit. Während der Schwertstreich seines Gegners ins Leere ging, hatte die Axt ihr Ziel wahrlich nicht verfehlt. Der Schulterknochen des Schurken knackte laut. Sein Schwertarm baumelte nutzlos herum und über Reiter und Roß ergoß sich ein Blutschwall.

Harry wußte, daß ihm nicht einmal mehr die Zeit zum Atmen blieb, denn gleich würde er den Hieb des Panzerritters abfangen oder ihm ausweichen müssen. Doch dazu sollte es eigenartigerweise nicht mehr kommen, denn als er mit gezogenem Schwert wieder auftauchte, glaubte er seinen Augen nicht zu trauen. Die drei hatten von ihm abgelassen und strebten dem Waldrand zu. Eine größere Gruppe leicht gepanzerter Ritter schnitt ihnen den Fluchtweg seitwärts ab. Noch bevor die Schurken die erste Baumgruppe erreichten, wurden sie umzingelt.

Die eisernen Krieger fackelten nicht lange. Sie nahmen den Reiter, der Helm und Rüstung trug, gefangen. Den beiden anderen jedoch wurde im Handumdrehen der Kopf abgehauen. Inzwischen lösten sich zwei Ritter aus der Gruppe heraus und ritten auf Harry zu. Als sie näher kamen, erkannte der junge Schotte die weißen Kreuze auf den Decken ihrer Pferde.

Der rechte von beiden klappte das Visier seines Helmes nach oben. Soviel konnte Harry zumindest erkennen, daß er einen sehr gepflegten Schnauzbart trug. Er mußte schon etwas älter sein. Und doch sprühte sein Gesicht noch voller Energie und so war es nicht verwunderlich, daß der Spanier sogleich zur Sache kam. „Ihr könnt von Glück reden, Senor, daß ihr noch einmal mit dem Leben davongekommen seid. Natürlich war es selbstverständlich für uns, einem Mann zu helfen, der sich dreier Widersacher erwehren muß, ganz gleich, wer ihr seid und wohin ihr wollt. Dies ist schon allein Gottes Gebot."

Deutliche Worte. Aber Harry war jetzt sowieso alles egal. Innerlich dankte er Gott für die Entsendung seiner Befreier, denn unzweifelhaft hätte er das Gefecht verloren. Die beiden Spanier hatten inzwischen ihre Helme abgenommen und Harry konnte nun sehen, daß der Schnauzbart auch einen Kinnbart trug. Obwohl sein Haar überall schon von grauen Strähnen durchzogen war, wirkte er für sein Alter sehr vital.

Während Harry sein unbenutztes Schwert in die Scheide zurücksteckte, stellte sich der Schnauzbart vor. „Mein Name ist Don Pedro Rodrigez al Diaz und dies ist Don Louis Estebal de Èstarka. Wir sind Ritter vom heiligen Orden von Calatrava. Unsere Festung befindet sich östlich von hier, an den Ufern des Guadiana. Wir sind unterwegs nach Badajoz. Doch sagt uns, wer seid ihr?"

Harry wischte sich die Haarsträhnen aus dem regennassen Gesicht und beantwortete die Frage etwas müde. „Verzeiht mein schlechtes Latein, Senor, aber ich bin fremd in Kastilien. Man nennt mich Sir Henry Sinclair, vom schottischen Clan der gleichnamigen Grafen von Sinclair. Ich begleitete eine Kaufmannskolonne nach Andalusien, trennte mich von ihr in Cordoba und bin jetzt auf dem Wege nach Salamanca zur dortigen Universität. Anschließend will ich nach Santiago de Compostela zum heiligen Jakobus pilgern, denn ich will versuchen, meine Seele zu reinigen und neue Wege zu Gott zu finden. Später werde ich von La Coruna Spanien wieder in Richtung Schottland verlassen."

Als Harry geendet hatte, ärgerte er sich sofort, den Fremden soviel erzählt zu haben. Hatte ihn David Morlay nicht zur Vorsicht gemahnt. Woher wußte er, daß diese Ordensritter ihm nicht gefährlich wurden. Es war wohl das Kreuz gewesen, das ihm die Zunge lockerte.

Der Spanier schüttelte etwas den Kopf, als wolle er den Fremden zu mehr Vorsicht ermahnen. „Ihr habt euch für diese Strolche geradezu herausfordernd verhalten, junger Mann. Die Zeiten sind sehr unsicher und eine Menge Gesindel treibt sich auf den Straßen herum. Es ist nicht ratsam, allein durch fremde Lande zu reiten. Da sich die Krone Kastiliens zur Zeit mit Portugal in einer Erbfehde befindet und deswegen unabkömmlich ist, führt sich jeder Grande in Spanien wie ein Provinzdespot auf. Und hier und da werden schon einmal Reisende überfallen und ausgeraubt. Da seid ihr im Süden bei den Mauren noch sicherer."

Nun geriet der Schnauzbart ins Schwärmen. „Als es gegen die Araber ging, hielten alle noch zusammen und die Ritter unseres Ordens ritten ganz vorn in jeder Schlacht. Aber seitdem die Moslems keine Gefahr mehr für uns darstellen, gibt es nur noch Intrigen, Zwietracht und Unfrieden im altehrwürdigen Hispanien." Er schüttelte den Kopf, als sehne er sich mit vollem Herzen nach den alten Zeiten der heiligen Reconquista zurück. Doch die Realität sah anders aus.

„Wir sind gerade unterwegs, um einen Streit zweier verfeindeter Adelsparteien zu schlichten. Ich mache euch einen Vorschlag. Vielleicht könnt ihr uns ein Stück begleiten. So seid ihr sicher, denn das Kreuz des heiligen Ordens von Calatrava wird überall geachtet. Ihr habt mein Wort darauf."

Der junge Schotte dankte dem anderen für dieses Angebot und nahm es an. Warum sollte er das Schicksal noch einmal herausfordern. Dazu war seine Mission zu wichtig, als daß er Räubern und Wegelagerern zum Opfer fallen könnte. Und während Harry weiter so mit den beiden Rittern plauderte, kamen die restlichen mit dem Gefangenen heran. Ein paar Knappen hatten den vermutlichen Anführer der Bande gefesselt und in ihre Mitte genommen.

„Ach so, ja. Da ist ja noch der Gefangene. Die stählerne Rüstung läßt darauf schließen, daß er von Adel ist. Ich habe es deshalb vermieden, ihn gleich zu töten." Der Ordensmeister, denn ein solcher war Don Pedro, sprach so beiläufig und abfällig wie nur möglich über den gefangenen Eisenmann. Für ihn war ein Kampf mit einem Verhältnis von drei gegen einen ein Zeichen der Feigheit und Niedertracht. Dafür empfand er nur Verachtung, im höchsten Maße. Und würde ein König vor ihm stehen. Er würde diesen dieselbe Verachtung spüren lassen. Er wandte sich dem Schotten zu und zeigte auf den Gefesselten. „Es ist euer Mann, Senore Sinclair, tut mit ihm, was euch beliebt." Harry wünschte, daß dem gefangenen Ritter der Helm abgenommen werde. Danach sollte er Rede und Antwort stehen. Der junge Sinclair ahnte nicht im mindesten, daß vor ihm das Raubtier stand, das schon jahrelang auf seiner Fährte war.

Groß war das Erstaunen der anwesenden Männer, als ein kantiger Kopf mit weißblonden Haaren und Bart zum Vorschein kamen. „Dieser Mann ist kein Spanier. Da setze ich jede Wette drauf", meinte der Ordensmeister amüsiert zu Harry. „Handelt es sich vielleicht um eine persönliche Fehde der beiden Herren?" Doch dann erschrak er, als er wieder in das Gesicht des jungen Schotten blickte. Schließlich konnte er ja auch nicht ahnen, was für den jungen Mann auf dem Spiel stand. Ein Jahrtausende alter Papyrus, versteckt in einem hirschledernen Beutel.

Harry war kreideweiß geworden. Erst jetzt begriff er, wie unvorsichtig er gewesen war. Von wegen Räuber und Wegelagerer. Wieso ist er nicht gleich darauf gekommen. Die Karte, es war die Karte. Doch woher sollte jemand in Schottland davon Wind bekommen haben? Undichte Stellen konnte man zwar nie vollständig ausschließen. Aber Will, John oder die anderen? Unmöglich. Einfach unmöglich. Vielleicht in der Umgebung Morlays? Irgendwie kam ihm auch dieses Gesicht bekannt vor. Wenn er nur wüßte, wo er diesen Mann schon einmal gesehen hatte.

Harry ließ sich geräuschlos vom Pferd gleiten und ging auf seinen Widersacher zu. Die Knappen traten beiseite. „Ich frage euch noch einmal, wer seid ihr und warum trachtet ihr mir nach dem Leben?"

Nun brach das Raubtier sein jahrelanges Schweigen. Langsam und mit seiner eiskalten Stimme fing der Blonde an zu sprechen. Er sprach Gälisch, so daß ihn nur Harry verstehen konnte. „Ihr wußtet sofort, daß ich aus Schottland komme, stimmt's? Die saftigen grünen Wiesen von Dalriada sind weit und ich werde sie wohl nie mehr wieder sehen. Es ist nun auch nicht mehr von Belang. Weshalb ich euch töten wollte, ist euch sicherlich klar. Ich könnte immerhin diesen fanatischen Gotteskriegern erzählen, welche Art von Geschäften ihr mit den Heiden hattet."

Harry verzog keine Miene. Doch er täuschte sich. Der andere wußte wohl, daß er den Kopf nicht mehr aus der Schlinge ziehen könne und er sprach ruhig weiter.

„Das Glück ist auf eurer Seite, Sinclair. Denn ich glaube, es würde mir sehr wenig nützen, vor den Herren zu plaudern. Diesen Zug habt ihr gewonnen, nicht aber das Spiel. Nur ich werde ausscheiden. Man nennt mich Randolf MacWquire. Meine Gesellen waren namenlose Handlanger, wie man sie überall für gutes Geld findet. Ihr Leben war ohnehin nicht viel wert.

Mein Fehler ist es gewesen, daß ich euch unterschätzt habe. Ihr seid ein erstaunlich guter Armbrustschütze. Eigentlich hatte ich nichts gegen euch, es ging mir nur um eine alte Abrechnung.

Zu guter Letzt bitte ich nur noch um eines. Gebt mir einen schnellen Tod." Die letzten Worte sprach der Gefangene in Latein, so daß auch die anwesenden Ordensritter diesen Wunsch verstanden. MacWquire schätzte seine Situation durchaus real ein. Der blonde Ritter aus dem Argyll saß in der Falle und es gab keinen Ausweg mehr. In Schottland müßte er untertauchen, denn ihm saßen die Sinclairs und deren befreundete Clans im Genick. Hier in Kastilien oder Portugal würden die Ritter des Christusorden versuchen, ihn zu beseitigen. Er könnte immerhin noch nach Frankreich oder Deutschland gehen. Jedoch ständig damit leben zu müssen, im entscheidenden Augenblick versagt zu haben? Hatte er doch in den letzten Jahren nur noch für seine Rache gelebt. Er kannte gar nichts anderes mehr und mit der Zeit vergiftete es ihn, sein Herz, seine Seele. Nun da sein tödlicher Plan nicht aufging, brach das Kartenhaus aus Rachegefühlen zusammen. Gewiß hatte MacWquire andere böse Geister heraufbeschworen, doch er selber merkte zu spät, daß dieses Spiel eine Nummer zu groß für ihn war. Für ihn, der es seit jeher gewohnt war, nur die Drecksarbeit für Leute wie Campbell oder andere zu machen.

Das Raubtier wußte um sein Ende und sehnte sich danach, weil es spürte, daß nur noch der Tod seinen grenzenlosen Haß heilen konnte. Für den jungen Sinclair jedoch empfand er in diesen letzten Augenblicken fast so etwas wie Bewunderung und er entschloß sich zu einem letzten ungewöhnlichen Schritt. „Das Zeichen des Himmels hätte deutlicher nicht sein können, Sinclair. Gott steht auf eurer Seite. Ich bin nur ein nichtswürdiger Knecht großer Männer, die im Hintergrunde stehen, obwohl ich bis vor wenigen Augenblicken noch anders darüber dachte. Erst verachtete ich euch. Jetzt, da ich keinen Haß mehr für euch empfinde, ja, sogar euren Kampfesmut bewundere, gebe ich euch einen guten Rat mit auf den Weg. Seit wachsam, wenn ihr wieder nach Schottland zurückkehrt. Die Wölfe sind auf eurer Fährte."

Darauf streckte er die gefesselten Hände nach vorn. „An meiner linken ist ein Ring. Nehmt ihn. Vielleicht könnt ihr mit ihm etwas anfangen." Harry winkte einem neben ihm stehenden Spanier heran, denn seine Waffen befanden sich am Sattel des Rappens. Der Ordensritter schnitt die Fesseln durch und der Blonde begann darauf die Panzerhandschuhe auszuziehen. Tatsächlich, an der linken Hand trug er einen silbernen Ring. Deutlich sah man ein Wappen eingraviert.

MacWquire zog ihm vom Finger und überreichte ihn Harry. Dann trat er einen Schritt zurück. „Und jetzt schlage zu. Mach ein Ende." Bewußt äußerte er diese Bitte auf Lateinisch.

Harry sah sich im Kreise der versammelten Ritter um. Ein älterer, bereits weißhaariger Ritter brach als erster das Schweigen. „Senore, es ist sein letzter Wunsch. Wir sind

160

Christen und sollten ihn respektieren." Und Don Pedro wurde noch etwas deutlicher. „Er wünscht durch eure Hände zu sterben. Sein Leben ist ohnehin verwirkt. Lehnt ihr es ab, werden wir ihn halt an den nächsten besten Baum knüpfen." Seine Augen sprühten Feuer, als er diese Worte sprach. Er machte keinen Hehl daraus, nicht noch weiter unnötig Zeit an diesem Ort verschwenden zu wollen. Der Blonde nickte Harry zu. Doch der rang sichtlich mit seiner Entscheidung. Einen Mann im Kampf töten war die eine Sache. Aber eine Exekution?

Schweren Herzens entschloß er sich, doch nur mühsam kamen die Worte hervor. „Nun denn. Randolf MacWquire, kniet nieder und bittet Gott um Vergebung für eure Sünden." Während die Männer beiseite traten, reichten sie ein langes scharfes Schwert durch ihre Reihen. Der letzte brachte es Harry und ging wieder zwei Schritte zurück. Der Kreis weitete sich.

Harry wartete, bis Randolf mit Beten fertig war. Dabei erstarrten seine Gefühle immer mehr. Er merkte, wie er für jede Regung taub wurde. Die Hände, die um den Schwertgriff faßten, verkrampften zusehends. Der junge Sinclair konnte nicht sehen, daß der Blonde, der ihm den Rücken zuwandte in den letzten Augenblicken seines Lebens etwas tat, was er fast schon vergessen hatte. Er lächelte und in seinen Augen sammelten sich Tränen. Und mit diesen Tränen schmolz das Eis, ja alles, was den gnadenlosen Killer einst ausmachte. Die im Kreise versammelten Ordensritter, viele hartgesottene und vom Leben gestählte Burschen, waren seltsam bewegt von dieser Szene. Es erschien ihnen wie eine Ewigkeit bis zu dem Moment, als Sir Henry Sinclair mit den Worten: „Macht euch bereit, ihr werdet diese Welt jetzt verlassen", weit nach hinten ausholte. Harry schwang die tödliche Klinge kraftvoll und schlug zu.

Das Langschwert fallen lassend und ohne auch nur einen weiteren Blick auf sein Opfer zu werfen, ging er zu seinem schwarzen Roß und saß auf. Die Reitergruppe verließ den grausigen Platz des Geschehens in Richtung Medellin, um den Ort noch vor Einbruch der Nacht zu erreichen.

Der Regen fiel immer noch gleichmäßig. Die Ruhe und Friedlichkeit war zurückgekehrt. Nur die Pfützen auf den Wegen waren jetzt breiter geworden. Die Tropfen formten kleine Wellen auf der Wasseroberfläche. Alles schien so, als hätte sich in den letzten Stunden nichts verändert. Doch trügerisch war dieser Schein. Auf der Wiese nahe der Kreuzung lagen verstreut vier Leichen, die von dem eben noch stattgefundenen Kampf kündeten.

Langsam schwebte ein großer schwarzer Vogel durch die Regenschwaden heran. Über der Kreuzung zog er in Kreisen nach unten. Er ließ sich geradewegs auf dem blonden Haupt nieder, das in einiger Entfernung zu dem dazugehörigen Rumpf lag. Der Rabe war wieder zu dem Ort zurückgekehrt, wo er noch vor Stunden einsam über den Lauf der Zeit wachte. Schon wollte er den Schnabel in die Höhlungen der Augen schlagen, da erschrak er mit einmal. Es war das seltsame traurige Lächeln dieses Gesichtes, das ihn zurückhielt, sich seiner Beute zu bemächtigen. Wäre es noch der Blick des Raubtiers gewesen, hätte er wohl keinen Augenblick gezögert.

So aber flatterte der Vogel aufgeregt hinüber zu dem großen Stein, der direkt an der Kreuzung lag. Bald jedoch wirkte er wieder ruhig und gelassen, wohl wissend, daß ein anderer seine Hand auf jenem Haupte ruhen ließ. Denn der Rabe war sehr schlau, war er doch der wahre Herr und Hüter dieses Ortes, der um viele Dinge der Welt wußte. Zufrieden stieß er ein paar laute krächzende Rufe aus, so, als wolle er Gott für die Rückkehr dieses Friedens danken.

*

Die spanischen Ritter des Ordens von Calatrava und ihr schottischer Weggenosse hatten inzwischen den Ort Medellin an den Ufern des Guadiana erreicht. Wegen des schlechten Wetters waren kaum Leute auf den Straßen zu sehen. Medellin war nicht groß und so begaben sie sich zunächst in die kleine Kapelle des Ortes, um dort die Abendmesse zu halten. Danach bezog man in einem Gasthaus an der Ausfallstraße nach Westen Quartier. In der großen Stube wurde ein Feuer im Kamin entfacht und durch seine Wärme begannen die Ritter die Kälte und Nässe des Tages auszudampfen. Sie hatten ihre Panzer abgelegt und saßen in Woll- oder Leinenkleidern in der Erwartung des Abendessens an Holztischen um den Kamin herum. Die Knappen versorgten in den Ställen die Pferde. Der Ordensmeister und einige ältere Ritter setzten sich zusammen mit dem jungen Schotten an einen Tisch.

Harry wirkte immer noch tief in sich gekehrt. Er konnte MacWquire und sein unglückseliges Ende einfach nicht vergessen. Er dachte nicht an Belakane, nicht an Rosslyn und nicht an kommende Seereisen mit der Golden Ross. Nein, nur dem Schicksal der Leiche am Guadiana galten seine Gedanken.

Die Männer starrten ins Feuer. „Ich weiß, wie euch zumute ist, Senore Sinclair. Glaubt mir. Das war heute eine ziemlich miese Geschichte, bei der ihr mächtiges Glück hattet. So etwas erlebt man nicht alle Tage. Jetzt wißt ihr wenigstens, was es bedeuten kann, Feinde zu haben."

Harry erwiderte ohne aufzusehen. „Ich muß es erst einmal begreifen, daß mich in Schottland Feinde erwarten, die scheinbar zu allem bereit sind, Don Pedro."

Der andere runzelte die Stirn. „Jeder Mensch hat Feinde, junger Mann. Wir können uns das nicht aussuchen. Und weil es so ist, solltet ihr wenigsten einen hellen Schimmer in euer Gesicht zurückkehren lassen. Aber laßt uns dieses leidige Thema jetzt beenden."

Don Pedro Rodrigez al Diaz gab es damit auf, Harry aus seiner Versenkung zu befreien. Sein Blick wanderte in Richtung Küche. „Frau Wirtin" donnerte er. „Wo bleibt denn die warme Suppe, die sie uns versprochen haben. Wir haben alle einen mächtigen Hunger."

Die Männer um ihn herum grinsten blöd. „Los, Don Louis, geht ihr mal in die Küche und macht der Senora ein bißchen Dampf unterm Hintern. Meine Männer sind hier am Verhungern."

Inzwischen betraten auch die Knappen die Gaststube und nahmen im hinteren Teil des Raumes Platz. Don Louis griff sich sogleich zwei von ihnen und mit dieser Verstärkung verschwand er in der Küche. Es dauerte gar nicht lange, bis sie wieder zurückkamen. Jeder der Knappen trug einen Berg von Tonschüsseln und verteilte sie über die Tische. Die Wirtin, eine außerordentlich wohlbeleibte Person, brachte einen riesigen Topf in die gute Stube, der zunächst nur für die Ritter bestimmt war.

„Edle Senores, ich bin leider nicht auf so viele Gäste eingerichtet. Deswegen seht es mir nach, daß ich etwas säumig mit der Suppe war. Wenn ihr es wünscht, daß es eine Kleinigkeit schneller geht, würde ich mir untertänigst erlauben, den edlen Senore zu bitten, ob er nicht ein paar seiner Diener entbehren könne, damit sie mir zur Hand gehen."

Don Pedro lachte laut. „Selbstverständlich bekommt ihr Unterstützung, Frau Wirtin. Daran soll es nicht liegen." Er nickte abermals Don Louis zu. „Teilt ihr ein paar Leute ein." Das Brot ward bald gebracht und die Suppe aufgetan. Sie dampfte und roch herrlich nach Majoran und Lorbeerblättern. Damit sie etwas abkühlen konnte, plauderte man noch ein wenig bei Tisch. Der Ordensmeister schien ganz guter Laune zu sein und erzählte Witze.

Der alte weißhaarige Don Belmorez gab das Signal, daß die Suppe jetzt genau die Temperatur erreicht hatte, daß auch er sie essen konnte. Dieses Privileg genoß er als Ältester. Es wurde still im Raum und man erhob sich. Nach dem Abendgebet nahm jeder einen großen Löffel. Harry ließ die Kartoffeln und weißen Bohnen zwischen den Zähnen langsam zergehen. Er versuchte die Ereignisse des Tages zu vergessen, doch es wollte ihm nicht so richtig gelingen. Immer noch fühlte er sich etwas benommen. Die Worte, die von rechts und links über den Tisch flogen und auch des öfteren ihm galten, erschienen Harry, als würden sie aus unendlicher Ferne gesprochen.

Die anderen bemerkten das und ließen ihn mehr oder weniger in Ruhe. Nach dem Essen brachte die Wirtin den Rotwein und die Unterhaltung wurde wieder etwas lebhafter. Don Pedro fing an, von Salamanca zu erzählen. Die Wissenschaft, Philosophie, Kunst und Poesie sei in der alten ehrwürdigen Königs- und Universitätsstadt zu Hause. Harry trank den Wein ziemlich hastig, so als wolle er die Erinnerungen auslöschen. Fade und schal war der Nachgeschmack.

Sicherlich war es sehr interessant, etwas über die Universität zu erfahren, hatte Harry doch noch nie eine solche Stadt, die ihren Ruf Magistern und Scholaren verdankt, besucht. Aber er war heute nicht im entferntesten dazu aufgelegt, ein erquickendes Gespräch mit seinen Reisebegleitern zu führen. Jedoch gebot ihm die Höflichkeit, wenigstens ein aufmerksamer Zuhörer zu sein. Der Abend wurde noch sehr spät und Harry hatte des Weines wegen Mühe, in sein Bett zu kommen.

*

Am nächsten Morgen wurde er von Don Pedro geweckt. „Guten Morgen. Ihr seid ein Langschläfer. Fast wären wir ohne euch aufgebrochen. Das konnte ich dann meinem

Gewissen doch nicht antun. Also beeilt euch, Senore." Harry begann, so schnell es ging, in seine Kleider zu springen und die restlichen Sachen zu ergreifen.

Dann stieg er die Holztreppe zum Gastraum hinunter und merkte sofort, daß er gestern reichlich dem Wein zugesprochen haben mußte. Wahrscheinlich litten vor einigen Tagen die Kaufleute genauso fürchterlich wie er jetzt. Na, da stand ihm ja noch so einiges bevor.

In der großen Stube waren einige Ritter noch mit Anlegen ihrer Rüstungen beschäftigt. Die meisten aber warteten bereits vor der Schenke. Der alte Spanier reichte ihm etwas Brot und Obst. „Hier eßt etwas. Aber kaut immer nur kleinere Bissen." Harry brauchte erst einmal die frische Luft, um wieder richtig klar im Kopf zu werden. Und dann noch dieser Geschmack im Mund.

Draußen war es noch ziemlich kühl. Sein Pferd hatten die Knappen schon gesattelt. Weit konnte man an diesem Morgen nicht schauen, denn es war sehr diesig. Die Sonne ließ von den Wiesen am Fluß her riesige Nebelschleier aufsteigen. Ihre schwachen Strahlen spiegelten sich in den Pfützen wieder. Harry ging zu seinem Roß, um seine Waffen und den Packsack zu verstauen. Das Tier blähte die Nüstern und zitterte ein wenig. In der kalten Luft dampften die Pferde, da sie aus den warmen Ställen gekommen waren.

Nach kurzer Zeit fanden sich auch die restlichen Ritter auf dem Platz vor dem Gasthaus ein. Don Pedro gab somit das Signal zum Aufsitzen und seine Mannen verließen den Ort.

Auf ihrem Weg gen Westen blieben sie nun im Tal des Guadiana. Man durchquerte lichte Auenwälder. Die Bauern auf den Bruchwiesen unten am Fluß kannten sehr wohl das Kreuz des Ordens von Calatrava. Man wußte in Kastilien, daß die Ordensritter Adelsfehden, die das Land unsicher machten, manchmal schon mit Erfolg schlichteten. Ihr Auftauchen versprach zumindestens für eine gewisse Zeit Sicherheit und Landfrieden.

Die Reiter hatten bereits ein gutes Stück Weg zurückgelegt, als Don Pedro, der an der Spitze des Zuges ritt, sich zurückfallen ließ, um mit dem Schotten zu sprechen. „Ein schöner Tag heute zum Reisen. Meint ihr nicht auch, Senore Sinclair." „Gott scheint es gut mit uns zu meinen. Nach dem gestrigen Tag haben wir das wohl auch verdient." Der Meister ging jedoch nicht weiter auf Harry ein, weil er keine Lust auf dessen Geistesabwesenheit verspürte, sondern kam gleich zur Sache. „Weswegen ich noch einmal mit euch reden will. Kurz und knapp. Es gefällt mir nicht, Senore Sinclair, daß ihr den weiten Weg bis Salamanca allein weiterreitet. Ich habe schon Order gegeben, daß euch zwei meiner Leute begleiten werden. Don Louis und Don Giraldo werden zu eurer Verfügung stehen. Es sei denn, ihr hättet eurerseits Einwände dagegen. Wie ist eure Antwort?" Harry gefiel der Vorschlag zunächst nicht, doch dann dachte er an die Karte. Er mußte seine Mission erfüllen und sicher mit der geheimen Papyrusrolle wieder nach Edinburgh zurückkehren.

„Ich weiß nicht, ob ich es annehmen kann. Aber ihr habt wohl recht. Es war ziemlich unvorsichtig von mir, allein durch Spanien zu reiten. Außerdem kenne ich die Bedingungen und Gegebenheiten des Landes zu wenig, als daß ich gefährliche Situationen erkenne und vermeide." Harry nahm an und der Ordensmeister war's zufrieden. „Löblich gesprochen, Senor Sinclair. Das Kreuz wird euch schützen, bei Gott unserem Herrn. Ich wünschte, wir könnten uns einmal unter einem günstigeren Stern wiedersehen. Gebt Kunde, wenn ihr wieder einmal in Spanien weilt."

Endlich hellte sich Harrys Miene auf und er antwortete dem anderen mit einem Ausdruck der tiefen Dankbarkeit. „Ich werde die Ritter des heiligen Ordens von Calatrava nicht so schnell vergessen, denn ich verdanke ihnen mein Leben." Don Pedro freute sich, den jungen Mann endlich wieder im Kreise der zum Leben zurückgekehrten begrüßen zu können und lächelte. „Mein Herz lacht, wenn ich sehe, daß ihr nicht nur den Kater, sondern auch euren Trübsinn überwunden habt. Aber wem wollt ihr danken. Es war Gottes Fügung. Wären wir eine Stunde zuvor vorbeigekommen, würdet ihr jetzt im Gras verfaulen." „Gewiß", entgegnete Harry keck. „So gefallt ihr mir schon besser", rief Don Pedro und man konnte beobachten wie das Feuer in seine Augen zurückkehrte. Er machte den jungen Schotten darauf aufmerksam, daß sie nun bald den Scheideweg erreichen würden. „Wir werden uns nun bald trennen. Es dauert nicht mehr lange und wir werden Merida erreicht haben. Dann müßt ihr nach Norden reiten. Ich denke, daß ihr spätestens in drei Tagen die Türme von Salamanca sehen werdet."

*

Die Sonne stand schon hoch über dem Horizont. Die letzten Dunstschleier der späten Morgenstunden lösten sich in der sengenden Hitze wie Dampf über einem Herdfeuer auf. In Merida läuteten gerade die Kirchturmglocken zur Mittagsstunde. Die Bauern kamen von ihren Feldern, Olivenplantagen oder Weinbergen und legten sich in den Schatten großer Korkeichen, die an den Feldrainen standen. Die Frauen brachten ihnen das Essen auf die Felder und man genoß nach der anstrengenden Arbeit des Vormittags gemeinsam die Rast unter den Bäumen. Hier wehte ein angenehmes Lüftchen und die Blätter der Korkeichen raschelten leise im Wind, so als würden sie Geschichten erzählen. Auf dem Weg von Osten kam eine große Gruppe Reiter in schnellem Tempo näher.

Einige der Bauern von Merida schauten mit zwiespältigen Gefühlen in diese Richtung. Ein große Staubwolke wirbelte hinter den Pferden auf, denn die spanischen Ordensritter hatten keine Zeit zu verlieren. Sie wollten noch vor Sonnenuntergang Bajadoz erreichen. An der Wegkreuzung vor dem Ort lösten sich drei Reiter aus dem Verband. Sie strebten über die Felder den nördlichen Bergen zu, während die übrigen ohne Beachtung des Landvolkes auf den Ort zuritten und aus den Augen der Bauern verschwanden.

Rückkehr eines Pilgers

Ohne weitere Zwischenfälle erreichten Harry und seine beiden Begleiter nach drei Tagen Salamanca. Der junge Schotte spürte, wie sehr die Ereignisse der letzten Tage und Wochen ihn veränderten. Und wenn er den über ihn hereingebrochenen Wogen des Schicksals entrinnen wollte, mußte er lernen, seine Gefühle zu kontrollieren und nicht an seinen Verwirrungen zu zerbrechen. Und er lernte erstaunlich schnell, daß es ihn selbst verwunderte. Es dauerte nur einen Tag und er war zumindestens nach außen wieder ganz der alte.

So wie die dunklen Regenwolken verschwanden, so verschwand gleichermaßen der Schatten auf seinem Herzen. Den Wein rührte er in den nächsten Tagen nicht an, um so mehr berauschte er seine Sinne an diesem blühenden üppigen Bild einer Landschaft im Frühsommer. Kastilien erschien ihm, im Gegensatz zu Schottland, wie ein von der Sonne verwöhntes Paradies. Der Weg nach Salamanca führte die drei Ritter durch dichte Wälder, über saftige Schafweiden, vorbei an hellgrünen Weinbergen und endlosen Olivenplantagen. Wie gerne hätte Harry hier und da etwas länger verweilt, doch die beiden Ordensritter mahnten zur Eile.

Bereits am zweiten Tag passierten sie den Tejo. Fast doppelt so breit wie der Guadiana, floß der große Strom träge in zahlreichen Mäandern dahin. Da es keine Brücke gab, konnten sie von Glück reden, als sie einen Flößer sahen. Auf ihren Ruf hin hielt der Mann aufs Ufer und erklärte sich bereit gegen ein angemessenen Lohn, sie überzusetzen. An vielen Stellen erwies sich das Flußbett erstaunlich flach. Dort konnte man die Kiesel mit bloßen Auge erkennen und ab und zu schon mal einen Fisch erspähen. Der Flößer manövrierte sein Floß geschickt an den für ihn gefährlichen Untiefen vorbei. Die dadurch hervorgerufenen ruckartigen Bewegungen ließen Don Giraldos Pferd plötzlich scheuen. Es kostete die drei Ritter alle Mühe, es wieder zu beruhigen.

Solche und auch andere Situationen schweißten die Männer langsam zusammen und immer öfter suchten sie das Gespräch. Ja, eine bald kaum mehr zu zügelnde Neugier seiner Reisebegleiter schien auch ein Grund zu sein, daß Harry wieder aus seinem benommenen Zustand erwachte und sein wortkarges Äußeres aufgab. Schließlich wollte man doch viel von einander wissen.

Letzten Endes war Harry nicht unglücklich darüber, denn dies lenkte ihn von trüben Gedanken ab. Und immer öfter huschte ein Schmunzeln über sein Antlitz, denn die Reden der anderen schienen ihn manchmal zu erheitern. Vielleicht lag es daran, daß Don Louis einen Sprachfehler besaß. Er lispelte fürchterlich und da Harry im Lateinischen nicht zu Hause war, kam es von Zeit zu Zeit zu den lustigsten Mißverständnissen, die man sich vorstellen konnte.

So unterhielt man sich angeregt über den Alltag eines Ordensangehörigen und Harry befand eindeutig für sich, daß die Regeln, nach denen gelebt und gehandelt wurde, doch den schottischen sehr ähnlich waren, wenn nicht sogar noch strenger. Ob er sich jemals dafür entscheiden könnte?! In seinem Kopf tauchten alle möglichen Zweifel auf. Vor allem stieß ihn das Gerede vom heiligen unerbittlichen Kampf, geführt mit jenem nicht enden wollenden Haß, furchtbar ab. So freundlich die beiden ihm gegenüber waren, als arabischer Gefangener würde er ihnen nicht begegnen wollen. Wahrscheinlich könnte er dann darüber froh sein, daß sie ihn nur aufschlitzen würden. Ihm fröstelte bei diesen doch so grausamen menschlichen Gedanken.

Harry versuchte es schließlich damit, auf ein anderes Thema umzulenken, wenn sie anfingen vom ihrem heiligen Krieg zu erzählen. Er wußte wenig von Spanien und davon, daß jene Halbinsel im Süden des Kontinents seit Jahrhunderten von den Geschicken der Reconquista bestimmt war.

Morlay hatte ihm einmal von dem ruhmreichen Karl Martell, dem Großvater des wohl größten römischen Kaisers erzählt, der in zwei gewaltigen Schlachten die Araber schlug und damit ihr weiteres Vordringen über die Pyrenäen verhinderte. Doch das lag nun schon weit über sechshundert Jahre zurück und man konnte schon längst nicht mehr von einer arabischen Bedrohung sprechen.

Er mußte daran denken, daß die Christen höchstwahrscheinlich die Märchenstadt Granada in den Staub treten würden und schließlich fielen ihm Belakanes Worte und Angst ein. Angst vor den grausamen Barbaren des Nordens.

Herrje, das grüne Tüchlein. Bis jetzt hatte ihn noch niemand nach seiner Geschichte und Herkunft gefragt und dabei trug er es die ganze Zeit verräterisch am Arm. Die Ordensritter erwähnten in ihren Erzählungen selten Frauen, so forderte es schließlich ihre Treue gegenüber Gott. Harry kannte das ja und war froh, dadurch nicht in die Verlegenheit zu kommen, eventuell über seine Romanze mit einer Araberin plaudern zu müssen. Dafür erfuhr er andere Geschichten, die ihn wiederum erstaunten und auch teilweise befremdeten. Denn daß die Angehörigen des Ordens einen Ahnennachweis führen mußten, der besagte, daß sie nicht aus maurischen oder jüdischen Verhältnissen stammten, fand er etwas albern.

Wohin sich die Spirale solchen Irrsinns später mal noch entwickeln würde, ahnte heute noch keiner von den dreien. Man hätte sie auch für verrückt gehalten, wenn sie die unvorstellbare Grausamkeit, mit der die fluchbeladene Inquisition der späteren Zeitalter die Menschen in Spanien geißeln sollte, prophezeien würden.

In ihren Gesprächen spielte aber auch das Leben der einfachen Leute in Kastilien, sowie die Verwicklungen am Königshof von Toledo und die momentane Beziehung des Ritterordens zur Krone eine Rolle. Es blieb nicht unerwähnt, daß der englische Regent John von Gaunt auf die Krone von Kastilien spekulierte. Und seine Chancen standen gar nicht mal so schlecht, war er doch der Schwiegersohn Peter des Grausamen.

Jedoch das spanische Volk wollte keinen fremden Herrscher und erst recht nicht den Engländer. Deswegen verbündete sich Heinrich Trastamara, ein weiterer

Schwiegersohn des Königs von Kastilien, mit den Franzosen. Der Bürgerkrieg tobte nun schon einige Jahre.

Im Jahre 1367 hatte der schwarze Prinz in der Schlacht von Najera die Heere von Heinrich Trastamara geschlagen. Unzweifelhaft war dieser Sieg dem militärischen Geschick des englischen Feldherrn zu verdanken. Doch die Söldnerheere der Plantagenets zogen sich wieder in die Gascogne zurück, dem Erblehen des schwarzen Prinzen. Im darauffolgenden Jahr kündigten die ersten kleineren Seegefechte zwischen den Spaniern und den Engländern eine Wende im Krieg an. Noch konnte im Sommer 1368 keiner wissen, daß den schwarzen Prinzen im darauffolgenden Jahr eine schlimme Krankheit befallen würde, von der er sich nicht mehr erholen sollte. Aber noch strahlte der Stern Englands.

*

Harry erfuhr sehr viel in jenen drei Tagen von den Ränken der großen Politik, denn die Männer des Ordens kannten die schwierige Lage Kastiliens, das mit Heinrich Trastamaras einer neuen Zukunft entgegensah, nur zu gut. Aber auch der junge Schotte konnte seinen beiden Begleitern einiges über den Machthunger der Plantagenets erzählen.

Er sprach über die Geschichte seines Landes während der letzten hundert Jahre, die immer wieder tragisch mit der seines südlichen Nachbarn verknüpft war. Stolz leuchteten seine Augen, als er von Bannockburn redete, aber er verschwieg auch nichts von dem Unheil, das die blutigen Kämpfe der schottischen Clans untereinander heraufbeschworen. Harry malte das düstere Bild von Streit, Verrat, feigem Mord und Kleinkriegen, die bei den Bewohnern des Grenz- und des Hochlandes an der Tagesordnung waren.

„Tragt ihr nun schon eure Fehden im fernen Kastilien aus?" wollte Don Giraldo daraufhin wissen. Harry schwieg. Er wollte nicht an jene unglückselige Begegnung erinnert werden. Zügig trieb er sein Pferd voran und der Ordensritter wußte, daß er einen Fehler gemacht hatte.

Wenn die Ordensritter auch Harry nicht besonders mochten, so achteten und respektierten sie ihn. Jedenfalls standen sie mit der späten Sonne des dritten Tages vor den Mauern von Salamanca. Vorbei an einem Zug Kaufleute ritten sie auf die Tore zu. Die Wachen grüßten ehrerbietig, als sie das weiße Kreuz von Calatrava bemerkten.

Harry war außerordentlich erstaunt über die gewaltigen Ausmaße der Befestigungsanlagen. Wozu benötigte eine Stadt so starke und hohe Mauern. Don Louis klärte ihn auf. „Die Araber zerstörten die Stadt schon einmal vor nun fast zweihundert Jahren. Sie war in früheren Zeiten die Residenz unserer Könige. Kurz nach jener verhängnisvollen Schlacht bei Alarcos wurde sie wieder eine feste Burg Gottes. Größer und stolzer als je zuvor, geschützt durch diese hohen und breiten Mauern. Uneinnehmbar für unsere Feinde."

Sicher, es war eine prächtige Stadt und Gott schien hier tatsächlich eine Heimstatt gefunden zu haben, denn sie ritten an vielen Kirchen vorbei. „Wartet erst einmal ab, wenn ihr nach Santiago de Compostela kommt", sagte Don Louis würdevoll. „Seht ihr dort hinten das große Steingebäude", unterbrach Don Giraldo ihn und machte Harry auf eine sich über den Häusern erhebende Burg aufmerksam. Dies sollte also die Universität sein. Der Ordensritter deutete ihm an, daß sie noch ein ganze Weile bis dorthin benötigen würden und dabei die Nähe des Marktplatzes passieren müßten. Die Straßen belebten sich zusehends und Harry fiel deutlich und abstoßend der Unterschied zu Granada auf. Viele zerlumpte Bettler sah er, unterernährt und vor Schmutz starrend. Dazwischen das Leben. Die Dirnen und Marktweiber, aber auch Mönche, Kriegsknechte und einfache Bürger. Dazwischen liefen sogar Schweine herum. An jeder Ecke stank es nach anderem Unrat, so daß Harry froh war, als sie wieder in ruhigere Straßenzüge gelangten. Schließlich standen sie vor der Universität. Sie machte aus der Nähe überhaupt nicht den Eindruck einer Burg. „Ihr werdet überrascht sein", verriet Don Louis. Und damit kam die Zeit des Abschieds, denn die beiden Ordensritter mußten noch dringende Geschäfte für Don Pedro erledigen.

So ritt der junge Sinclair allein mit seinem Rappen durch das prächtige Eingangsportal der zweitältesten Universität Kastiliens. Er gelangte nicht gleich in den Hof, wie er vermutete, sondern wurde durch die Kühle eines langgestreckten Kreuzgewölbes aufgenommen. Am anderen Ende dieses Ganges kamen ihm einige Männer entgegen, die er nach dem Magister fragen wollte.

Doch es geschah anders. Aus einem unauffälligen Seitenzugang erschien plötzlich ein mit brauner Kutte gekleideter Graubart, trat vor den Reiter und fragte nach dessen Begehr. Obwohl Harry nicht darauf gefaßt war, erwiderte er höflich, daß er den gelehrten Magister Don Miguel de Quartes suche.

Der junge Mann stieg vom Pferd und stellte sich dem Baccalaureus, denn ein solcher war der Graubart, vor. Nach der gegenseitigen Begrüßung winkte der Baccalaureus einen Diener herbei und gab ihm den Auftrag, sich um Pferd und Gepäck des Gastes zu kümmern. Dann deutete er Harry an, ihm zu folgen. „Vielleicht hält Don Miguel um diese Zeit noch eine Disputation. Aber ich denke, das könnte euch interessieren. Er ist äußerst brillant." Der Graubart schritt würdevoll aus und machte in seinem ganzen Habitus mehr den Eindruck eines frommen Mönches als eines Trägers des ersten akademischen Grades einer Universität.

Sie verließen den Gewölbegang über das große Eingangsportal zum Innenhof und traten in dessen Lichtschein. Harry stieß einen Ruf der Verwunderung aus. Es übertraf völlig seine Vorstellungen von einer Stätte der Wissenschaft. Die Universität war bedeutend größer, als er zunächst dachte oder es von draußen den Anschein gehabt hätte. An den Längsseiten des Innenhofes oder vielmehr des riesigen Platzes, der vor ihm lag, zählte er allein schon auf den ersten Blick über zehn feste Gebäude aus Stein. Zuweilen drei bis vierstöckig. „Ja, da staunt ihr, Senor", sagte sein Begleiter. „Aus aller Welt kommen die Studenten nach Salamanca. Wir haben einen guten Ruf."

Das schönste Kleinod befand sich jedoch zwischen diesen Häusern auf dem großen Platz. Er beherbergte einen prächtigen Garten. Nicht kunstvoll oder verspielt wie in Andalusien. Wohl eher ein Park und Sammelsurium allerlei seltener Pflanzen.

„Kommt, Senor, wenn wir zu Don Miguel wollen, müssen wir genau ans andere Ende." Der Baccalaureus schien nur sehr knapp bemessene Zeit zu haben, sonst würde er nicht so drängen. So durchquerten sie die grüne Oase, die das Herz der Universität zu bilden schien. Hier wuchsen tatsächlich seltsame Sträucher und Bäume. Harrys Begleiter erzählte, daß die Magister an ihnen Studien der Botanik betrieben und deshalb der Garten angelegt wurde. Schließlich erreichten sie ein Steinhaus mit sehr hohen Butzenfenstern, das von dichten Weinreben umrankt war.

Knarrend öffnete der Mann eine schwere Holztür. Über eine Treppe gelangten sie zunächst in eine Schreibstube. Hinter großen Schreibsekretären saßen Schüler, die entweder Pergamentrollen beschrieben oder sie durchlasen. Hier und da lag ein aufgeschlagenes Buch herum. Es roch etwas muffig in diesem Raum, doch das ist wohl nicht außergewöhnlich für jene Orte, an denen alte Bücher lagern. Einige, die gerade von ihrer Arbeit aufsahen, erschraken ein wenig. Wohl verwirrte sie der Anblick eines Ritters, dessen Kettenhemd unter dem Leinen hervorlugte. Dabei trug Harry keine Waffen. Er hatte Schwert und Armbrust und sein Gepäck in die Obhut des Dieners gegeben.

Am Ende der Schreibstube befand sich eine Tür, hinter der man deutlich Stimmen vernehmen konnte. „Don Miguel hält noch eine Disputation, wie ich euch sagte", flüsterte der Baccalaureus Harry zu. „Aber ich denke, wir setzen uns in die letzte Reihe." Vorsichtig öffneten sie die Tür und nahmen leise, ohne Aufsehen zu erregen, auf zwei Stühlen in nächster Nähe Platz.

„Wir wissen, daß sie sich in ihrem Lauf verändern. Weit sind sie entfernt, im Gegensatz zu den Planeten bewegen sie sich nicht auf geordneten Bahnen." Laut schallte die Stimme des Magisters durch den großen Saal. Es mochten sich hier etwa vierzig Schüler befinden, die sich mit dem werten Don Miguel zu dem Unterschied zwischen Planeten und Sternen im Streitgespräch befanden. Don Miguel war also ein Astronom, ein Sternenforscher.

Harry fand seinen Vortrag förmlich fesselnd, jedoch endete dieser, zu seinem Leidwesen, recht bald nach ihrem Eintreten, denn in seiner Vertiefung bemerkte der junge Schotte nicht, wie der Baccalaureus dem Magister unauffällig ein Zeichen gab. Dieser entließ seine Schüler, die daraufhin eiligst dem Saal entströmten, um im Kollegium oder der Schenke über ihres Meisters Worte weiter zu debattieren. Schließlich befanden sie sich nur noch zu dritt in dem Saal. Der Baccalaureus und Harry in der letzten Sitzreihe neben der Tür und der große Gelehrte immer noch vorne an seinem Pult.

Don Miguel wirkte tief in sich versunken. Er stützte beide Hände auf die massive Eichenplatte und starrte nach unten, als müsse er erst einmal abschalten, bevor er sich den Dingen dieser Welt widmen könne. So ließ er eine Weile verstreichen, bis er zu sprechen anfing. Harry merkte, daß sein Ton etwas ungehalten klang. Wahrscheinlich, weil er annahm, daß ihm irgendein Ritter und Krieger die Zeit stehlen wolle und er aus diesem Grund genötigt wurde, seinen Disput zu unterbrechen.

„Nun, was wollt ihr von mir?" fragte er schneidend. Laut hallte die Stimme des Gelehrten durch den Saal. „Sagt nicht, daß euch irgendwelche Studien nach Salamanca führen. Dafür hättet ihr einen etwas anderen Aufputz wählen können." Dabei faßte er sein Gegenüber scharf ins Auge.

Harry, der die Ablehnung deutlich spürte, antwortete jedoch ruhig und mit erhobenen Kopf. „Es ist nicht wie ihr denkt, ehrwürdiger Senore. Ich bringe euch etwas von eurem arabischen Freund aus Granada." „Ich kenne keine Araber aus Granada", entgegnete der andere unwirsch. „Ist denn der Gelehrte Omar al Harif kein Begriff für euch?"

Sofort änderten sich die Gesichtszüge Don Miguels. Er wandte sich daraufhin dem Baccalaureus zu, mit der Bitte, ihn mit dem Fremden allein zu lassen. „Wartet bitte in der Schreibstube, Alfredo."

Nun, da die beiden Männer allein waren, bewegte sich Don Miguel vom Katheder zu den Stufen, um diese langsam heraufzusteigen. Wie er näher kam, bemerkte Harry, daß sein Antlitz für das eines Magisters noch recht jugendliche Züge aufwies. Entweder wußte er um das Geheimnis, nicht voreilig zu altern oder er hatte die Mitte seines Lebens noch nicht überschritten. Trotzdem hielt es der Schotte für einen Akt der Höflichkeit, dem Gelehrten entgegen zu gehen und so trafen sich die beiden unterhalb des letzten Fensters im Saal.

Als Don Miguel vor dem jungen Sinclair stand, fing er schon bedeutend freundlicher zu sprechen an. „Wenn ihr von Omar sprecht, dann ist sicherlich jener alte Jude gemeint, den ich wohl über sieben Jahre nicht mehr gesprochen habe. Tja, ihr konntet nicht wissen, daß er Jude ist. Viele haben es nicht gewußt. Es ist eine lange Geschichte."

Seine harten unerbittlichen Gesichtszüge waren einem erstaunten und überraschten Ausdruck gewichen, so wie einer der nach langen Jahren wieder einmal etwas von seinem alten Freund erfährt.

„Wie ist denn euer ehrenwerter Name?" fragte er seinen Gast beinahe beiläufig. Harry beeilte sich, dem Gelehrten eine Erklärung für sein Erscheinen zu geben. „Oh verzeiht, daß ich mich nicht vorgestellt habe, Don Miguel. Vor euch steht Henry Sinclair. Im hohen Norden, in Schottland liegt das Land meiner Väter. Angelegenheiten geschäftlicher Natur führten mich nach Andalusien, just zu jenem alten Juden."

Don Miguel fiel ihm nicht unbedingt unfreundlich ins Wort. „Erzählt mir nichts darüber, Senore Sinclair. Niemand sucht allerdings den Alten wegen irgendwelcher banalen Geschäftsangelegenheiten auf. Ihr müßt schon ein sehr wichtiges Problem haben, um die weite Reise bis zu ihm zu machen. Aber, mich soll's nicht interessieren. Also sprecht! Omar bat euch sicherlich, mir eine Nachricht zu überbringen."

Daraufhin überreichte Harry ihm das Schreiben, das ihm Omar beim Abschied gab. Der Gelehrte erbrach das Siegel und rollte das Pergament auf. Hastig überflog er die Zeilen. Er hatte wohl noch nicht ganz zu Ende gelesen, als sich mit einem Male sein Antlitz kreideweiß verfärbte.

Langsam schritt er zu dem hohen gotischen Fenster hinüber. Harry konnte sein schweres Atmen hören. Oder klang es mehr wie ein stilles, trauriges Seufzen. Vielleicht wollte er vor ihm sein Gesicht verbergen. Er blieb vor den bunten Butzenscheiben stehen. Don Miguel schien eine Weile zu benötigen, um irgendeinen Schicksalsschlag, der mit den Brief in Zusammenhang stehen mußte, zu verdauen. Dann sagte er, Harry immer noch den Rücken zugewandt, drei Worte. „Er ist tot."

Erst glaubte der junge Ritter, sich verhört zu haben. Tot! Der alte Gelehrte aus Granada tot, womöglich durch sein Verschulden. Er schien eine Spur von Leichen hinter sich her zu ziehen. Und das alles wegen dieser kleinen Papyrusrolle an seiner Brust. In welchen Strudel war er da bloß geraten? Sicher, die Geheimnisse der Karte schienen weitgehend enträtselt.

Doch es war so, als zöge der alte Papyrus einen Fluch hinter sich her. Einen Fluch, der sich auf unheimliche Art und Weise ankündigte. Ja, er hatte das Gefühl, nichts mehr vom Lauf der Dinge zu begreifen. Eine Situation, geprägt von seltsamen Zufällen, die irgendwie miteinander verstrickt doch einen Sinn ergeben mußten. Verzweifelt rang er vor dem Gelehrten um Worte.

„Ich gebe euch eine Nachricht von ihm und ihr antwortet mir, daß er tot ist. Ich schwör es euch. Als ich ihn verließ, wirkte er noch quicklebendig." Obwohl Harry versuchte, sich in irgendeiner Weise zu rechtfertigen, fühlte er doch auch, daß der andere ihm keinerlei Schuld an dem Tod des alten Gelehrten gab. Deswegen fragte er Don Miguel nach einer kleinen Pause.

„Hatte er denn seinen Tod angekündigt?" „Gewissermaßen ja. Er sagte mir einmal, daß er zu sterben bereit wäre, wenn er am Ziel des höchsten Wissens in seinem Leben angelangt ist. Er muß dieses Ziel erreicht haben und ich vermutete, daß dies mit euch in Verbindung steht. Jedenfalls kann ich das dem Inhalt des Briefes entnehmen. Es steht mir fern, mich in irgendeiner Weise in eure Geschäfte einzumischen, doch ihr müßt verstehen, daß ich nun doch ein Interesse rein wissenschaftlicher Art daran habe, weshalb ihr den Alten aufsuchtet."

„Nun gut. Ich wollte normalerweise nicht darüber sprechen. Also, mit einem Geschäftspartner aus Venedig reiste ich nach Andalusien zu Omar. Gewiß, es mag recht simpel klingen, kam ich doch nur aus diesem Grunde aus Schottland hierher. Wir wollten seine Hilfe bei der Übersetzung einiger alter Schriften in Anspruch nehmen. Mein Geschäftsfreund ist mit dem Schriftstück nach Lissabon aufgebrochen und ich bin auf dem Weg nach Santiago de Compostela bei euch vorbeigekommen. Da ich Omar von meiner Pilgerreise erzählte, kam er wohl auf den Gedanken, mir diesen Brief mitzugeben. Er überreichte ihn mir fast beiläufig beim Abschied und nannte ihren Namen."

Harry log mit der geheimnisvollen Karte bewußt, damit der andere nicht weiter fragen würde.

Don Miguel schritt hinüber zu der Tür zur Schreibstube. Auf dem Absatz drehte er noch einmal um. „Ich glaube, wir sollten uns heute Abend noch einmal unterhalten. Laßt euch zunächst von Alfredo in euer Quartier führen." Mit diesen Worten verließ er den Raum.

*

Die Kerze flackerte in der kleinen Stube des Magisters. Draußen wurde es bereits dunkel. Sie saßen beieinander und Don Miguel erzählte Harry die Geschichte von Omar al Harif.

„Ich lernte ihn kennen - er genoß schon allgemeine Hochachtung - als er seine Schüler aus allen Teilen des Morgen- und Abendlandes empfing. Nicht, daß jedermann in Salamanca oder anderswo von ihm wußte. Er war gewissermaßen ein Geheimtip und blieb schließlich ein Jude, was viele bedeutende Koryphäen aus der Welt der Wissenschaft dazu verpflichtete, jeglichen Kontakt mit ihm zu vermeiden. Man suchte den wohl bedeutendsten Schriftgelehrten der Welt also lieber inkognito auf und schwieg öffentlich zu den gewonnenen Erkenntnissen, um sie vielleicht Jahre später in irgendeines seiner eigenen Werke einfließen zu lassen. Wahrscheinlich wäre Omar, hätte er nicht im schützenden Granada gelebt, schon längst ein Opfer der heiligen Inquisition geworden.

Ich reiste damals - es muß jetzt wohl über fünfzehn Jahre her sein und ich durfte mich gerade Baccalaureus nennen - mit dem jüngst verstorbenen Don Fernando Pescheles nach Andalusien. Mir war damit eine große Ehre zu teil geworden, ihn als sein Assistent und Schreiber zu begleiten. Noch mehr allerdings faszinierte mich Andalusien und die Baukunst der Mauren.

Und über alledem - so schien mir - stand die Wissenschaft, nicht zuletzt mit einem ihrer bedeutendsten Gelehrten, Omar al Harif. Dabei wirkte er schlicht und einfach. Nicht so von oben herab, wie so manche eingebildete Magister in Salamanca. Daß er Jude war, verriet mir Don Pescheles erst viel später.

Jedenfalls entspann sich im Hause des Gelehrten zu Granada ein interessantes Gespräch. Wir unterhielten uns mit ihm über die Mathematik, den Lauf der Gestirne und das Ende der Welt. Schließlich gerieten Omar und Don Pescheles in einen heftigen Disput, wo sich das Ende der Welt befände.

Omar vertrat eine seltsame, mir damals noch nicht einleuchtende Meinung. So behauptete er, daß das Weltenende nicht auf dieser Erde zu finden wäre. Diese unsere Erde sei eine runde Kugel und selbst die alten Griechen hätten dies schon nachgewiesen. Don Pescheles verwies darauf, daß die schwarzen Menschen, von denen es in Afrika viele gäbe, nichts weiteres als Vorboten der Hölle wären. Omar lachte darauf herzlich und tat dies als Geschwätz ab.

Er sagte: „Weder stürzen die Seefahrer im Süden und Westen in tiefe Abgründe, noch entsteigen die Schwarzen aus Vorhöfen der Hölle. Aber ich werde euch einige Beweise zeigen, damit ihr mir Glauben schenkt."

Ich war durch die Worte verwirrt, kannte ich doch bis zu diesem Zeitpunkt nur die Radkarten unserer Gelehrten, die die Welt als Scheibe darstellen. Ich kannte die meisterhaften Arbeiten der jüdischen Kartographenschule Mallorcas, die ersten Portolane und die geheimnisvollen Pergamentkarten des Tempelritters Ramon Liull. Doch über das, was *hinter dem Weltenrand* lag, hatte ich keine Vorstellung. Das sollte sich ändern.

Omar winkte uns ihm zu folgen und führte uns über ein System von Treppen tief unter sein Haus. Immer tiefer. Nur das trübe Licht einer Öllampe leuchtete unserem Weg. Schließlich gelangten wir an eine schwere Tür aus Eichenholz. „Hier befindet sich das Herz meines Hauses", wisperte Omar uns zu und öffnete. Wir traten ein. Vor uns erstreckte sich ein großer Raum. An den Wänden standen Regale, die unzählige Bücher und Schriftrollen beherbergten. Don Pescheles und mich verwunderte, daß von oben ein Lichtstrahl eindrang. Seine Kraft reichte aus, einen Tisch in der Mitte des Raumes auszuleuchten, wenn auch nur schwach. Omar wies mit beiden Händen zur Decke. „Genau über uns liegt der Brunnen des Innenhofes. In der Nacht kann ich von hier die Sterne beobachten. Am Tage nutze ich das Licht der Sonne."

Der maurische Gelehrte kam schnell zur Sache. Er holte einige alte Schriftrollen, in denen die Versuche des Erathostenes beschrieben waren. Ihr müßt wissen, daß dieser alte Grieche den Umfang der Erde berechnete. Don Pescheles ließ sich allerdings nicht so leicht überzeugen. Während die beiden sich noch in weiteren heftigen Disputen ergingen, spähte ich mit jugendlicher Neugier etwas im Raum umher. Nach einiger Zeit stieß ich auf etwas seltsames. Es stand in einer dunklen Ecke neben einer Truhe.

Ich ging wieder zum Tisch, um die Öllampe zu holen. Weder Omar noch mein Meister bemerkten etwas davon. Als ich mich in jener dunklen Zimmerecke hinunterbeugte, erblickte ich im Schein der Lampe eine runde Kugel, die auf einem Ständer befestigt war. Ich hob sie hoch und stellte sie auf die Truhe. Die Oberfläche der Kugel war aus Silber gefertigt, der Fuß dagegen aus einfachem Stahl. Es fühlte sich leicht an und ich schloß daraus, daß die Kugel innen wohl hohl sein müsse. Jedoch ich vermied es dagegen zu schlagen, wollte ich doch die beiden Gelehrten in ihrem Gespräch nicht stören. Der Durchmesser betrug eine gute Elle. Aber es war etwas anderes, das mein besonderes Interesse erregte.

Auf der Oberfläche der Kugel befanden sich Gravuren. Ja, sie war regelrecht übersät damit. Ich bemerkte relativ schnell, daß es sich hier um das Abbild einer Landkarte handelte. Das, wovon Omar gesprochen hatte, schien einer gewissen Logik nicht zu entbehren. Jedenfalls konnte ich das den Worten des maurischen Gelehrten entnehmen.

Ja, ich verstand nicht, warum mein Meister, der so berühmte und von mir verehrte Don Pescheles, sich solange dagegen sträubte. Und diese vorzügliche Arbeit aus Silber und Stahl schien mir nur ein weiterer Trumpf in der Hand Omars zu sein.

Ein kurzer Blick zum Tisch hinüber zeigte mir, daß die beiden noch immer zu keiner Einigung gekommen waren. Ich schüttelte den Kopf und wandte mich wieder der Kugel zu. Es war einfach faszinierend. Meine Hände glitten über Länder, Meere, Flüsse und Städte. Das Ende der Welt allein fand ich nicht. Es mußte - wie Omar behauptete - irgendwo im weiten Universum liegen. Wohl hinter den Planeten und den Sternen.

Ich betrachtete aufmerksam das runde Abbild unserer Erde. Obwohl die geographischen Bezeichnungen allesamt in arabischen Buchstaben verfaßt waren, erkannte ich deutlich die Erdteile, Europa, Afrika, den Orient, China und Indien. Als ich die Kugel drehte, fiel mir auf, daß die Gravuren fast gänzlich fehlten. Der Fülle auf der einen Seite stand auf einmal eine entsetzliche Leere entgegen. Ich konnte einen Schrei der Verwunderung nicht unterdrücken.

„Da habt ihr wirklich ein selten schönes Stück in meiner alten Studierstube gefunden, junger Mann", tönte es plötzlich. Ich drehte mich um. Mein Meister und Omar standen hinter mir. Offensichtlich schienen sie ihren Streit bereinigt zu haben. Jedenfalls lachten sie mir beide herzlich zu. Der andalusische Gelehrte meinte freundlich: „Bringt euren Fund doch zu uns an den Tisch."

So stand die silberne Kugel auf ihrem eisernen Fuß im Schein des Lichtstrahls, der oben durch den Brunnenschacht herabfiel und Omar begann seine Geschichte zu erzählen.

„Vor zweihundert Jahren regierte ein weiser König Sizilien und das südliche Italien. Seine Vorfahren waren wilde und ungestüme Krieger, aber genauso auch erfahrene und unerschrockene Seefahrer. Wer kennt sie nicht, wie sie auf ihren Drachenboten die Küsten des Abend- und Morgenlandes erschüttert haben. Die Barbaren aus dem Norden. Die Normannen. Überall errichteten sie ihre Reiche. Nicht nur in der Normandie, nein, auch auf Sizilien.

So unerbittlich und grausam wie sie ihre Kriege führten, so tolerant und aufgeschlossen waren sie in Fragen der Wissenschaft und des Glaubens. Ihr großer König Roger versammelte an seinem Hof in Palermo Dutzende Gelehrte aus allen Teilen Arabiens. So auch der berühmte Abu Abdallah Muhammad al-Idrisi, der - da er schon weite Teile der Welt gesehen hatte - für den Normannen eine wunderbare Erdkugel aus Silber gravierte. In dieses Werk floß sowohl das Wissen der Araber, als auch das der Wikinger aus vielen Jahrhunderten ein. Da al-Idrisi einst in Cordoba studierte, waren seine Beziehungen zu den Mauren ausgesprochen gut. Ein jeder Gelehrter aus Andalusien, der die Möglichkeit besaß, besuchte ihn später in Palermo, um sein großes erdkundliches Werk - ein riesiges Buch - zu studieren. Es liegt wohl heute noch in irgendeinem Keller des Palastes von Palermo. Wer kennt nicht seinen vielsagenden Titel „Das Vergnügen dessen, der die

Horizonte zu durcheilen sich sehnt". In diesem Buch finden sich viele Erläuterungen zu seiner großen Erdkugel.

Diese Kugel selbst verschwand jedoch auf mysteriöse Weise und es wird behauptet, die Päpste hätten sie in ihre Gewalt gebracht. Verständlich, entspricht sie doch nicht dem, was die Christenkirche euch Glauben machen will. Geblieben ist eine silberne Platte, ein früheres Werk al - Idrisis, das zu den alten Vorstellungen, die Welt als Scheibe zu betrachten, zurückkehrt.

Doch nun zu diesem prächtigen Stück hier. Ich muß gestehen, daß sie nur eine schlechte Kopie ist, die einst ein Schüler des großen Meisters anfertigte. Allerdings zählte er zu meinen Vorfahren. Schon zur Zeit meines Großvaters stand diese Kugel in der dunklen Ecke neben der Truhe. Die meisten Gäste - sollte ich sie jemals hier herunter geführt haben - übersahen sie. Vielleicht zu meinem Glück, denn ihr Besitz ist nicht ungefährlich. Jetzt, da die Schiffe auf See immer weitere Strecken zurücklegen können, versuchen viele Kapitäne und wohl noch mehr ihrer Hintermänner, an Karten heranzukommen. Dafür töten sie, ohne zu zögern."

Don Pescheles versuchte Omar zu beschwichtigen. „Seid versichert, daß ich und mein Baccalaureus gegenüber dritten wie ein Grab schweigen werden." Darauf Omar: „Das solltet ihr auch tun, wenn euch euer Leben lieb ist. Oder habt ihr Lust, der heiligen Inquisition in die Hände zu fallen." Don Pescheles bekreuzigte sich. „Gott bewahre."

Der Gelehrte aus Granada versicherte uns, daß er noch nie in seinem Leben eine genauere Arbeit gesehen hätte. Zwar stimmten die Maße des Erdumfanges nicht genau mit denen Erathostenes überein, doch diese kleinen Fehler sollte man übersehen. Allerdings würde er alles darum geben, wenn er eine noch genauerer Karte zu Gesicht bekäme und vor allem - dabei wies er auf die glatte Rückseite der Kugel - wenn er erführe, was sich an jener Stelle befindet. Wißt ihr, was ich glaube?"

Harry erschrak. Don Miguel hatte seine Erzählung abgebrochen und seine großen braunen Augen starrten unverwegt auf den schottischen Ritter. „Ihr werdet es mir sicherlich sagen", deutete Harry vorsichtig an.

„Ich denke, daß ihr vorhin gelogen habt. Denkt ihr wirklich, ich glaube euch, daß ihr den ganzen Weg von Schottland bis nach Granada gemacht habt, nur um den greisen Omar wegen der Übersetzung einiger alter Schriften aufzusuchen. Nein, ihr seid im Besitz einer Karte, einer Landkarte, die Omars bisherige Welt ins Wanken gebracht hat. Ich glaube auch, daß ihr sie bei euch habt und nicht der Venezianer. Denkt gut nach über meine Worte; aber bevor ihr antwortet, möchte ich euch etwas zeigen."

Don Miguel stand auf und ging zu dem einzigen Schrank, der in seiner Kammer stand. Aber nicht nur, daß er ihn öffnete. Nein, er schien völlig zu verschwinden. Draußen war es inzwischen stockfinster geworden. Harry entzündete eine neue Kerze und sah sich im Zimmer um.

In einer Ecke lagen auf einer Truhe sonderbare Instrumente herum. Ganz sachte erhob sich der junge Schotte und ging zur der Truhe. Scheint lange nicht in Gebrauch gewesen zu sein, dachte er sich angesichts des Staubes der auf den Instrumenten lag. Auf einmal entdeckte er eine runde Dose, die auf ihrer Oberfläche eine Windrose zeigte. „Vielleicht steckt ein Seylstein dahinter", murmelte Harry. Doch er zog die Hand ganz schnell zurück als er Schritte vernahm.

Der Magister kehrte zurück, in der rechten Hand etwas großes Schweres, eingewickelt in ein Leinentuch.

Er lächelte: „Es ist ein Geheimnis. Hinter dem Schrank befindet sich eine kleine Kammer. Ihr seid der erste, der es erfährt." Daraufhin entfernte er das schützende Tuch. Es verbarg, wie Harry bereits vermutete, die silberne Kugel auf dem eisernen Fuß.

„Ihr seht, Schotte, ich halte mit dem meinem nicht hinterm Berg." Unwillkürlich langte Harrys Hand zur Brust, wo der Papyrus versteckt war, aber Don Miguel gab ihm ein Zeichen. „Ihr habt nachher noch genug Zeit, Senore Sinclair." Dann wandte er sich der auf dem Tisch stehenden Kugel zu. „Ihr werdet euch sicherlich fragen, wie sie in meinen Besitz gelangte. Nun, ich weilte noch oft nach jener Begegnung in Granada. Ich glaube, wir verstanden uns gut. Ich wollte immer mehr von Omar lernen und er sah wohl in mir den Sohn, den er niemals hatte. Wohl aber auch, weil wir beide, wenn auch stark vermischt, das Blut des heiligen Volkes in uns tragen." „Was, ihr auch?", fiel Harry Don Miguel ins Wort. Darauf der Magister: „Genug dieser Geschichten. Seht her!"

Er wies auf die Kugel. „Dies ist die bekannte Welt." Seine Finger fuhren über Indien, den Orient, das Abendland. „Und dies ist der unbekannte Teil. Das dunkle Meer der Finsternis, wie die Araber den großen abendländischen Ozean nennen. Vielleicht paßt eure Karte dazu. Vielleicht könnt ihr mir wenigstens etwas über diese Inseln sagen, die al-Idrisi hier eingezeichnet hat?! Ich nehme an, daß die Wikinger sie entdeckten."

„Ich glaube, ich kann eure Neugier befriedigen, Don Miguel", erwiderte Harry. Der Magister überhörte einfach die Worte seines Gastes und fuhr fort: „Wißt ihr, wie die Lateiner jene geheimnisvolle Insel im Westen nennen?"

Der junge Sinclair zuckte mit den Schultern. „Sie nennen sie Drogeo", sagte Don Miguel würdevoll und fuhr sanft mit dem Finger über die Gravur. *„Drogeo, die Insel am Rande der Welt und wohl für viele auch das Ende der Welt. "*

„Gab es schon jemand, der jemals die Küste Drogeos erblickt hat?" rief Harry laut aus. „Sicher. Ihr wißt es doch auch. Die Wikinger der rauhen Inseln des Nordens, Island und Grönland. Man erzählt es jedenfalls." „Sagt, was erzählt man von Drogeo." Don Miguel lächelte: „Junger Freund, soll ich die Geschichten wiederholen, die jeder Seemann in den Schenken an den Küsten Spaniens, Frankreichs und Englands kennt. Aber nun seid ihr an der Reihe, Senore Sinclair."

Der hirschlederne Beutel lag bereits auf dem Tisch und die Nacht sollte noch lang werden. Obwohl viele Fragen ungelöst bleiben sollten, erfuhr der Magister aus Salamanca wenigstens, daß Drogeo wohl um etliches größer war, als es bisher den

Anschein hatte. Wohl reichte der Papyrus nicht, um den gesamten kahlen Fleck auf seiner Silberkugel zu füllen, aber dafür entschädigte ihn die ungeheure Exaktheit und Maßarbeit, die die alten Ägypter und Phönizier hinterlassen hatten.

*

Die Kirchenglocke von Salamanca schlug zwei Uhr, als Harry die Stube des Magisters verließ, um in der für ihn hergerichteten Schlafkammer zu verschwinden. In der Tür gab der Magister ihm noch einen guten Rat.

„Ihr wollt morgen nach Santiago de Compostela aufbrechen. Da kann ich euch nur einen guten Rat geben, denn mit Sicherheit werden euch die Augen herausfallen, seid ihr erst einmal dort. Die Narren treten sich fast tot, so viele sind es. Seid ständig auf der Hut und laßt euch keine Reliquie von den fliegenden Straßenhändlern aufschwatzen. Es wird viel Schindluder damit getrieben. Ich gebe euch eine Adresse, wo ihr sicher unterkommt. Denn ohne ein festes Quartier mit einem Wirt, dem ihr vertrauen könnt, seid ihr in der Stadt der Pilger verloren." „Habt Dank für alles", erwiderte Harry.

Am nächsten Morgen verließ er die alte Universitätsstadt in der Ebene von Leon. Sein Ziel war Santiago de Compostela.

*

Seit Wochen hatte Don Ferrando nichts mehr von Randolf MacWquire gehört, bis ihm schließlich die schreckliche Gewißheit kam, daß sein Plan schief gelaufen war. Schließlich weilte Rico Beranelli seit geraumer Zeit wieder in Lissabon. Dem Ordensmeister vom roten Tatzenkreuz trat der Schweiß auf die Stirn, als er daran dachte, daß ihn sein sauberer schottischer Freund verraten haben könnte. Wenn er nur Gewißheit hätte. Doch auch Bruder Felipe kam nicht zurück. Sie blieben alle wie vom Erdboden verschwunden.

Obwohl den weißhaarigen Mann die Wut über die mißlungene Aktion fast innerlich zerfraß, zeigte er nach außenhin Gelassenheit. Nach einiger Zeit begann er, die ihm verbliebenen Möglichkeiten abzuwägen. Entweder ist es Sinclair gelungen zu entkommen, wobei seine Männer alle getötet wurden. Ein absurder Gedanke. Oder, was er für wahrscheinlicher hielt, MacWquire hatte ihn betrogen. Dessen eiskalter Blick gefiel ihm sowieso von Anfang an nicht.

In beiden Fällen führte der Weg der Karte wieder nach Norden. Schottland? MacWquire? Da verfiel er auf eine Idee. Portugal besaß gute Beziehungen zur Krone von England. John von Gaunt, Sohn des englischen Königs und Bruder des schwarzen Prinzen war der mächtigste Mann auf den Inseln und wohl im ganzen Westen. Wenn Don Ferrando in den Besitz der Karte gelangen wollte, dann mußte er die Hilfe dieses Mannes in Anspruch nehmen. Er mußte es geschickt anfangen, um dabei seine eigenen Positionen nicht zu schmälern.

Im Kampf gegen Kastilien standen die Plantagenets, natürlich nicht ohne Eigennutz, auf portugiesischer Seite. Das wußte auch der Mann des Ordens. England führte auf der iberischen Halbinsel sozusagen einen Stellvertreterkrieg gegen Frankreich, das die

Interessen der Könige von Toledo vertrat. Im letzten Jahr hatte der schwarze Prinz einen glänzenden Sieg bei Najera errungen. Und nicht nur dies. Über längst geknüpfte Familienbande behaupteten die Urenkel des Hauses Anjou einen Anspruch auf einen vereinigten Thron von Kastilien und Portugal. Denn John von Gaunt war der Schwiegersohn des spanischen Königs. Ohne Zweifel waren die Engländer arrogant und anmaßend. Aber in Lissabon brauchte man ihre Hilfe. Jedenfalls jetzt noch.

Don Ferrando stand nun vor der Schwierigkeit, mit John von Gaunt, dem Herzog von Lancaster und unbestritten listigsten Kopf Englands einen Deal zu machen, bei dem er nicht alles an den übermächtigen Partner verlieren durfte.

Wenn Ende des Jahres der Großmeister den Prinzen Johann nach London begleiten sollte, wäre eine hervorragende Gelegenheit, am dortigen Hofe sein Anliegen vorzutragen. Aber könnte er - ein Ordensritter - den Leoparden beim Barte zupfen, ohne selbst gefressen zu werden? Der Herzog galt als gefährlich.

Ohne Zweifel wäre er aus dem Rennen, wenn der Herzog den wahren Wert dieser Karte erkennen würde. Sicherlich, er besaß nicht den geringsten Beweis. Sinclair und MacWquire, die so urplötzlich in Spanien auftauchten, waren ebenso plötzlich und unauffindbar wieder im Nebel der Ereignisse verschwunden.

Man könnte die ganze Geschichte ebenso gut für ein Hirngespinst halten. Schließlich war es landläufig bekannt, daß alle Seeleute in den Schenken über jenes fremde Land und einen möglichen Seeweg dorthin sprachen. Wie sollte ihm somit jemand Gehör schenken. Sie würden ihn für einen Spinner halten. Ein Spinner, er? Absurd!

Der Meister wurde wütend, weil er keine Antwort auf seine Fragen fand. Derb ergriff er einen Kerzenleuchter und schmiß ihn gegen die Wand. Da endlich kam ihn ein guter Einfall. Kaufen! Na sicher. Warum nicht. Kaufen! Er würde den anderen kaufen. Don Ferrando wußte, daß die englischen Könige sich durch ihre kostspieligen Kriege in ständiger Geldnot befanden. Allein die Feldzüge des schwarzen Prinzen im Norden Kastiliens mußten bisher wohl ein Vermögen gekostet haben und dies bei einer leeren Staatskasse.

Die Einkünfte des Ordens dagegen konnte man als durchaus ordentlich betrachten. Wenn er allein die Schatztruhen, die unten im Keller der Mission standen, ins Auge faßte. Und über dieses Geld gedachte er eine Übereinkunft zu erzielen. Verschlagen funkelten die Augen des Ordenmeisters, als er das Gerüst zur Verwirklichung seiner Ideen entwarf. Ganz langsam blies er die Luft durch seine Zähne und murmelte. „Ich kriege dich, Morlay und wenn es bis ans Ende der Welt dauert."

*

Seit geraumer Zeit quälte Harry sich nun schon durch dieses Menschenmeer. Eine unübersehbare Menge von Pilgern. Dazwischen ein buntes Getümmel von Gauklern, Straßenhändlern, Dirnen und einfachen Bürgern. Er dankte Gott, daß ihm der Magister die Adresse eines Freundes genannt hatte, wo er ein gutes Nachtlager fand. Der Rappen stand dort sicher im Stall und Harry konnte beruhigt sein, daß er nicht an einen

Halsabschneider geraten war. Denn Zimmer waren durch die große Nachfrage kaum billig zu bekommen.

Aus aller Herren Länder kamen die Pilger nach Santiago de Compostela. Auf den Straßen herrschte ein Durcheinander von Französisch, Spanisch, Lateinisch, Italienisch, Deutsch und Englisch. Man sah die Bettelmönche des Franziskanerordens, aber auch die der Inquisition nahestehenden Dominikaner. Und sie alle befanden sich auf der Wallfahrt zur Stätte des heiligen Jakobus. Hier sang die eine Gruppe Psalmen der Heiligen Schrift, dort diskutierten andere eifrig über die jeweilige Form der Erlösung auf Erden. An ganz anderer Stelle priesen die Händler lautstark die heiligen Reliquien an.

Die Straßen und Gassen waren voll mit jenen kleinen Buden, in denen Reliquien und anderer Tand verkauft wurde. Harry hatte jedoch dafür keinen Blick und wie die meisten nur ein Ziel. Die Kathedrale an der Seite eines großen Platzes.

Den wichtigen Papyrus als auch die bei Omar beschriebenen Pergamente trug Harry im hirschledernen Beutel wohl verborgen auf der Brust. Das Gepäck war in der Wirtschaft zurückgeblieben. Nur sein Schwert baumelte ihm zur Seite.

Er konnte gerade noch beobachten, wie eine Frau in bunten Röcken und langen schwarzen Haaren sich ihm schnell von rechts näherte. Zum Ausweichen war es zu spät und ehe er noch reagieren konnte, rempelte sie ihn auch schon an.

Er spürte, wie eine Hand ihm gezielt zwischen die Beine faßte. Ein verführerisches Gesicht lächelte ihn vulgär an. Harry stieß die Dirne grob von sich und ging weiter seines Weges. Dabei kam es ihm nicht einmal in den Sinn, daß dies nur ein gezielter Trick war, ihm die Geldkatze zu entwenden, die er nicht einmal besaß.

Geld hatte er nur sehr wenig mitgenommen, denn sein Wirt gab ihm den guten Rat, vorsichtig zu sein und nicht mehr als nötig am Mann zu haben. Schnell würde man in dieser Stadt bestohlen, denn in dem Gedränge wäre es unmöglich, wenn man den Verlust überhaupt bemerkte, den Dieb sofort zu verfolgen. In dem Gürtel, den er über dem Leinenhemd trug, waren in der Innenseite ein paar Münzen für alle Fälle versteckt. Das mußte reichen.

Endlich erreichte die Kathedrale. Fast ohne seine Zutun schob ihn die Menge durch die Eingangstüren. Ein vielstimmiger Choral spanischer Mönche erfüllte die hohen Kirchenschiffe. Harrys Augen suchten zwischen den Säulen. Doch wohin er blickte, er sah nur die Scharen der Pilger, die entweder andächtig auf den Bänken knieten oder durch die Gänge strömten. Seltsam kam er sich auf einmal vor. Er, hier ganz allein unter Tausenden von fremden Menschen, fühlte sich auf einmal in einer einzigartigen Gemeinschaft geborgen. Vorhin auf der Straße hatte er noch dieses Gefühl: Nur weg. Ganz weit weg. Dieses Gedränge, dieses Gewühl, nichts als ein großes konfuses Durcheinander. Und jetzt war alles anders.

Der Klang der sakralen Chöre in der großen Kathedrale von Santiago schien die Menge der Pilger auf seltsame Weise zu verändern. Harry sah, wie einige in den Gesang der Mönche einstimmten. Langsam schritt der junge Ritter weiter. Er bemerkte bald, daß hier alles nach geordneten Bahnen verlief. Jeder, der die Kirche betrat, hatte nur ein Ziel - den Hochaltar wo die goldene Statue des heiligen Jakobus stand. So reihte sich Harry in den langen Zug der Pilger ein.

Später, als er die große Kathedrale wieder verlassen hatte, ergriff ihn inmitten dieser vielen fremden Menschen auf einmal ein unsägliches Gefühl der Sehnsucht. Sehnsucht nach der See; nach den Eichenwäldern Lothians; nach Rosslyn und der Burg im Tal der Esk. „Verdammt, es wird endlich Zeit wieder nach Schottland zurückzukehren.“

*

Ende des Sommers bestieg Harry in La Coruna ein Schiff, das von Lissabon nach Sluis unterwegs war. Die Kogge gehörte einem reichen Handelsunternehmen der Stadt Gent, die in Portugal Waren aus dem Orient geladen hatte, um sie in Flandern entweder auf den Märkten an reiche Patrizier zu verkaufen oder weiter nach Deutschland zu transportieren.

Harry wollte in Sluis wieder an Land gehen, um von dort aus nach Schottland zu gelangen. An Bord konnte er sich mit vielen Kaufleuten über ihre Geschäfte und Waren unterhalten. Ohne in einen der fürchterlichen Stürme der Biskaya zu geraten und in sicherer Entfernung zu den Riffen der Bretagne erreichte die Kogge Flandern.

In Brügge mußte Harry dieses Mal zwei Wochen warten, bis ein Handelsschiff nach Leith - Edinburgh abfuhr. Der Aufenthalt in der reichen Kaufmannsstadt erschöpfte seinen Geldvorrat bis zum äußersten.

Das Schiff, das ihn an Bord nahm, war eine kleinere Kogge der deutschen Hanse. Ein Einmaster mit Rahsegel, der gewöhnlich nur für die Küstenschiffahrt genutzt wird. In den Frachträumen lagerte Gut, das zumeist Bremer Kaufleute nach Schottland bringen wollten. Da der Handel mit den Engländern so gut wie zum Erliegen gekommen war, bezog man nun vor allem Wolle über diesen Umweg. Der Kapitän bot dem jungen Ritter die Fahrt zu einem sehr günstigen Preis an, da Harry sich verpflichtete, bei einem Seeräuberangriff Leib und Leben zur Verteidigung der Kogge und aller auf ihr befindlichen Personen und Waren einzusetzen. Sein langes Schwert und die Armbrust vermittelten doch ein gewisses Gefühl der Sicherheit. Natürlich besaßen einige der Schiffsmänner Äxte und Entermesser. Sogar drei zusätzliche Armbrüste gab es an Bord. Aber gegenüber der Bewaffnung von Kaperschiffen, die in ihren Laderäumen statt der Fracht, Beile, Armbrüste und Bögen, Enterdraggen und Enternetze in großen Mengen lagerten, war dies nur ein schwacher Trost. Verständlich, daß da dem Kapitän jeder kriegstaugliche Mann höchst willkommen sein mußte.

Zwei Tage, nachdem sie den nördlichen Kurs eingeschlagen hatten, entdeckte der Mann im Mastkorb in der Nähe der Themsemündung drei kleine Segler am Horizont, die rasch näher kamen. „Bei Gott! Englische Schniggen", rief der Kapitän, dem sofort sichtlich der Mut verließ. „Unzweifelhaft Kaperschiffe! Wir sind von Gott verlassen. Die werden sich freuen, einen schottischen Edelmann an Bord zu begrüßen. Das wird ein gutes Lösegeld für euch geben."

Harry knirschte mit den Zähnen: „Glaubt ihr, sie lassen einen von uns leben, wenn ihr euch ergebt. Sicher, ich werde vielleicht ein gutes Lösegeld abgeben. Aber was ist mit den meisten anderen. Die Schurken werden sie ins Meer werfen, wenn sie ihnen nicht gnädigerweise vorher die Kehle durchschneiden. Ich hoffe, daß eure Männer Mumm nicht nur in den Knochen, sondern auch Mut im Herzen tragen. Wir werden uns nicht so einfach diesen Schurken ergeben."

„Seid ihr wahnsinnig", bat der Kapitän fast flehend, „wenn wir Widerstand leisten, werden sie uns alle abschlachten." Darauf Harry: „Ich kenne die Engländer, sie werden uns so oder so abschlachten. Oder glaubt ihr etwa ernstlich, daß die Stadt Bremen Lösegeld für euch zahlen wird? Ich hoffe, daß jeder von der Besatzung weiß, was die Stunde geschlagen hat. Schließlich geht es auch um ihren Kopf. Wieviel wehrfähige

Männer habt ihr an Bord?" „Höchstens zwanzig," erwiderte der andere wehleidig. Harry spuckte verächtlich aus: „Ich werde mich nicht in die Hände dieser englischen Hunde begeben. Macht euch an die Arbeit."

Der Kapitän sah ein, daß es besser wäre, die verbleibende Zeit zu nutzen, um sich auf den Kampf vorzubereiten. Unverzüglich gab der Mann aus Bremen seine Anweisungen. „Männer macht euch bereit, wir werden kämpfen. Der Mastkorb wird sofort von den besten zwei Armbrustschützen besetzt. Jeder wehrfähige Mann hat sich zu bewaffnen. Holt auch die Netze nach oben. Die Kaufleute verschwinden unter Deck. Ich denke, es dauert noch drei Glasen, dann haben sie uns eingeholt."

Obwohl die Kogge versuchte, nach Norden zu entweichen, wußte jeder erfahrene Schiffsmann, daß dies vergeblich war. Die kleinen Schniggen waren viel wendiger als die große Kogge mit ihrem einen Rahsegel und nach weniger als drei Glasen krachte der erste Kapersegler ihnen von Backbord seitwärts vor den Bug. Dabei konnten die Bremer von Glück reden, daß ihr Deck reichliche acht Fuß höher lag, so daß es der Feind erst wie eine Festung erklimmen mußte. Enterdraggen wurden geworfen und schon tauchten die ersten mit Beilen und Haumessern an der Bordwand auf. Begleitet wurde der Ansturm der Seeräuber mit einem Schwarm von Pfeilen der auf das Deck der Kogge niederprasselte. Dabei erwischte es die ersten bremischen Schiffsmänner, denn die Engländer schossen mit dem gefürchteten walisischen Langbogen auch gezielt aus dem Mastkorb der Schnigge. Diese denkbar schlechte Ausgangsposition vermehrte jedoch nur die Wut der Überfallenen.

So verwunderten sich die Angreifer, als mit einem Mal die Köpfe von drei ihrer Gefährten, die gerade im Begriff waren, sich aufs etwas höher gelegene Deck der Kogge hinaufzuziehen, regelrecht abgesenst wurden. Zuvor hatte Harry zielsicher, hinter einem Faß versteckt, die Bogenschützen im Mastkorb des Kaperseglers unschädlich gemacht. Auch trafen die drei restlichen Armbrustschützen des Handelsschiffes ganz gut und so mancher Schurke stürzte in die kühlen Wasser der germanischen See.

Dieser Empfang dämpfte die anfängliche Euphorie der Seeräuber. Da sie jedoch in großer Zahl waren, gelang es ihnen trotzdem, das Deck der Kogge zu erklimmen und den verheerenden Kampf Mann gegen Mann zu eröffnen. Aber es schien ihnen ungleich schwerer als bei früheren Raubzügen. Waren sie es doch gewohnt, bei den verängstigten Seeleuten der christlichen Handelsschiffahrt ein leichtes Spiel zu haben. Heute bot sich den Angreifern dagegen ein völlig anderes Bild.

Die Schiffsmänner aus Bremen stürzten sich auf die Schar der Feinde mit Äxten und Messern. Unter ihnen ragte ein Krieger hervor, der mit einem langen Schwert wie eine Furie die Gegner Mann um Mann niederstreckte und so seine Gefährten in ihrem Mut beflügelte, daß so mancher über sich hinauswuchs. Die beiden ersten hatte er zunächst mit den kleinen todbringenden Pfeilen aus seiner Armbrust auf den Grund des Meeres geschickt. Danach griff er mit dem langen scharfen Stahl die übrigen an.

Sein streitbares Auftreten lähmte die Piraten mit Entsetzen. Mit einem Kettenhemd und solchen Waffen war kein Seemann friedlicher Handelsschiffe ausgerüstet. Sicherlich, er schien keinen Schienenharnisch zu besitzen, trug weder Helm mit Panzerkappe noch Panzerstrümpfe, die sogenannten Eisenhosen. Doch obwohl er dadurch um etliches verwundbarer wurde, gelang es keinem der Seeräuber, an ihn heranzukommen.

Der Hauptmann der Engländer trug als einziger Harnisch und Helm. In seiner Hand pfiff eine ebenfalls erprobte Klinge durch die Luft.

Er forderte den Ritter zum Zweikampf und Harry merkte bald, daß er es mit einem Gegner von ungeheurer Kraft zu tun hatte. Wohlwissend, daß dieser Kampf das Schicksal der Kogge entscheiden würde, mußte er nun auf Geschicklichkeit und Schnelligkeit bauen. Der Engländer ging ihm auch in die Falle. Einmal ließ er den wutschnaubenden Mann dreinhauen, ohne zu parieren, wich dabei zur Seite und hieb ihm geschickt die Beine weg. Der verbiß jedoch den Schmerz, obwohl er stark aus dem Oberschenkel blutete. Da kamen Harry die Bremer zu Hilfe und warfen ein Netz über den Seeräuberhauptmann. Im gleichen Moment traf der junge Schotte seinen Gegner zu Tode, indem er ihm durch den Hals stieß.

Die verbliebenen Schurken flohen vom Deck der Kogge. Die Situation hätte keinen Augenblick später gekippt werden dürfen, denn just in diesem Augenblick rammte das Bremer Handelsschiff auf der Steuerbordseite ein zweiter Segler. Der Rammstoß war diesmal nicht so heftig, doch die Gefahr deswegen nicht minder schlimm.

Allerdings erlebten diesmal die Angreifer eine böse Überraschung. Bevor sie ihre Enterdraggen werfen konnten, flog ihnen etwas entgegen. Keine Pfeile, keine Steine. Nein, es waren die Köpfe ihrer Mordgesellen, allen voran der des Seeräuberhauptmannes. Kein gutes Omen für einen erfolgreichen Beutezug.

Trotzdem enterten sie. Da den bremischen Schiffsmännern nun auch noch die Waffen ihrer besiegten Gegner zur Verfügung standen, holten sich dieses Mal die Engländer blutige Köpfe. Es gelang ihnen nicht mehr, wie beim ersten Ansturm, die Bordwand der Kogge zu erklimmen. Harry schaltete gezielt die feindlichen Bogenschützen aus. Inzwischen suchten bereits die wenigen verbliebenen Seeräuber der ersten Schnigge das Weite in der offenen See.

Die Angreifer mußten erkennen, daß sie den Kampf verlieren würden und ließen von ihrer doch so viel versprechenden Beute ab. Für heute hatten sie genug Männer eingebüßt.

Als die Engländer an Bord des dritten Schiffes, das noch zurückhielt, in sicherer Entfernung mit zusehen mußten, daß es nicht gut um ihre Sache stand, drehten sie auch ab. Der Kampf war gewonnen und laute Jubelschreie ertönten an Bord der Hansekogge.

Der Kapitän zog Bilanz. Achtzehn tote oder verwundete Seeräuber lagen über das Deck verstreut. Wer von denen noch nicht aus dem Leben geschieden war, erhielt den Gnadenstoß. Der Führer des Schiffes beerbte das Oberhaupt der Schurken um dessen

Schwert und Rüstung. „Werft die Leichen über Bord. Sollen sie doch die Fische fressen", rief er wütend seinen Männern zu. Man beeilte sich, sie ins eiskalte Wasser der germanischen See zu werfen. Von den tapferen Bremern waren indes nur fünf gefallen. Außerdem gab es einige Schwerverletzte. Laut gab der Führer des bremischen Hanseschiffes seine Anweisungen für die Weiterfahrt. Die zwei an Bord befindlichen Zimmerleute hatten die Außenhaut der Kogge nach Schäden zu untersuchen, die durch die Rammstöße entstanden sein könnten, und jene daraufhin auszubessern. Dazu gehörte auch das Abdichten der Fugen zwischen den eingesetzten Planken mit geteerten Flachs - dem sogenannten Werg. Harry wußte wie man kalfaterte - er hatte oft genug anderen, wie dem alten Niall bei dieser speziellen Arbeit über die Schulter geschaut. Er wandte seinen Blick zur englischen Küste hinüber, wo die Schniggen in der Ferne verschwanden.

Mit der erbeuteten Rüstung in den Händen trat der Kapitän an ihn heran. „Alle Achtung, Herr Ritter, denen ist wohl für die nächste Zeit das Ausrauben friedlicher Seefahrer verleidet worden. Ich hoffe aber trotzdem, daß wir diesen Seeweg in naher Zukunft nicht mehr zu benutzen brauchen. Es ist einfach zu gefährlich, in der Nähe der englischen Küste zu segeln. Und so war es auch schon vor zwanzig Jahren. Sicher, meine Schiffsmänner bekommen außerordentlich gute Heuer. Ein jeder 15 englische Schilling für die Fahrt von Brügge bis nach Edinburgh." Harry wischte, ohne etwas zu erwidern, das Blut von seinem Schwert.

Der herangetretene Steuermann mischte sich in das Gespräch ein. „Kapitän, ihr vergeßt, daß in der Nähe der friesischen Inseln ebenfalls sehr viele Seeräuber ihr Unwesen treiben. Es heißt, die friesischen Stammeshäuptlinge geben ihnen Unterschlupf." Der Angesprochene legte die Rüstung, die er noch in der Hand hielt, beiseite. „Ich weiß was gemunkelt wird, Stephan. Aber sieh doch mal. Du kannst das nicht vergleichen. Den Weg von Bremen nach Brügge legen wir meistens in größeren Verbänden zurück, flankiert von eigenen Kaperschiffen. Nur in einem Punkt hast du recht, die deutschen Seeräuber werden auch immer frecher." Damit wandte sich der Kapitän erneut dem jungen Sinclair zu, um seine Rede wieder aufzunehmen.

„Selten habe ich einen Mann so wacker kämpfen sehen. Wir alle stehen unzweifelhaft in eurer Schuld, Schotte. Die Überfahrt habt ihr damit wohl mehr als bezahlt. Betrachtet euch als meinen Gast." Harry nickte befriedigt. Er hatte lediglich das getan, was er tun mußte. Doch konnte er wohl schlecht dem Deutschen etwas von seiner Karte erzählen. Nicht lange dauerte es, bis die Besatzung alle entstandenen Schäden beseitigt hatte. So nach und nach krochen auch die Kaufleute wieder aus ihren Verschlägen unter Deck hervor. Obwohl von den Spuren des Kampfes nur noch die blutgetränkten Holzplanken zeugten, schlotterten etlichen von ihnen die Knie. Jedoch waren sie froh, für diesmal Leben und Fracht gerettet zu haben. Einer von ihnen, er war unangenehm spitzbäuchig, trat auf Harry zu und überschüttete diesen mit Lobhudeleien. Er selber hieße Hans Habel und wäre ein deutscher Hansekaufmann der reichen Welfenstadt Braunschweig. „Wir sind euch ja alle zu größtem Dank verpflichtet. Sonst wären wir wohl ein Fraß für die Fische geworden."

Harry reinigte in aller Seelenruhe seine Armbrust, ohne zunächst den Kaufmann auch nur eines Blickes zu würdigen. An Bord nannten ihn die anderen alle nur Spitzbauch. Nun hatte ausgerechnet er noch diesen Fettsack am Hals. Doch Harry sah ein, daß er kein Recht besaß, unhöflich zu sein und antwortete. „Wir haben nur Gottes Glück auf unserer Seite gehabt. Seid froh, es ist vorbei. Dankt nicht mir. Dankt lieber den fünf armen Seelen, die wir eingebüßt haben. Wenn ihr euch in Bremen um deren Familien kümmern würdet, dann habt ihr wirklich bewiesen, daß ihr zu danken versteht. Vielleicht hätten wir weniger Verluste, wenn es ein bißchen mehr Mut unter euch Pfeffersäcken geben würde."

Nun war Harry doch ein bißchen wütend geworden, obwohl er genau wußte, daß das Scharmützel für den Spitzbauch den sicheren Tod bedeutet hätte. Doch der Kaufmann verzieh dem jungen Sinclair dessen harte Worte. „Ihr seid ungerecht, Herr Ritter. Was wollt ihr denn. Ich bin ein armer alter Mann. Kämpfen können die wenigsten von uns Kaufleuten. Wenn wir Widerstand zeigen gegenüber dem Seeräubergesindel, dann kostet es uns nur das Leben. Also, ich werde mich nicht wehren. Heute hat Gott euch als unseren Retter gesandt und dafür möchte ich euch danken." Er winkte einen seiner mitreisenden Diener herbei und überreichte Harry ein langes Tuch, aus besten flandrischen Linnen.

„Beachtet die Verarbeitung", lobte er seine Ware. Harry bedankte sich bei dem Braunschweiger Kaufmann und unterhielt sich mit diesem noch etwas über dessen Handelsbeziehungen nach Edinburgh. Von nun an flogen die Tage dahin, an denen sie Schottland entgegen segelten.

Bibliografie

Pohl, Frederick Julius;   Prince Henry Sinclair; London 1974

Macaulay Trevelyan, George   Geschichte Englands, 3.Auflage,
                                                        Leibnitz Verlag München 1947

Chronicle Communications Ltd.,   Chronicle of Britain, Hampshire 1992

Baigent, Michael; Leigh, Richard;   Der Tempel und die Loge; Bastei-Lübbe 1989

Kinder, Hermann; Hilgemann Werner;   dtv-Atlas zur Weltgeschichte; dtv 1964
Zimmerling, Dieter;   Störtebecker & Co.; Bechtermünz 1996
Schreiber, Hermann;   Die Geschichte Schottlands; Augsburg 1996
Sippel, Hartwig;   Die Templer; Amalthea, Wien 1996
Major, R. H.;   The Voyages of the Venetian brothers Zeno to the
                                        Northern Seas in the Fourtheenth Century;
                                                        Boston 1875
Maclean, Fitzroy   Schottische Clangeschichten; Augsburg 1996
Rackwitz, Erich;   Fremde Pfade, ferne Gestade; Leipzig, Jena, Berlin:
                                                        Urania Verlag 1986
Kühnel Harry;   Alltag im Spätmittelalter; Verlag Styria, Graz 1984
Fritze, Konrad;   Seekriege der Hanse; Berlin 1989
Malcom, Goodwin   Der heilige Gral; München 1994
John Dyson   Kolumbus, die Entdeckung seiner geheimen Route in
                                        die neue Welt, (aus dem Amerik.); München 1991

Dudszus, A.; Henriot, E.; Köpcke, A.; Krumrey, F.;
                                        Das große Buch der Schiffstypen; Augsburg 1995
Tryckare, Tre;   Seefahrt, nautisches Lexikon in Bildern; Augsburg 1997